古典文獻研究輯刊

十九編
曾永義 主編

第 14 冊

中國傳統戲劇鬧熱性研究（下）

王奕禎 著

國家圖書館出版品預行編目資料

中國傳統戲劇鬧熱性研究(下)／王奕禎 著 — 初版 — 新北市：
花木蘭文化出版社，2019〔民108〕
目 4+246 面；19×26 公分
（古典文學研究輯刊　十九編；第 14 冊）
ISBN 978-986-485-649-7（精裝）
1. 中國戲劇 2. 傳統戲劇 3. 劇評
820.8　　　　　　　　　　　　　　　　　108000771

ISBN-978-986-485-649-7

9 789864 856497

古典文學研究輯刊
十九編　第十四冊　　　　　　　ISBN：978-986-485-649-7

中國傳統戲劇鬧熱性研究（下）

作　　　者　王奕禎
主　　　編　曾永義
總 編 輯　杜潔祥
副總編輯　楊嘉樂
編　　　輯　許郁翎、王筑　美術編輯　陳逸婷
出　　　版　花木蘭文化出版社
社　　　長　高小娟
聯絡地址　235 新北市中和區中安街七二號十三樓
　　　　　　電話：02-2923-1455／傳眞：02-2923-1452
網　　　址　http://www.huamulan.tw 信箱 hml 810518@gmail.com
印　　　刷　普羅文化出版廣告事業
初　　　版　2019 年 3 月
全書字數　384017 字
定　　　價　十九編 33 冊（精裝）新台幣 64,000 元

中國傳統戲劇鬧熱性研究(下)

王奕禎　著

上 冊
自 序
緒 論 ……………………………………………… 1
一、選題緣起 ……………………………………… 1
二、概念界定 ……………………………………… 4
三、戲劇發展史分期 ……………………………… 9
四、傳統戲劇的自覺 …………………………… 18
五、研究綜述 …………………………………… 29
六、研究內容與創新點 ………………………… 37
第一章 傳統戲劇鬧熱性之發生 ……………… 41
　第一節 發生的邏輯原因 ……………………… 42
　　一、邏輯起點：原始鬧熱性 ………………… 42
　　二、邏輯過程：從儀式到娛樂的轉化 ……… 50
　第二節 發生的文化背景 ……………………… 62
　　一、契機：「禮崩樂壞」 ……………………… 62
　　二、沃土：百戲雜陳 ………………………… 67
　第三節 發生的直接原因 ……………………… 71
　　一、鬧熱的市井生活與賽社演劇 …………… 71
　　二、鬧熱的節日生活──以元宵節爲主要
　　　　例證 …………………………………… 79
第二章 傳統戲劇鬧熱性之表現 ……………… 87
　第一節 熱戲：戲曲鬧熱形式之濫觴 ………… 87
　　一、民俗鬧熱性的投影：熱戲形式的出現 … 88
　　二、從競技到競藝：熱戲形式的類型特徵 … 89
　　三、競藝性表演形式與影響 ………………… 90
　第二節 宋金笑劇：戲曲鬧熱內容之奠基 …… 96
　　一、笑劇與宋金雜劇院本 …………………… 97
　　二、宋金笑劇的鬧熱性 ……………………… 98
　　三、宋金笑劇鬧熱的表演形態及其深遠影響 ·105
　第三節 戲曲時代的開啓與戲曲鬧熱性 ……… 119
　　一、鬧熱的民俗場面呈現 …………………… 120
　　二、鬧熱的科諢戲謔表演 …………………… 126
　　三、鬧熱的動作爭鬥場面 …………………… 131

四、鬧熱的戲曲觀演活動 ························ 137

第三章　「鬧」字戲研究 ························ 143

第一節　「鬧」字戲概說 ························ 143

一、何謂「鬧」字戲 ························ 143

二、戲曲鬧熱性的集中體現 ·················· 147

第二節　劇目與劇本 ·························· 152

一、存目與存本概況 ························ 152

二、劇目考證與舉隅 ························ 185

第三節　「鬧」字戲的類型 ···················· 197

一、形制類型 ···························· 197

二、主題類型 ···························· 199

三、風格類型 ···························· 202

四、人物類型 ···························· 205

下　冊

第四章　戲曲鬧熱性的藝術特徵 ·············· 209

第一節　腳色人物的類型化 ···················· 209

一、「腳色」「人物」「類型化」 ·············· 209

二、「無丑不成戲」 ························ 212

三、成就戲曲鬧熱性的其他腳色 ·············· 224

第二節　鬧熱：狂歡、宣洩與正劇之鬧 ·········· 231

一、喜怒哀樂──情感的外現 ················ 231

二、傳統戲劇的「喜怒哀樂」之鬧 ············ 235

三、正劇之鬧──以《桃花扇》「鬧黨爭」
為例 ································ 252

第三節　鬧熱的戲劇性與民俗性 ················ 260

一、鬧熱性與戲劇性的統一 ·················· 260

二、戲劇性與民俗性的統一 ·················· 266

第四節　「鬧而不亂」與「中和之美」 ·········· 277

一、「中和之美」：古典戲劇的審美原則與
理想 ································ 277

二、鬧熱：審美期待與審美效果的統一 ········ 281

三、「中和」與鬧熱：審美總體與審美要素 ···· 286

第五章　鬧熱性在戲劇史上的地位與作用 …………291

　第一節　鬧熱性與傳統戲劇的發生、發展 ………291

　　一、鬧熱性是傳統戲劇發生的動因與方式 ……291

　　二、鬧熱性與傳統戲劇發展的統一 …………298

　第二節　鬧熱性與傳統戲劇的傳播接受 ………302

　　一、傳統戲劇的舞臺「觀──演」傳播模式 ·302

　　二、鬧熱性與傳統戲劇舞臺「觀──演」傳播
　　　　模式 ……………305

　　三、傳統戲劇鬧熱性在當代的舞臺
　　　　「觀──演」傳播接受中式微 …………318

　第三節　鬧熱性與折子戲的誕生 ……………323

　　一、折子戲概述 …………324

　　二、鬧熱性與折子戲的關係 ……………327

　第四節　鬧熱性與地方戲的崛起 ………345

　　一、「花雅之爭」的側影：傳統戲劇的鬧熱
　　　　之爭 …………345

　　二、地方戲的鬧熱性 ……………361

第六章　比較視閾下東亞戲劇鬧熱性管窺 …………375

　第一節　「同根異花」的東亞戲劇 ………375

　　一、東亞戲劇與東亞戲劇圈 …………375

　　二、同根同源：東亞戲劇的鬧熱傳統 ………378

　第二節　鬧熱性在東亞戲劇中的嬗變 …………391

　　一、日本狂言的鬧熱特徵 …………391

　　二、韓國山臺都監系統劇的鬧熱流變 ………400

　　三、越南嘲劇的民間性鬧熱 …………410

結　語 ……………421

　一、本文研究之概述 …………421

　二、有關藝術「回返」規律的思考 …………424

參考文獻 ……………427

第四章　戲曲鬧熱性的藝術特徵

　　上一章集中分析了「鬧」字戲，此爲傳統戲劇鬧熱特徵所能綜合、集中體現的一部分劇作，其最爲明顯的是標目中的「鬧」字。當然本文致力於傳統戲劇鬧熱特徵的探討，故從本章開始，視野重新投射於傳統戲劇的整體，而不僅僅局限於「鬧」字戲。

　　中國傳統戲劇發展之第三階段，即戲曲藝術階段。這一時期傳統戲劇鬧熱特徵體現爲戲曲鬧熱性。戲曲鬧熱性不是「鬧」字戲所獨有，而是全部戲曲劇作的共有、恒定特徵之一。本章所探究的主題爲戲曲鬧熱性的藝術特徵，這是從文藝學角度對中國傳統戲劇鬧熱性所進行的探討，其中也有一小部分內容，筆者試從傳統美學的高度來一探究竟。本章內容涉及四個方面：腳色人物的類型化、狂歡與宣洩、戲劇性與民俗性、「鬧而不亂」與「中和之美」的關係。這四個部分本身並沒有很深刻的內在勾連，只是在此，它們均統一於鬧熱特徵之中。因此，雖然學界對此類問題的研究已經碩果累累，而從鬧熱角度進行窺探，尚屬首次。

第一節　腳色人物的類型化

　　本節主要討論腳色行當、人物角色之類型化的特點與傳統戲劇鬧熱特徵之間的內在聯繫。

一、「腳色」「人物」「類型化」

　　「腳色人物的類型化」，其實包含了三個名詞——「腳色」「人物」「類型

化」。在此，逐一來看。

　　戲曲腳色，即戲曲行當，腳色是行當的代名詞，與行當同義。「從內容上說，它（腳色行當）是戲曲表演中藝術化、規範化了的人物形象類型；從形式上說，又是帶有一定性格色彩的表演程式分類系統。」〔註1〕

　　「腳色」一詞，根據劉曉明先生的考證，最早見於《大唐六典》卷二五：「若流外官承腳色，並具其年紀顏狀。」〔註2〕宋之「腳色」，主要指個人履歷情況〔註3〕。這些涵義還未與戲曲「腳色」產生直接關聯。不過二者還是有內在聯繫的：

> 　　這（腳色）實際上就是描繪一個人的體貌及其生平事蹟。這和
> 戲曲行當表演故事劇中人物非常相似，伶人將其引入作行當名稱的
> 代名詞，就成爲十分形象的說法。〔註4〕

原文雖未作進一步闡述，但也使人十分明瞭「腳色」本意與戲曲行當涵義之間的內在關係。

　　關於腳色內容，周貽白先生認爲「腳色名最古者，當爲參軍與蒼鶻。」〔註5〕宋代又有「雜劇色」，《東京夢華錄》卷九「宰執親王宗室百官入內上壽」條載：「……諸雜劇色皆諢裏，……教坊雜劇色鱉膨劉喬、侯伯朝、孟景初、王顏喜而下，皆使副也。」〔註6〕其中還有「歌板色」「參軍色」。這些「色」均屬隋唐燕樂制度之「部色」，宋代承襲之〔註7〕，《都城紀勝》「瓦舍眾伎」條記載明確：

> 　　散樂，傳學教坊十三部，唯以雜劇爲正色。舊教坊有篳篥部、
> 大鼓部、杖鼓部、拍板色、笛色、琵琶色、箏色、方響色、笙色、
> 舞旋色、歌板色、雜劇色、參軍色。色有色長，部有部頭，上有教

〔註1〕　黃克保《論「行當」》，《藝術百家》1989 年第 3 期，第 37 頁。按，括弧內文字由筆者添加。

〔註2〕　轉引自劉曉明《雜劇形成史》，北京：中華書局，2007 年版，第 223 頁。

〔註3〕　參見〔宋〕趙升編、王瑞來點校《朝野類要》卷三，「腳色」條，北京：中華書局，2007 年版。

〔註4〕　劉曉明《雜劇形成史》，北京：中華書局，2007 年版，第 226 頁。按，括弧內文字由筆者添加。

〔註5〕　周貽白《中國劇場史》，長沙：湖南教育出版社，2007 年版，第 23 頁。

〔註6〕　〔宋〕孟元老《東京夢華錄》，北京：中國商業出版社，1982 年版，第 59～60 頁。

〔註7〕　參見元鵬飛《「腳色」與「雜劇色」辨析》，《戲劇藝術》2009 年第 4 期，第 15 頁。

坊使、副鈐轄、都管、掌儀範者，皆是雜流命官。〔註8〕

可知，周先生提及的唐代參軍與蒼鶻，應屬於「雜劇色」；而「雜劇色」又與「歌板色」等其他諸色並列，同屬教坊部。

「雜劇色」在宋代包括了末泥、引戲、副淨、副末等我們熟知的宋金雜劇行當。而元鵬飛老師則認為，這一切都還並非戲曲腳色，「雜劇色」與「腳色」是有區別的：

> 雜劇色的含義是演出雜劇的演員的類別，是由混沌的群體走向類型化伎藝演出的重要階段，雜劇色扮演故事時就具有了腳色的含義，為後來腳色由履歷之意轉變為戲曲行當的代名詞奠定了基礎。
>
> 就腳色在戲曲中的發展演變看，它是經由雜劇色發展起來的。〔註9〕

總之，根據各位方家的梳理，戲曲腳色行當的形成有了一個清晰的脈絡：腳色（本意）——部色（燕樂制度）——部色（教坊制度）——雜劇色——腳色（戲曲行當）。

關於戲曲腳色的具體內容與腳色名稱考源研究，明以來，歷代皆有。如明代朱權《太和正音譜》、周祈《名義考》、胡應麟《莊嶽委談》、祝允明《猥談》、徐渭《南詞敘錄》，清代焦循《劇說》、黃幡綽《梨園原》、李斗《揚州畫舫錄》等均有考論、辯證。近代以來，則有王國維《古劇腳色考》、齊如山《戲劇腳色名詞考》等專文系統梳理。由於本文不涉及所有腳色行當的研究，因此不再贅述。

「人物」即「角色人物」，與「腳色」是有區別的。「腳色」之於具體劇中人物來說，是形象類型；而「角色」則是具體指稱該劇的某位人物。如《西廂記》之鶯鶯，腳色為旦色，角色則為鶯鶯；而旦色不僅《西廂記》有，各作品皆有；鶯鶯則不同，她是《西廂記》中女主角，是獨一無二的。因此，中國傳統戲劇中，一個演員要扮演某一角色，必須先通過腳色這道門，腳色是演員與角色的中介。

關於「類型化」，首先來看「類型」。「類型」一詞，《辭海》解釋為：

①具有共同特徵的事物而形成的種類。

②在文學上，指具有某些共同或類似特徵的文學事實或人物形

〔註8〕〔宋〕灌圃耐得翁《都城紀勝》，北京：中國商業出版社，1982年版，第8～9頁。
〔註9〕元鵬飛《「腳色」與「雜劇色」辨析》，《戲劇藝術》2009年第4期，第19頁。

象。前者如相近的題材、體裁或風格，後者即一類人的代表。〔註10〕根據本文的論述內容，第二種解釋更合適。作為戲劇藝術，其作品的類型即風格、體裁或題材的相近性；從人物形象來說，則是某一類人的代表。而本章所談的類型化問題，即人物形象（腳色、角色）的類型化。

「類型化」，是指成為某種類型的性質或者狀態，從內容來說，其與「個性化」相對，二者相反相成。「個性化」指「作者塑造典型人物時，對其個性特徵的描繪所達到的鮮明、生動的程度。個性化和概括化是典型化中不可分割的兩個方面。」〔註11〕在戲曲人物形象塑造中，個性化與類型化是並存的，一般而言，腳色的類型化程度高於個性化，而具體到某一角色時，則個性化較為凸顯。

從形式來說，「類型化」則與「程式化」相關，二者是相輔相成。戲曲藝術的一個重要特徵即程式性，因此可以說戲曲藝術是程式化的藝術，這主要是從形式上來講的。戲曲程式既體現於化妝、服裝等外部裝飾與穿戴規制，也體現在動作方面——即一種由生活所提煉，經過藝術的誇張與加工，而運用在舞臺表演中的規範性動作，並以此反映特定的思想感情、塑造人物形象。可見，「類型化」是內容方面的程式，「程式化」則指形式上的類型。前者由內容到形式，後者則通過形式來表現內容，是相輔相成的。

周華斌先生認為，腳色行當制包含兩方面的要素——「一是表演技藝；二是類型化的戲劇人物。」〔註12〕可見，無論是傳統戲劇角色人物的類型化，抑或程式化，根源都在於腳色行當制。

簡單地辨析三個名詞的含義之後，接下去討論戲曲腳色行當與人物角色的類型化特點，同鬧熱特徵的關係。

二、「無丑不成戲」

戲曲行中歷來有「無丑不成戲」之說法，可見丑腳在傳統戲劇藝術中的重要地位和作用。而丑色之於傳統戲劇的鬧熱特徵，更堪稱為第一主色。

〔註10〕 《辭海》，上海：上海辭書出版社，1999年版，下冊，第5466頁。
〔註11〕 《辭海》，上海：上海辭書出版社，1999年版，上冊，第886頁。
〔註12〕 周華斌《中國戲曲的腳色行當制》，載周華斌、李興國主編《大戲劇論壇》第三輯，北京：中國傳媒大學出版社，2007年版，第118頁。

（一）從「丑」與「審醜」談起

丑，作爲戲劇舞臺上插科打諢的滑稽腳色時，就寫作「丑」，而非「醜」。因此，當代美學界所提出的這一文藝批評概念，應是「審醜」，是將那些文藝作品中表現出的惡、奇、怪等，與「美」概念相對立的內容，作爲研究對象。這個概念是針對 20 世紀 80 年代以來大量文藝作品所反映的「醜」事物、「醜」現象而提出的。因此，這並非中國傳統文化的固有概念，也並非我們在觀賞傳統戲劇時，對丑腳的審美態度。這是首先要明確的。

當然，既有「美」，就定有「醜」。傳統文學作品、藝術作品對「醜」的描寫，也是相當豐富的。如唐代大詩人韓愈有時選擇異、怪、奇、險的形象入詩，柳宗元則稱之爲「六藝之奇味」〔註13〕。宋代詩人梅堯臣更屬審美「重口味」一族，其作品中奇異之意象比比皆是——蚊、蟲、蠅、蛆等皆入詩，讀來令人悚然不快。再如，明清小說中淫、邪、惡的描寫，將社會中存在的形形色色之「醜」，都搬入了藝術作品，可謂一幅幅群醜圖。然這一切，都出於兩種目的，一是對文藝創作的積極矯正，如梅堯臣詩歌是對西崑體整飭典麗風格的一種突破；二是對社會醜惡的揭露和批判，其目的還在於對「美」的嚮往與追求。因此，南帆先生就認爲「以醜襯美是傳統藝術中的一個辯證法，這種辯證法將醜整編於美的綱領之下並且爲之效力。」〔註14〕如果說，雨果認爲「醜就在美的旁邊」是西方美學之於醜的一個定位的話〔註15〕，那麼傳統中國則並無純粹意義上的醜與審醜。筆者認爲，藝術上的醜並非是美的對立面，而是美的一部分；而審醜，也是審美的一部分，屬審美學的研究範疇。

綜上所述，傳統戲劇的丑腳之「醜」，亦是美的一部分。因此，我們從未覺得舞臺上的丑腳令人感覺不快，而是會使人開懷、輕鬆，讓整齣戲鬧熱、活泛起來。丑的作用就是能令戲劇演出更加精彩。

（二）丑腳緣起之研究述評

學界關於丑腳的研究，主要從三方面著手：一是丑腳的緣起；二是丑腳

〔註13〕北京大學哲學系美學教研室編《中國美學史資料選編》，北京：中華書局，1980年版，上冊，第 295 頁。

〔註14〕南帆主編《二十世紀中國文學批評 99 個詞》，杭州：浙江文藝出版社，2003年版，第 264 頁。

〔註15〕劉東《西方的醜學》，成都：四川人民出版社，1986 年版，第 149 頁。

的功能性——文學形態與舞臺功能；三是丑腳藝術的審美性。後兩者的述評
置於下一子問題來討論，這裡先對丑腳緣起的研究做一梳理。

　　有關丑腳之緣起，早在明代，徐渭《南詞敘錄》就認為丑即粉墨塗面、
貌醜之腳色：

　　　　丑，以墨粉塗面，其形甚醜。今省文作「丑」。〔註16〕

　　對此，清代焦循有不同看法，他並不認為丑腳之丑，源自其形，而是另
有原因。他在《劇說》中引《懷鉛錄》所載：

　　　　今之丑腳，蓋「鈕元子」之省文。《古杭夢遊錄》作「雜班」、「扭
　　元子」、「拔和」。〔註17〕

焦循認為丑之所以為丑，是因為將「鈕元子」（又名「紐元子」）之「鈕」省
作「丑」，並非其貌、其形甚醜。從中可知，丑＝鈕元子（紐元子）＝扭元子
＝雜班＝拔和。而丑究竟從何而來呢？貌似還不明晰，而焦循《劇說》所引
《莊嶽委談》做了直截了當地解釋：

　　　　古無外與丑，丑即副淨，外即副末也。〔註18〕

可見，丑的來源為副淨。而王國維先生則認為：

　　　　丑或由五花爨弄出，……爨與丑本雙聲字，又爨字筆劃甚繁，
　　故省作丑，亦意中事。其傅粉墨一事，亦恰與丑合。則此色亦宋世
　　之遺。〔註19〕

關於此觀點，後世承襲不多，「丑」為省作較好理解，而與「爨」同義，則未
免牽強。

　　而持「丑＝副淨」觀點的則有胡忌、黃天驥先生。胡忌先生指出《琵琶
記》中「丑」即「副淨」。而黃天驥《論「丑」和「副淨」——兼談南戲形態
發展的一條軌跡》，重申了這一觀點，並舉出成化本《劉知遠白兔記》《劉希
必金釵記》《金錢記》《博笑記》中「丑」即「副淨」的實例。進而他解釋了
從「紐元子」到「丑」的轉化邏輯：

〔註16〕　〔明〕徐渭《南詞敘錄》，載中國戲曲研究院編《中國古典戲曲論著集成》（三），
　　　　　北京：中國戲劇出版社，1959年版，第245頁。
〔註17〕　〔清〕焦循《劇說》，載中國戲曲研究院編《中國古典戲曲論著集成》（八），
　　　　　北京：中國戲劇出版社，1959年版，第100頁。
〔註18〕　〔清〕焦循《劇說》，載中國戲曲研究院編《中國古典戲曲論著集成》（八），
　　　　　北京：中國戲劇出版社，1959年版，第84頁。
〔註19〕　王國維《古劇腳色考》，載《王國維戲曲論文集》，北京：中國戲劇出版社，
　　　　　1984年版，第195頁。

「紐」字，都和身軀扭動的動作有關。無疑，「紐元子」即「扭元子」。人們又把『扭』省去偏旁，便變成了「丑」。〔註20〕

如果「丑」即「副淨」，那麼副淨又是從何而來呢？黃天驥先生認爲副淨來自淨色，副淨即丑：

院本中「淨」的任務繁重，分身乏術，若要多安排一個淨角作爲副手，它便被稱爲「副淨」。……滑稽，是淨行主宰的院本所具的特色。隨著演出水平提高，由「淨」派生出來的「副淨」，又需要與「淨」有所區別。人們把它更名爲「丑」，便透露了這一行當自立門戶的訊息。這一行當名稱的確立，顯然是更強調它在演技裝扮等方面的特殊性。〔註21〕

可知，黃先生認爲淨先於副淨出現，副淨爲淨之副，丑即副淨。如此，牽涉到副淨與淨的關係，這亦爲腳色研究的難題之一。

然事實上，根據現有文獻，淨色晚出，的確是先有副淨，後有淨。劉曉明先生認爲：

副淨＝副靖＝敷淨＝傅淨＝付淨＝淨。古代腳色之「副」，或寫作「付」，又寫作「傅」，皆源於化裝塗抹之「敷」。〔註22〕

可見，副淨＝淨。同時，據前副淨＝丑，因此可知，淨＝丑。

那麼淨與丑眞可以完全對等嗎？當然，答案是否定的。「早期的所謂『正淨』、『淨』與『副淨』是相同的，可以互相置換」〔註23〕，這裡的早期大致爲宋元時期。自明以後，淨色的功能與原有的副淨有所差別，淨色單獨使用時，並不是純粹的滑稽腳色，而與丑搭檔時，才顯滑稽可笑。因此，後世之淨應是副淨色腳色功能擴展的結果，而其原本的滑稽調笑功能更多地被丑色繼承。可見，丑與副淨有親緣關係，但兩者並非完全對等。筆者認爲，戲劇藝術之丑腳與淨腳是同源的，其遠源爲古優，近則同由副淨色演化而來，是副淨功能的派生腳色。丑作爲副淨的派生，並不能與之母體劃等號，而後世之淨色，亦爲副淨功能的派生腳色。

〔註20〕黃天驥《論「丑」和「副淨」——兼談南戲形態發展的一條軌跡》，《文學遺產》2005 年第 6 期，第 88 頁。

〔註21〕黃天驥《論「丑」和「副淨」——兼談南戲形態發展的一條軌跡》，《文學遺產》2005 年第 6 期，第 94 頁。

〔註22〕劉曉明《雜劇形成史》，北京：中華書局，2007 年版，第 256 頁。

〔註23〕劉曉明《雜劇形成史》，北京：中華書局，2007 年版，第 258 頁。

（三）丑腳的舞臺鬧熱功能

丑腳的舞臺功能與鬧熱功能，屬功能與審美的研究範疇。此類研究成果，筆者先從一篇研究丑之起源的論文談起。

康保成先生《古劇腳色「丑」與儺神方相氏》認為，丑腳來源於方相氏、傀儡，二者在化妝、表演方面有諸多的相似、相近之處；另外，還與丑腳在劇團的地位相關──被視為戲神〔註24〕。這個起源說，重在丑腳的功能性方面──在表演中十分滑稽、在劇團中地位之高。

前文有云：中國傳統審美所談之「醜」，體現為「以醜襯美」的辯證法，其辯證的邏輯，即醜是美的一個部分。具體從戲劇藝術考量，丑腳之醜如何成為戲劇美的一部分呢？筆者認為其轉化邏輯則是通過丑腳的滑稽本質與喜劇風格來完成的。這是丑腳舞臺功能與鬧熱功能的統一，即丑腳的舞臺性，就是其鬧熱性──「無丑不鬧」。

首先，丑腳的功能與副淨相似──「務在滑稽」。

《都城紀勝》云「副淨色發喬」〔註25〕，此為宋雜劇副淨之功能。「發喬」何意？延保全先生認為：

> 發者，表現、表演也；喬者，裝假、勢利、習滑、古怪、狡點也。發喬，即出乖弄醜、裝呆賣傻。也就是說，副淨色主要以形體語言的乖張與滑稽供認逗笑，如明朱權《太和正音譜》所稱之「獻笑供諂者」；又如湯舜民《新建勾欄教坊求贊》散曲所描繪的「腆䶊龐，張怪臉，發喬科，有冷譯，立木形骸與世違」，即有時候顯得很靦䶊而面紅耳赤，有時候很張狂而怪模怪樣，有時候顯得很虛假而裝模作樣，有時候顯得很機警而冷言冷語，一副玩世不恭、放浪形骸的特異之態。〔註26〕

可見，副淨色由動作與表情的誇張、怪異與滑稽取勝，這是其在舞臺表演中的法寶。具體說來，副淨色又有哪些誇張而滑稽的動作呢？延先生經過考證宋金出土的各類戲劇文物之副淨色，經過對比考量，發現其有以下六方面特徵：（1）副淨色多穿戴樸頭，說明其與唐參軍的淵源關係；（2）副淨色的典型站姿為「雙手相交於胸前」；（3）副淨色的站姿不是靜態的，而表現為一種動作形態──「趨蹌、

〔註24〕 參見康保成《古劇腳色「丑」與儺神方相氏》，《戲劇藝術》1999年第4期。
〔註25〕 〔宋〕灌圃耐得翁《都城紀勝》，「瓦舍眾伎」條，北京：中國商業出版社，1982年版，第10頁。
〔註26〕 延保全《副淨色及其文物圖像小考》，《中華戲曲》第42輯，第71～72頁。

跂、扭」；（4）副淨色的另一動作姿勢爲「做嘴臉與打口哨」；（5）化妝來看，其「面敷粉墨與點青」；（6）衣著來看，多「袒胸露臂與裸腿」。〔註27〕

縱觀此六方面，（1）、（5）、（6）爲外貌裝扮，（2）、（3）、（4）則爲典型動作。無論是扭動著腰肢、跟蹌地行走，抑或做鬼臉、打口哨，都顯得那麼與眾不同，讓人覺得十分諧趣。然其外形裝扮，也與其動作相稱，具有相當的滑稽效果。如粉墨敷面與袒胸露臂、裸腿的造型，顯得特立獨行、「與世違」，是典型的滑稽造型，加之其頭戴樸頭，與唐參軍的淵源，更說明了其爲十足的搞笑角色。可見，副淨色這六個特點，均表明其滑稽本質與風格。同理，作爲副淨色的派生腳色，丑腳已然秉承滑稽特徵，這也成爲了其重要的舞臺功能與鬧熱特點。

其次，丑腳的舞臺功能——旨在鬧熱。

舞臺功能主要是從丑腳藝術性出發的，其中不僅涉及藝術學內容，也是美學研究的領域之一。學界的相關成果，主要涉及丑腳的美學意義、審美功能、文學形態、舞臺功能、以及巴赫金的丑角理論等方面。

1、有關丑腳的美學意義與審美功能的論作最爲豐富，是學界研究的主要方面。

戴平《丑角之美》，探討了丑腳的美學特徵，以及塑造丑角的主要方法。作者從四方面論述了丑腳的美學特點——丑角不醜（從「丑」起源說明「丑」非「醜」），「膽與識」（闡述丑腳的地位與諷諫功能），「崇高與滑稽」（丑腳是滑稽與崇高的統一體），「生活醜與藝術美」（「丑角藝術是用否定的方法來肯定美」）〔註28〕。鄒元江《論戲曲丑角的美學特徵》，從中國傳統文化基因出發，將丑腳的美學特徵總結爲「弘毅、德充」「樂天、若愚」「巧言、活口」「近俗、忌俗」「滑稽、幽默」等五方面〔註29〕，這其中既有舞臺方面的直觀特徵，如「巧」「活」「俗」「滑稽」「幽默」；也有文化深層的原因及特點，如「弘毅與德充」「樂天與若愚」。因而是較爲全面和深刻的評析。而他另一篇文章《關於與戲曲丑角美學特徵生成相關的幾個問題》則較爲偏頗〔註30〕，並沒有很好地闡釋丑腳美學特徵生成的原因，所舉事例也較爲單

〔註27〕　參見延保全《副淨色及其文物圖像小考》，《中華戲曲》第 42 輯。
〔註28〕　參見戴平《丑角之美》，《戲劇藝術》1980 年第 4 期。
〔註29〕　鄒元江《論戲曲丑角的美學特徵》，《文藝研究》1996 年第 6 期。
〔註30〕　參見鄒元江《關於與戲曲丑角美學特徵生成相關的幾個問題》，《戲曲藝術》1996 年第 4 期。

一，不具說服力，因此筆者並不認爲其結論成立。

　　2、關於丑腳的文學形態、文化意蘊，以及丑腳在戲曲史上的地位之研究成果，亦十分中肯、非常全面。本文擇要介紹陳志勇老師的四篇相關論文。

　　《明清傳奇中丑角文學形態略論》，從明清傳奇文本出發，「全面考察了丑角在情節參與、形象塑造、語言變遷等方面的特徵」，作者認爲「明清傳奇中丑角的文學面貌，代表了丑角在不同時期文學形態的最高水平。」〔註 31〕《論戲曲丑角舞臺表演的文化意蘊》與《古劇腳色「丑」與民間戲神信仰》則從文化角度，對丑腳做出了更深層次的挖掘。前文將丑腳的舞臺表演與中國傳統節日的狂歡因素相結合，闡述了丑腳所負載的國人狂歡理想，與其在舞臺上的獨特表現形式相得益彰〔註 32〕。後文則將丑腳與民間戲神信仰結合研究，分析了民間班社崇拜丑腳，賦予其特殊權力，源於民間的戲神崇拜；同時這也與丑腳的表演特徵密不可分，相互影響〔註33〕。《論丑腳在腳色體系中的位置及其戲曲史意義》，爬梳了丑腳與傳統戲曲發展的關係，認爲二者發展是完全同步的，丑腳發展具有戲曲史意義，並由此奠定了其戲曲史地位〔註34〕。

　　3、關於丑腳舞臺表演之功能研究，主要有以下三篇論文。

　　劉曉玲《淺論戲曲丑角的舞臺功能》，篇幅不長，簡單扼要地闡述了丑腳的主要舞臺功能，即娛樂功能、諷諫功能、調劑功能（冷熱調劑、情節調劑）〔註 35〕。廣西師範大學張娜的碩士學位論文《社會文化語境變遷中的古典戲曲丑角研究》，闡述了丑腳的舞臺表演特徵——「人物身份類型化、內心表現臉譜化、絕活表演令人驚歎、唱詞念白乾淨利落」〔註 36〕。山西師範大學劉建玲的碩士學位論文《明傳奇中的丑角研究》，其第四章系統地論述了「丑腳的舞臺特徵與舞臺功能」，她認爲丑腳的舞臺特徵爲「滑稽、靈動」，其表演藝術則具獨特舞臺功能——「娛樂功能、烘托反襯功能、丑刺功能、調節冷熱場與戲曲節奏的功能、串場功能、推動劇情發展的功能、間離觀眾與舞臺

〔註31〕陳志勇《明清傳奇中丑角文學形態略論》，《戲劇文學》2006 年第 4 期。

〔註32〕參見陳志勇《論戲曲丑角舞臺表演的文化意蘊》，《長白學刊》2006 年第 2 期。

〔註33〕參見陳志勇《古劇腳色「丑」與民間戲神信仰》，《戲劇藝術》2011 年第 3 期。

〔註34〕參見陳志勇《論丑腳在腳色體系中的位置及其戲曲史意義》，《咸寧學院學報》2007 年第 1 期。

〔註35〕參見劉曉玲《淺論戲曲丑角的舞臺功能》，《中北大學學報》(社會科學版) 2009 年第 1 期。

〔註36〕張娜《社會文化語境變遷的古典戲曲丑角研究》，廣西師範大學 2010 年碩士學位論文，第 6 頁。

表演的功能等等」〔註37〕。

可見，丑腳的相關研究成果較爲豐富，這裡僅擷取較重要的幾篇進行綜述。另外，還有幾篇論文是將丑腳與巴赫金狂歡文藝理論相結合進行的研究，在此不贅。

本文以鬧熱出發，審視丑腳，並非僅關注其文學形態，而是欲將梳理其表演呈現的鬧熱功能與特徵。綜合有關研究成果，筆者認爲，丑腳在舞臺表演呈現的最主要特徵爲鬧熱，即丑腳的一切表演旨在鬧熱。其鬧熱功能，明代王驥德《曲律》所言甚明：

> 大略曲冷不鬧場處，得淨、丑間插一科，可博人哄堂。〔註38〕

可見，丑腳的鬧熱功能主要呈現在兩方面：一方面，丑腳鬧熱臺上，是場面靈動、活躍之主角；另一方面，丑腳鬧熱臺下，承擔了舞臺表演與臺下觀演的間離與潤滑劑功能。

戲劇鬧熱的第一手段，即通過插科打諢來完成，雖然任何腳色都可承擔科諢表演，但丑腳卻可謂戲劇科諢的第一承擔者。傳統戲劇表演中，丑腳所參與的科諢占絕對數量。如果說，科諢是戲劇的「人參湯」，丑腳即這道參湯之「人參」。

丑腳的科諢搭檔是淨色，二者你來我往，好不熱鬧，像極了參軍與蒼鶻、副淨與副末。

《琵琶記》是大悲劇，其間也有不少淨、丑科諢。如第六齣《丞相教女》就演淨、丑扮作兩媒婆，同時上門爲牛小姐說媒，這一遭遇，就有好戲可看：

> 〔淨〕你這老乞婆來這裡怎的？〔丑〕真個是路上更有早行人，心悶。〔末〕你這婆子也來這裡做什麼？〔丑〕告勾管哥得知，老媳婦特來與樞密的舍人求親。〔末〕我方才正對那婆子說了，這媒怕難做。〔丑〕如何難做？〔末〕我老相公要揀擇得仔細。〔丑〕院公你休管，我說這樁親事，必定成也。〔淨〕呀，我是張媒婆，幾年在府前住，今日這媒，倒吃你老乞婆做去了。〔丑〕呀，老乞婆，偏你會做媒？但是門當戶對的便好了。終不然你在府前住，定要你做媒，

〔註37〕劉建玲《明傳奇中的丑角研究》，山西師範大學2010年碩士學位論文，第39～45頁。

〔註38〕〔明〕王驥德《曲律》，載中國戲曲研究院編《中國古典論著集成》（四），北京：中國戲劇出版社，1980年版，第141頁。

你與乞兒做媒，也嫁了他？〔末〕你休鬧！老相公回來了，你每且
躲開一邊立地。〔外牛太師上〕

……左右，方才什麼人，在我廳前喧鬧。〔末〕有事不敢不報，
無事不敢亂傳。適間有兩個婆子來老相公處求親。〔外〕著他進來，
你這兩個婆子做什麼？〔淨〕奴家是張尚書府裏差來求親。〔丑〕奴
家是李樞密府裏差來做媒。〔外〕不揀什麼人家，但是有才學，做得
天下狀元的，方可嫁他。若是其餘，不許問親。〔淨〕告相公得知，
我的新郎，術人算他命，道他今年定做狀元。〔丑〕告相公得知，他
的新郎命不好，只有奴家這個新郎，人算他命，今科必定得中狀元。
〔淨丑相打介。外〕呀，這兩個婆子到我跟前無禮。左右，不揀有
什麼庚帖，都與我扯破；把那兩個弔起，各打十八。〔末扯打介。外〕
急把媒婆打離廳。〔末〕除非狀元方可問姻親。〔淨〕甘吃打十七八
下黃荊杖。〔丑〕那些個成與不成吃百瓶。〔末、淨、丑下〕〔註39〕

兩個媒婆，各說各的好，又相互拆臺；先是吵鬧，說不過就扭打開來。這分
明是在牛丞相面前撒潑，在觀眾面前現眼，十分鬧熱，然臺下觀眾看得一定
過癮。

再如，《玉鏡記》第六齣《請婚》，演老夫人要為女兒招選乘龍快婿，要
有才男兒。然這時卻上場一淨、一丑，兩人腰纏萬貫，卻腹中無才，以財充
才。末扮院子與他們一番拷問對答，令人捧腹：

〔淨丑〕我二人一富一貴，名門大族，聞知府中招婿，特來赴
選。〔末〕二位家勢，果是當今第一。只一件，老夫人道小姐有傾國
傾城之貌，不可容易許人，定要考一考。〔淨〕考不難。小子有不醉
之量，兼人之餐。人人號我酒囊飯袋，那怕搞。〔丑〕小子更高。日
食一萬錢，夜傾三百盞，人人號我餔啜之徒，隨你搞。〔末〕二位乃
飲食之人，食粟而已。非是搞酒飯，要考才。〔淨〕這個一發不打緊。
我家貨殖致富，資擬王公，人皆稱我為多田翁。真是菽粟盈太倉，
黃金滿中庫。〔丑〕我家祖父在任，竭民膏血，捲起地皮，真個位高
金多。胡椒八百石，鍾乳三千斤。若要考財，我二人最多。〔末〕又
道不義之富貴，於我如浮雲。我說的非是雙財，要單才。〔淨〕腰纏

〔註39〕〔明〕高明《琵琶記》，載〔明〕毛晉《六十種曲》，北京：中華書局，1958
年版，第一冊，第25～27頁。

十萬貫，此乃是擔財。〔末〕不是，要你肚裏的才。〔丑〕身居黃金
屋，口食千鍾粟，這不是肚裏財。〔末〕二位說來說去，只說金銀。
我家不要金銀，只要詩文。〔淨〕杜詩李詩，不如細絲；韓文柳文，
不如松文。古人道得好，黃金置身貴，文章不療饑。又道紈褲不餓
死，儒冠多誤身。古人說話，那一句不說錢財好。要甚麼文才。〔末〕
我太尉是詩禮之家，與別人不同，只要書，不要財。〔丑〕你就說書
怎見高，財怎見低。〔末〕書有香，銅有臭，二位乃人間臭物，請退
請退。〔註40〕

兩人一身銅臭，一個是守財奴，另一為「官二代」，皆酒囊飯袋。他們上門請
婚，與院子的對話，十分有趣。院子說要選有才女婿，他二人則將「才」錯
解為「財」，竟還對答如流，滿腹「經世哲學」——實則一個「錢」字走天下。
院子無奈「秀才遇上兵」，只得請他們退去。兩位「吃貨」一唱一和，這番笑
鬧則從戲中來。這段雖讓人可笑，但也能給觀眾以反思，同樣也是劇作家立
場的體現。

又如，《錦箋記》第十五齣《進香》，描寫淨、丑扮兩個和尚一番葷腥十
足的勁爆對話：

【佛偈】〔淨上〕和尚生來也是個人，怎教欲火便離身，色空空
色能參透，便是靈山活世尊。南無金剛王菩薩摩訶薩。自家非別，
天竺寺一個五戒是也。靠著龍天福蔭，吃好穿好，不在話下，更喜
居住名山古剎。燒香女子，往過來續，看之不足，用之有餘。好快
活，好快活。連日有些小恙，不能走動。今日稍可，且往殿上走一
遭。呀，南房師弟也來了。

【前腔】〔丑上〕俏麗娘娘入寺門，道人和尚盡來跟。〔做手勢
介〕這丟若肯輕輕捨，何必齋僧與誦經。南無救苦王菩薩摩訶薩。
師兄稽首。〔淨〕師弟少禮。〔丑〕師兄，如何幾日不見？〔淨〕有
病。〔丑〕怎麼樣起？〔淨〕只為燒香這些妖嬈，日日誘我眼闊，那
宵不覺火動，手銃放了七遭。〔丑〕色欲過渡了。〔淨〕便是。夢遺
白濁俱發，腰疼腳軟難熬。〔丑〕如今好了麼？〔淨〕當我調理不過。
〔丑〕卻怎麼？〔淨〕希酥的狗肉亂超。〔丑〕苟得其養。〔淨〕你

〔註40〕〔明〕朱鼎《玉鏡記》，載〔明〕毛晉《六十種曲》，北京：中華書局，1958
年版，第五冊，第12～15頁。

一向好麼？〔丑〕說不得。近日有些乾結不通。〔淨〕好了麼？〔丑〕其實虧了師公。〔淨〕怎到虧他？〔丑〕他道服藥不如針灸，與我幹了一夜南風，真個十分爽利，蛔蟲也落出了一綜。〔淨〕平復了麼？〔丑〕如今略覺有些不謹，撒屁便要出恭。〔淨〕寬則得眾。〔丑〕休取笑。今日天氣好，燒香的必多，怎麼看才痛快。〔淨〕我沒甚麼，挨去與他們懺悔詳簽便了，但不知師弟有甚高見。〔丑〕師兄，我也不會懺悔詳簽，只拿個木樣假做布施，攔住他看看便了。〔淨〕更好，更好。〔丑〕啊呀！我又要出恭了。〔淨〕快去就來。〔丑下淨笑介〕有這等事。我為手銃弄酸，他因窟臀受累。和尚不是好人，真是色中餓鬼。呀，香客來了。〔整衣念佛拱立介〕〔註41〕

和尚本應六根清淨，沒想到這倆卻色欲難滅。寺院中不僅和尚和女香客有染，竟然和尚之間也尚男風，實在讓人哭笑不得。其中用詞，實在流俗，「手銃」「蛔蟲」「撒屁」「出恭」與和尚的身份，禪院的環境，反差極大。也正因如此，才使之更富戲劇效果——場面才鬧熱得起來。

上面三例，一是以打鬧來取得笑鬧效果，一是運用諧音來鬧熱場面，一是利用俗語、俗事來吸引觀眾。

另外，丑腳動作十分靈活，幾個筋斗、一串小翻，矮子功等都是能夠使場面活泛，抓住觀眾的有效手法。川劇是我國地方劇種之奇葩，其作品帶有明顯的巴蜀風格與麻辣性格。2010 年 6 月 15 日「古戲薪傳——首屆中國四大古老劇種同臺展演」拉開帷幕，川劇折子戲《醉隸》登上了上海天蟾逸夫舞臺，帶給觀眾一個醉薰薰的皂隸形象。川劇《醉隸》，一名《醉皂》，本戲《紅梨記》，是川劇中所繼承不多的崑腔曲目之一。演府尹錢大人差遣皂隸陸鳳萱前來邀趙汝州賞月，因趙與謝素秋有約，不便前往，然陸已經酩酊大醉，與趙糾纏，鬧出諸多笑話。最後，陸非要趙赴請，欲以鎖鏈套趙，沒想到他實在醉得深，竟然自鎖，以為捉住了趙，就這樣在笑鬧聲中下場。這則故事原本在《紅梨記》中只是《詠梨》出的幾句對話，崑劇則敷演出如此生動有趣的鬧戲，而川劇注入了特有的巴蜀風格，就顯得更熱鬧了。這齣戲將丑腳藝術的又一鬧熱手法——「醉功」——醉話、醉態、醉步，在短短 20 分鐘內淋漓盡致地展現出來。臺下觀眾發出陣陣掌聲與喝彩，也讓大上海的戲迷看得相當過癮。

〔註41〕〔明〕周履靖《錦箋記》，載〔明〕毛晉《六十種曲》，北京：中華書局，1958 年版，第九冊，第 45～46 頁。

圖 4-1　川劇《醉隸》劇照

（由新浪微博網友落帆亭下出於天提供）

　　再則，丑腳言語靈巧，有時還運用抓哏、間離手法。巧言趣語，信手拈來，與現場觀眾互動，瞬時抖出包袱、引爆笑點。2010 年 1 月 13 日，上海崑劇團在天蟾逸夫舞臺上演《獅吼記》，扮土地公的丑腳演員，為了鬧熱場面，道白未用蘇白，而是改用四川方言，顯得特別新奇。同時，作為懼內之夫，其遭到土地奶奶的打罵時，則用巴蜀方言大喊「要和諧」。頓時，臺下爆出熱烈掌聲與笑聲。在構建社會主義和諧社會的今天，傳統戲劇舞臺的表演並不呆板，丑腳適時插入「應景之語」，展現了在舞臺上的大智慧。

　　2011 年 9 月 10 日「京劇老生經典折子戲」演出中，《宋江題詩》一劇由王佩瑜與嚴慶穀聯袂出演，分別飾演宋江（老生）和酒保（丑）。由於該專場演出近三個小時，此齣戲又在最後上演，觀眾難免疲乏。而嚴慶谷扮演的酒

保抖出了一系列包袱，讓觀眾不但不覺枯燥，反倒清爽起來。如酒保說自己身爲酒保，卻不敢吃酒，原因是怕被老闆發現後，「輕則扣獎金，重則炒魷魚。」又如，宋江到酒店只點茱與酒，卻不要肉食，酒保言：「這位還是個素食主義者！」觀眾一陣歡笑，一則由於詞彙時髦；再則，熟悉王佩瑜的戲迷都知道，其恰爲食素之人。再如，宋江叫酒保「結帳」，酒保則道「買單」；宋江不讓其找零錢了，結果酒保說：「不愧是瑜老闆，出手就是大方！」這一番對答，完美地起到了間離效果，讓臺下觀眾炸開了鍋，掌聲、笑聲、口哨聲紛紛響起，就連當時宋江接下去的唱詞都被淹沒了一半。可見，丑腳在臺上靈機一動，總是能讓場面鬧熱，不愧爲「人參湯」之「人參」。

綜上所述，丑腳是戲劇鬧熱的第一腳色——鬧熱場上，使場面靈動、活躍；調動場下，使觀眾放鬆、怡悅。其鬧熱功能，既具備「人參湯」的作用，也連接了舞臺與觀眾，起到了潤滑調劑之功效。如果說「無丑不成戲」的話，那麼傳統戲劇也眞的是「無丑不鬧」。丑腳是戲劇舞臺的調味料，使這一桌「好茱」不乏味。

三、成就戲曲鬧熱性的其他腳色

丑腳是傳統戲劇鬧熱的第一腳色，卻非唯一腳色。僅說戲劇鬧熱的第一手段——插科打諢，就非丑腳一色所能完成。首先，其對手腳色——淨色，就是成就戲曲鬧熱性的另一重要腳色。而一些雅趣的科諢，則可由生、旦的對手戲來承擔，故生、旦也是兩個較爲重要的鬧熱腳色。此外，動作性鬧熱又時常發生於征伐打鬥戲目和情節場面中，因此，動作戲中的武淨、武生、武旦，亦屬於製造鬧熱的主要腳色。如此看來，成就戲曲鬧熱性的其他腳色還有淨（含武淨）、生（含武生）、旦（含武旦、刀馬旦）。

（一）淨腳的喜劇性鬧熱

淨腳是丑腳的搭檔，就如同唐參軍之參軍與蒼鶻，宋金雜劇之副淨與副末，形影不離，缺一不可。

淨、丑同源，均來自副淨色。據劉曉明先生《雜劇形成史》考證，「副淨＝副靖＝敷淨＝傅淨＝付淨＝淨」〔註42〕。這樣一來則副淨＝淨。然如前所述，雖然丑腳源於副淨，但卻不能與副淨完全劃等號，因爲丑腳只是副淨色

〔註42〕劉曉明《雜劇形成史》，北京：中華書局，2007 年版，第 256 頁。

功能中的派生腳色。同理，後世戲曲藝術中的淨腳也是如此，雖然源於副淨，卻只是副淨功能的派生腳色之一。淨與丑，就好似同源於母體——副淨色的孿生兄弟一樣。如此，淨才可與丑搭檔演出，也具有與丑腳相似的舞臺功能。

元雜劇並未有丑腳，而其插科打諢的鬧熱職能主要由淨腳承擔。譚美玲《淨腳小考》談到：

> 總的來說，元雜劇在淨腳的表演職份，是較前代爲清楚明確。淨腳在元雜劇中有演反派姦邪的人物；亦有演邊配的滑稽腳色，或幫襯的過場腳色。這須視劇中分派腳色而定，有時可有二三個淨腳，甚至數個淨腳同臺表演；且淨腳有妝扮搭臉以增強其滑稽性，來表達其非正派的特色——滑稽、姦邪、貌醜的人物性格。〔註43〕

而明傳奇則沿著南戲腳色行當體制，綜合了元雜劇淨色之特點，將淨、丑兩腳色的功能類型重新劃分、歸併，最終趨於定型。然二者的搭檔關係並未因此而變，前述例證可見。但元雜劇之淨腳可謂承擔了絕大部分的科諢內容，是元雜劇戲曲鬧熱性的第一腳色。而《劇說》引《道聽錄》中腳色之「反語」說，云：「生爲『熟』，丑爲『好』，且爲『夜』，貼爲『幫』，淨爲『鬧』，末爲『始』，可也」〔註44〕。雖接受者不多，然淨腳確如丑腳一樣「鬧」得很。

《降桑椹蔡順奉母》第二折，淨扮廁神上場，以俗語、俗事打諢一通：

> 吾乃是廁神。我一生無始終，我坐的是淨桶，玩的是糞坑。尿長溺一臉，屎長污一身。何曾得聞清香味，每日人來把屁薰。〔註45〕

《山神廟裴度還帶》第二折，長老引淨扮行者上場，口出諢語，讓人大跌眼鏡。如此反差，是鬧熱的關鍵：

> （淨行者云）阿彌陀佛！阿彌陀佛！南無爛蒜吃羊頭，婆婆婆娑，抹奶抹奶。理會的。……（淨行者云）撲之，師父不在家。……（淨行者云）去姑子庵子裏做滿月去了。……（淨行者云）哄你耍子哩！師父，王員外在門首。〔註46〕

〔註43〕譚美玲《淨腳小考》，《華南師範大學學報》（社會科學版）2003 年第 2 期，第 57 頁。

〔註44〕〔清〕焦循《劇說》，載中國戲曲研究院編《中國古典戲曲論著集成》（八），北京：中國戲劇出版社，1959 年版，第 83 頁。

〔註45〕王季思主編《全元戲曲》卷二，北京：人民文學出版社，1990 年版，第 584～585 頁。

〔註46〕王季思主編《全元戲曲》卷一，北京：人民文學出版社，1990 年版，第 263 頁。

《摩利支飛刀對箭》第二折伊始，淨扮張士貴的一段上場白，頗為笑鬧。當然，這段已經被學界考證為宋金雜劇《針兒線》，在這裡則運用了插演宋金雜劇片段形式，進行科諢鬧場：

> （淨扮張士貴領卒子上，云）自小從來為軍健，四大神州都走遍；當日個將軍和我奈相持，不曾打話就征戰。我使的是方天畫杆戟，那廝使的是雙刃劍；兩個不曾交過馬，把我左臂廂砍了一大片。著我慌忙下的馬，荷包裏取出針和線；我使雙線縫個住，上的馬去又征戰。那廝使的是大杆刀，我使之雀畫弓帶過雕翎箭；兩個不曾交過馬，把我右臂廂砍了一大片。被我慌忙下的馬，荷包裏取出針和線；著我雙線縫個住，上的馬去又征戰。那廝使的是簸箕大小開山斧，我可輪的是雙刃劍；我兩個不曾交過馬，把我連人帶馬劈兩半。著我慌忙跳下馬，我荷包裏又取出針和線；著我雙線縫個住，上的馬去又征戰。那裡戰到數十合，把我渾身上下都縫遍。那個將軍不喝彩，那個把我不談羨；說我廝殺全不濟，嗨！道我使的一把兒好針線。〔註47〕

總之，元雜劇之例證不勝枚舉，而明清傳奇則更常見。然後世戲曲作品中，由於淨的功能發展、擴大化，一些非調笑性質的鬧場則以動作戲為主。

（二）雅趣性科諢與情節性鬧熱中的生、旦色

李漁《閒情偶寄》「詞曲部・科諢第五」，「重關係」條云：

> 科諢二字，不止為花面而設，通場腳色皆不可少。生、旦有生、旦之科諢，外、末有外、末之科諢，淨、丑之科諢則其分內事也。然為淨、丑之科諢易，為生、旦、外、末之科諢難。雅中帶俗，又於俗中見雅；活處寓板，即於板處證活。此等雖難，猶是詞客優為之事。〔註48〕

可見，插科打諢非淨、丑獨有，生、旦、外、末皆可。而生、旦通常作為劇作的男女主角，如若沒有一絲一毫地插科打諢，不僅人物形象不完善、不豐滿、不真實，就是從趣味看，也要大打折扣。乾巴巴似木頭人，了無生趣。而「生、旦、外、末之科諢難」，難在要「雅中帶俗，又於俗中見雅」，因此，

〔註47〕 王季思主編《全元戲曲》卷六，北京：人民文學出版社，1990 年版，第 859 頁。

〔註48〕 〔清〕李漁《閒情偶寄》，載中國戲曲研究院編《中國古典戲曲論著集成》（七），北京：中國戲劇出版社，1959 年版，第 63 頁。

相對淨、丑俗科諢，生、旦科諢可謂雅趣得多。此等科諢之靈活性、適當性，把握起來，實爲不易。

關於雅趣性科諢研究，有寧夏大學何光濤碩士學位論文《論元雜劇中插科打諢的「雅」和「俗」》。作者將元雜劇科諢分爲「雅科諢」與「俗科諢」兩個範疇，「『雅科諢』就是指主要由末、旦、外及部分雜類角色所表演的語言較爲雅致、行爲較爲得體、與劇情緊密聯繫的科諢。而『俗科諢』則指由淨、丑、搽旦和絕大部分雜類角色所表演的極其通俗或庸俗的科諢。」〔註49〕此外，鄭莉、鄧衛新《明宮廷雜劇的科諢藝術》，也將「宮廷雜劇中科諢的使用」分爲「生旦外末之雅科諢」與「淨角的俗科諢」兩類〔註50〕。

針對雜劇之俗、雅兩類科諢，筆者認爲傳統戲劇之科諢亦可以分爲通俗性與雅趣性兩類。通俗性科諢，是以淨、丑兩大腳色爲主所表演的科諢，一般以逗笑爲目的，笑鬧性較強。雅趣性科諢，是相對於通俗性科諢而言的，是指淨、丑腳色之外的其他腳色，通常是以生、旦爲主色所表演的科諢，其風格較爲雅致，以風趣爲特徵，不僅可以達到一般性插科打諢的「笑果」，還在其中完成人物塑造、情節推動等敘事性目標。相比通俗性科諢，其笑鬧性較弱，鬧熱性更多表現爲內心之「鬧」、情緒之「鬧」，而不同於通俗性科諢以外在之「鬧」、動作場面之「鬧」爲主的特點。

元雜劇《西廂記》，正末扮張生，乃「傻角」之典範，其鬧熱之諢也堪稱小生之範例。如張生與紅娘第一次對話：

　　　　（末迎紅娘祗揖科）小娘子拜揖！（紅云）先生萬福！（末云）

　　小娘子莫非鶯鶯小姐的侍妾麼？（紅云）我便是，何勞先生動問？

　　　　（末云）小生姓張，名珙，字君瑞，本貫西洛人也，年方二十三歲，

　　正月十七日子時建生，並不曾娶妻……〔註51〕

張生先是製造了與紅娘的偶遇，其自我介紹，眞乃癡話也！再如，第三本，張生收到簡帖，焦急地盼望夜晚赴約：

　　　　（末云）萬事自有分定，誰想小姐有此一場好處。小生是猜詩

〔註49〕何光濤《論元雜劇中插科打諢的「雅」和「俗」》，寧夏大學 2005 年碩士學位論文，第 2 頁。
〔註50〕鄭莉、鄧衛新《明宮廷雜劇的科諢藝術》，《湖北民族學院學報》（哲學社會科學版）2008 年第 2 期，第 83 頁。
〔註51〕王季思主編《全元戲曲》卷二，北京：人民文學出版社，1990 年版，第 226～227 頁。

謎的社家，風流隋何，浪子陸賈，到那裡扢紮幫便倒地。今日顓天百般的難得晚。天，你有萬物於人，何故爭此一日？疾下去波！讀書繼晷怕黃昏，不覺西沉強掩門；欲赴海棠花下約，太陽何苦又生根？（看天云）呀，才晌午也，再等一等。（又看科）今日萬般的難得下去也呵。碧天萬里無雲，空勞倦客身心；恨殺魯陽貪戰，不教紅日西沉！呀，卻早倒西也，再等一等咱。無端三足烏，團團光爍爍；安得后羿弓，射此一輪落？謝天地！卻早日下去也！呀，卻早發擂也！呀，卻早撞鐘也！拽上書房門，到得那裡，手挽著垂楊滴流撲跳過牆去。（下）〔註52〕

張生心急如焚，恨不得有后羿之弓，把僅存的太陽也射了去。而這個猜謎「社家」，卻栽在了猜謎上：

（紅云）赫赫赤赤，那鳥來了。（末云）小姐，你來也。（摟住紅科）（紅云）禽獸，是我，你看得好仔細著，若是夫人怎了。（末云）小生害得眼花，摟得慌了些兒，不知是誰，望乞恕罪！

……

（末作跳牆摟旦科）（旦云）是誰？（末云）是小生。（旦怒云）張生，你是何等之人！我在這裡燒香，你無故至此；若夫人聞知，有何理說！（末云）呀，變了卦也！〔註53〕

由於張生錯解了詩意，錯摟了紅娘，跳牆而過，驚了鶯鶯，鬧出笑話，遂被鶯鶯一頓狠批。這一系列癲狂之舉與失態情狀，皆因其求偶心切。這些科諢，塑造出一個活生生的張生，真實、飽滿，讓人忍俊不禁。而之後許多劇作的男一號，在戀愛時都有與張生相仿的性格特徵。如《李素蘭風月玉壺春》的正末扮李斌，《張天師斷風花雪月》的正末扮陳世英，他們都同樣傻乎乎地去自報家門，澄清自己是個單身；也同樣急切切地想要太陽趕緊落山去！

一般而論，正旦扮閨淑女子，打諢情狀較少，而以人物性格塑造、故事情節鋪排為鬧熱手段。一是男女主角的情感糾纏，演一齣「鬧情緒」段落，以語言和人物塑造為手段來完成鬧熱過程；二是女主角潑悍，男主角懼之，

〔註52〕 王季思主編《全元戲曲》卷二，北京：人民文學出版社，1990 年版，第 272～273 頁。

〔註53〕 王季思主編《全元戲曲》卷二，北京：人民文學出版社，1990 年版，第 274～275 頁。

於是此番鬧熱就會夾雜語言、動作等多方面的手段來展開劇情，舞臺表現呈現鬧熱狀。前者如崑劇《金雀記・喬醋》，後者則如明代傳奇《獅吼記》。

總之，雅趣性科諢多由生、旦色承擔，是劇中第一男、女主角的科諢，主要以塑造人物、鋪排情節爲手段，故更具敘事性命義。

（三）動作戲的鬧熱腳色

戲曲鬧熱性除了反映在語言方面、故事發展的內在張力方面，還有動作方面。因此，動作戲或戲劇表演的動作場面，尤其是大的戰爭、武打場面，是戲曲鬧熱最直接的外現形式，是十分抓人眼球的鬧熱手段。這從戲曲藝術發生之初就存在了，如唐參軍、宋金雜劇的角色間以互相擊打，而獲得笑料的方式。而自元雜劇伊始，幾乎每個戲劇類型都不乏如此作品。「鬧」字戲劇目大量保留有歷史戰爭和動作題材的劇目，就是戲曲鬧熱性的直接表現。

元代雜劇《同樂院燕青博魚》第二折，正末扮燕青與淨扮楊衙內有一場正面衝突與交鋒。其中的動作提示，若在舞臺上呈現，定當鬧熱：

> 【金盞兒】我這裡搶起折支巾，拽起夜叉裙。（楊衙內做見搭旦科，云）姐姐休怪，我來遲了也。（正末做搬楊衙內科，云）哥也，唱著喏去！（做打楊衙內科）（楊衙內打筋斗科）（正末唱）**拳著處早可撲的精磚上眼。**（燕大云）你打死他了也。（正末云）哥，你休怕者。（唱）**看那廝眼朦朧正著昏，我將這大拇指去那廝人中裏掐。**（帶云）主人家有水將的些來。（唱）**新汲水那廝面皮上噴。**（楊衙內做歎氣科）（正末云）哥也，他不死哩。（唱）**那廝熱吐吐的才出氣，**（楊衙內舒身科）（燕大云）他早翻過身哩。（正末云）他怎麼肯死？（唱）**那廝他跌蹻蹻的恰還魂。**
>
> （楊衙內做嘴臉調旦科）（正末云）待我再打這廝。（楊衙內做怕，打哨子下）〔註54〕

同樣是水滸戲，再看明代雜劇《宋公明鬧元宵》第九折《鬧燈》，淨扮李逵打倒丑扮楊太尉，惹出事端，而一連串動作，則使得場面鬧熱：

> （坐場上介）……（淨大喊脫衣帽露內戎裝介）……（將丑打倒介）……（丑跌介）（戴勸介）……（放火介）……（淨大喊介）……（淨舞介）……（貼撲淨跌介）（淨看貼起笑介）……（淨隨眾走

〔註54〕王季思主編《全元戲曲》卷三，北京：人民文學出版社，1990 年版，第 120～121 頁。

介）……（扮高俅追敗下）（五虎將上接介）（淨同眾唱）〔註55〕

此外，一些神魔戲，也有較多動作打鬥場面。如《白蛇傳》之《盜草》、《水鬥》，《西遊記》之《大鬧天宮》、《鬧龍宮》、《大鬧芭蕉洞》等。而此類鬧熱腳色，除了上述淨腳之外，還有武生、武旦、刀馬旦等。

時任上海崑劇團副團長、著名刀馬旦演員谷好好說：刀馬旦的戲看起來十分美、十分鬧、十分花哨，顯得特別瀟灑，其實這一招一式都是臺下苦練的結果。而且很多動作都有危險性，尤其是「出手」的動作〔註56〕。

何謂「出手」？《中國戲曲表演藝術辭典》解釋爲：

【出手】戲曲把子功武打表演程式。亦名「打出手」、「踢出手」。俗稱「過傢伙」。指人物用拋、拍、踢、扔、拽、繞、攪、磕、踹、彈、挑、頂、耍等方法舞弄手中的兵器。其特點是，以把子離手或拋出收回的方式參與武打格鬥，藉以渲染和烘托激烈的戰鬥場面，表現人物的機警、靈敏和詼諧。有時還可表現人物的神奇，如《西遊記》系列戲曲劇目中的孫悟空，就常以「出手」的特技表現其神通廣大的威力，刻畫其詼諧、機趣、勇猛的人物形象。〔註57〕

可見，在諸多大型戰鬥場面中，都有主角以一敵百的群戰回合。在陣陣鑼鼓點伴奏下，場上打得不可開交，觀眾則看得非常過癮，場面異常鬧熱。

下面，筆者以《綴白裘》本《雷峰塔・水漫》爲例（旦扮白素貞、貼扮青兒），以觀劇本的相關打鬥動作說明：

（哪吒，木吒，殷太歲，韋陀上殺介）（旦敗下）（眾）……（立兩邊介）……（旦貼又上）……（旦接杖同貼下）（青龍白蛇上鬥介）（四水族上扛龍下）……（旦貼又上）……（煙火風火神上殺介）（風火神敗下）（旦貼追下）……（旦貼上）……（蝦蟹龜蚌上）……（蟹上同殷殺介）……（蝦上殺介）（哪奪槍蝦敗下）（蚌上殺介）（木上殺介）（蚌下）（龜上殺，木奪槌敗下）（木追下）……（旦，貼同哪，木殺上）（韋取缽盒介）（旦，貼倒介）（魁星上將鬥托住，

〔註55〕傅惜華等編《水滸戲曲集》，上海：上海古籍出版社，1985年版，第一集，第223～224頁。

〔註56〕按，根據《刀馬旦──谷好好的崑曲世界》藝術講座中谷好好的發言而提煉。時間：2011年11月9日；地點：上海師範大學教苑樓B101室。

〔註57〕余漢東《中國戲曲表演藝術辭典》，北京：中國戲劇出版社，2006年版，第736頁。

旦貼下）（魁星下）……〔註58〕

由此可見，這場水鬥，白素貞與青兒帶領眾水族，和法海派出的眾神將，來來回回，打打殺殺，難解難分。從「旦貼又上、旦貼上」等提示來看，二人在打鬥中，上下場就有六次之多。各神將也是敗下、復上，與其交手頻繁，並互有勝負。如此場面搬上舞臺，定將鬧熱。

　　綜上所述，鬧熱性的呈現，是以丑、淨色爲中心，以其他各類腳色行當爲輔。可見，各類戲曲腳色行當均承載了舞臺表演的鬧熱類型。而以不同腳色來分擔鬧熱職能，也爲舞臺表演節奏和演出效果提供了更爲可靠的保證。這也是我國傳統戲劇之所以魅力無窮的原因之一。

第二節　鬧熱：狂歡、宣洩與正劇之鬧

　　戲劇藝術既是陽春白雪，又是下里巴人。因此，作爲藝術形式，可以陶冶性情；作爲生活儀式，也體現了人類原始情性的投影。

　　一般而言，按照西方戲劇理論，可將戲劇分爲喜劇、悲劇、正劇三大類，這是基於戲劇作品帶給觀眾的不同感受而言的。一直以來，我國學界也通常以此來分類，是有一定道理的，戲劇作品的情感的確能夠影響到觀眾的情緒。因此，就傳統戲劇鬧熱特徵的普遍性而言，其亦可分爲三類：喜劇性鬧熱（喜樂之鬧），悲劇性鬧熱（哀怒之鬧），正劇之鬧。喜樂之鬧帶給觀眾以狂歡之快，哀怒之鬧則讓觀眾宣洩不快與苦楚，正劇之鬧則「鬧而心惕」「鬧而心愧」，看後令人警醒、有所悟。可見，中國傳統戲劇的鬧熱性與西方鬧劇，其差異就在此。需要說明的是，由於喜劇、悲劇一般能夠帶給受眾更爲強烈的情感體驗，因此本節以喜劇性鬧熱、悲劇性鬧熱研究爲主（前兩小節），而正劇之鬧（第三小節）則主要以清孔尚任《桃花扇》中的「鬧黨爭」爲例，以窺一斑。

一、喜怒哀樂——情感的外現

　　無論喜樂之鬧，還是哀怒之鬧，都是情感的外現。「外現」有兩層含義：一是喜怒哀樂作爲情緒因素，本身就需要情感的表達；二是戲劇作爲舞臺表演，具有互動性特徵，演員根據劇情會有不同的情感表現，而觀者也會隨著劇情及劇中人的情感軌跡而產生不同的情感變化，並有所表現。

〔註58〕汪協如校《綴白裘》，北京：中華書局，1930 年版，七集，第 81～89 頁。

　　喜怒哀樂，是情感的外現與表達，呈現爲狂歡與宣洩。二者均是鬧熱的體現，卻「鬧」得十分不同。

　　「狂歡」，字面意思爲縱情歡樂，是快樂感受的一種極致，或者說是一種獲取極致快樂的活動與體驗。「狂歡」一詞，來源於「狂歡節」。「狂歡節」，又稱「謝肉節」「嘉年華會」，是「歐洲民間的一個節期。一般在基督教大齋節前三天舉行。因封齋期間教會禁止肉食和娛樂，故人們在此節期舉行各種宴飲，跳舞，盡情歡樂」〔註59〕。因此，禁忌之前的「狂」，有一種顚覆和重構意味在其中，故「狂」爲「氣勢狂烈，越出常度」之意〔註60〕。前蘇聯文藝學家、理論家巴赫金，根據西方狂歡節，以及相關的文學作品，構築了狂歡化詩學理論。他認爲：

　　　　我們賦予「狂歡化」這個名詞以廣泛涵義。作爲一種完全確定的現象，狂歡節一直延續到了我們今天，而與之性質和風格（以及起源）相近的其他民間節日生活現象，除了少數例外，都早已衰亡或者蛻化到難以辨認了。狂歡節卻一直都爲人所熟悉。多少世紀以來它不止一次地被描寫過。甚至在其發展晚期，十八世紀和十九世紀，狂歡節還以十分清晰的、儘管是已經貧弱的形式保留著民間節日因素的某些基本特點。狂歡節爲我們揭示出古代民間節日因素是這個巨大豐富的世界保留得相對更好的片段。這使我們有權在廣義上使用「狂歡化的」這個修飾語，對它的理解不光是指狹義上的和純粹意義上的狂歡節形式，而且還指中世紀與文藝復興時期具有自身基本特點——在隨後的那些世代裏，當其他多數形式已經死亡或者蛻化後，這些基本特點就鮮明地體現在狂歡節上的整個豐富的、多樣化的民間節日生活。

　　　　然而狂歡節在這個詞的狹義上來說，卻遠非是簡單的、意義單純的現象。這個詞將一系列地方性狂歡節結合爲一個概念。它們起源不同，時期不同，但都具有民間節日遊藝的某些普遍特點。用「狂歡節」這個詞結合某種地方現象並將它們概括在一個概念之中的這種過程，是與流動於生活本身中的現實過程相一致的：各種不同的民間節日形式，在衰亡和蛻化的同時將自身的一系列因素如儀式、

〔註59〕　《辭海》，上海：上海辭書出版社，1999年版，中冊，第2317頁。
〔註60〕　《辭海》，上海：上海辭書出版社，1999年版，中冊，第2316頁。

> 道具、形象、面具，轉賦予了狂歡節。狂歡節實際上已成爲容納那
> 些不復獨立存在的民間節日形式的貯藏器。〔註61〕

可見，戲劇作爲從民俗生活中蛻變的一種藝術形式，本身也保留著民間生活
中的狂歡因素；而節日本身所具有的表演特徵與戲劇舞臺上所呈現的「狂歡
性」是一致的。這種舞臺上的「狂歡」，中國人更願意稱其爲「熱鬧」，此「熱
鬧」與節日之「熱鬧」，也是一致的。因此，筆者認爲，巴赫金的狂歡詩學理
論中的「狂歡化」或「狂歡」，就是中國傳統戲劇中的「鬧熱」，其在本質上
和表現上，有諸多的一致性。

當然西方的「狂歡」與中國的「鬧熱」還是有區別的，鍾敬文先生就曾
提到：

> 所謂「狂歡」一詞，我國過去在學術上還不曾作爲術語來使用，
> 但在中國的社會史和文化史裏面，的確存在著這種現象。……但是
> 中國的這種民間聚會和公眾表演，還有它的一定的特殊之處，這也
> 是必須指出的。……就中國社會現象中的狂歡活動而言，它在解除
> 傳統的、扼殺人性的兩性束縛方面，表現出了一種比較突出的抗爭
> 意義。〔註62〕

具體來看，中國還有悲劇性鬧熱，而西方之狂歡僅僅體現出喜劇、鬧劇
的風格特徵。如巴赫金的「狂歡化」是「節慶的詼諧」，具體表現爲「狂歡式
的笑」〔註63〕。而即便是中國式喜樂之「狂歡」也與西方「狂歡」存在著明
顯差異〔註64〕：

第一，西方狂歡是完全地全民參與，「狂歡節沒有演員和觀眾之分」〔註
65〕；而「鬧熱」，無論在民間節日中還是戲劇舞臺表演中，表演者與觀看者的

〔註61〕〔俄〕巴赫金著、李兆林、夏忠憲等譯《巴赫金全集》第六卷，石家莊：河
　　　　北教育出版社，2009 年版，第 245～246 頁。

〔註62〕鍾敬文《略談巴赫金的文學狂歡化思想》，載《建立中國民俗學派》，哈爾濱：
　　　　黑龍江教育出版社，1999 年版，第 153～154、156 頁。

〔註63〕《弗朗索瓦·拉伯雷的創作與中世紀和文藝復興時期的民間文化導言》，載〔
　　　　俄〕巴赫金著、李兆林、夏忠憲等譯《巴赫金全集》第六卷，石家莊：河北
　　　　教育出版社，2009 年版，第 13～14 頁。

〔註64〕按，這裡的區別主要參考張蔚《鬧節——山東三大秧歌的儀式性與反儀式
　　　　性》，北京：中國傳媒大學出版社，2009 年版，第 173～176 頁。

〔註65〕《弗朗索瓦·拉伯雷的創作與中世紀和文藝復興時期的民間文化導言》，載〔
　　　　俄〕巴赫金著、李兆林、夏忠憲等譯《巴赫金全集》第六卷，石家莊：河北
　　　　教育出版社，2009 年版，第 8 頁。

界限還是相對分明的。

第二，巴赫金認爲「狂歡節不是藝術的戲劇演出形式，而似乎是生活本身現實的（但也是暫時的）形式，人們不只是表演這種形式，而是幾乎實際上（在狂歡節期間）就那樣生活。也可以這樣說：狂歡節上，生活本身在演出。」〔註66〕而「鬧熱」則體現爲戲劇與節日的統一性：節日包含戲劇演出，戲劇藝術呈現民俗生活。

第三，巴赫金認爲狂歡節各種儀式、表演的重要場所爲廣場，「狂歡節的中心場地是廣場，⋯⋯廣場，在這裡是全民性的象徵。」〔註67〕此「廣場」主要爲歐洲的城市中心廣場。而中國民俗節日之集會，多在神廟及戲臺周圍的空地，而這種「鄉間的節日廣場大多由熟人的群體構成，聚集在一起的村民基本具有血緣關係與地緣連接，這些關係和相近的社會地位制約了民眾的放縱程度。」〔註68〕因此，中國式「鬧熱」，使人們很難完全拋棄社會角色，而投入其中。

第四，表演方面，西方狂歡節的戲劇作品「對肉欲的宣揚較爲公開、坦蕩」〔註69〕，而中國則相對含蓄、收斂，抑或有一定的規範和法則，絕非無度地表現。如演出葷戲，一般會在午夜演出，且要求女性和兒童觀眾迴避。

總之，「鬧熱」與西方狂歡有一定區別，這是由民族性格所決定的。但我們也應該看到二者有諸多相通之處。因此，巴赫金狂歡理論也是我們研究中應借鑒的成果。

「宣洩」，意爲「排除障礙，使之暢通；發洩，舒散」〔註70〕。其原本爲中性詞，「宣」意爲疏導，「泄」意爲儘量發出、放出。表達情緒、情感的發洩——積極或消極情緒，都可用「宣洩」一詞，而後來則主要指代不良情緒和否定性情感的發洩。因此，本文將悲鬧這一審美特徵的表現稱爲「宣洩」。

〔註66〕 《弗朗索瓦・拉伯雷的創作與中世紀和文藝復興時期的民間文化導言》，載〔俄〕巴赫金著、李兆林、夏忠憲等譯《巴赫金全集》第六卷，石家莊：河北教育出版社，2009 年版，第 8 頁。

〔註67〕 夏忠憲《巴赫金狂歡化詩學研究》，北京：北京師範大學出版社，2000 年版，第 66 頁。

〔註68〕 張蔚《鬧節——山東三大秧歌的儀式性與反儀式性》，北京：中國傳媒大學出版社，2009 年版，第 174 頁。

〔註69〕 張蔚《鬧節——山東三大秧歌的儀式性與反儀式性》，北京：中國傳媒大學出版社，2009 年版，第 174 頁。

〔註70〕 《辭海》，上海：上海辭書出版社，1999 年版，中冊，第 2892 頁。

既是舞臺表演悲劇情境、氛圍的表現，及悲憫特質的表達；也是臺下觀者欣賞劇作時所引起的怨、哀、慟、悲等情緒因素的流露，及情感共鳴。二者共同的悲情宣洩，是構築悲劇舞臺觀演效果的鬧熱特徵。

總之，傳統戲劇的鬧熱性與戲劇一樣，都具備喜、悲兩重性因素——喜樂之鬧與哀怒之鬧，這是傳統戲劇舞臺表演的主要鬧熱特徵，也是鬧熱審美的接受特點。

二、傳統戲劇的「喜怒哀樂」之鬧

中國傳統戲劇「喜怒哀樂」均爲「鬧」，那麼這是如何呈現的呢？具體呈現的方式有哪些呢？

（一）喜樂之鬧與哀怒之鬧

喜樂之鬧，可稱爲歡鬧、笑鬧等，即喜劇性鬧熱，是中國傳統戲劇鬧熱性的主體特徵。相對悲劇性鬧熱，喜樂之鬧能給人以積極的情緒和快樂的情感體驗，這也是戲劇藝術原本所能給予受眾愉悅身心之特點。

哀怒之鬧，可稱爲悲鬧、哀鬧等，即非喜劇性鬧熱，是負面情緒的鬧熱體現，是廣義的悲劇性鬧熱（狹義則僅指悲劇的鬧熱），即具有悲情因素的鬧熱情狀。哀怒之鬧，相對喜樂之鬧而言，並非主體性特徵，而是傳統戲劇鬧熱性的重要組成部分。哀怒之鬧是戲劇作品給人以怨、哀、慟、悲等情緒感染，以及受眾因此而達到的情感共鳴，是以悲劇的形式宣洩劇中人與觀者的負面情緒，此手法好似數學之「負負得正」。

（二）鬧熱的戲劇呈現

根據中國傳統戲劇的特點，結合巴赫金狂歡化詩學理論，「喜怒哀樂」之鬧在傳統戲劇中的呈現方式和特點如下：

1、插科打諢式的語言與動作。

「插科打諢」是中國傳統戲劇的術語，其戲謔的語言與滑稽的動作是體現鬧熱（確切地講是「喜樂之鬧」）的第一手法。本文例證頗多，此處不再贅言。

2、以狂歡化詩學理論來看，傳統戲劇之鬧熱，有著更加細膩地體現。

（1）「廣場言語」

巴赫金認爲「民間詼諧文化」主要表現在三個方面，其中之一即「各種形式和體裁的不拘形跡的廣場言語（罵人話、指天賭咒、發誓、民間的褒貶

詩，等等）」〔註71〕。這種「廣場言語」是在狂歡節廣場上，在暫時取消等級之後，在新的交往方式產生同時，所形成的「新的言語生活形式」，其「典型的是慣用罵人話，即髒字和成套的罵法，有時句子相當長且複雜。」〔註72〕

詈罵是一種習俗，李炳澤《咒與罵》一書云：

> 放縱的罵，在制度上是咒祝，而內容上卻是罵。如「一罵十發」（「一咒十年旺」）、「不咒筋欠欠，越咒趙鮮健」、「癩蛤蟆咒天，越咒越鮮」等諺語所反映的觀念。有點「掛狗頭，賣羊肉」的味道。一般人看來都是罵，而不再是嚴格意義上的咒。也許是這樣，參加咒罵放縱活動的人才混淆了兩者之間的界限，把罵大大地擴展了。
>
> ……因而在一些地方，咒罵成為被允許的活動，形成為一種制度，在一定的節日裏舉行這類咒罵活動。此時，咒罵是一種奇特的民俗。它要求參加者咒罵得越壞越好。罵者沒有顧及，只怕「罵到用時方恨少」。而被罵者此時絕無惱怒的心情，文化功能賦予此時挨罵的人覺得這是一件大好事。〔註73〕

中原一帶，罵俗成風，至今流行，河南省靈寶縣的「東西常罵社火」〔註74〕，已成為河南省非物質文化遺產代表作。少數民族地區也流行節日罵俗，如布依族有「請人來家罵」的習俗，毛南族除夕遊山對罵，壯族的罵中秋，苗族的偷梁招罵等〔註75〕。

從罵俗到藝術之罵，並不遙遠。翁師敏華先生認為，「詈罵與歌唱的結合，使中國人日常生活、尤其是節日生活中的這一激烈的情緒表達，得以進入了藝術、審美的領域。後世戲曲中有一類專以開罵取勝的劇目，我們可以將它們叫作『罵戲』」〔註76〕。這類「罵戲」之所以存在的原因，就是源於中國人喜熱鬧的心理：

〔註71〕 《弗朗索瓦‧拉伯雷的創作與中世紀和文藝復興時期的民間文化導言》，載〔俄〕巴赫金著、李兆林、夏忠憲等譯《巴赫金全集》第六卷，石家莊：河北教育出版社，2009 年版，第 5 頁。

〔註72〕 《弗朗索瓦‧拉伯雷的創作與中世紀和文藝復興時期的民間文化導言》，載〔俄〕巴赫金著、李兆林、夏忠憲等譯《巴赫金全集》第六卷，石家莊：河北教育出版社，2009 年版，第 19～20 頁。

〔註73〕 李炳澤《咒與罵》，石家莊：河北人民出版社，1997 年版，第 214～215 頁。

〔註74〕 參見百度百科「罵社火」條。http://baike.baidu.com/view/1426850.htm。

〔註75〕 參見李炳澤《咒與罵》，石家莊：河北人民出版社，1997 年版，第 215～227 頁。

〔註76〕 翁敏華《節日罵俗與「罵曲」、「罵戲」》，《戲劇藝術》2011 年第 4 期，第 45～46 頁。

中國人喜歡熱鬧，喜歡湊熱鬧，每每有人相罵打架，馬路上總
會有人圍觀，人多的話往往還會影響交通。故而叫罵打架搬上戲曲
舞臺作為觀賞對象，實在是太順理成章的事了！民間俗語裏有云：
「常罵如唱戲，常打如打拍」，這詈罵與唱戲間的關係，由此如見一
斑。〔註77〕

文中，先生以「禰衡罵曹」「香君罵宴」和淮劇小戲《罵燈記》為例，分析了
「男罵」「女罵」「雅罵」「俗罵」的共同民俗文化內涵。在此，筆者再舉幾例，
以觀「罵戲」的鬧熱特點。

「呸」字，一般是罵的標誌，用在前則為開罵的標誌，是罵之伊始。有
時候「呸」也表現了喜樂之鬧的「罵」，如《西廂記》老夫人「拷紅」後，讓
紅娘請鶯鶯和張生來，不料鶯鶯裝羞、張生畏懼，被紅娘各「呸」了一頓：

【小桃紅】當日個月明才上柳梢頭，卻早人約黃昏後。羞得我
腦背後將牙兒襯著衫兒袖。猛凝眸，看時節則見鞋底尖兒瘦。一個
恣情的不休，一個啞聲兒廝耨。呸！那其間可怎生不害半星兒羞？

【么篇】既然洩漏怎甘休？是我相投首。俺家裏陪酒陪茶倒摑
就。你休愁，何須約定通媒媾？我棄了部署不收，你原來「苗兒不
秀」。呸！你是個銀樣鑞槍頭。〔註78〕

針對兩個人的矯情勁兒，紅娘毫不留情地「呸」了他們一頓。她罵得痛快，
觀眾則看得開心，尤其是罵到張生「呸！你是個銀樣鑞槍頭。」臺下都會爆
出哄笑和掌聲。李炳澤《咒與罵》講到：「『呸！』這個詞常常在詈罵的時候
使用」，「因為這是人類在感情表達上的共同方法」〔註79〕。正是這樣的情感
表達，才使得戲劇作品顯得更加熱鬧。

有時候詈罵就是痛斥與對抗，這樣的罵，力度更大，是鬧熱的直接表現。
如竇娥罵天罵地的一段唱詞，是對天地不公的痛斥，實在是罵得痛快：

【滾繡球】有日月朝暮懸，有鬼神掌著生死權，天地也，只合
把清濁分辨，可怎生錯看了盜跖顏淵。為善的受貧窮更命短，造惡
的享富貴又壽延。天地也，做得個怕硬欺軟，卻原來也這般順水推

〔註77〕翁敏華《節日罵俗與「罵曲」、「罵戲」》，《戲劇藝術》2011年第4期，第48
　　　頁。
〔註78〕王季思主編《全元戲曲》卷二，北京：人民文學出版社，1990年版，第291
　　　～292頁。
〔註79〕李炳澤《咒與罵》，石家莊：河北人民出版社，1997年版，第202頁。

船。地也，你不分好歹何爲地？天也，你錯勘賢愚枉做天！哎，只

落得兩淚漣漣。〔註80〕

竇娥的怒、怨、哀、愁，在痛罵天地的唱詞中一併傾出，演出場面的鬧熱溫
度頓升，觀眾也被這份鬧熱浸染。再如，《牡丹亭》柳夢梅中了狀元，到杜寶
府中去認岳父，不料攪鬧了杜寶的宴會，被抓進大牢。外扮杜寶與狀元生扮
柳夢梅，一番對質，杜寶竟將其認作了開棺劫財的盜墓賊，遂大罵：

> （外）你看這吃敲才，
>
> 【江水兒】眼腦兒天生賊，心機使的凶。還不畫紙。（生）誰慣
> 來！（外）你紙筆硯墨則好招詳用。（生）生員又不犯奸盜。（外）
> 你奸盜詐僞機謀中。（生）因令愛之故。（外）你精奇古怪虛頭弄。（生）
> 令愛現在。（外）現在麼，把他玉骨拋殘心痛。（生）拋在哪裏？（外）
> 後苑池中，月冷斷魂波動。〔註81〕

這番對質，杜寶先罵柳夢梅是「吃敲才」，意爲這該被打死的東西，該死的傢
伙。而後則用三個「你……」的排比，痛罵柳夢梅。柳夢梅以插白的形式，
不斷在杜寶的唱段中回擊。這是詈罵中的一種對抗表現形式，故舞臺呈現十
分鬧熱。另外，該段出自《硬拷》，而前一齣《鬧宴》與其聯繫緊密，是這該
段拷問的因由所在。可見，這一場鬧熱表演不是無根之水，而是源於前面的
「鬧」字戲，是其後續與高潮部分，因此這番詈罵之鬧熱，亦有理有據。

在對罵形式中，最有趣的莫過明代李開先的《園林午夢》院本了。該劇
爲《一笑散》之第二種，體制十分短小。演末扮漁翁的園林午睡，夢崔鶯鶯、
李亞仙攜紅娘、秋桂二丫鬟，相互譏諷，實則爲鬧熱的對罵。《劇品》謂：「詞
甚寂寥，無足取也」〔註82〕。筆者以爲，詞雖寂寥，情節類似兒戲，卻彰顯
鬧熱。且看紅娘、秋桂的對罵：

> （紅娘上云）好一個端馬桶的賤人，這般無禮！（秋桂云）好
> 一個看門子的丫頭，怎等欺心！（紅云）你改不了討酒尋錢、做重
> 臺的嘴臉。（桂云）你變不了傳書寄柬、叫姐夫的心腸。（紅云）你

〔註80〕 王季思主編《全元戲曲》卷一，北京：人民文學出版社，1990 年版，第 198
頁。

〔註81〕 〔明〕毛晉編《六十種曲》，北京：中華書局，1958 年版，第十二冊，第 104
頁。

〔註82〕 莊一拂《古典戲曲存目匯考》（上），上海：上海古籍出版社，1982 年版，第
426 頁。

撒了一世爛鞋。（桂云）你穿了半生破襖。（紅云）你是鄭元和的貼戶。（桂云）你是張君瑞的幫丁。（紅云）你傍聞些膩粉胭脂氣。（桂云）你渾身是油鹽醬醋香。（紅云）你是風月場架兒。（桂云）你是皮肉行經紀。（紅云）若不是鄭元和做了官，李亞仙還是娼婦，你還是小娼妓！（桂云）若不是杜將軍退了兵，崔鶯鶯便是賊妻，你便是賊奴才！（作打科）〔註83〕

兩人的罵戰是在崔鶯鶯和李亞仙對罵無果的基礎上，展開的較量。不料對罵升級，不見勝負，最終打作一團。這等鬧熱，可見一斑。

「廣場言語」除了罵人話，還有指天賭咒、發誓。前者的代表性例證為竇娥在刑場指天賭咒，發出三樁誓願——血飛白練、六月飛雪、亢旱三年。誓願的發出，也將故事推到了高潮的邊緣，調動起觀眾的味口，雖不是插科打諢，卻具備「人參湯」之功效，此鬧熱手法也。當然竇娥故事有奇幻的一面，這也是吸引人之處。後者如《西廂記》張生的發誓，則顯得更具民間性、世俗化。張生中得狀元歸來，老夫人以為他已經做了衛尚書家的女婿，他解釋道：「夫人聽誰說？若有此事，天不蓋，地不載，害老大小疔瘡！」〔註84〕對此毒誓，金聖歎謂其「《西遊記》豬八戒語也。」〔註85〕

另外，有些話語內容指向了「肉體下部」，含有色情成分。前文引《錦箋記》中兩個和尚的色情對話，即如此。筆者再舉一例——《懷香記》第十七齣《赴約驚回》，亦有此類葷話：

〔淨〕小姐既請韓官人，你該徑送進去。因何半路先討饒頭，盡意快活，把他弄軟了，這般殘貨，怎麼去奉承小姐？

……〔丑〕便是腰下這條短棍，也把我兩個弄一弄，快活快活，方便你去哩。〔註86〕

巴赫金說：「這種使人開心的語法（諷擬體語法）的實質主要在於，從物質——肉體的角度，主要是色情的角度，賦予語法範疇格、動詞的式等等以新的涵

〔註83〕〔明〕李開先著、卜鍵箋校《李開先全集》（中），北京：文化藝術出版社，2004年版，第1148頁。
〔註84〕王季思主編《全元戲曲》卷二，北京：人民文學出版社，1990年版，第318頁。
〔註85〕〔元〕王實甫原著、〔清〕金聖歎批改、張國光校注《金聖歎批本西廂記》，上海：上海古籍出版社，1986年版，第300頁。
〔註86〕〔明〕毛晉編《六十種曲》，北京：中華書局，1958年版，第五冊，第48頁

義。」〔註87〕引文中「短棍」，特指男性生殖器。顯然這段話，緊緊圍繞「肉體下部」展開，具有很強的鬧熱性。因此，巴赫金認爲：「民間詼諧歷來都與物質——肉體下部相聯繫」〔註88〕。

（2）典型化的人物形象

關於人物形象的類型化前文已述，這裡筆者從狂歡化角度，以觀中國傳統戲劇鬧熱表徵下的典型人物形象。

關於狂歡化人物形象，巴赫金曾言：

> 狂歡節類型的廣場節慶活動，某些詼諧儀式和祭祀活動，小丑
> 和傻瓜，巨人、侏儒和畸形人，各式各樣的江湖藝人，種類和數量
> 繁多的諷擬體文學等等，它們都具有一種共同的風格，都是統一而
> 完整的民間詼諧文化、狂歡節文化的一部分和一分子。〔註89〕

可見，小丑、傻瓜、巨人、侏儒、畸形人，以及各類江湖藝人，均爲民間詼諧文化、笑謔的狂歡節文化的有機組成，這一類就是狂歡化人物形象的主要類型。其中「小丑和傻瓜是中世紀詼諧文化的典型人物。他們彷彿體現著經常的、固定於日常（即非狂歡節的）生活裏的狂歡節因素」，「作爲小丑和傻瓜，他們體現著一種特殊的生活方式，一種既是現實的，同時又是理想的生活方式。他們處於生活和藝術的交界線上」〔註90〕。的確！中國傳統戲劇的確充斥著這樣的典型人物——無論是小丑、傻瓜，他們都似乎「處於生活和藝術的交界線上」，沒有人會覺得他們完全是生活人物，也不會讓人覺得他們離我們很遠，這不就是中國傳統戲劇帶給我們一直以來的感受嗎？那些所謂的小丑和傻瓜，也同樣成爲了鬧熱人物形象的代表，他們的言行，影響著劇作的鬧熱程度。

〔註87〕 《弗朗索瓦・拉伯雷的創作與中世紀和文藝復興時期的民間文化導言》，載〔俄〕巴赫金著、李兆林、夏忠憲等譯《巴赫金全集》第六卷，石家莊：河北教育出版社，2009 年版，第 24 頁。

〔註88〕 《弗朗索瓦・拉伯雷的創作與中世紀和文藝復興時期的民間文化導言》，載〔俄〕巴赫金著、李兆林、夏忠憲等譯《巴赫金全集》第六卷，石家莊：河北教育出版社，2009 年版，第 24～25 頁。

〔註89〕 《弗朗索瓦・拉伯雷的創作與中世紀和文藝復興時期的民間文化導言》，載〔俄〕巴赫金著、李兆林、夏忠憲等譯《巴赫金全集》第六卷，石家莊：河北教育出版社，2009 年版，第 4 頁。

〔註90〕 《弗朗索瓦・拉伯雷的創作與中世紀和文藝復興時期的民間文化導言》，載〔俄〕巴赫金著、李兆林、夏忠憲等譯《巴赫金全集》第六卷，石家莊：河北教育出版社，2009 年版，第 9 頁。

　　翁師敏華先生有兩篇文章，專門研究了這兩種典型人物。《試論〈西廂記〉笑謔性狂歡化的民間文化品格》，將張生形象置於狂歡化詩學理論體系下進行分析，發現「張生扮演著一個『至誠種』文人形象的同時，還充當了一個民間狂歡節的笑謔性傻瓜、小丑形象。」〔註91〕張生一直以來被認爲是在愛情面前顯得憨傻的、爲愛瘋狂和執著的形象，被譽爲「傻角」。而從狂歡化角度來看，就更容易理解了。這一人物形象的民間文化品格，是其能夠產生鬧熱的實質，這也與廣大人民的喜好息息相通。因此不僅這一角色被大眾所接受和喜愛，且這一類「傻角」都是大眾的寵兒。另一典型人物則是以李逵爲代表的小丑形象，翁師《由幾部水滸劇看李逵「狂歡節小丑」形象》，通過對《李逵負荊》《魯智深喜賞黃花峪》《宋公明鬧元宵》三部雜劇中李逵人物之分析，發現「李逵劇具有非常顯見的狂歡節文藝風格，劇中的李逵形象，是民眾和劇作家根據狂歡節對於丑角的需求塑造成功的，他的語言，他的行爲，他的故事情節，處處表現其作爲狂歡節小丑的笑謔性格。」〔註92〕

　　傻瓜、小丑形象是傳統戲劇的鬧熱主角。從題目來看，如果說元雜劇《李逵負荊》之李逵原本就既是劇作主角，又是鬧熱主角的話，那麼後兩劇，李逵則僅是鬧熱主角。

　　《魯智深喜賞黃花峪》雜劇共四折，第一折正末扮楊雄，第二、三折均爲正末扮李逵，第四折才由正末扮魯智深。可見短短四折，李逵作爲男一號的就有一半，正題中的男主角（魯智深）也只是最後一折出場收官而已。劇作中最能吸引觀眾、最能鬧熱觀眾之心的，亦非李逵莫屬。李逵的鬧熱主角地位體現在諧趣語言、打鬥動作兩方面，其中也有唱、做、打合一的鬧熱部分。且看第三折李逵欲救幼奴，被蔡衙內發現，厮打開來：

　　　　（正末唱）

　　【叨叨令】他走將來無高低，罵到我三十句。（蔡淨云）我打這廝。（做打正末科）（正末唱）哎喲哎喲他颭颭颭颭的這棍棒如風雨。（蔡淨云）這個是甚麼撅折了？（正末唱）急周各支撅折我些紅匙筯。（蔡淨云）這鼓子要他怎麼，蹦破了。（正末唱）壞了買賣也他

〔註91〕翁敏華《試論〈西廂記〉笑謔性狂歡化的民間文化品格》，《戲劇藝術》2008年第6期，第51頁。

〔註92〕翁敏華《由幾部水滸劇看李逵「狂歡節小丑」形象》，《戲曲研究》第81輯，第90頁。

則一腳踢破我蛇皮鼓。(云)俺哥哥説來,著我忍事饒人。(唱)哎,我其實可便忍不的也波哥,忍不的也波哥!不鄧鄧按不住心頭怒。

（云）兀那廝,你敢打末?(蔡衙內云)我敢打你這廝。(正末做打淨科)(唱)

【鮑老兒】打這廝好模樣歹做處,你是個強奪人家女嬌娥。一隻手便把領窩揢,粗指頭搯雙目。是個越嶺拔山嘯風虎,豈怕你個趁霜兔!打這廝將無做有,説長道短,膽大心粗。

（淨云）打的我好辣也。我近不的他,走走走。(下)(正末云)這廝走了也。姐姐,你隨我去來。〔註93〕

李逵先被蔡衙內又罵又打,蔡出口、出手很重,打壞了李逵的東西。觀眾一定奇怪爲什麼黑旋風不出手?李逵則道:「俺哥哥説來,著我忍事饒人」。然「黑旋風」不是浪得虛名,他一旦忍不住,就要大打出手;這一打,就熱鬧了。李逵是邊打邊罵——罵語屬於狂歡化詩學理論之「廣場言語」範疇,而這末打淨,也恰符合宋金笑劇中副末打副淨,以鬧熱場面、取樂觀眾的舞臺手段。這段最有趣的是,李逵唱詞描繪了兩人具體打鬥的動作序列,以及二人的感受。譬如,蔡衙內的動作序列爲:罵李逵——折斷匙筯——打破皮鼓;李逵的感受爲「颼颼颯颯」「如風雨」、忍無可忍。李逵的動作序列爲:罵蔡——糾住衣領——搯打雙目;蔡衙內的感受則爲「辣」。這一來一回,唱詞即動作,動作也爲唱詞,呈現舞臺的整體效果爲:唱也鬧熱,打也鬧熱。

此外,《宋公明鬧元宵》實則李逵鬧元宵,故其爲該劇之鬧熱主角。引例見前文,故不贅述。

總之,張生、李逵等人物角色既是狂歡化的典型人物形象,也是中國傳統戲劇鬧熱體制下的典型形象,是劇作的鬧熱主角。

（3）對崇高的「降格」「貶謫」以及對神聖的褻瀆

巴赫金將民間詼諧、笑謔文化中所體現出的,特有的審美觀念稱之爲「怪誕現實主義」〔註94〕。他認爲「怪誕現實主義的主要特點是降格,即把一切高級的、精神性的、理想的和抽象的東西轉移到整個不可分割的物質——肉

〔註93〕王季思主編《全元戲曲》卷七,北京:人民文學出版社,1990年版,第92～93頁。
〔註94〕參見《弗朗索瓦·拉伯雷的創作與中世紀和文藝復興時期的民間文化導言》,載〔俄〕巴赫金著、李兆林、夏忠憲等譯《巴赫金全集》第六卷,石家莊:河北教育出版社,2009年版,第22頁。

體層面、大地和身體層面」，「具有貶低化、世俗化和肉體化的特點。怪誕現實主義區別於中世紀上層文學藝術的一切形式的基本特點就在於此。」因此，「詼諧就是貶低化和物質化」〔註95〕。

中國傳統戲劇中，此類內容並不鮮見，而且屬於具有鬧熱特徵的科諢內容。「降格」與「貶謫」，以及對神聖的褻瀆，都可以在傳統戲劇中窺見。

中國傳統社會是一個「父父子子、君君臣臣」，等級十分森嚴的社會。以「禮」爲社會和人際交往的規範，然在傳統戲劇中出現了諸多越禮的行爲。戲劇藝術中那些高貴的被「降格」，崇高的被「貶謫」，主要表現爲對官員的不尊和嘲弄。其起源甚早，古優就是最早代表，他們的諷諫行爲，是一般臣子所不敢爲的。其諷諫的特點和實質就是對高貴和崇高的不尊與嘲弄，有的甚至還會動手來「打」，如後唐莊宗被敬新磨「手批其頰」。皇帝被掌摑，可謂史上僅有，但也僅倡優才有如此權力。此外，唐參軍戲也是這類代表，源頭就是對貪官的嘲弄、戲諷。《太平御覽》卷五六九「倡優」條載：

> 《趙書》曰：石勒參軍周延，爲館陶令，斷官絹數百匹，下獄，以八議宥之。後每大會，使俳優著介幘，黃絹單衣。優問：「汝何官，在我輩中？」曰：「我本館陶令。」鬥撥單衣曰：「正坐取是，故入汝輩中。」以爲笑。〔註96〕

宋金笑劇也多有此類劇目，如「孤」字戲，多半爲嘲弄官員的劇作，《三孤慘》《四孤好》《四孤披頭》《四孤擂》等。

其次，對於原本應該尊崇和順從的人物之戲弄與反駁，也是對其崇高地位的「降格」，使其地位降低。如《春香鬧學》，小春香對塾師陳最良大加調弄。再如《拷紅》，紅娘以「四兩撥千斤」之勢，駁得老夫人啞口無言：

> 信者人之根本，「人而無信，不知其可也。大車無輗，小車無軏，其何以行之哉？」當日軍圍普救，夫人所許退軍者，以女妻之。張生非慕小姐顏色，豈肯區區建退軍之策？兵退身安，夫人悔卻前言，豈得不爲失信乎？既然不肯成其事，只合酬之以金帛，令張生捨此而去。卻不當留請張生於書院，使怨女曠夫，各相早晚窺視，所以

〔註95〕《弗朗索瓦・拉伯雷的創作與中世紀和文藝復興時期的民間文化導言》，載〔俄〕巴赫金著、李兆林、夏忠憲等譯《巴赫金全集》第六卷，石家莊：河北教育出版社，2009年版，第23～25頁。

〔註96〕〔宋〕李昉等撰《太平廣記》，北京：中華書局，1960年版，第三冊，第2572頁。

夫人有此一端。目下老夫人若不息其事，一來辱沒相國家譜；二來
張生日後名重天下，施恩於人，忍令反受其辱哉？使到官司，夫人
亦得治家不嚴之罪。官司若推其詳，亦知老夫人背義而忘恩，豈得
爲賢哉？紅娘不敢自專，乞望夫人臺鑒：莫若恕其小過，成就大事，
摑之以去其污，豈不爲長便乎？〔註97〕

紅娘實在句句在理，老夫人也無言以對，最終只得接受這「殘酷」的現實。
這段不僅對紅娘形象有較大提升，極富抗爭精神，而且也是對位尊權重老夫
人的一次「降格」與「貶謫」，雖不是科諢，卻讓觀者眼前一亮，鬧熱在心。

此外，對神聖的褻瀆，是中國人自古之習慣，是我們民族性格的一方面。
歷史上有秦末陳勝吳廣起義時，所喊出的「王侯將相寧有種乎」。藝術形象中，
則有孫悟空大鬧天宮時所說「皇帝輪流做，今年到我家」。可見，褻瀆神聖的
精神是存在於中國人骨子裏的。

儒、釋、道三教是中國傳統文化的主體，其創始人和代表人物近乎神聖，
然民間卻多把孔子稱作「孔老二」。唐代有「李可及戲三教」，把儒、釋、道
之神聖統統地貶低化、世俗化。唐代還多有「弄三教」「弄孔子」「弄婆羅門」
等優戲，都是如此。宋金雜劇、院本中亦如此。

戲曲作品中有諸多嘲諷出家人的段落，這些出家人的行爲，本身就是對
神聖之褻瀆。如前所引《錦箋記》說葷話的破戒和尚。另如《歌代嘯》第一
齣，李和尚上場便云：「自從披剃入空門，獨擁孤衾直到今。咳！我的佛，你
也忒狠心。若依愚見看來，佛爺爺，你若不稍寬些子戒，那裡再有佛子與佛
孫？！」〔註98〕可見，李和尚色欲太強，且他還打諢稱神聖的佛祖爲「佛爺
爺」，這顯然是傳統戲劇世俗化的鬧熱表現手法。再如《獅吼記》第十三齣《鬧
祠》，原本就是一齣鬧戲，陳慥懼內，官老爺懼內，就連土地爺也生活在土地
奶奶的淫威之下。這裡，官被「貶謫」，土地神被「降格」，如此世俗化的風
格，鬧熱不在話下。且看其中的典型語言與動作（生扮陳慥、旦扮柳氏、末
扮官、淨扮官夫人、外扮土地、丑扮土地娘娘）：

〔淨內大叫，云〕正甚麼綱常？待我來！〔末趺下公座，云〕

〔註97〕王季思主編《全元戲曲》卷二，北京：人民文學出版社，1990 年版，第 290
頁。

〔註98〕〔明〕徐渭著、周中明校注《四聲猿》，上海：上海古籍出版社，1984 年版，
第 110 頁。

怎好怎好，夫人聽見了。〔淨扮夫人跑出，扯起旦，云〕你起去，待
我打這不明白的東西。〔一手扯末，一手打落紗帽，云〕你跪著！〔末〕
奶奶，手下人看著，乞存體面。〔皀〕夫人發怒，我們且須迴避了。
〔下。淨扯末，罵介〕

　　……

　　〔丑扮土地娘娘跑上，揪外、打末、生慌跑介，外跪云〕娘娘。
我不曾說甚麼。〔丑指外罵〕

　　……

　　〔丑打外介，外揪淨云〕因你卻打我。我只打你。〔外打淨介，
淨揪末云〕因你卻打我。我只打你。〔淨打末介，末揪旦云〕因你卻
打我。我只打你。〔末打旦介，旦揪生云〕因你卻打我。我只打你。
　　〔旦打生介，混打一團，丑氣倒在地，淨旦〕休氣壞了娘娘。我們
扶進去。〔淨旦扶丑，下。外氣倒在地，末生扶起介，外〕
　　〔煞尾〕休道你做人受折磨。我爲神也損傷。這場禍害從天降。
　　……〔註99〕

這一通鬧騰，不論陳慥、官老爺，還是土地爺，都是懼內的「模範」；也不論
柳氏、官夫人，還是土地奶奶，都是「獅吼」的典型。最終是六個人混打，
鬧作一團，而觀眾看得十分過癮。土地爺、土地奶奶雖爲神明，卻在劇中與
普通夫妻一樣，他們之間也有「剪不斷，理還亂」的家庭瑣事。對神靈的世
俗化塑造，其實就是傳統戲劇鬧熱的手段。而其中女性戰勝男性，一反社會
倫理之常態，也是對封建倫理之夫綱的「降格」。如此看來，這恰好成就了傳
統戲劇的鬧熱特徵。

　　除了以上能給人以喜樂之鬧的褻瀆之外，也有以褻瀆神聖來表達哀怨、
憤恨，體現出傳統戲劇的哀怒之鬧。譬如竇娥在臨刑前，痛罵天地，是對天
地神聖的褻瀆與詛咒。如此咒罵，非但不會影響劇作效果，反而帶給觀眾以
悲慟與震撼的感受，讓觀眾的心隨著竇娥的冤屈被斬，產生鬧熱感。可見，
哀怒之鬧，有時帶給觀眾兩種感受，一種是悲慟震撼，一種是逆境共鳴，兩
者均是心中之「鬧」，使受眾情感受挫，是負情緒下的審美快感。此時就需要
一種情感的疏導和宣洩，就會出現死而復生、昭雪冤屈、歹人斃命、闔家團

〔註99〕〔明〕毛晉編《六十種曲》，北京：中華書局，1958 年版，第十冊，第 41～
　　　　45 頁。

圓的下文和結局。

圖 4-2　崑劇《獅吼記》劇照

（上海崑劇團 2010 年 1 月 13 日逸夫舞臺演出）

3、其他類型的語言與動作。

（1）非科諢語言的鬧熱

　　語言方面，除了戲謔的科諢語言之外，還有一類與劇情發展、人物性格塑造有關的語言，亦能使場面鬧熱，人心澎湃。如前文所引《拷紅》，紅娘駁斥老夫人的一段話。再如《牡丹亭·驚夢》，杜麗娘見到春景這般美好之後，春傷情起，杜麗娘慨歎著，訴說其內心之苦，不免感傷：

　　　　（旦歎介）默地遊春轉，小試宜春面。春呵，得和你兩留連，春去如何遣？咳！恁般天氣，好困人也。春香那裡？（作左右瞧介）（又低首沉吟介）天呵，春色惱人，信有之乎？常觀詩詞樂府，古之女子，因春感情，遇秋成恨，誠不謬矣。吾今年已二八，未逢折桂之夫；忽慕春情，怎得蟾宮之客？昔韓夫人得遇於郎，張生偶逢崔氏，曾有《題紅記》、《崔徽傳》二書。此佳人才子，前以密約偷

期，後皆得成秦晉。（長歎介）吾生於宦族，長在名門。年已及笄，不得早成佳配，誠爲虛度青春。光陰如過隙耳。（淚介）可惜妾身顏色如花，豈料命如一葉乎！

【山坡羊】（旦）沒亂裏春情難遣，驀地裏懷人幽怨。則爲我生小嬋娟，揀名門一例一例裏神仙眷。甚良緣，把青春拋的遠！俺的睡情誰見？則索因循靦腆。想幽夢誰邊？和春光暗流轉。遷延，這衷懷那處言？淹煎，潑殘生除問天！〔註100〕

哪個少女不曾懷春？誰又未曾感傷過？而恰恰是杜麗娘的傷春感懷，不免太動人了。看這般春景，聯想到韓夫人與於郎，張生和鶯鶯，再看看自己，不免傷心歎息，甚至落淚。「因春感情，遇秋成恨」與「可惜妾身顏色如花，豈料命如一葉乎！」這兩句已暗示女主人公春起情殤，秋來薄命之宿命。杜麗娘這曲【山坡羊】想必已經喚起了觀眾的情懷，哪怕僅僅是對其的同情和憐惜。這齣戲唱段頗多，曲辭優美，場面上未見風浪，卻已蕩起觀眾心中漣漪。此番雖與前述不同，卻熱在衷腸。

　　無獨有偶，新編崑劇《班昭》中，女主角班昭的獨白，也是一段痛訴、一次情感鬱積的宣洩，這是古代知識女性的呼聲。而這段獨白，情思、惆悵都與杜麗娘的傷懷，宛如一脈，從春到秋，女子的傷變成了恨：

我這一生，嫁人，人死了，寫書，書燒了。我一個女子，孤燈寒卷，又有誰來幫過我啊！……就因爲我是班家的女兒，我便無所推託。而只能，一天天、一月月、一年年，一個十年，又一個十年地，守在書齋，伏在案前，對著孤燈，一個字、一個字地寫！寫！寫！我心已盡了，力已乏了，人也老了，頭也白了。我爲何不能像常人一樣，享受幾天人生呢？不就是喝幾壺茶？飲幾杯酒？赴幾回宴？偷幾日閒麼？難道這也過分了嗎？〔註101〕

這番言語，發自肺腑，是人物的暢訴，帶給觀眾的則是內心的震撼和澎湃，甚至有些觀眾會有情感的共鳴。雖然場面是嚴肅的，但內心是熱熱的、不平靜的。

〔註100〕〔明〕毛晉編《六十種曲》，北京：中華書局，1958年版，第四冊，第27～28頁。

〔註101〕按，摘錄自崑劇《班昭》網絡視頻。http://v.youku.com/v_show/id_XNDQyNDcyMjA=.html。

　　因此，能夠體現傳統戲劇鬧熱特徵的，並非是一味取笑的語言動作；而一些嚴肅的、用情的語言，也同樣動人，這類文字和表演亦是鬧熱的。

（2）誇張化、藝術化的程式動作

　　中國傳統戲劇的一大特點，即程式性，其主要表現爲動作的藝術化、誇張化和程式化。這些在傳統戲劇中均有所體現，具體爲舞蹈、武術、雜技、幻術及各種絕活、伎藝等。

　　各類伎藝在傳統戲劇中的運用是有歷史緣由的，而二者是何種關係，翁師敏華先生《中國雜技及其對戲曲的影響滲透》一文談到：

　　　　中國戲曲在其成形之初，就大量地汲取了雜技的表演技巧和藝術養分。甚至，元南北「雜劇」之得名，恐怕都與「雜技」有關。戲曲的誕生首先不是以傳播故事爲第一需要，而是以集合眾技藝爲首要。宋瓦舍技藝原是分而演之的，到了元代，觀眾們就著一個簡單易懂的故事，只須坐在一處，就能享受美妙的歌舞、滑稽的科諢、動情的說唱、高超的武功、驚險的雜技、奇妙的魔術、令人「耳」不暇接的口技了。我把這種現象叫做「藉故」。藝人們會多少技藝，決定他們編多長故事；會舞槍弄棒，就「借」個武打故事；會裝神弄鬼，就「借」個神鬼故事。故事，只起了一個替代節目主持人「竹竿子」的作用。〔註102〕

這段文字，說明了雜技和戲曲之關係。以至於戲劇最初就是爲了觀眾而成爲了綜合性極高的表演。目的來看，表面是爲了表演便捷，其實是爲了方便娛樂受眾。因此，用觀眾最喜歡的絕活伎藝穿插在故事中間，更能吸引人、娛樂人。這就是利用各種非科諢類動作而亦能鬧熱場面的機理。這些精彩動作，隨著演出故事之需要、演員表演能力的發展等因素影響，逐漸固定了下來，演變爲一種表演藝術的程式。

　　傳統戲劇中，如此能事頗多，且各地方劇種還有不同的藝能代表。廣爲熟知的有吐火、變臉、帽翅功、椅子功、髯口功、手帕功、水袖功、甩髮功、毯子功、扇子功等。這些動作有些是憑藉演員肢體的能力，如毯子功等；大部分則是借助演出道具，玩出的花樣和絕活，均能技驚四座。傳統戲劇表演中的這些程式動作，一來可以塑造人物形象，爲故事情節的發展推波助瀾，

〔註102〕翁敏華《中國雜技及其對戲曲的影響滲透》，《文化藝術研究》2009 年第 1 期，第 141 頁。

如表現人物的心情，展示人物的能力和性格特點；二則將戲劇故事的演說場，變成伎藝絕活的表演場，能夠烘托熱鬧的演出氛圍。

毯子功，是傳統戲劇藝術的基本功之一，多在武戲、戰爭戲中出現，表現人物的驍勇善戰、展示戰爭武打場面的恢宏和激烈。主要有筋斗、搶背、弔毛、撲虎等驚險動作，由於「這類技巧的訓練和表演須在毯子上進行，所以稱為毯子功」〔註103〕。各種筋斗動作都屬於毯子功，在武戲打鬥中，顯得十分驚險、刺激和熱鬧。

圖 4-3　水袖功（蒲劇）

（2007 年 4 月 6 日臨汾梨園堂劇場演出）

水袖功，屬於傳統戲劇服飾表演的動作程式。不同腳色行當都有其特定的水袖功，具體而言，有「勾、挑、撐、衝、撥、揚、撣、甩、打、抖等水袖動作」〔註104〕。簡言之，水袖功就是利用水袖完成的各種形式動作，進而

〔註103〕余漢東《中國戲曲表演藝術辭典》，北京：中國戲劇出版社，2006 年版，第196 頁。

〔註104〕余漢東《中國戲曲表演藝術辭典》，北京：中國戲劇出版社，2006 年版，第292 頁。

表達人物的思想感情，塑造人物角色。一般在表達激動和強烈的人物情感時，採取較為複雜的複合式水袖動作。

帽翅功，屬於傳統戲劇盔帽表演的程式動作，一般用於穿蟒袍或官衣的人物角色。代表作有《徐策跑城》，其中既有「搖單帽翅」，也有「搖雙帽翅」。前者難度更大，用以「表現人物內心無比的喜悅及神采奕奕的精神面貌，有時候也用於表現人物凝神沉思」等〔註105〕。

「搖單帽翅」　　　　　　　　　　　「水袖飄髯」

圖4-4　帽翅功與髯口功（蒲劇）

（2007 年 4 月 6 日臨汾梨園堂劇場演出）

《徐策跑城》中還有髯口功的表演，其屬於「水袖飄髯」——「即用水袖的翻袖動力，使髯鬚在身前飄揚而起」，「也可用兩手同時用長袖不間斷地由下網上地翻打水袖，使髯鬚在面前飄飛而起」〔註106〕。一般這樣的表演程式，表現了人物內心的激動和興奮，能夠渲染人物情緒，營造演出氛圍。

〔註105〕余漢東《中國戲曲表演藝術辭典》，北京：中國戲劇出版社，2006 年版，第346 頁。

〔註106〕余漢東《中國戲曲表演藝術辭典》，北京：中國戲劇出版社，2006 年版，第389 頁。

　　蒲劇《掛畫》，有著名的「椅子功」，爲「站椅背扶手」。這是傳統戲劇椅技的表演程式——「即用一隻腿站在椅子扶手上亮相或作有關的其他動作」〔註107〕。《掛畫》的椅子功，上法採取跳上，先金雞獨立，然後一邊表演掛畫動作一邊下蹲，均爲單腳完成；下法則先是雙腳快速交替地踩椅背扶手，以表示快要站不穩了，然後突然跳下，坐在椅子上，手捂胸口，喘著粗氣，表示虛驚一場。這一系列動作，表達了主人公等待心上人的愉悅心情，也表現了演員的表演功力，讓觀眾大開眼界，場面鬧熱。

　　此外，還有扇子功、手帕功。如蒲劇《表花》，小丫頭一邊唱花名，一邊玩弄手中的摺扇和手帕。摺扇在演員手中似活了一般，展開、抖落、拋起、平轉。演員另一隻手則頂轉手帕。其中最讓人稱絕的是「拋抓帕」，即先將手帕拋出，然後帕子在空中轉一個弧線，重新飛回演員身前，並將帕子接住。這個表演在《掛畫》中也有，一般是表達人物喜悅的心情，以及活潑、靈巧的性格。

圖4-5　椅子功、扇子功與手帕功（蒲劇）

（2007 年 4 月 6 日臨汾梨園堂劇場演出）

　　總之，傳統戲劇藝術的各種絕活技藝頗多，在此不一一列舉。這些程式動作，看似誇張、驚險，卻能夠較好地與表演結合，成爲演出的一個必要組成。有的程式動作甚至成爲了一齣劇目的看點，是鬧熱場面的重要手段。

〔註107〕余漢東《中國戲曲表演藝術辭典》，北京：中國戲劇出版社，2006 年版，第450 頁。

三、正劇之鬧──以《桃花扇》「鬧黨爭」為例

狄德羅在《關於〈私生子〉的談話》中，提出了「嚴肅劇」這一概念。他認為：

> 一切精神事物都有中間和兩極之分。一切戲劇活動都是精神事物，因此似乎也應該有個中間類型和兩個極端類型。兩極我們有了，就是喜劇和悲劇。但是人不至於永遠不是痛苦便是快樂的。因此喜劇和悲劇之間一定有個中心地帶。
>
> ……
>
> 我要問一下，這齣戲（泰倫斯《婆母》）是屬於哪一類型呢？屬於喜劇嗎？裏面並沒有使人發笑的字眼。屬於悲劇嗎？劇中並無恐怖、憐憫或其他強烈的感情的激發。可是劇裏仍有令人感興趣的東西。任何戲劇作品，只要題材重要，詩人格調嚴肅認眞，劇情發展複雜曲折，那麼即使沒有使人發噱的笑料和令人戰慄的危險，也一定有引起興趣的東西。而且，據我看來，由於這些行動是生活中最普遍的行動，以這些行動為對象的劇種應該是最有益、最具普遍性的劇種。我把這種戲劇叫做嚴肅劇。〔註108〕

這裡所謂「嚴肅劇」，即正劇。正劇，「又稱悲喜劇，是在悲劇與喜劇之後形成的第三種戲劇體裁。」〔註109〕

正劇在中國傳統戲劇中大量存在，「可以根據它們的題材和主旨劃分為不同的種類」〔註110〕，如一些「公案」戲，以及反映底層人民反抗壓迫並獲得成功的傳統戲曲劇目等，都可以被看作是正劇的一種〔註111〕。另外一類可以稱為「英雄正劇」，「它往往表現政治鬥爭、階級鬥爭、民族鬥爭中的重大題材」〔註112〕。在傳統戲劇中，主要體現為部分歷史劇中包含的忠奸對立與黨

〔註108〕《狄德羅美學論文選》，北京：人民文學出版社，1984年版，第90頁。按，括弧內文字由筆者添加。

〔註109〕《中國大百科全書·戲劇卷》，北京／上海：中國大百科全書出版社，1989年版，第507頁。

〔註110〕《中國大百科全書·戲劇卷》，北京／上海：中國大百科全書出版社，1989年版，第508頁。

〔註111〕參見《中國大百科全書·戲劇卷》，北京／上海：中國大百科全書出版社，1989年版，第508頁。

〔註112〕《中國大百科全書·戲劇卷》，北京／上海：中國大百科全書出版社，1989年版，第508頁。

派紛爭，這樣的正劇內容依然具有鬧熱性，體現爲中國式的「黨爭之鬧」，本文稱其爲「鬧黨爭」。

正劇之「鬧黨爭」描寫，可以追溯到明代王世貞《鳴鳳記》傳奇，其「演嚴嵩父子弄權橫爆事」〔註113〕，描寫了「以夏言、楊繼盛爲首的朝臣和擅權一時的嚴嵩父子之間的激烈鬥爭」，由於描寫的內容正是當朝之事，可謂「時事劇」，「是明代傳奇表現當代重大政治事件的開端之作」〔註114〕。受其影響，明清兩代不乏以描寫嚴嵩專權、黨派爭鬥爲內容的戲劇作品，如明代龍門山人《回天記》、張景《飛丸記》、陳開泰《冰山記》、張岱《冰山記》、高汝拭《不丈夫》，清代丁耀亢《蚺蛇膽》、吳綺《忠愍記》、周韻亭《忠憫記》、無名氏《丹心照》等。而且，至清代初期，更出現了兩部歷史劇佳作——《清忠譜》與《桃花扇》，其均以「鬧黨爭」爲主要題材，反映歷史眞實，在舞臺上充分表現了中國式的「黨爭之鬧」。

《清忠譜》爲清代李玉作品，劇作描寫了以宮廷宦官頭目魏忠賢爲首的閹黨，獨攬朝政、一手遮天、爲非作歹，最終激起朝野上下的共同不滿。周順昌、文震孟、周起元等忠義良臣和顏佩韋等市民代表，展開與閹黨激烈地政治鬥爭。劇作所描寫的具有戲劇衝突之內容，不可謂不鬧熱。這部作品與《鳴鳳記》一樣，也是「時事劇」，劇中人物多有史料記載，具有「信史」性質。

《桃花扇》是清代孔尚任的代表作。一般按照結局性質，將其歸爲悲劇行列。但其中反映「鬧黨爭」的部分，則屬正劇性質的情節描寫。《桃花扇》的創作明顯受到了《鳴鳳記》《清忠譜》等時事性傳奇作品的直接影響，其借侯方域、李香君愛情故事之描寫，完整地勾勒了南明王朝的覆滅過程，即「借離合之情，寫興亡之感」。其中主要貫穿了以知識分子爲代表的復社，與近幸小人集團的閹黨之間的政治鬥爭，因此《桃花扇》充分表現了中國式的「黨爭之鬧」。

孔尚任在《〈桃花扇〉傳奇小引》云：

> 知三百年之基業，隳於何人？敗於何事？消於何年？歇於何

〔註113〕莊一拂《古典戲曲存目彙考》（中），上海：上海古籍出版社，1982年版，第820頁。

〔註114〕廖奔、劉彥君《中國戲曲發展史》第三卷，太原：山西教育出版社，2003年版，第254頁。

地？不獨令觀者感慨涕零，亦可懲創人心，爲末世之一救矣。〔註115〕
可見，這部作品的目的在於揭示明王朝覆滅的眞正原因——忠奸之黨爭。而
在作品創作中，作者也對黨爭的雙方有鮮明的傾向性，一方面稱頌了以知識
分子爲代表的復社文人和李香君、柳敬亭等底層民眾，另一方面則表達了對
以馬士英、阮大鋮爲代表的南渡後閹黨勢力的痛恨與鄙視。這兩大陣營，也
恰恰構成了《桃花扇》「鬧黨爭」之矛盾雙方。另外，這齣戲搬上舞臺之後，
「不獨令觀者感慨涕零，亦可懲創人心」，體現了其鬧熱特徵。即作者對「鬧
黨爭」的描寫，意在「爲末世之一救」，其途徑在於讓人看過後「鬧而心惕」
「鬧而心愧」，是要有所警戒和借鑒的。這便是「鬧黨爭」在《桃花扇》中所
表現出的鬧熱特徵。

「鬧黨爭」在《桃花扇》中有充分體現。總體看來，全劇有 15 齣寫侯方
域、李香君的戀愛故事，但其中也直接或間接牽涉到黨爭內容，而剩下的 29
齣，則是直接寫亡明之事，佔據了 2/3 的內容〔註116〕。從細節觀之，侯方域
一登場便道：「先祖太常，家父司徒，久樹東林之幟；選詩雲間，徵文白下，
新登復社之壇。」〔註117〕可見，男主人公登場便表明了自己的黨派身份。此
外，作品中《哄丁》《偵戲》兩齣，則直接描寫了「黨爭之鬧」。前者主要表
現爲「鬧打」，後者則爲「鬧罵」，這一打一罵，恰是傳統戲劇表現鬧熱性的
獨特手段，運用在「鬧黨爭」中，也十分貼合。董每戡先生在《五大名劇論》
之《桃花扇論》中認爲這兩齣戲十分重要，不僅辨明了黨爭與姻緣孰輕孰重，
而且還強調了這兩齣戲的鬧熱戲劇性所在：

> 姻緣跟黨爭關聯，論重要性，黨爭比姻緣重要，所以先黨爭，後
> 姻緣，也就是先寫公事，後寫私事；第三、四兩齣直寫黨爭有關的行
> 動，第五齣才寫和姻緣有關的「訪翠」。我認爲第三齣「哄丁」，第四
> 齣「偵戲」是全劇最占關鍵性的重點戲，因黨爭重起或停息，姻緣的
> 合或離，都由這兩齣戲來決定。……這兩齣戲的一打一罵，讀劇者不
> 能忽視！再，劇本剛只發端，不久就具體地表現一在行動上一在言談

〔註115〕〔清〕孔尚任《〈桃花扇〉傳奇小引》，載蔡毅編著《中國古典戲曲序跋彙編》
　　　　卷十二，濟南：齊魯書社，1989 年版，冊三，第 1601 頁。
〔註116〕參見董每戡《五大名劇論》，北京：人民文學出版社，1984 年版，下冊，第
　　　　506 頁。
〔註117〕〔清〕孔尚任《桃花扇》（一），載《古本戲曲叢刊》編刊委員會《古本戲曲
　　　　叢刊五集》，上海：上海古籍出版社，1986 年版，第 13 頁。

上的對立衝擊，使戲顯得緊湊，提起觀眾的精神，思想性在具體的戲
劇行為上顯露，也是這個劇本開首銳利的優點。〔註118〕

　　《哄丁》之「鬧打」發生在「丁祭」之時，即仲春或仲秋的上丁日（第
一個逢丁的日子）祭祀先聖先師的儀式〔註119〕。主要描寫了復社文人在國子
監文廟大成殿祭祀孔夫子，阮大鋮想伺機結識復社人士，故偷偷前來參加，
不料被眾文士發現並被罵得狗血噴頭，一頓好打，是「大快人心的一場鬧劇」
〔註120〕。且看文本中相關的描寫：

　　　　（副淨滿髯冠帶，扮阮大鋮上）**淨洗含羞面，混入几筵邊。**

　　　　……

　　　　（副淨拱介）（小生驚看，問介）你是阮鬍子，如何也來與祭？
唐突先師，玷辱斯文。（喝介）快快出去！（副淨氣介）我乃堂堂
進士，表表名家，有何罪過，不容與祭。（小生）你的罪過，朝野
俱知，蒙面喪心，還敢入廟。難道前日防亂揭帖，不曾說著你病根
麼！（副淨）我正為暴白心跡，故來與祭。（小生）你的心跡，待
我替你說來：
**【千秋歲】魏家幹，又是客家幹，一處處兒字難免。同氣崔田，同
氣崔田，熱兄弟糞爭嘗，癲同吮。東林裏丟飛箭，西廠裏牽長線，
怎掩旁人眼。（合）笑冰山消化，鐵柱翻掀。**

　　　　（副淨）諸兄不諒苦衷，橫加辱罵，那知俺阮圓海原是趙忠毅
先生的門人。魏黨暴橫之時，我丁艱未起，何曾傷害一人，這些話
都從何處說起。
**【前腔】飛霜冤，不比黑盆冤，一件件風影敷衍。初識忠賢，初識
忠賢，救周魏，把好身名，甘心貶。前輩康對山，為救李空同，曾
入劉瑾之門。我前日屈節，也只為著東林諸君子，怎麼倒責起我來。
春燈謎誰不見，十錯認無人辯，個個將咱遣。（指介）恨輕薄新進，
也放屁狂言！**

〔註118〕董每戡《五大名劇論》，北京：人民文學出版社，1984 年版，下冊，第 554
　　　　頁。

〔註119〕參見翁敏華評點《桃花扇》，評點 20，上海：華東師範大學出版社，2006 年
　　　　版，第 19 頁。

〔註120〕蔣星煜《〈桃花扇〉研究與欣賞》，上海：上海人民出版社，2008 年版，第 225
　　　　頁。

（小生）好罵好罵！（眾）你這等人，敢在文廟之中公然罵人，真是反了。（副末亦喊介）反了反了！讓我老贊禮，打這個奸黨。（打介）（小生）掌他的嘴，撦他的毛。（眾亂採鬚，指罵介）

【越恁好】閹兒璫子，閹兒璫子，那許你拜文宣。辱人賤行，玷庠序，愧班聯。急將吾黨鳴鼓傳，攻之必遠：屏荒服不與同州縣，投豺虎只當閒豬犬。

（副淨）好打好打！（指副末介）連你這老贊禮，都打起我來了。（副末）我這老贊禮，才打你個知和而和的。（副淨看鬚介）把鬍鬚都採落了，如何見人，可惱之極。（急跑介）〔註121〕

阮大鋮原本想混入丁祭隊伍中，結識復社文士，不料被發現，並被一頓辱罵和毆打，最後狼狽鼠竄，這場面何其鬧熱〔註122〕！不過這樣的鬧熱背後，也反映出復社與閹黨的黨爭背景。

首先，小生扮吳應箕云「前日防亂揭帖」，即第一齣所說「留都防亂的揭帖」。其實，這是吳應箕所做的一篇揭帖，名爲《留都防亂揭帖》，是爲討伐閹黨而作。「留都」，指南京。「揭帖」，則是公開張貼的啓事或告示；相當於大字報，是「『揭』露人本質的『帖』子」〔註123〕。而《留都防亂揭帖》則可以理解爲「一張由南京部分人士集體署名的街頭大字報」〔註124〕。如果說復社與閹黨的政治鬥爭是東林與閹黨鬥爭在南明朝廷之延續，這是遠源的話；那麼這份「揭帖」則成爲了兩黨之爭的直接導火索。

其次，有關這次丁祭之「鬧打」，梁啓超批註《桃花扇》時，認爲：

此齣並無本事可考，自當是雲亭山人渲染之筆。然當時之清流少年，排斥阮大鋮實極囂張且輕薄，黃梨洲所撰《陳定生墓誌》中有云：「崑山張爾公，歸德侯朝宗，宛上梅朗三，蕪湖沈崑銅，如皋冒辟疆及余，數人無日不連與接席，酒酣耳熱，多咀嚼大鋮以爲笑

〔註121〕〔清〕孔尚任《桃花扇》（一），載《古本戲曲叢刊》編刊委員會《古本戲曲叢刊五集》，上海：上海古籍出版社，1986 年版，第 26〜28 頁。

〔註122〕按，2002 年上海崑劇團和京劇院合作的《桃花扇》，其中就有《鬧祭》一齣，可見其舞臺鬧熱性。參見蔣星煜《〈桃花扇〉研究與欣賞》，上海：上海人民出版社，2008 年版，第 194 頁。

〔註123〕參見翁敏華評點《桃花扇》，評點 24，上海：華東師範大學出版社，2006 年版，第 21 頁。

〔註124〕李潔非《弘光紀事系列：桃色·黨爭》，載《中華讀書報》2012 年 02 月 15 日第 13 版。

樂。」觀此可見當時復社諸子嬌憨之狀。「哄丁」一類事，未始不可
有也。〔註125〕

可見，這齣戲雖然在這本以「信史」著稱的《桃花扇》中十分重要，卻並無
本事可考〔註126〕。但是梁啓超仍然肯定其價值，認爲「未始不可有也」。這正
是孔尚任在創作中對於歷史眞實與藝術眞實的合理把握——將「黨爭之鬧」
置於藝術環境下，用鬧熱的手法——罵、打，呈現於舞臺，達到了良好的藝
術效果。

《偵戲》之「鬧罵」，主要描寫陳定生、方密之、冒辟疆等復社文士來阮
大鋮家「借戲」，阮十分興奮，打點上下，欲以「演劇外交」來籠絡討好「政
敵」〔註127〕，不料最終被羞辱一番。

這齣戲情節發展跌宕起伏，復社文士觀看《燕子箋》時，先是誇讚，再
是謾罵，來了個 180 度大轉彎，看起來如同過山車一般，鬧熱過癮。另外，
該齣戲又以側面描寫爲主，即以家僕的上場匯報爲形式，並未展開矛盾雙方
的直接交鋒，卻不乏鬧熱之狀。這樣的手法類似戰爭題材劇作的「探子三報」，
將鬧熱蘊藏在舞臺表演的背後，觀眾亦能體會鬧熱之感。且看家僕的最後一
次回話，是戲劇性凸顯的部分：

> （丑急上）去如走兔，來似飛鳥。稟老爺，小的又到雞鳴埭，
> 看著戲演半本，酒席將完，忙來回話。（副淨）那公子又講些什麼？
> （丑）他說老爺呵！
> 【急三槍】是南國秀，東林彥，玉堂班。（副淨佯驚介）句句是贊
> 俺，益發惶恐。（問介）還說些什麼？（丑）**他說爲何投崔、魏，**
> **自摧殘。**（副淨皺眉，拍案惱介）只有這點點不才，如今也不必說
> 了。（問介）還講些什麼？（丑）話多著哩，小人也不敢說了。（副
> 淨）但說無妨。（丑）**他說老爺呼親父，稱乾子，忝羞顏，也不過**
> **仗人勢，狗一般。**

〔註125〕〔清〕梁啓超注、城寧校點《梁啓超批註本〈桃花扇〉》，南京：鳳凰出版社，
　　　　2011 年版，第 17 頁。
〔註126〕按，李潔非認爲，丁祭中的「襲阮事件」並非孔尚任杜撰，而應有所依據，
　　　　其發生應在 1643 年 3 月 22 日。參見李潔非《弘光紀事系列：桃色・黨爭》，
　　　　載《中華讀書報》2012 年 02 月 15 日第 13 版。
〔註127〕翁敏華評點《桃花扇》，評點 32，上海：華東師範大學出版社，2006 年版，
　　　　第 24 頁。

（副淨怒介）阿呀呀！了不得，竟罵起來了。氣死我也！〔註128〕
剛才家僕來報，還是喜上眉梢，不一會兒的工夫，就「晴轉陰」了。復社文士先誇讚，這是對阮大鋮劇作的讚美，是對其文才的肯定；後謾罵，則是針對阮大鋮人品和道德展開的攻擊。

　　因此，這齣戲的鬧熱背後實則仍是《哄丁》中黨爭之延續，而這樣的黨爭並未結束，才是剛剛開始，這場「鬧黨爭」貫穿了南明之始終。阮大鋮在劇中的一句話，也印證了這一點：「前日好好拜廟，受了五個秀才一頓狠打。今日好好借戲，又受這三個公子一頓狠罵。此後若不設個法子，如何出門。」〔註129〕對此，梁啟超批註云：

　　　　董文友《陳定生墓表》云：「諸名士畢集秦淮公宴，呼大鋮所教
　　歌兒奏《燕子箋》。先生因與侯方域戟手罵大鋮不止，已復掀髯大笑，
　　笑大鋮何癡，又謂大鋮非癡者，極贊其傳奇纖麗，為之擊節，已而
　　又大罵。歌兒歸訴諸大鋮，遂決意殺先生。」〔註130〕

可見，《偵戲》之「鬧罵」不僅是《哄丁》之「鬧打」的延續，更暗含了背後的「黨爭之鬧」。

　　《鬧榭》一齣，是「鬧」字戲，寫端陽節復社文士泛舟秦淮，會文雅集，共賞美景。原本是寫節日之鬧、絲竹之鬧，但其中的一個小插曲，則體現了「黨爭之鬧」：

　　　　（副淨扮阮大鋮，坐燈船。雜扮優人，細吹細唱緩緩上）（淨）
　　這船上像些老白相，大家洗耳，細細領略。（副淨立船頭自語介）我
　　阮大鋮買舟載歌，原要早出遊賞；只恐遇著輕薄廝鬧，故此半夜才
　　來，好惱人也！（指介）那丁家河房，尚有燈火。（喚介）小廝，看
　　有何人在上？（雜上岸看，回報介）燈籠上寫著 「復社會文，閒人
　　免進」。（副淨驚介）了不得，了不得！（搖袖介）快歇笙歌，快滅
　　燈火。（滅燈、止吹，悄悄撐船下）〔註131〕

〔註128〕〔清〕孔尚任《桃花扇》（一），載《古本戲曲叢刊》編刊委員會《古本戲曲叢刊五集》，上海：上海古籍出版社，1986年版，第34頁。
〔註129〕〔清〕孔尚任《桃花扇》（一），載《古本戲曲叢刊》編刊委員會《古本戲曲叢刊五集》，上海：上海古籍出版社，1986年版，第34～35頁。
〔註130〕〔清〕梁啟超注、城寧校點《梁啟超批註本〈桃花扇〉》，南京：鳳凰出版社，2011年版，第24頁。
〔註131〕〔清〕孔尚任《桃花扇》（一），載《古本戲曲叢刊》編刊委員會《古本戲曲叢刊五集》，上海：上海古籍出版社，1986年版，第60頁。

前有「鬧打」「鬧罵」，這裡是「鬧驅逐」，而實則為阮大鋮的主動逃跑。

可知，「鬧黨爭」不僅貫穿南明衰亡始終，也貫穿於《桃花扇》情節之間，以上所舉幾例，都是較為典型的幾齣。其實後文中「鬧黨爭」的內容仍比比皆是，如《阻奸》《罵筵》《逮社》等也都表現了黨爭的直接衝突，由於篇幅所限，故不一一舉證。

對於《桃花扇》之「鬧」，在觀眾的接受方面，亦有體現。孔尚任《〈桃花扇〉傳奇本末》云：

> 然笙歌靡麗之中，或有掩袂獨坐者，則故臣遺老也；燈炧酒闌，
> 唏噓而散。〔註132〕

引文描寫了明代遺老觀看《桃花扇》的反應，說明這樣的「黨爭之鬧」已經鬧熱其心，令其「鬧而心愧」了。而作為後來者，甚至作為統治者，這樣的「鬧黨爭」是「可懲創人心」的，令我們「鬧而心惕」，給我們提出警告和懲戒，為我們敲響警鐘。

總之，正劇之鬧以《桃花扇》「鬧黨爭」為例，可一窺中國式「黨爭之鬧」的面貌，將其改作戲劇作品，在舞臺上搬演，則更具實際意義——令人「鬧而心惕」「鬧而心愧」——這也是傳統戲劇「鬧黨爭」的主要特徵。

綜上所述，中國傳統戲劇的鬧熱特徵可以呈現為喜樂之鬧、哀怒之鬧，這是以鬧熱帶給觀眾的審美感受為依據的。喜樂之鬧是一種喜劇性鬧熱，表現為一種狂歡之鬧；哀怒之鬧則為悲劇性鬧熱，表現為劇中人物與觀眾共同的負面情緒和情感鬱積的宣洩。前者為鬧熱的主體，是鬧熱的基本效果，也是傳統戲劇多科諢內容、多團圓結局的因由所在。後者為鬧熱的重要組成，代表了鬧熱的悲慟與震撼力量，抑或給觀眾以逆境共鳴，表現為心中之「鬧」，使受眾情感受挫，是負情緒下的審美快感。而此時需要情感的疏導和宣洩，則會出現死而復生、昭雪冤屈、歹人斃命、闔家團圓的下文和結局。可見，團圓結局不僅是民族性格的體現，也是傳統戲劇鬧熱作用的結果。而悲劇性鬧熱的存在，則揭示了中國式鬧熱與西方式狂歡之鬧的根本區別。此外，正劇之鬧，如「鬧黨爭」，是「鬧而心惕」「鬧而心愧」的，讓人警醒、有所悟。

〔註132〕〔清〕孔尚任《〈桃花扇〉傳奇本末》，載蔡毅編著《中國古典戲曲序跋彙編》卷十二，濟南：齊魯書社，1989年版，冊三，第1604頁。

第三節　鬧熱的戲劇性與民俗性

中國傳統戲劇的鬧熱特徵與戲劇性、民俗性的關係是統一的。換言之，傳統戲劇的戲劇性和民俗性體現著鬧熱，反之，作爲戲劇的鬧熱特徵，也必然會呈現出戲劇性，以及劇作所包含的民俗特點。因此，傳統戲劇的鬧熱性與戲劇性、民俗性是相輔相成的。

一、鬧熱性與戲劇性的統一

中國傳統戲劇的鬧熱性與戲劇性是統一的。甚至，戲劇性情節段落都可以說是鬧熱的，是具有鬧熱性的戲劇段落。

（一）戲劇性概說

何謂「戲劇性」？中外劇作理論家們眾說紛紜。在此，筆者列舉幾例重要論斷。

德國戲劇理論家奧·威·史雷格爾《戲劇性與其他》談道：

> 什麼是戲劇性？在許多人看來，這個問題似乎很容易回答：在戲劇裏，作者不以自己的身份說話，而把各種各樣交談的人物引上場來。然而對話不過是形式的最初的外在基礎。如果劇中人物彼此間儘管表現了思想和感情，但是互不影響對話的一方，而雙方的心情自始至終沒有變化，那麼，即使對話的內容值得注意，也引不起戲劇的興趣。〔註133〕

這一觀點，說明兩個問題：其一，戲劇性要由對話來完成；其二，戲劇性的對話要表達思想感情，關鍵是要對話雙方相互影響，並以此來喚起觀眾的觀劇興趣與熱情。上海戲劇學院教授孫惠柱先生把「戲劇」概念概括爲「人與人的遭遇」〔註134〕，這與史雷格爾的「相互影響」說，不謀而合。而史雷格爾這裡注重了受眾的興趣，因此，戲劇性首先要具備劇場性，即這種「人與人的遭遇」必須具備可看性。

前蘇聯文藝理論家別林斯基對「戲劇性」的解釋，顯然更進一步，他認爲：

〔註133〕古典文藝理論譯叢編輯委員會編《古典文藝理論譯叢》（第 11 冊），北京：人民文學出版社，1965 年版，第 229 頁。

〔註134〕按，出自孫惠柱先生的講座《人類表演學——理論與實踐》，時間：2011 年 11 月 8 日，地點：上海師範大學文苑樓 602 室。

　　　　戲劇性不僅僅包含在對話中，而是包含在談話的人相互給予對方的痛切相關的影響中。舉例說，如果兩個人爭吵一件什麼事情，這裡還不但沒有戲劇，並且也沒有戲劇因素；可是，當吵架的人互相都想占對方的上風、力圖損傷對方性格的某一方面，或者觸痛對方脆弱的心弦的時候，當他們在爭吵中表露出他們的性格，爭吵的結果使他們處於一種相互間新的關係中的時候，這就已經是一種戲劇了。可是，戲劇主要的一點是──沒有冗長的敘述，並且要讓每一句話在行動中表現出來。〔註135〕

別林斯基的觀點發展了史雷格爾的看法，並在此基礎上，提出了人物的行動與性格。然這一觀點卻丟失了史雷格爾提出的受眾感受問題。

　　德國戲劇家古斯塔夫·弗萊塔克《論戲劇情節》談到「戲劇性」的概念問題：

　　　　所謂戲劇性，就是那些強烈的、凝結成意志和行動的內心活動，那些由一種行動所激起的內心活動；也就是一個人從萌生一種感覺到發生激烈的欲望和行動所經歷的內心過程，以及由於自己的或別人的行動在心靈中所引起的影響；也就是說，意志力從心靈深處向外湧出和決定性的影響從外界向心靈內部湧入；也就是一個行為的形成及其對心靈的後果。〔註136〕

這一概念注重人物內心與外在行動之關係，以及關係產生的行為後果，但也缺失了戲劇性對觀眾的影響層面。事實上，一部劇作有無戲劇性，戲劇效果如何，是看它是否能調動起廣大觀眾的觀看熱情。因此，戲劇需要如磁石一樣的核心部分來體現這種戲劇性和戲劇效果，而這一核心，被戲劇家稱為「戲劇衝突」。

　　日本學者河竹登志夫就將戲劇性與戲劇衝突二者結合起來，他首先認為，「劇」字「表示兩匹猛獸或猛獸那樣兇猛的對立雙方齜牙格鬥的情景。即相繼表現出人類同其他事物──命運、神靈、境遇、他者、社會邪惡勢力、潛藏在自身之中的相反的特性等──的矛盾和對立，一面互相交鋒，一面不斷地產生出種種行動，直至到達結局。這一完整的過程，就是所謂的戲劇行

〔註135〕滿濤譯《別林斯基選集》（第三卷），上海：上海譯文出版社，1980年版，第84頁。
〔註136〕〔德〕古斯塔夫·弗萊塔克著、張玉書譯《論戲劇情節》，上海：上海譯文出版社，1981年版，第10頁。

動。」〔註137〕進而將「戲劇性」定義如下：

> 所謂戲劇性，即是包含在人們日常生活之中的某些本質矛盾，這種同人和他者的潛在對立關係，是一個隨同時間的流逝在現實人生之中逐漸表面化、在強烈的緊張感中偏向一方，從而達到解決矛盾的一連串過程。〔註138〕

美國戲劇家與理論家約翰‧霍華德‧勞遜將戲劇衝突理論總結為「衝突律」，並認為：

> 戲劇的基本特徵是社會性衝突──人與人之間、個人與集體之間、集體與集體之間、個人或集體與社會或自然力量之間的衝突；在衝突中自覺意志被運用來實現某些特定的、可以理解的目標，它所具有的強度應足以導使衝突到達危機的頂點。〔註139〕

將戲劇矛盾衝突歸結為社會性矛盾衝突，而「衝突到達危機的頂點」──即戲劇高潮。

此外，譚霈生先生將抽象的戲劇性概念具體化，他認為戲劇性概念，所要研究的內容主要包括戲劇動作、戲劇衝突、戲劇情境、戲劇懸念、戲劇場面、戲劇結構的完整性與統一性等方面。譚先生認為：「完整性與統一性，是任何樣式的文藝作品都必須注意的問題，是藝術標準之一。」〔註140〕可見，其戲劇性的研究不但兼顧具體，也注意宏觀和整體的把握，這是之前的理論家們沒有特別關注到的重要一點。

綜上所述，戲劇動作是戲劇性構成的基本條件，而戲劇衝突又源於戲劇動作；戲劇衝突是戲劇性的標誌，戲劇衝突的激化便是戲劇高潮。由此，我們可以勾勒出戲劇性的一條線索：戲劇動作──戲劇衝突──戲劇高潮。然筆者以為，能使這一條線索最終成立，並構成一部劇作完整的戲劇性，需要劇場的檢驗，即觀眾對於劇作的接受。這樣才是完整的戲劇性系統，諸要素

〔註137〕〔日〕河竹登志夫著、陳秋峰、楊國華譯《戲劇概論》，上海：中國戲劇出版社（滬）出版，1983年版，第5頁。

〔註138〕〔日〕河竹登志夫著、陳秋峰、楊國華譯《戲劇概論》，上海：中國戲劇出版社（滬）出版，1983年版，第55頁。

〔註139〕〔美〕約翰‧霍華德‧勞遜著、邵牧君、齊宙譯《戲劇與電影的劇作理論與技巧》，北京：中國電影出版社，1989年版，第213頁。按，原文中每個字下方都加了著重符號。

〔註140〕譚霈生《論戲劇性》（修訂本），北京：北京大學出版社，1984年版，第257頁。

均在這一系統中完成循環，最終使劇作鮮活起來。

因此，戲劇性是通過戲劇敘述完成的，即首先要在一個特定的戲劇環境（戲劇情境）中，建立戲劇的各種要素，在諸要素共同的作用下，才能最終呈現出戲劇性。中國傳統戲劇之戲劇性，即劇中人物以鬧熱的語言、動作，在特定的戲劇情境中，營造戲劇的鬧熱場面，激起受眾的觀劇熱情，進而鬧熱其心靈（或愉悅、或淨化、或震撼）的過程。戲劇性與鬧熱性是一致的，無法割裂。

（二）中國傳統戲劇的戲劇性因鬧熱而生

在中國傳統戲劇中，但凡具有戲劇性的情節段落，就必定具有鬧熱特徵。可以說，傳統戲劇的戲劇性，是因鬧熱而生的。

崑劇《春香鬧學》作爲一齣「鬧」字戲，其核心爲「鬧」，整齣戲都圍繞「鬧」字而展開。因此，其中的每個鬧熱段落，都是一小段富於戲劇性的表演段落，而整個故事的敘述，又是通過這一段段鬧熱的戲劇性片段聯綴而成，最終構成一齣完整小戲。該齣共有五個鬧熱段落，即五個戲劇性段落，分別爲：「鬧早起」「鬧背書」「鬧解《關雎》」「鬧出恭」「春香鬧打」。每一段表演，都通過一個小事由，導致春香（主角）與另一配戲角色（陳最良、杜麗娘）演出一段鬧熱的、頗具戲劇性的故事，呈現鬧熱性、戲劇性並出之場面。其中「鬧解《關雎》」和「春香鬧打」這兩個段落，又分別由三個鬧熱子片段構成——前者有「學鳥叫」「鬧起興」「追問先生」；後者則有「引逗小姐」「閃倒先生」「謊打春香」。此乃這齣戲最鬧熱的兩段情景，也是體現角色間戲劇衝突、激發戲劇高潮的兩段。

1、段落一：鬧早起（開場）

主要內容：陳最良教導杜麗娘：讀書須要早起。春香調鬧先生道：「啊，先生，今夜不睡了……等到三更十分，就請先生上書……早也不好，遲也不好，小姐，這倒難了。」

結果分析：俏皮的小春香，讓陳最良無言以對，明明是陳最良對杜麗娘先發難，沒想到被春香轉移了矛盾，還一時佔了上風。這是戲劇性衝突的開場，矛盾雙方爲春香（杜麗娘）與陳最良。

2、段落二：鬧背書（鋪墊）

主要內容：陳最良問春香《詩經》溫習背誦情況。春香口說「爛熟的了」，卻一字都背不出。陳最良要求春香重讀，春香委屈著，卻仍然自覺背得爛熟。

結果分析：如果說「段落一」是二人博弈的開始，仍不能分出勝負，這一段陳最良則佔了上風。但故事還沒結束，這次春香的落下風，正是戲劇效果的鋪墊，預示著下一輪較量將更精彩。

3、段落三：鬧解《關雎》（第一次衝突）

（1）片段一：學鳥叫

主要內容：陳最良講解《關雎》：「關關乃鳥聲也。」春香鬧著問：「先生，這鳥聲是怎麼叫的？」老先生「關關、關關」地叫，小春香卻咕咕地學起了鳥叫。

（2）片段二：鬧起興

主要內容：陳最良講解前兩句，春香則插話「哦，我曉得了！」她解釋道：去年自己家中的斑鳩鳥兒咕咕地叫，被小姐一放，便飛到了何知州衙內。陳最良道春香是胡言，解釋說這是起興句，起下句「窈窕淑女，君子好逑」。

（3）片段三：追問先生

主要內容：陳最良依書注而講解：「窈窕淑女，君子好逑」。春香不解，插嘴討問。問得陳最良吹鬍、瞪眼、拍桌子，直說小春香「多嘴」。無奈杜麗娘求師父教演《詩經》大意，陳最良則搬出「一言以蔽之」的「無邪」論。

結果分析：前兩個段落是陳最良對春香或杜麗娘的「主動挑釁」，從這一段開始，春香發起了「主動進攻」。其中三個小回合，雖然都不是春香絕對獲勝，卻讓陳最良下不來臺，只得搬出老掉牙的「無邪」二字掩飾其內心的慌亂。這是他們的第一次衝突，掀起了這齣戲的第一個波瀾，二人不分勝負，劇情未到高潮，顯然故事到此並未結束。

4、段落四：鬧出恭（過場）

主要內容：課未上多久，春香便要出恭。陳最良不允。春香捂腹，佯裝「急的緊」。陳最良無奈之下只得允她出恭去。

結果分析：這是一齣過場性質的段落，經過了上一回合的衝突，此刻隨著春香的下場，有了暫時的平靜。這也是風暴來臨前的平靜。而春香下場，一則為隨後「春香鬧打」打下基礎，二則為下文的遊園埋下伏筆。因此，這一過場戲十分重要，其推動了故事情節向前發展。

5、段落五：春香鬧打（第二次衝突、戲劇高潮）

（1）片段一：引逗小姐

主要內容：春香回來，道出有座美麗的大花園，「桃紅柳綠」，實在是「好耍子哩」。陳最良見春香謊稱出恭，實爲貪玩，現又來引逗小姐，便找荊條欲體罰春香。

（2）片段二：閃倒先生

主要內容：春香一曲【前腔】爲自己開脫罪行。先生一邊訓誡，春香一面打岔。陳最良叫春香伸出手，正打上去，春香則牢牢抓住荊條，與之揪扯起來，一鬆手，便閃倒了先生。先生便嚷著要「辭館不教了」。

（3）片段三：謊打春香

主要內容：杜麗娘看春香惹惱了先生，不得不責罰春香。春香起初忐忑，才發現是小姐是謊打。兩人演了一段雙簧——小姐一面「教訓」，春香一面求饒。春香認了錯，稱「下次再不敢了」，陳最良也便上來勸住。

結果分析：段落一、二是陳最良發難，小春香拆招；第一次衝突是春香「主動出擊」，陳最良「擋箭」。而這一次，則是兩人的正面較量——春香引逗小姐激化了矛盾，先生體罰春香卻反被閃倒，麗娘聲稱代師訓婢女卻是謊打一番。因此，這一段落戲劇衝突激化，是戲劇高潮之所在。

總之，從《春香鬧學》可以看出，戲劇性和鬧熱性是緊緊相隨的，二者密不可分。

德國戲劇家古斯塔夫·弗萊塔克說：

> 詩歌（指戲劇藝術）在它的輔助藝術的密切配合和有力合作下，把它製造的圖像一幅幅地送進接受者的心靈中去，這些接受者既是聽眾又是觀眾。……戲劇產生的效果具有非常獨特的特點，……在一定的時間內，戲劇效果會逐漸地、有規律地提高。〔註141〕

可見，這富於戲劇性的五個段落，作爲一幅幅動態畫面，傳遞到觀眾心靈中，產生了鬧熱的戲劇效果。而且隨著劇情的鋪展，戲劇性也逐漸提高。最終戲劇性和鬧熱性同時在戲劇高潮處達到頂峰，這是鬧熱性和戲劇性的統一。

因此，中國傳統戲劇中，戲劇衝突、戲劇高潮必定是鬧熱的，戲劇性因鬧熱而生。

〔註141〕〔德〕古斯塔夫·弗萊塔克著、張玉書譯《論戲劇情節》，上海：上海譯文出版社，1981年版，第11頁。按，括弧內文字爲筆者依據原書中的注釋添加。

二、戲劇性與民俗性的統一

中國傳統戲劇具有戲劇性的場面，一定富於鬧熱性。戲曲鬧熱性由民俗鬧熱性發展而來，包含民俗鬧熱性內容。而鬧熱的民俗性與鬧熱的戲劇性究竟又是怎樣的關係呢？

傳統戲劇在鬧熱性的統領下，其民俗性與戲劇性也是統一的。即具有民俗性的鬧熱內容可以轉化爲劇作戲劇性的情節段落，而有些鬧熱的戲劇性情節段落，也具有豐富的民俗特徵。

（一）節俗與戲劇性情節的鬧熱統一

節日是民俗生活最重要的部分。節日入戲的內容也十分豐富，其中以元宵節爲最。由於元宵節最爲鬧熱，故傳統戲劇中的元宵節既是鬧熱的，也具戲劇效果。

如果看過李連傑的黃飛鴻系列電影，是否還記得《獅王爭霸》中，黃飛鴻帶領寶芝林的師徒兄弟們以舞獅的形式，參加獅王爭霸比賽，最終奪取了獅王金牌。但其眞正目的則是爲民除害，挫敗了洋人的陰謀。雖然故事中並未交代獅王爭霸賽的時間，但眾所周知，傳統舞獅是元宵節慶活動之一。因此，黃飛鴻等人是借著舞獅之「鬧」，進行秘密的活動——鬧熱的舞獅活動成爲了其救人除害的最好掩護。無獨有偶，傳統戲劇有借助元宵節而「鬧革命」的，梁山好漢便如此。《宋公明鬧元宵》雜劇《鬧燈》一齣，就是借著元宵的燈火鬧熱，梁山好漢下山大鬧一通，即便招安之事未成，也並不在意。可見，一番打鬧才是重點。

元宵節與「鬧革命」有著較爲緊密的關係，即元宵節人多、物多、活動多，這般鬧熱成了革命者活動的最佳掩護。與此同時，「鬧革命」也爲元宵節增添了一抹鬧熱色彩。這既符合元宵節「鬧俗」——節日的興旺、紅火、發達命意，即任何出格之事，都爲這團「烈焰」添薪；同時又兼具戲劇性。因此，民俗性與戲劇性在鬧熱中統一。

節日民俗與愛情故事也有著不解之緣。元宵節作爲中國的狂歡節，是第一個月圓之夜，被譽爲「第一良宵」，是男女交往之日，兩性開放之節。在傳統戲劇中有充分地表現，如第二章所例舉的元宵節愛情劇作《紫釵記》，再如明代《荔鏡記》的男女主人公也是元宵結緣。可見，元宵節是眞正意義上的中國式情人節。而翁師敏華先生《元宵節俗及其戲曲舞臺表述》有較詳細之論述〔註142〕，故在此不贅。總之，元宵節愛情習俗，造就了男女的美麗邂逅，

〔註142〕參見翁敏華《元宵節俗及其戲曲舞臺表述》，《上海師範大學學報》（哲學社會科學版）2008 年第 5 期。

也是傳統戲劇中戲劇性邂逅的民俗來源。

　　除元宵節外，清明節也是「鬧」的，故有「鬧清明」之說〔註143〕。清明節是複合了寒食、上巳兩節內涵於一身的節日，可謂「寒食其外，上巳其裏」。因此，清明節不光多掃墓、遊春活動，亦有愛情的邂逅。傳統戲劇《雷峰塔》之許宣、白娘子的「西湖舟遇」就發生於清明時節，再如明代孟稱舜《桃花人面》雜劇，楔子提到「目下正是清明節令」，可見崔護與葉蓁兒也在清明相遇。崔護這日踏青南莊，行至葉家門前，被眼前一片桃花美景所吸引：

　　　　【天下樂】牆內桃花牆外枝，臉兒笑向誰。好一似悵當年王孫
　　　　去不歸。列晴嵐愁錦屏，繞寒煙冷繡幃。這其中敢則那惜花人睡未
　　　　起。〔註144〕

崔護藉口討水消渴，將門叩開。門啓，見一佳人，彼此讚歎道：「一個好書生也！」「一個好女子也！」其與葉蓁兒，可謂一見鍾情。進得門，一番交流，崔護則主動挑逗：

　　　　〔揖科〕小生承姐姐見愛，渴已去九分，只有一分不去哩！
　　　　【醉扶歸】是這腮門邊烈焰兒還堪治，則那心坎上無名火最難
　　　　醫治。小生呵，不要那紫架薔薇露一杯，〔低科〕則除是涼滲滲、美
　　　　甘甘、香噴噴一點唾津兒，直咽下三焦內，猛醫可了瘦潘安、愁沈
　　　　約一樣傷春的病體，和賦孤鳳渴司馬都迴避。
　　　　……〔旦做羞低頭科〕……〔旦整衣科〕〔註145〕

這番情趣之言，讓葉蓁兒羞澀低首，不知所措。崔護便更主動了：

　　　　〔生揖科〕小生在此半日，未曾請問姐姐上姓尊名〔旦〕妾身
　　　　姓葉，小字蓁兒。……〔生〕還有句緊要的話兒，敢問姐姐芳年多
　　　　少，可曾許人不曾？〔旦〕妾年長一十七歲，尚未許聘。〔生笑云〕
　　　　恰好小生也未娶妻，與姐姐倒是一對兒。姐姐你月貌星眸，真乃玉
　　　　天仙子。小生雖非裴航、阮肇，卻也不比陸地的凡夫。姐姐，許配

〔註143〕參見《中國風俗辭典》，「鬧清明」條，上海：上海辭書出版社，1990年版，
　　　　第57頁。
〔註144〕〔明〕孟稱舜著、王漢民、周曉蘭編集校點《孟稱舜戲曲集》，成都：巴蜀書
　　　　社，2006年版，第19頁。
〔註145〕〔明〕孟稱舜著、王漢民、周曉蘭編集校點《孟稱舜戲曲集》，成都：巴蜀書
　　　　社，2006年版，第21頁。

了小生何如？〔註146〕

書生因情思而直白表達，並不少見，而如此主動直露，倒是罕有。《西廂記》急於表白的張生，顯得十分憨傻可愛；但崔護的話語則更顯輕佻，才一兩番交談，便急忙忙地要葉蓁兒許配與他。然這並不算什麼，戲劇性情節才剛剛展開：

　　　　〔旦〕家有父親，這事怎容得妾身做主。〔生笑云〕小生與姐姐
　　實是一對兒，如今趁父親未回，先權做了夫妻好麼？〔摟科〕〔內叫
　　請了科〕〔旦〕休要輕狂，咱父親回了也。〔生放科〕這等小生只得
　　暫別，另日再來看姐姐。〔旦送生掩門科云〕崔君好生去者！〔下〕
　　　　〔生〕崔護不知醒哩夢哩，卻才與姐姐纏了一會兒，正待摟住他，
　　卻被他父親衝散，好生不做美也！〔註147〕

這等崔護，居然要「非禮」良家女，不由讓人驚訝。倒是葉父回來及時，崔生的進一步「行動」被迫終止。戲劇性可見一斑。

　　崔護爲何如此膽大？葉蓁兒不但不怒，卻道「好生去者」，又是爲何？二人如此有情，僅是一見鍾情之故嗎？這就不得不再回到故事的開始——從「清明節令」說起了。清明節，「上巳其裏」，蘊藏著上巳節俗內涵。農曆三月初三日，爲上巳節，故稱「三月三」。唐代清明、寒食、上巳並未合一，杜甫《麗人行》云：「三月三日天氣新，長安水邊多麗人。」可見，這一日美人們都聚集在曲江邊上沐浴，這是上巳節的祓禊古俗。上巳節俗內涵豐富，其中也有男女相會之俗，這是具有生殖崇拜與雩禮祈雨旨意的民俗活動。《周禮·地官·媒氏》載：「媒氏掌萬民之判。……中春之月，令會男女。於是時也，奔者不禁。若無故而不用令者，罰之。司男女之無夫家者而會之。」〔註148〕劉芬芬在其碩士論文《「三月三」節日文化研究》中認爲上巳節俗演變趨勢爲：

　　　　由全民祭祀向兩性娛樂方向的轉變，主要表現在祭祀活動減退
　　與兩性娛樂活動的日益增多。自魏晉始上巳節俗便開始了娛樂化的
　　道路，從魏晉人的曲水流觴到唐人的踏青郊遊，無不體現了時人濃

〔註146〕　〔明〕孟稱舜著、王漢民、周曉蘭編集校點《孟稱舜戲曲集》，成都：巴蜀書
　　　　　社，2006年版，第21～22頁。
〔註147〕　〔明〕孟稱舜著、王漢民、周曉蘭編集校點《孟稱舜戲曲集》，成都：巴蜀書
　　　　　社，2006年版，第22頁。
〔註148〕　〔清〕阮元校刻《十三經注疏》，北京：中華書局，1980年版，上冊，第732
　　　　　～733頁。

鬱的生活情趣和積極的娛樂精神。……「三月三」更多地體現了以
兩性娛樂爲主的特色。無論是被禊沐浴還是踏青郊遊，「三月三」始
終都是男女兩性共同參與的節日。〔註149〕

因此，《桃花人面》雜劇中崔護如此直接的挑逗，是緣於上巳節古俗。只
不過，孟稱舜在安排情節時，並未讓行動繼續，用了一個極具戲劇性的轉折
手段——葉父的突然歸來，迫使崔護不得不暫時罷手。而他二人的緣分也與
清明節緊密聯繫，再見面時，竟是又一個清明了。

無獨有偶，元代《張千替殺妻》雜劇也是清明發生的故事。張千的義嫂，
竟然在清明掃墓過程中，引誘張千。無奈張千暫時忍耐，後卻替其義兄殺死
妻子，並鬧到了公堂之上。相比《桃花人面》的男子主動調戲，該劇則是女
子的主動與縱情，這顯然十分符合上巳古俗；再加之情節設置，使戲劇衝突
更顯激烈。劇中張千顯然是不理會上巳節男女歡會的習俗，才不齒義嫂之行
爲，並將其當作了淫婦處置。可見，該劇戲劇衝突之鬧熱正是緣於對傳統節
日民俗理解的差異，這便是陳勤建先生所謂戲劇以「民俗糾葛構建的情節衝
突」〔註150〕。這樣的戲劇建構，使情節的民俗性、戲劇性、鬧熱性一併彰顯。

此外，端午節俗與《雷峰塔》白娘子盜取仙草、中秋「摸秋」習俗與《望
江亭》譚記兒竊取勢劍金牌、七夕節俗與《長生殿》「盟誓」等，均體現了節
日民俗與戲劇性、鬧熱性的高度統一性。

（二）哭俗與戲劇性情節的鬧熱統一

哭，是正常的生理反應與情感表達；哭，也伴隨著人生始終，是人生中
最具本質的情感狀態與生命體驗。「哭」字既有聲音表情，亦有動作表情，因
此，『『哭』的聲音和動作在最初的巫文化中被模仿並獲得了一定的形式，聲
音變爲歌唱，動作變爲舞蹈。」〔註151〕此時，便產生了「歌哭」。「歌哭」，顧
名思義，既歌又哭，表達一種強烈的感情。《周禮‧春官‧女巫》載：「凡邦
之大裁，歌哭而請。」鄭玄注曰：「有歌者，有哭者，冀以悲哀感神靈也。」
〔註152〕傳統民俗中，哭喪與哭嫁，是構成歌哭的主要內容，而且一直保留至

〔註149〕劉芬芬《「三月三」節日文化研究》，上海師範大學 2011 年碩士學位論文，第
　　　　35 頁。
〔註150〕陳勤建《文藝民俗學》，上海：上海文化出版社，2009 年版，第 308 頁。
〔註151〕程奮只《中國古代戲劇「哭戲」研究》，上海師範大學 2008 年碩士學位論文，
　　　　第 3 頁。
〔註152〕〔清〕阮元校刻《十三經注疏》，北京：中華書局，1980 年版，上冊，第 817 頁。

今。這裡我們以哭嫁為例，以觀哭俗之鬧熱性與戲劇性的關係。

哭嫁，又稱「哭出嫁」「哭嫁囡」「哭轎」「哭朝」「開歎情」「啼慘切」等。屬於婚俗範疇，流行於全國大部分地區，漢族、土家族、藏族、彝族、壯族、苗族、瑤族、哈尼族等均有此風俗。疑起源於父系制家庭掠奪婚的出現。哭嫁時所「哭」的內容主要有四方面：其一，泣訴少女時代歡快生活之逝去，表達對新生活的不安與迷茫；其二，對家長制家庭與男權社會的不滿與控訴；其三，對父母長輩養育之恩、哥嫂弟妹的關懷之情的恩謝，對媒人亂斷終身的憤恨；第四，對婚事不盡人意的委屈表達。哭嫁時，不但新娘要哭，而且出嫁女的母親，及家中女眷、女伴都要陪哭，用以表達不捨與懷念之情。各地哭嫁習俗各有不同，且少數民族地區還具有民族特色。如上海浦東哭嫁時，一般要對哥嫂多講感謝話。廣東一些地區，出嫁女哭嫁如同哭喪，歌辭內容也如同喪歌。湖南西部土家族姑娘出嫁時，哭嫁歌要唱少則一周，多則近一個月；且要唱到口乾舌燥、嗓音嘶啞、兩眼紅腫才罷。土家族、壯族、彝族等少數民族將出嫁女唱哭嫁的水平作為衡量其是否賢惠的標準，唱得婉轉動人、唱詞華麗的出嫁女，經常備受誇讚，反之則被譏笑。因此，很多小女孩在十一、二歲時，就要開始準備學習出嫁的歌曲，出嫁前還要請有經驗的長輩調教。另外一些地方，在哭嫁時，哭唱到誰，誰就要掏錢，以示關懷。而如今，哭嫁風俗越來越少，但出嫁女與家人離別時的心情，還是十分酸澀與不捨的。〔註153〕

彭勝宇《論哭嫁習俗的起源》談到：

> 哭嫁作為一種婚俗，除了「哭」這一首要特徵外，還必須具備如下兩個條件：一是「唱」，即唱「哭嫁歌」，抒發姑娘出嫁前的情懷，這是帶著哭腔唱的，唱中有哭，邊哭邊唱；二是「悲」，即整個的情感基調是哀怨悲憤的，女性對於出嫁的反感和反抗情緒貫穿著婚禮的全過程。只有同時具備了「哭」、「唱」、「悲」這三個特徵，才能稱之為「哭嫁」。〔註154〕

可見，哭嫁歌是一種雜糅了敘事與抒情的詩歌，是哭嫁的核心內容。

陳勤建先生對上海南匯哭嫁民俗進行了考察，並以潘彩蓮的哭嫁表演為

〔註153〕參見《中國風俗辭典》，「哭嫁」條，上海：上海辭書出版社，1990年版，第172～173頁。

〔註154〕彭勝宇《論哭嫁習俗的起源》，《貴州民族研究》1990年第2期，第89頁。

例，分析了表演的四個步驟——「填箱」「謝嫂嫂」「謝媒人」和「一碗飯」。其中「謝媒人」並非新娘感謝媒人，「而是將特定的辱罵狠狠地擲向媒人」〔註155〕，即「罵媒」。這種名為「謝」，實則「罵」的哭嫁歌，更具諷刺意味。潘彩蓮「謝媒人」的表演唱段內容如下：

　　　謝媒人

　　拿錯八字配錯人，

　　絕子絕孫做媒人，

　　做仔格頭啥媒人，

　　話格拉末花好稻好是格好，

　　儂撥仔格拉玉白長衫反翹袖，

　　良勿良仔莠勿莠，

　　是儂格頭媒人做勒大勿好，

　　我勿怪東來勿怪西，

　　只怪是儂大媒相。

　　大媒相啦，

　　吃仔格拉鰭魚頭末爆碎顆顱頭，

　　吃仔格拉線粉滑溜溜，

　　肉圓滾繡球。

　　大媒相啦，

　　反轉凳腳媒相坐，

　　媒相騎馬坐，

　　無卵帽子戴勒狗頭浪，

　　酥腳酥帽套勒狗腳浪，

　　紅衣外套著勒狗身浪。

　　大媒相啦，

　　絕子絕孫做媒人，

　　是我命裏末犯媒人，

　　犯仔媒人啦一家門，

　　我登勒娘啦屋裏敗娘家，

〔註155〕陳勤建《中國婦女的口頭文化與儀式文化——南匯的哭嫁》，《民俗研究》2004年第 2 期，第 42 頁。

> 登勒婆家屋裏敗婆家。
>
> 經沙刷布斷頭繩，
>
> 賣田買田死中人。
>
> 我格命裏要犯媒人，
>
> 死仔媒人啦一家門。〔註156〕

對於此段內容，陳勤建先生認為：「新娘充分運用特定的力量詛咒媒人，其語言尖銳有力」，「在中國的傳統中，媒人是一個不可缺少，卻又經常被斥責的形象。她因利用一張『油嘴』（欺詐性的言語）誇大雙方家庭的有利條件以實現聯姻、獲得雙方的禮品而遭到譴責。新娘對媒人的『感謝』因此變得諷刺，並通過黑色幽默來表達。」〔註157〕

筆者認為，這段表演就其形式來說，邊歌邊哭，十分鬧熱，表達了一種悲傷、怨憤的情感；而從戲劇性角度來看，雖然是單獨表演，但則有潛在「對手」——媒人存在。故如此獨角戲，也有較強烈的矛盾衝突。此外，「罵媒」又與「罵戲」的審美特點重疊。因此，其戲劇性、鬧熱性毋庸置疑，而被納入傳統戲劇，也就不足為奇了。如川劇《柳蔭記》中《英臺罵媒》一齣，英臺罵了馬文才、媒婆和梁山伯三人。其中對媒婆的咒罵，就是典型的哭嫁歌：

> 哎呀，轉身來又把媒婆罵，背時婆娘遭天殺。你不該走東家，去西家。又說東家茶好吃，又說西家酒生花。一進門，說大話，唧唧嚨嚨說一壩。又說馬家門戶大，又說姑娘有緣法。不知你看中了馬家啥？就該將你姐兒妹子姑婆娘娘嫁跟他。奴願你嫁千個男子還守寡，死後埋在墳杈杈。行船又把跟斗打，宿店又遇賊子殺。死在陰司罪惡大，銅狗鐵蛇把你挪。一時又把刀山下，一時又把大刀扎。鋸子解你紛紛碎，磨子推你成花花。拔你舌，把你義。板子打，挨嘴巴。抱銅柱，油鍋炸。時常與你帶個大鐵枷，磨得你婊子婆娘喊乾媽。早知陰司法律這樣大，不吃油水免受法。〔註158〕

〔註156〕陳勤建《中國婦女的口頭文化與儀式文化——南匯的哭嫁》，《民俗研究》2004年第2期，第43～44頁。按，原文中每句都有數字標號，本文取消。

〔註157〕陳勤建《中國婦女的口頭文化與儀式文化——南匯的哭嫁》，《民俗研究》2004年第2期，第42頁。

〔註158〕錢南揚輯錄《梁祝戲劇輯存》，上海：古典文學出版社，1956年版，第65～66頁。

這一段痛罵，實在過癮，與南匯哭嫁之「謝媒人」相比，口氣更重、用詞更狠。這是因為，祝英臺被許聘馬文才後，預示她必將和心愛的山伯兄離別，這種痛與恨的瞬間觸發，構成了這段「罵媒歌」高度的戲劇衝突。此外，《昭君出塞》亦可視為「嫁女」戲，其中的「北雁兒落帶得勝令」「北望江南」「北沽美酒帶太平令」等曲牌唱詞，均是一首首淒婉傷懷的「哭嫁歌」〔註 159〕。

總之，哭俗所衍生的鬧熱性情節，在傳統戲劇中也極具戲劇效果。如《孟姜女哭長城》《哭像》《哭主》《哭釵》《哭廟》《哭香囊》《哭存孝》《寶玉哭林》等，均是如此。這類以哭及哭俗為主題的傳統劇作，通常被稱為「哭戲」。「哭戲」十分鬧熱，尤其是那些具有哭鬧性質的劇作，更是如此，在劇作中，民俗性與戲劇性在鬧熱中達到統一。

（三）鬼俗與戲劇性情節的鬧熱統一

人與鬼既有聯繫，也有本質區別。中國文化認為「人死曰鬼」「人所歸為鬼」。原始社會以來，產生了鬼魂意識──鬼魂崇拜。鬼魂崇拜與自然崇拜、祖先崇拜密切相關。

中國傳統戲劇之鬼魂形象十分常見。其中既有討人喜歡的鬼，如《鍾馗捉鬼》；也有冤屈的鬼魂，如《竇娥冤》；還有「人鬼情未了」的多情之鬼，如《牡丹亭》等。本文前述之「鬼戲」，亦是具備鬧熱特徵的傳統戲劇類型。而在狹義「鬼戲」概念之外，一些劇作的鬼魂情節和橋段，不僅與鬼俗相關，且鬧熱性也異常明顯。

鬼與神的關係十分密切，諸多詞語都是明證，如「鬼神」「神鬼」「鬼斧神工」「鬼使神差」「牛鬼蛇神」「神不知鬼不覺」等。可見人、鬼、神三者，鬼的位置最為特殊，鬼的前身是人，而人變成鬼後，就具有神一樣的超凡能力和地位，不僅「可以對他人產生或好或壞的影響，甚至決定這些人的命運」，故人們對鬼「誠惶誠恐，不敢妄為」〔註 160〕。有時候鬼的恐怖，甚至顯得讓人異常懼怕。

下面，筆者以元代《神奴兒大鬧開封府》雜劇為例，試析鬼俗在傳統戲劇情節設置中的應用，以及民俗性、戲劇性與鬧熱性的統一關係。

〔註 159〕參見〔明〕陳與郊《昭君出塞》，載《盛明雜劇》（1）卷九，北京：中國戲劇出版社，1958 年版。

〔註 160〕羅潔清《「鬼」字的用法與鬼魂崇拜》，《殷都學刊》1998 年第 3 期，第 81 頁。

　　《神奴兒大鬧開封府》，亦名《神奴兒鬼鬧開封府》，簡稱《神奴兒》，既是一部「鬧」字戲，也是一齣「鬼戲」。演敕賜義門李家，李德仁、李德義兄弟二人，因李德義妻挑唆，弟德義與兄鬧分家，後又強行要求德仁休妻，不料德仁被氣死，之後兄弟兩家分開生活。一日神奴兒要外出玩耍，老院公幫忙照看。神奴兒在院公為其買傀儡兒的間隙，被李德義帶回家去。而德義妻為獨霸家產，將神奴兒勒死，並埋在陰溝石板下。德仁妻與院公到處尋找神奴兒，不得見，無奈院公在門口等待。此時，神奴兒的鬼魂登場了（正末扮老院公，倈兒扮神奴兒魂）：

　　（正末做睡科）（倈兒扮魂子上云）自家神奴兒是也。老院公領著我街上耍，我要一個傀儡兒耍，老院公替我買去了。我在州橋上等著他，不想遇著俺叔叔，抱將俺家去。俺嬸子將繩子勒殺我，埋在陰溝裏石板底下壓著哩。恐怕老院公不知，我去託一夢與他咱。來到也。老院公，開門來，開門來。（正末云）哎喲，哥哥來了也！哥哥家裏來。（唱）

　　【牧羊關】……（帶云）小爹爹家裏來波。（唱）你可怎生悄聲兒在門外聽？

　　（帶云）神奴兒哥哥，家裏來，是老漢的不是了也。（倈兒哭科）（正末唱）

　　……

　　【感皇恩】呀，他那裡唵氣吞聲，側立傍行。則管裏哭啼啼，悲切切，不住淚盈盈。往常時似羊兒般軟善，端的似耍馬兒般胡伶。（倈兒做哭科云）老院公，你聒噪甚麼？（正末唱）你道我閒聒噪，他那裡撒滯殢，不惺惺。

　　（云）哥哥，誰欺負你來？（倈兒云）老院公，自從你替我買傀儡兒去了，我在那州橋上等你。卻遇著俺叔叔抱的俺家去，俺嬸子將繩子勒殺我，埋在陰溝裏面，石板底下壓著。老院公，你與俺做主咱。（正末驚科）（唱）

　　【採茶歌】聽的他說真情，兀的不嚇掉了我的魂靈！天那，急的我戰篤速不敢便蕎入門桯。將我這睡眼朦朧呼喚醒，我只見他左來右去不消停。

　　（倈兒推正末科，云）老院公，你休推睡裏夢裏。（下）（正末

做醒科，云）兀的不唬殺我也！原來是一夢。〔註161〕

中國文化認為鬼魂一般是在陰間活動的，而「亦有未進入陰間而游蕩於陽間的；或於夜間離開陰間而潛入陽世；或向人託夢傳話」〔註162〕。這裡正是神奴兒的魂給老院公託夢，訴說冤死實情。如果沒有託夢情節，那麼德仁妻與院公很難知曉神奴兒的下落，劇情難以推進。傳統戲劇藝術借助俗信，便解決了情節推進的問題。另外，該劇四折中鬧熱性較弱的就是第二折，因此其中鬼魂登場、託夢，也增添了鬧熱氣氛。

　　第三折演李德義夫婦誣告德仁妻，糊塗官判案，將德仁妻、老院公屈打成招，關進死牢。而神奴兒鬼魂再次登場，則到了第四折。此折由正末扮包待制，登場後不久，神奴兒魂便攔住了包公的去路：

　　　　（神奴兒扮魂子上，打攔路馬前轉科）（正末云）好大風也！別

　　人不見，惟有老夫便見，馬頭前一個屈死鬼魂。兀那鬼魂，你有甚

　　麼銜冤負屈的事，跟老夫開封府裏去來。（魂子旋下）〔註163〕

鬼不同於普通人，來時總是一陣風起；而神奴兒又是屈死的，故陰風更重，喻其冤屈之深、命運之苦。

　　一般認為「冤屈而死的鬼魂」，「常於陽間尋找替身」〔註164〕，以令自己的冤屈昭雪，神奴兒在案審之時，也來到了大堂門前，附於殺害他的嬸嬸（搽旦扮）身上，讓她開口說實話：

　　　　（正末云）兀那婦人，你知罪麼？（搽旦云）大人，小兒犯罪，

　　罪坐家長，干小婦人每甚麼事？（正末云）這婦人也說的是，小兒

　　犯罪，罪坐家長，你出去。（搽旦出門做打呵欠睡科）（神奴兒扮魂

　　子打搽旦科，云）醜弟子，你不說怎麼？（搽旦慌科，云）氣殺伯

　　伯也是我來，混賴家私也是我來，勒殺侄兒也是我來。是我來，都

　　是我來！（何正云）你看他。（正末云）何正。（何正云）有。（正末

　　云）為甚麼這般大驚小怪的？（何正云）大人，那婦人出的衙門，

　　摑著那手，他說氣殺伯伯也是我來，混賴家私也是我來，勒殺侄兒

〔註161〕王季思主編《全元戲曲》卷六，北京：人民文學出版社，1990 年版，第 301
　　～302 頁。

〔註162〕《中國風俗辭典》，「鬼」條，上海：上海辭書出版社，1990 年版，第 741 頁。

〔註163〕王季思主編《全元戲曲》卷六，北京：人民文學出版社，1990 年版，第 311
　　頁。

〔註164〕《中國風俗辭典》，「鬼」條，上海：上海辭書出版社，1990 年版，第 741 頁。

也是我來，是我來，是我來，都是我來！（正末云）與我拿過來。（何正做拿搽旦見科）（正末云）兀那婦人，你說那詞因。（搽旦云）我有甚麼詞因？小兒犯罪，罪坐家長，干我甚的事？（正末云）既無詞因，不干你事，出去。（搽旦做出門打呵欠睡科）（魂子打科）（搽旦招科）（何正拿見正末科）（如此三科）〔註165〕

這個狠心的婦人在公堂上耍賴，拒不認罪，包公也拿她沒轍，於是叫她出去，但是一出門，便說了實話，全部招認。如此三番，大家都十分納悶。原來，搽旦扮德義妻一出門，就被神奴兒的魂附了身，一邊招認，一邊打自己耳光。將鬼魂附身之俗，置於舞臺表演中，不僅使劇情發展具備戲劇效果，而且也十分鬧熱——舞臺上狠心的婦人，一邊招認，一邊打自己，觀眾定覺可笑滑稽。然而，神奴兒此時是鬼魂，由於門神看護，進不得開封府大門，包公此時則想到：

（云）大家小家兒，有個門神戶尉。何正，你將這道牒文，衙門外燒了者。（何正做接科，云）理會的。（正末詩云）老夫心下自裁劃，你將金錢銀紙快安排。邪魔外道當攔住，只把那屈死的冤魂放過來。（唱）

【折桂令】囑付那開封府戶尉門神，擋住他那外道邪魔，放過他這屈死冤魂。（何正云）我燒了紙，一陣好大風也。（放魂子進門科）（正末云）別人不見，惟有老夫便見。〔註166〕

神奴兒的鬼魂被擋門外，包公寫了一封牒文，命何正燒了，才放鬼魂進了大堂。這亦是鬼俗之一，是借助了包公的咒語與燒紙的溝通行為，「這樣一來，有乘風駕霧本事的鬼就可以突破門神的障礙、通行無阻了。這咒語和燒紙，是人與門神戶尉的溝通途徑，溝通了，明白人的意思了，門神就既能夠履行把守的職責，又讓冤魂得以自由出入訴說冤屈。」〔註167〕如此，既符合了傳統民俗習慣，又為情節增強了戲劇性，其間鬧熱，略窺一二。

總之，鬼俗的戲劇性與民俗性是統一的，而其中也呈現出傳統戲劇固有

〔註165〕王季思主編《全元戲曲》卷六，北京：人民文學出版社，1990年版，第314～315頁。

〔註166〕王季思主編《全元戲曲》卷六，北京：人民文學出版社，1990年版，第315頁。

〔註167〕翁敏華《門神信仰及戲曲舞臺上的門神形象》，《中華戲曲》第35輯，第17頁。

的鬧熱特徵。其實，從元代雜劇到明清傳奇，鬼魂俗信的戲劇性呈現愈來愈強，鬧熱程度也愈來愈高。元雜劇中神奴兒、竇娥等屈鬼，僅是爲了取得昭雪而已；明清傳奇之杜麗娘的死而復生，《長生殿》李、楊的天上仙合，其戲劇性則得到更深地加強和更廣地延展，鬧熱性亦隨之擴伸。

綜上所述，民俗性、戲劇性、鬧熱性在中國傳統戲劇中是高度統一的，三者的關係爲複合式存在和發展。傳統戲劇中，凡是能夠以展示傳統民俗、利用傳統民俗來講傳奇故事的段落，都富於較高的戲劇性，亦均可獲得極佳的舞臺戲劇效果，鬧熱性自然不在話下。

第四節　「鬧而不亂」與「中和之美」

「中和之美」作爲中國古典美學思想的核心範疇，通過傳統戲劇得以充分體現。鬧熱性則爲傳統戲劇的本質屬性，那麼中和與鬧熱究竟又是怎樣的關係呢？筆者認爲，二者看似矛盾，實則統一，鬧熱在傳統戲劇中是有序的，是中和美的一部分，符合傳統戲劇的審美要求。

一、「中和之美」：古典戲劇的審美原則與理想

「中和」是中國傳統文化孕育的產物，是內涵豐富的特殊概念。「中和」之「中」「和」二者，關係密切，既相互包含，又同中有異。「和」是指和諧，主要指對立因素的有機統一。「中」具有和諧的意義，卻不完全指和諧。據《說文解字》：「中，內也」〔註168〕。此爲「中」之本義，可見，「中和」應當指主體內心的和諧。《禮記・中庸第三十一》：「喜怒哀樂之未發，謂之中；發而皆中節，謂之和。中也者，天下之大本也；和也者，天下之達道也。天地位焉，萬物育焉。」〔註169〕這裡的「中和」也是指人內心世界的和諧。但陰陽五行說則認爲「中」爲中央，如金、木、水、火、土，土爲中；東、西、南、北、中的中都是指中央。「中國」之「中」也含有中央的意思。此外，因爲古人認爲心在人體的中央，不偏不倚，因此有「正」的意義。漢語中的許多詞彙都體現了這一意義，如「中正」「正中」「中道」「中庸」等。可見「中」的意義

〔註168〕〔東漢〕許慎《說文解字》卷一（上），北京：中華書局，1963年版，第14頁。

〔註169〕〔清〕阮元校刻《十三經注疏》（下冊），北京：中華書局，1980年版，第1625頁。

十分豐富，也使得「中和」具有更加深刻的意義。

儒家極為推崇「中和」，並將其作為政治、道德、行為的理想模式。孔子作為儒家的代表人物，他認為「中」即中庸，是一種思想，在實踐中就是要追求一種完美的德行，也是人生中的一種崇高境界。這一思想絕不是簡單消極、孤立不變的守中，而是有機地調節，積極之變通。孔子把「和」的思想納入自己以「仁」為核心的哲學體系中，如「禮之用，和為貴。先王之道斯為美。」（《論語‧泰伯》）儒家思想影響著幾千年的中華文明，使「中和」成為了一種社會心理，而它必然要走進中國人的審美意識，影響中國包括傳統戲劇在內的一切文學藝術形式。

在「中和」這一「至美」的美學思想指導下，中國傳統戲劇形成了特有的民族特色：悲劇「哀而不傷」，喜劇「樂而不淫」。「李漁的《閒情偶寄》在總結劇本創作的『十忌』『七要』時就特別指出要忌『悲喜失切』，『要安詳』」〔註170〕。可以說，「中和之美」在傳統戲劇中無處不在，是古典戲劇的審美原則與理想。

（一）「中和之美」與「哀而不傷」的悲劇

中國傳統戲劇不是沒有悲劇的，而是有著與西方不一樣的悲劇。它並不具備亞里士多德悲劇理論所認為的悲慘結局，而是結尾處有一條「光明」的尾巴，使悲劇走向團圓結局，以致悲劇不過分悲哀和傷痛，謂之「哀而不傷」。

第一，團圓結局體現「中和之美」。

團圓結局是中國古典悲劇創作的規律，也能充分體現「中和之美」。《竇娥冤》的伸冤昭雪，《趙氏孤兒》的孤兒報仇，《漢宮秋》的夢境團圓，《琵琶記》的一門旌獎，《清忠譜》的鋤奸慰靈等，都是團圓式結局，在審美情感上具體表現為「哀而不傷」。譬如，竇娥受冤被斬首，三椿誓願一一應驗後，劇作家在結尾處安排竇天章得官回鄉，為女兒伸冤昭雪。這不僅沒有淡化悲劇結局的效果，而且反映了人民懲惡揚善、伸張正義的強烈願望，突顯出積極的情緒，使觀眾在「中和之美」的意境中得到審美情感的滿足。

第二，悲喜相錯體現「中和之美」。

中國古典悲劇作品並不是從頭到尾淒淒慘慘，一悲到底，而是從不同、

〔註170〕彭修銀《中西戲劇美學思想比較研究》，武漢：武漢出版社，1994 年版，第170 頁。

甚至相反的情感因素的有機組合中，積極維持觀眾審美心理的平衡。如《竇娥冤》本來是一齣悲劇性極強的作品，關目設置上運用了累積式手法，將人間的種種苦難都加到竇娥身上，其境遇可謂淒慘，命運也實在多舛，實則人間罕有。但在悲劇態勢不斷強化的過程中，關漢卿不時地加入一些戲謔打趣、插科打諢的關目，用「喜」來調節「悲」。戲謔科諢並非無聊調笑，而是和情節發展、人物塑造緊密相連。第一折，賽盧醫和張驢兒之科諢，突顯了他們的兇殘本性，及潑皮無賴的醜惡嘴臉。這樣的科諢並沒有破壞全劇的悲劇效果，而是為之後他們無端謀害竇娥，激化悲劇衝突作了必要鋪墊。第二折，楚州太守桃杌見竇娥和張驢兒前來告狀，竟下跪拜道：「但來告狀的，就是我衣食父母。」這樣漫畫式的科諢，尖銳地刻畫出元代貪官污吏之可恥。也正因元朝官場的極端腐化，才將竇娥推向了毀滅的絕境。顯然，劇中這種寓哭於笑，以喜襯悲的布局安排，不僅沒有破壞全劇的悲劇基調，相反則加深了對悲劇思想真諦的揭示。

第三，觀眾的審美心理需要與「中和之美」。

王季思先生《與常林炎教授論關漢卿雜劇書》言：「悲劇團圓結尾，既反映了中國人民的善良願望，所謂『善有善報，惡有惡報』；也體現了中國人民的樂觀主義精神，所謂『天從人願』『人能感天』。」〔註171〕這裡，王季思先生是用國人的樂觀主義精神來解釋大團圓的結局。國人的樂觀主義精神體現於傳統戲劇，正是國人對「中和之美」的審美需要。《琵琶記》曾受到明太祖朱元璋的讚揚，其開篇說：「正是不關風化體，縱好也徒然」。可見趙五娘哀而不怨，牛氏溫良恭讓，蔡伯喈與二妻的團圓結局，客觀上得到了宣揚封建倫理道德的社會效果。儘管如此，《琵琶記》仍然受到觀眾的喜愛，而團圓結局也最能讓觀眾接受，最直接地體現了「中和之美」。

總之，中國古典悲劇，無論團圓結局，還是插科打諢的結構，都帶有明顯的中和性，這是具有民族風格的中國式悲劇。

（二）「中和之美」與「樂而不淫」的喜劇

綜觀中國古典喜劇，一般都體現著悲喜相錯，以哀寫樂的特點，即「樂而不淫」的審美特徵，這與我們的民族特點和傳統文化息息相關，亦體現了「中和之美」的審美思想。

〔註171〕王季思《玉輪軒戲曲新論》，廣州：花城出版社，1993年版，第137～139頁。

　　第一，在悲劇性的社會矛盾中提煉喜劇衝突，悲喜相錯的形式突顯「中和之美」。我國具有代表性的古典喜劇作品中幾乎都有悲劇場面，《西廂記》的「長亭送別」「草橋驚夢」；《救風塵》中宋引章的迫嫁；《牆頭馬上》李千斤的被逐等等。這一曲曲怨歌悲聲，似楚峽猿哀，聞之斷腸。這些悲情場面與喜劇性場面參差錯落、相互輝映，使觀者之情感得到調劑。這樣的悲情場面是建立在悲劇性社會矛盾之上的，而悲劇性社會矛盾所表現的社會內容也是喜劇衝突的基礎。我國古典喜劇作家往往在這種矛盾中成功地提煉出喜劇性衝突，一方是佔據優勢而具有致命弱點的反面人物，一方是處於劣勢但卻有不可戰勝的正義，及克敵制勝的智慧與樂觀自信性格的正面人物。因此，即便在悲劇性社會矛盾中，正面人物總能充分地發揮自身優勢，牢牢抓住對手的致命弱點，使衝突雙方發生出人意料的「反轉」，而取得最終勝利。例如《望江亭》楊衙內雖然是權豪勢宦，而且握有勢劍金牌，別說是一個弱女子與之無法抗衡，就是一群朝廷命官也對他奈何不得。然而不可一世的惡棍卻有貪杯好色的致命弱點。而表面居於卑弱地位的譚記兒則出於正義，既有足夠的智慧，又有出眾的美貌。因此，她果敢地獨闖虎穴，於虎口拔牙，以弱勝強，喜劇氣氛也隨之增強。再如《西廂記》老夫人是封建家長的代表，擁有至高無上的權力，別說是對小丫頭紅娘，就是對自己的女兒鶯鶯，她也有無可爭議的主宰權。但就是紅娘這樣一個連起碼的人身自由都沒有的「奴才」，卻在《拷紅》一場中利用「以子之矛攻子之盾」的招數將老夫人擊敗，老夫人無奈地只得自認晦氣。

　　第二，用理想主義的光輝照亮喜劇的結局。我國傳統戲劇多以結局圓滿為尚，不光悲劇採用團圓結局，喜劇更是如此。如《西廂記》，從開場到《長亭送別》，喜劇情節此起彼伏，環環相扣，並從心理與行動的相悖造成喜劇效果。而《長亭送別》一折則充滿了離別的悲情與怨恨，鶯鶯對功名的詛咒是對封建禮教的痛斥。其第五本不但使《西廂記》故事完整地成為一部傳世的喜劇佳作，而且有情人終成眷屬的團圓結局模式，也體現了創作者和受眾的共同審美心理，獨具中國特色。更重要的是，「團圓之趣」（李漁語）蘊涵著一種強大的生命力，從正面表現新生事物的堅韌不拔。如此結局，寄寓了人們對美好願望和對理想實現的希望。

　　總之，中國古典喜劇與悲劇一樣具有濃厚的民族特色，體現著民族大眾的審美心理與審美理想——「中和之美」。

二、鬧熱：審美期待與審美效果的統一

　　審美期待是源自接受美學範疇的概念，而審美效果是審美過程中產生的實際效能。

　　審美期待，「指審美主體在藝術鑒賞之前或之中，對藝術作品種類體裁、形式風格、形象體系、情意內蘊等的一種期待心態。其實，它適用於一切審美活動。審美期待的形成是多重因素綜合作用的結果，包括外在的社會背景、時代氛圍、文化傳統、民族精神、風俗習慣等因素，也包括審美主體內在的人生態度、心理性格、興趣愛好等因素，而尤以人生經驗和審美經驗最為重要。」〔註172〕可見，審美期待有以下幾個特點：其一，審美期待是審美活動中審美主體對於客體的藝術性期待，是感性的而非理性的期待；其二，審美期待在時間上可以分為鑒賞之前與鑒賞之中兩個段落；其三，審美期待形成的因素十分複雜；其四，審美期待的客體涉及方方面面，因審美主體的不同而異。

　　傳統戲劇藝術的審美期待，是在戲劇審美活動中產生的，是審美主體（傳統戲劇觀眾）對於審美客體（傳統戲劇藝術）的期待視野。在傳統戲劇審美活動中，審美主體的審美期待亦分為審美鑒賞之前與審美鑒賞之中兩部分。審美鑒賞之前，審美主體根據自身的具體情況，尤其是文化構成與審美經驗，對審美客體有一定先在性的期待和要求，這是基於「接受主體的心理圖式」的一種「接受的前理解」〔註173〕。如一場演出之前，觀眾往往會對表演的內容和精彩程度給予一定的期待心理，這源於兩方面：一則老觀眾有看戲曲演出的經歷，或看過這齣即將上演的劇作，因此其審美期待是建立在原有的審美經驗基礎上的；再則，新觀眾根據演出前的廣告或其他宣傳（如觀眾之間

〔註172〕許自強編著《美學基礎》，北京：首都經濟貿易大學出版社，2003 年版，第210 頁。

〔註173〕按，「接受主體的心理圖式是觀眾對外界事物進行感知和評價的內部準備狀態，是貯存於人腦中的前在經驗量，是具有約定性的、有關藝術接受活動所涉及的接受環境、接受對象和接受方式等綜合性心理反應機制。」「觀眾在接受某一具體文本前已具有的特定的心理圖式，即接受主體通過語言、意向、直覺等意識和前意識活動所獲取的各種知識結構、人生體驗、世界觀念、領悟能力、鑒賞能力、評判能力等心理經驗積澱，構成接受的前理解。前理解是從事閱讀接受活動的基本前提，沒有前理解，任何文本的接受都不可能進行。」參見周月亮、韓駿偉《電視劇藝術文化學》，北京：中國傳媒大學出版社，2006 年版，第 81、82 頁。

的信息傳遞），產生一定的審美期待。審美鑒賞活動之中，審美主體的審美期待是隨著鑒賞活動的進行，即戲劇演出的推進而不斷做著相應、具體的調整。這一階段有兩個特點：其一，無論審美主體是否看過該演出，都會地隨著演出劇情的發展而產生審美期待；其二，由於戲劇表演的特殊性，即它是具有一定時間長度的審美過程，因此，審美期待不但因人而異，而且審美主體也會在不同的劇情發展段落，產生相應的審美期待。

對於傳統戲劇審美主體而言，看戲圖熱鬧的心理是最普遍、最核心的，這是由傳統戲劇的鬧熱特點決定的。對於一些戲，審美主體早已爛熟於心，唱詞內容也了然於胸，對所演劇作產生審美期待；再如劇作，尤其是神怪題材的作品，雖然現實中不可能存在，但仍會有觀眾對其產生審美期待；另如關公大戰蚩尤這類「穿越」題材故事，雖不符合史實，具有謬史性，但觀眾也會有相應的審美期待。因此，傳統戲劇審美活動中，審美主體最基本的審美期待，是對劇作鬧熱性的期待，即一齣戲是否熱鬧，才是這齣戲是否精彩和成功的最起碼、最統一的標準。可以說，鬧熱是傳統戲劇審美期待的核心內容，也是激發審美主體產生審美期待的重要動因。

不同的觀眾，其審美期待是不同的。因此，審美主體的鬧熱期待，可以分為個別鬧熱期待與集體鬧熱期待兩類。集體鬧熱期待，是全部審美主體對於審美客體具有鬧熱特徵的期待心理，這是普遍存在的，是一般性的審美期待。個別鬧熱期待則是審美主體因個人的喜好不同，而產生的具體的審美期待，如有些觀眾喜歡獨特的唱段，有些觀眾喜歡看場面的熱鬧等，這些都是他們的審美期待。可見，不同的審美主體對於客體審美期待的要求是具體的，這是特殊的審美期待。

審美效果，是指通過審美活動，審美客體反作用與審美主體的效能和結果。傅佩榮先生將藝術的審美效果分為四個方面：「表現感情甚於模仿自然」；「創造性的表現，目的性的結構」；「不只是情感的宣洩或淨化，而是昇華」；「通往自由之路，恢復完整生命」〔註174〕。由此可知，藝術的審美效果主要是客體在於主體的效果，此其一；其二，藝術不僅是對自然的模仿，更是人類之於世界的情感表達；其三，藝術的審美效果是合創造性與目的性的統一；其四，藝術的審美效果是情感的宣洩、淨化，也是審美主體能夠產生生命活力的動力基礎；其五，藝術的審美效果最根本的是使審美主體產生審美愉悅。

〔註174〕傅佩榮《哲學與人生》，上海：上海三聯書店，2008年版，第243～248頁。

可見，藝術審美效果是圍繞著審美主體的審美體驗展開的，而審美主體在審美活動中最直接的審美效果，即情感的體驗性。對於戲劇藝術來講，由於其具有一定的時間長度，因此在這一審美過程中，審美主體所獲得的審美體驗必須要有一個完整的延續性，即戲劇藝術的審美效果是一次完整的情感體驗。

鬧熱性，對於傳統戲劇審美活動亦產生著十分重要且獨特的審美效果。審美主體懷揣著鬧熱的審美期待觀看戲劇表演，在演出過程中，又依據劇情的發展，繼而生成了階段性的、不同的審美期待，而這一切都與鬧熱的審美心理有關。因此，一個完整的傳統戲劇審美活動過程的展開和結束，都與鬧熱不無關係。審美效果的產生也是從鬧熱的審美期待開始的，而如此審美活動最直接的審美效果，即傳統戲劇的鬧熱呈現。可以說，鬧熱既是傳統戲劇審美效果的直接呈現，也是產生審美效果的肇端。因此，傳統戲劇的審美效果應具有三個特點——鬧熱性、完整性與情感性。

總之，審美期待與審美效果在傳統戲劇審美活動中，統一於鬧熱之下；鬧熱是審美期待與審美效果的紐帶，這一特點是由傳統戲劇的鬧熱性決定的。

在此，筆者以《長生殿‧驚變》為例，試析審美期待與審美效果在鬧熱中的統一。

洪昇《長生殿‧自序》言：「樂極哀來、垂戒來世、意即寓焉。」整部劇作分為兩個部分，前樂後哀，而《驚變》為全劇第二十四齣，恰是這「樂極哀來」的轉折點所在。因此，《驚變》也可分為前後兩部分，舞臺演出分其為「小宴」與「驚變」兩段。上半部分「小宴」從【北中呂粉蝶兒】到【南撲燈蛾】，演李、楊二人在亭子間小飲，是一段歡樂喜慶的場面；下半部分「驚變」則從【北上小樓】到【南尾聲】，演安祿山起兵漁陽之事傳入宮中，李隆基聞變而感傷，使劇作從此籠罩了悲哀傷懷的氛圍。可見，《驚變》是《長生殿》整部劇的縮影，其前是李、楊愛情的最高潮——《密誓》，其後則是《埋玉》——演貴妃之死，是全劇的重要關目。因此「小宴」「驚變」兩部分，不僅體現了由樂到哀的過程，也使劇作的戲劇性、鬧熱性趨於強烈。可謂「樂」也鬧熱、「哀」也鬧熱，真是一齣既讓人興奮、欣喜，亦使人無奈、哀傷的「鬧熱」戲！整齣戲，南北曲合套，曲辭十分貼合故事內容與劇情需要，因此該齣也兼具抒情與敘事功能。

第一，「小宴」部分表現了「喜樂之鬧」的風格，有四個接續的鬧熱段落——「攜手向花間」、歌曲、對飲、醉歸。

「攜手向花間」。且扮楊貴妃的【南泣顏回】唱詞，體現了二人的濃情蜜意，這是《密誓》的延續。「攜手向花間，暫把幽懷同散」，描寫了情人間的陶醉與纏綿；其中借景喻情，「戀香巢秋燕依人，睡銀塘鴛鴦蘸眼」句，則把愛戀的甜蜜傳達給觀眾。舞臺演出中，二人攜手，並肩前行，一片美景都化入愛情命意中。李隆基的沉醉，楊玉環的甜蜜，無比幸福的一對兒，這般柔情似水，讓人不由快樂和欽羨，也讓觀眾繼續沉浸在「七夕盟誓」的甜蜜之中。

歌曲。李、楊二人進入亭子，楊貴妃欲給李隆基斟酒，而此時的一個細節——「且作把盞，生且住了介」——亦透露了二人情深意切。李、楊這次小宴，沒有君臣男女之禮，只有一對戀人共享幸福。李隆基面對美人、美酒、佳餚，提出要與楊玉環合作一曲《清平調》。一位吹笛，一位歌曲，甚是和諧，令人迷醉在這曲中。

對飲。曲罷，二人對飲。一曲【北斗鵪鶉】唱出了李隆基的喜悅與開懷——「喜孜孜駐拍停歌，笑吟吟傳杯送盞」，歡快間，觥籌交錯。酌美酒、觀美人，「早只見花一朵上腮間」，貴妃醉後的媚態、嬌態盡顯。如此喜樂氛圍也同樣感染著觀眾。

醉歸。酒酣，貴妃醉，蹣著步子，離席。美麗的倩影，永遠印在了李隆基的心間。只是他沒想到，這是最後的開懷。【南撲燈蛾】中用了一系列疊詞——「態懨懨」「影濛濛」「嬌怯怯」「困沉沉」「軟設設」「亂鬆鬆」「美甘甘」「步遲遲」，將楊玉環的美，完整地呈現在李隆基面前。而觀眾亦同樣看到了這幅動態的美人圖。不過觀眾比李隆基更清醒，這是最後的醉美之圖了。

此時的審美主體，期待著劇中男女主人公的愛情能夠長長久久，也希望二人相伴終生。然故事的發展卻並非按照審美主體的要求繼續向前。隨之而來的風雲突變，也使審美期待受挫，這正是戲劇性所在。

第二，「驚變」部分表現了「哀愁之鬧」的風格，亦有四個接續的鬧熱段落——聞報、驚變、哀歎、愁哭。

聞報。「內擊鼓介」——這樣的突變，是從音效體現出來的。一種突如其來、「大事不妙」的緊張感，彌漫開來，一直擴散到觀眾的心裏。德國戲劇家古斯塔夫・弗萊塔克說：「主角以外的配角，按照他們在劇中所佔的地位，或多或少地參加這個戲劇生活。即使是在最小的角色身上，哪怕那些在全劇中

只說幾句話的角色身上，這種戲劇生活也並未完全消失。」〔註175〕的確，在
「驚變」伊始，配角與主角的動作和對話的節奏變化，使整個場面的氣氛由
輕鬆變爲緊張。且看鼓聲驟起後，人物的語言和動作變化：

　　　　（生驚介）何處鼓聲驟發？

　　　　（副淨急上）漁陽鼙鼓動地來，驚破霓裳羽衣曲。

　　　　（問丑介）萬歲爺在那裡？

　　　　（丑）在御花園內。

　　　　（副淨）軍情緊急，不免徑入。（進見介）陛下，不好了。安祿

　　山起兵造反，殺過潼關，不日就到長安了。

　　　　（生大驚介）守關將士何在？

　　　　（副淨）哥舒翰兵敗，已降賊了。〔註176〕

　　驚變。李隆基聞此變，先是痛斥，繼而驚歎——「膽戰心搖，腸慌腹熱，
魂飛魄散，早驚破月明花粲」，再是詢問有何良策，得知唯有「走爲上策」。
這時，場面的緊張氛圍還未消散，觀眾亦會疑惑——貴妃還不知此事呢，李
隆基要怎麼辦呢？這裡會產生一次審美期待，當然觀眾希望二人能夠平安度
過此劫。

　　哀歎。經過「聞報」「驚變」，接受了這一無奈現實的李隆基，面對一切，
唯有哀歎。這一段也使剛才緊張的節奏稍有緩解，但整齣戲的基調則完全由
「小宴」的歡鬧變爲了悲哀與淒婉，讓人看過心難平，實在是「鬧心」——
「的溜撲碌臣民兒逃散，黑漫漫乾坤覆翻，磣磕磕社稷摧殘，磣磕磕社稷摧
殘。當不得蕭蕭颯颯西風送晚，黯黯的一輪落日冷長安」，眞是何等的悲涼啊！

　　愁哭。剛才還是歡娛宴飲，不醉不歸，轉眼間天堂夢醒。李隆基想著那
已經睡熟的愛人還不知情，不禁更加感傷了，不由地抽泣：

　　　　（生）不要驚他，且待明早五鼓同行。（泣介）天那，寡人不幸，

　　遭此播遷，累他玉貌花容，驅馳道路。好不痛心也！〔註177〕

這等危機時分，李隆基想到的還是他的愛妃。此情深深，令李隆基十分痛心。

〔註175〕〔德〕古斯塔夫・弗萊塔克著、張玉書譯《論戲劇情節》，上海：上海譯文出
　　　　版社，1981年版，第13頁。
〔註176〕〔清〕洪昇《長生殿》，載《古本戲曲叢刊》編刊委員會《古本戲曲叢刊五集》，
　　　　上海：上海古籍出版社，1986年版，第87頁。
〔註177〕〔清〕洪昇《長生殿》，載《古本戲曲叢刊》編刊委員會《古本戲曲叢刊五集》，
　　　　上海：上海古籍出版社，1986年版，第88頁。

觀眾也都被這悲戚氛圍所感染。此時的「哀愁之鬧」隨著李隆基的哭泣，達到了頂點。

審美主體的受挫，從這一部分可以完全體現。此齣戲到這裡結束，給觀眾留下了懸念，因此審美期待並未終止。審美主體必定希望劇情的發展能夠按照自己的意願繼續，不料後文處處期待受挫，讓審美主體的內心無法滿足。因此，全劇就是在審美主體不斷地期待與受挫中，逐步地完成故事敘說，並完整地展現了作品的藝術魅力。

總之，《驚變》一齣，我們既可看到鬧熱性與戲劇性的共同作用，也可以清楚勾勒出在每一鬧熱段落中，審美期待的不斷變化和推進軌跡。而就審美效果而言，藝術「可以產生一種主動的活力，使我們由被動變成主動，重新凝聚生命力。亦即可以通過藝術的接引，使生命產生一種新的動力」〔註178〕。因此，作為審美主體，我們都會從其中得到藝術的滋養和對生命的思考。

綜上所述，中國傳統戲劇之鬧熱既是激發審美期待的動因，又是審美期待的核心；既是審美效果的直接呈現，又是產生審美效果的肇端。審美期待與審美效果在鬧熱中統一。

三、「中和」與鬧熱：審美總體與審美要素

「中和」與鬧熱在傳統戲劇中究竟是怎樣的關係？鬧熱是否打破了傳統戲劇的「中和」平衡呢？

筆者認為，傳統戲劇之「中和」與鬧熱，其審美內蘊不但不牴觸，反倒是一致的。可以說，「中和」是傳統戲劇的審美總體，鬧熱則是審美要素之一。傳統戲劇的鬧熱特徵，看似「鬧」「亂」「雜」，其實是「鬧中有節」「鬧而有序」「鬧而不亂」的，從根本上體現了「中和」的審美要求。「鬧而不亂」與「哀而不傷」「樂而不淫」「怨而不怒」等審美概念一樣，都是「中和之美」思想的一部分，並共同構成了中國傳統戲劇「中和美」的審美理想。

傳統戲劇鬧熱特徵所體現的「中和」，是「鬧而有節」「鬧而有序」「鬧而不亂」的，指傳統戲劇的鬧熱不是毫無節制、毫無章法，一味地求「鬧」，而是追求一種審美之「鬧」。因此，「鬧」作為審美現象，與日常生活之「鬧」是有差別的。傳統戲劇的鬧熱是生活之「鬧」的藝術體現，是藝術化了的「鬧」。這種審美之「鬧」，可以稱為「鬧而不亂」，其特點為有節、有序的節序性。

〔註178〕傅佩榮《哲學與人生》，上海：上海三聯書店，2008 年版，第 245～246 頁。

「鬧而不亂」是鬧熱性審美的根本屬性，從原始鬧熱性到民俗鬧熱性，再到戲曲鬧熱性，一以貫之。原始鬧熱性體現爲一種儀式的鬧熱，與儀式的嚴肅性相反相成，是嚴肅性之下的鬧熱，是一種自發的鬧熱，其根本是爲儀式服務的。民俗鬧熱性繼承了原始鬧熱性的宗義，其鬧熱表現爲一種民俗儀式的鬧熱，有特定的時間、特殊的地點、特有的表現形式，是基於民俗文化之下的鬧熱，爲民俗旨意服務。戲曲鬧熱性承繼了原始鬧熱性的儀式特徵、民俗鬧熱性的民俗特點，形成了特有的鬧熱模式，運用科諢、動作、歌舞等鬧熱手法，表現戲劇情境、人物性格、戲劇矛盾和衝突等，爲戲曲的舞臺呈現服務。

第一，傳統戲劇藝術的「鬧而不亂」，體現爲營造戲劇情境的有節、有序。

傳統戲劇的鬧熱情境，有些與民俗相關，如節日的鬧熱場景等。以元宵節爲例，《紫釵記》第五齣《許放觀燈》短短的幾首曲子、幾句對話，就已經把元宵節的鬧熱氣氛勾畫了出來。事實上，現實生活中的元宵節，其鬧熱程度遠比舞臺表演顯得更高。但舞臺表演只是爲了渲染氣氛，一則不長、二則不亂。因此，這樣的鬧熱是有節、有序的。再如《春燈謎》第八齣《轟謎》演出了元宵節的鬧熱場面，主要以眾多的人物輪番登場，以及各類元宵節的民俗活動爲主：

> ……（眾扮老少跎子生同上）……（作跎子跌倒介）（眾大笑介）……（眾扮龍燈小鬼張生法聰紅娘上）……（眾扮紅杉公子村婦人老儒）（旦男裝同櫻上）……（作村婦仰跌介）（眾大笑介）……（扮眾人持燈謎燈籠細吹打上介）……〔註179〕

該劇以元宵燈謎爲紐帶展開，因此之前一系列活動都是爲元宵猜燈謎而造勢，如此鬧熱只是服務於男女主人公在燈謎會上的邂逅。引文之科介，是舞臺動作提示，這恰體現出表演章法。可見，鬧熱的戲劇情境是有節、有序的。

此外，舞臺演出還有很多有節有序的戲劇情境。如表現兩軍對壘，只消探子三報即可，並不需眞正的千軍萬馬對峙，這也是傳統戲劇的虛擬性表現。而眞正需要在舞臺上打鬥的場面，則多爲一對一的武打表演；即便是群爭群鬥的混戰場面，也多以一個主角爲中心，其他配角各自站位，與之配打；且每次參與出手的，至多不超過三人。這當然都屬於舞臺表演的設計部分，卻

〔註179〕〔明〕阮大鋮《春燈謎》，載《古本戲曲叢刊》編刊委員會《古本戲曲叢刊二集》，上海：商務印書館，1955 年版。

反映了舞臺鬧熱的節序性，其目的只是展現鬧熱的情境而已。

可見，「鬧而不亂」的戲劇情境營造，體現了傳統戲劇的「中和之美」。

第二，傳統戲劇藝術的「鬧而不亂」，體現爲塑造人物形象的有節、有序。

戲劇人物形象的塑造講究誇張，既有語言的誇張，也有動作的誇張。但語言、動作之乖張，僅爲笑鬧場面而已，雖然「鬧」，卻緊緊結合劇情的發展，即便是插科打諢，也是借著劇情發展的由頭，發揮一段，不影響情節，卻能夠讓場面不至於沈寂、死板。如元雜劇《莽張飛大鬧石榴園》第一折，曹操要夏侯惇預備飯菜，喚一淨扮廚子上場，其「油嘴出身」，專爲科諢：

> 〔廚子云〕大人口說安排筵會，我比不了別人，弄虛頭先定二
> 十七樣好菜蔬。〔夏侯惇云〕可是那二十七樣？你數我聽。〔廚子云〕
> 頭一樣將那韭菜切的斷了，灑上一把鹽，又爽口，又鑽腮，叫做「生
> 醃韭」。〔夏侯惇云〕第二樣呢？〔廚子云〕第二樣是「姜醋韭」。〔夏
> 侯惇云〕第三樣呢？〔廚子云〕是「白煤韭」。〔夏侯惇云〕別的呢？
> 〔廚子云〕沒了。〔夏侯惇云〕才三樣了。還少多哩。〔廚子云〕你
> 不曉的。一了說三九二十七。〔外呈答云〕這廝潑說。〔註180〕

這段著實可笑，疑金代院本「打略拴搐」之《韭菜名》。其實，引文中任意拈出些字詞，都不覺有什麼誇張，然整段看下來，則頗爲可笑。廚子是個「油嘴」，在如此緊張的故事情節中（該劇是曹操請劉備赴「鴻門宴」），說笑一番，甚爲鬧熱。然如此說鬧，並未有任何超出之詞，不僅能夠不葷而鬧，而且也沒有游離劇情線索之外，甚妙矣。

即便一些以葷話說鬧的也並不覺突兀或過分，一來必定可以符合該劇的風格，二來以科諢笑鬧角色的葷話來反襯正面角色形象，也是鬧熱性有節有序的表現。

可見，「鬧而不亂」的人物形象塑造，也體現了傳統戲劇的「中和之美」。

第三，傳統戲劇藝術的「鬧而不亂」，體現爲製造矛盾衝突的有節、有序。

戲劇矛盾衝突與戲劇高潮一定是鬧熱的，這點前文已證。不過這等鬧熱

〔註180〕王季思主編《全元戲曲》卷七，北京：人民文學出版社，1990 年版，第 621
　　～622 頁。

也絕非一發不可收的，而是有節有序的鬧熱呈現。譬如，元代雜劇《莽張飛大鬧石榴園》第四折，是全劇矛盾衝突集中爆發，戲劇高潮出現的一折。其中張飛之「鬧」，也並非要鬧到不可開交、無法收場的地步。正末扮張飛上場一曲【越調鬥鵪鶉】，先是表達了去凝翠樓大鬧的決心，進而又用一系列動作，將劉、關、張與曹操矛盾的逐步激化，鬧熱可見一斑：

> （正末做打夏侯惇科）……（曹操把盞科，云）三將軍來了也。
> 許褚將酒來。三將軍滿飲此杯。（正末做打杯兒科）……（正末做扯
> 曹操科）……〔註181〕

張飛先打了阻撓他進入凝翠樓的夏侯惇。進樓後，又怒斥曹操。面對曹操的敬酒，不吝情面，直接打翻在地。此時二人的矛盾已經激化。於是，曹操解釋道：「三將軍，我也不曾有甚麼歹意也。」張飛怒氣未消，扯住曹操，曹操求饒道：「三將軍饒性命，想我有好處來。」劉備見狀，喝住張飛，這才罷手——「正末扶劉末下樓科」。〔註182〕

　　整個矛盾衝突的激化，環環相扣，步步緊隨。發展到張飛對曹操動手，則出現了全劇的高潮，也正應合了「鬧」字。然最高潮處並未出現印象中張飛征戰沙場的勇猛，而是以曹操的求饒、劉備的喝令，化解了這番衝突。由此可見，鬧熱性在傳統戲劇中的運用是有節制的，絕非鬧熱的氾濫。

　　此外，值得一提的是，「團圓旨趣」作為傳統戲劇「中和之美」的重要表現，亦是傳統戲劇的鬧熱呈現。因此，這也體現出鬧熱與中和的一致性。

　　可見，「鬧而不亂」的矛盾衝突製造，亦體現了傳統戲劇的「中和之美」。

　　總之，傳統戲劇鬧熱的節序性，體現為「鬧而不亂」。「鬧而不亂」不僅符合了「中和之美」的審美原則，是其審美要素之一，而且與「哀而不傷」「樂而不淫」「怨而不怒」等審美要素，共同構成傳統戲劇「中和之美」的審美理想。

　　綜上所述，戲曲鬧熱性的藝術特徵，主要表現在四個方面：

　　腳色人物的類型化——以丑、淨色為中心，以其他各類腳色行當為輔，共同承擔了不同的鬧熱職能。

〔註181〕王季思主編《全元戲曲》卷七，北京：人民文學出版社，1990年版，第637～638頁。

〔註182〕參見王季思主編《全元戲曲》卷七，北京：人民文學出版社，1990年版，第638頁。

　　悲喜之鬧的普適性——中國式鬧熱既有喜劇性鬧熱之狂歡，又包含悲劇性鬧熱之宣洩，這是區別西方鬧劇的最根本特徵。

　　戲劇衝突、民俗、鬧熱之統一性——傳統戲劇的戲劇性和民俗性體現著鬧熱性，而戲劇的鬧熱特徵也必然呈現劇作的戲劇性和民俗特點。

　　「鬧而不亂」的審美性——傳統戲劇鬧熱的節序性，體現爲「鬧中有節」「鬧而有序」，這不僅符合「中和之美」的審美原則，而且與「哀而不傷」「樂而不淫」「怨而不怒」等審美要素，共同構成傳統戲劇「中和之美」的審美理想。

第五章　鬧熱性在戲劇史上的地位與作用

　　本章討論鬧熱性在戲劇史上的地位和作用。其實，第一、二章討論了鬧熱性的發生與發展，本身就是將鬧熱置於中國戲劇史來考察的。因此，本章是對前四章的一次總結與補缺。主要討論以下四方面問題：一、鬧熱性與傳統戲劇發生、發展的關係；二、鬧熱性與傳統戲劇傳播接受的關係；三、鬧熱性與折子戲的關係；四、鬧熱性與地方戲的關係。

第一節　鬧熱性與傳統戲劇的發生、發展

　　傳統戲劇的發生、發展與鬧熱性有著密切關係。一方面，鬧熱性伴隨傳統戲劇的發生而發生，伴隨其發展而發展；另一方面，傳統戲劇的發生與發展，也依靠鬧熱性的推動。

一、鬧熱性是傳統戲劇發生的動因與方式 〔註1〕

　　傳統戲劇鬧熱性的發展，伴隨著傳統戲劇的發生、發展，即傳統戲劇發生，鬧熱性發生；傳統戲劇發展，鬧熱性也隨之發展。因此，可以說傳統戲劇是鬧熱性發生的本體，鬧熱性的發生、發展從另一側面看，映像出傳統戲劇發展狀況，如前所述，此其一。反觀之，傳統戲劇的發生、發展亦依靠鬧

〔註1〕　按，對於此問題的理解，也可參照第一、二章，原始鬧熱性與民俗鬧熱性在傳統戲劇中的呈現等內容。

熱性的推動，即鬧熱性的程度與發展狀況，是影響傳統戲劇發展的主要因素。可見，鬧熱性既是傳統戲劇發生的動因，也是傳統戲劇發生的方式。在此，筆者主要以戲曲藝術發生與傳統戲劇民俗鬧熱性的關係為例，以說明鬧熱性與傳統戲劇發生的關係。

（一）民俗鬧熱性是戲曲藝術發生的動因

先秦時期，傳統戲劇的發展進入民俗演藝階段，這是中國戲劇的發展、形成階段，是民俗戲劇表演時期，也是「世俗戲劇階段」的一部分。直到宋代以前，傳統戲劇民俗鬧熱性都佔據主導地位，傳統戲劇以民俗表演的形式存世。民俗戲劇表演作為一種民俗演藝活動而存在，是所謂的「從儀式向藝術轉換之中的戲劇」〔註2〕，亦屬於「觀賞性戲劇」一類，同時也是當時民俗生活的一項重要內容和組成部分。其戲劇表演的特點是儀式性漸弱、娛樂性漸強，儀式性戲劇和觀賞性戲劇在這一階段逐漸分化，其中民俗性和鬧熱性起到了關鍵作用。

這一時期還可分為前後兩個階段：前一階段為先秦至兩漢時期，由於娛樂性的作用，戲劇產生了從娛神到娛人的變革，民俗表演活動大盛，這是戲劇表演從儀式形態發展到娛樂形式的階段；後一階段為唐五代、兩宋、遼金時期，多種戲劇形態逐漸形成，構成戲曲藝術的因子逐步成熟，並向戲曲藝術的成熟過渡，是戲劇表演從娛樂形式到藝術成型的階段。

在這一階段中，民俗鬧熱性是戲曲藝術形成的直接動因，表現為民俗活動大興，戲曲藝術在民俗活動中成長。以宋孟元老《東京夢華錄》的相關記載為例，其中諸多民俗活動，皆有雜劇、百戲等演藝內容。這足以證明戲曲藝術在形成之際，基本是依靠民俗鬧熱性的推動，而獲得獨立的藝術形式的。

表 5-1　《東京夢華錄》中演藝民俗活動及其鬧熱情狀簡表〔註3〕

卷數	條目	演藝民俗內容	鬧熱情狀
六	正月	「舞場歌館」	「車馬交馳」
六	立春	「上列百戲人物」	

〔註2〕　汪曉雲《重構戲劇史：從戲劇發生開始》，《文藝研究》2006年第9期，第102頁。

〔註3〕　按，該表內容皆摘自《東京夢華錄》卷六至卷十。參見〔宋〕孟元老《東京夢華錄》，北京：中國商業出版社，1982年版。

六	元宵	「奇術異能，歌舞百戲」 「內設樂棚，差衙前樂人作樂雜戲，並左右軍百戲」 「教坊鈞容直、露臺弟子，更互雜劇」	「樂聲嘈雜十餘里」 「宮嬪嬉笑之聲，下聞於外」 「萬姓皆在露臺下觀看，樂人時引萬姓山呼」
六	十六日	「家妓競奏新聲」 「寺之大殿，前設樂棚，諸軍作樂」 「皆有樂棚，作樂燃燈」 「諸門皆有官中樂棚」 「多設小影戲棚子」 「相對右掖門設一樂棚」	「樂聲鼎沸」 「競陳燈燭，光彩爭華，直至達旦」 「萬街千巷，盡皆繁盛浩鬧」
七	清明節	「都城之歌兒舞女，遍滿園亭，抵暮而歸」	「士庶闐塞諸門」 「四野如市」
七	三月一日開金明池瓊林苑	「每爭標作樂，列妓女於其上」 「車駕臨幸，觀騎射百戲於此池之東岸」	「萬騎爭馳，鐸聲震地」
七	駕幸臨水殿觀爭標錫宴	「近殿水中，橫列四彩舟，上有諸軍百戲」 「水傀儡」「水秋韆」等	「山呼拜舞」
七	駕幸寶津樓宴殿	「門之兩壁，皆設綵棚，許士庶觀賞，呈引百戲」	「遊人倍增」
七	駕登寶津樓諸軍呈百戲	「駕登寶津樓，諸軍百戲，呈於樓下」 「啞雜劇」「諸軍繳隊雜劇一段，繼而露臺弟子雜劇一段」等	
七	池苑內縱人關撲遊戲	「水傀儡」	
八	六月六日崔府君生日二十四日神保觀神生日	「作樂迎引至廟，於殿前露臺上設樂棚，教坊鈞容直作樂，更互雜劇舞旋」 「自早呈拽百戲，……至暮呈拽不盡……至夕而罷」	「無盛如此」 「最為繁盛」
八	中元節	「構肆樂人，自過七夕，便般『目連救母』雜劇，直至十五日止」	「觀者倍增」
九	天寧節	「（十月）初十日天寧節。前一月，教坊集諸妓閱樂」	

九	宰執親王宗室百官入內上壽	（整個程序中均有表演的內容）	「觀者如堵」
十	十二月	「打夜胡」	
十	除夕	「至除日，禁中呈大儺儀，……裝將軍……裝門神……裝判官。又裝鍾馗、小妹、土地、灶神之類，共千餘人」	

從上表可知，北宋的民俗活動十分豐富，而且甚爲鬧熱。表中的民俗活動多集中於節日，既有元宵、清明、中元等歲時節令，也有崔府君生日、神保觀神生日等神誕節日。而且其中都有民俗演藝活動的參與，呈現出鬧熱節日與鬧熱民俗、鬧熱演藝活動相互交融之態。

可見，戲曲藝術之所以發生，民俗鬧熱性起到了積極的作用。正是擁有了鬧熱的民俗生活——戲曲藝術發生成長的沃土，才能夠給予戲曲藝術獨立的發展空間。當然，戲曲藝術形成之後，不僅獲得了獨立的藝術形式，也形成了其獨特的鬧熱特徵，被稱爲「戲曲鬧熱性」，而其中亦包裏著民俗鬧熱性的精髓。

（二）民俗鬧熱性是戲曲藝術發生的方式

民俗鬧熱性不僅是戲曲藝術發生的動因，而且也是戲曲藝術形成之後的表現形式，即民俗生活及民俗鬧熱性的內容，成爲戲曲藝術鬧熱之表現。民俗內容在傳統戲劇中佔據重要位置，而且以民俗糾葛建構戲劇情節的衝突矛盾，亦是鬧熱場面的手段，關於此內容，前文已述。在此，筆者以《雷峰塔·端陽》爲例，試析端午節俗與傳統戲劇藝術呈現方式之間的互動關係。

《雷峰塔》是以中國民間「白蛇傳」故事爲藍本的清代傳奇，《端陽》爲第十六齣，以端午節的蘇州爲背景，演白素貞飲雄黃酒，現出原形，不愼將丈夫許宣嚇死之事。

端午節是中國的傳統節日，已於 2009 年被聯合國教科文組織列入人類口頭和非物質文化遺產代表作目錄。端午節爲農曆五月初五，故又名「端五」「端陽」「重五」，另又稱爲「蒲節」「天中節」「天長節」「沐蘭節」「女兒節」「女媧節」「娃娃節」「五月節」「詩人節」「龍船節」「粽包節」「解粽子節」等。端午時值春末夏初，陽氣上升，正是蚊蠅繁殖、蟲蛇出沒之時，人們在這個時節容易患病。端午是惡性日子，「古人認爲五月是惡月，五日是惡日，所以

五月五日是個雙惡的日子，需要認真避忌。」〔註4〕端陽時節「五毒」出沒，有民謠云：「端午節，天氣熱，『五毒』醒，不安寧。」因此，需要採取諸多手段預防毒害。「五毒」，原是穀雨節俗。《言鯖‧穀雨五毒》云：「於穀雨日畫五毒符，圖蠍子、蜈蚣、蛇虺、蜂、蝱之狀，各畫一針刺，刊布家戶貼之，以禳蟲毒。」〔註5〕後為端午節俗所吸收，《燕京歲時記‧天師符》載：「每至端陽，市肆間用尺幅黃紙，蓋以硃印，或繪畫天師鍾馗之像，或繪畫五毒符咒之形，懸而售之。」〔註6〕有關五毒具體所指，一般被認為是蛇、蠍、蜈蚣、蟾蜍、壁虎，亦有認為是蠍、蛇、蜂、蝱、蜈蚣五種〔註7〕。可見，無論哪種說法，蛇都是端午節「五毒」之一。那麼《雷峰塔》傳奇中，作為蛇妖的白素貞，在端午節這天正午現出原形，嚇死丈夫許宣，就順理成章了。在此，她既是端午的受害者，又是害了人的有毒之物；這既符合蛇的生理特徵，又符合傳統的民俗習慣。

圖5-1　端午「五毒」花錢

〔註4〕　翁敏華《端午節與端午戲》，《中華戲曲》第38輯，第294頁。

〔註5〕　〔清〕呂種玉撰《言鯖二卷》卷下，清康熙刻說鈴本，載四庫全書存目叢書編纂委員會編《四庫全書存目叢書‧子部九八》，濟南：齊魯書社，1995年版，第323頁。

〔註6〕　〔清〕富察敦崇《燕京歲時記》，北京：北京古籍出版社，1981年版，第65頁。

〔註7〕　參見百度百科「五毒」條 http://baike.baidu.com/view/40730.htm。

　　《雷峰塔·端陽》開篇借生扮許宣之上場詩，體現出相應的端午節俗：「競渡流傳舊，纏絲續命新。結蘆同楚客，採艾貨醫人。」〔註8〕「競渡」指端午賽舟之俗，傳說是為了紀念屈原；「纏絲」則指五彩絲線，佩戴於身，用以驅除邪祟，長命百歲；「採艾」指採摘艾草，一般認為艾草用以辟邪，因此亦為端午節物。

　　接著，旦扮白素貞上場，一曲【虞美人】唱道：「慵邀鬥草閒烹茗，纖手教郎飲。芬芳直欲沁衷腸，休戀菖蒲北里別家香。」〔註9〕這裡的「鬥草」是端午節鬥百草的遊戲，以花草的數量和豐富取勝，是初夏時節的遊戲；「菖蒲」則是指一種去惡除邪的植物，與艾草功用相近，有些地方則以菖蒲水用來洗髮、沐浴。可見此二者又是與端午節有關的節俗與節物。

　　白素貞與貼扮青兒的對話，則不僅提到了端午節俗，而且還引出了劇作衝突矛盾之原因：

　　　　（旦）青兒，我和你為著許郎，來到此間，不覺又是端陽了。（貼）娘娘，今早官人已置買對象，慶賞佳節，都已收拾停當。少頃宴飲之時，都是雄黃酒，你須要留神便好。（旦）這個我自有主張。（貼）如今午時將近，哎喲，我青兒難以挨過，倘被官人看破，不當穩便。

　　　　（旦）我亦如此。我且在床少睡，只推身子不好。你過了午時，隨即就來。（貼）曉得。只為根基淺？專怕午時辰。（下）〔註10〕

二人作為蛇妖，最怕一年之中的雙惡之日。因此，飲雄黃酒這一節俗，對於白、青二人就是「滅頂之災」。此外，端午節陽氣最盛之時便是午時，故青兒說「專怕午時辰」，而白素貞現出原形亦在午時。可見，劇作將白蛇現形安排在端午之午時，是故事情節發展與民俗生活的完美結合。因此，這一段民俗糾葛也為情節衝突的展開做好了必要鋪墊。

　　青兒離家避災禍，端午節也有這一講究，名為「躲端午」。「躲端午」有兩層含義，一則為「癩蛤蟆躲端午」，意思是端午節這日，癩蛤蟆很難見到，因此被傳為去躲端午了。如果這日能捉住癩蛤蟆，一般會將其懸掛曬乾，作

〔註8〕　〔清〕方成培撰、李玟注《雷峰塔》，北京：華夏出版社，2000年版，第79頁。

〔註9〕　〔清〕方成培撰、李玟注《雷峰塔》，北京：華夏出版社，2000年版，第79頁。

〔註10〕　〔清〕方成培撰、李玟注《雷峰塔》，北京：華夏出版社，2000年版，第79頁。

為藥引。故有「癩蛤蟆躲端午，躲一時少一時」的說法〔註11〕。另一層含義則是「女兒躲端午」，因為端午節又稱「女兒節」，時日「少女須佩靈符、簪榴花，娘家接女兒歸寧『躲端午』」〔註12〕。清乾隆十年（1745）《景州志》載：「五月五日，食角黍，飲菖蒲酒，插符、艾，繫五色線，隆師，逆女追節。」〔註13〕「逆女」即「接女兒歸寧」之意。有些地區則在「拗節」之日，即端午之次日女兒回娘家，如民國二十四年（1935）《首都（南京）志》引《金陵歲時記》云：「『端午』、『中秋』之次日，吾鄉均謂之『拗節』，方言也，殆謂拗轉時日而流連光景耳。吾鄉女子之出嫁者，率於拗節歸寧。」〔註14〕可見，青兒避開端午午時，符合「躲端午」節俗。雖然青兒之「躲」並非新嫁女回娘家，然作為白素貞之婢女，又是到蘇州後的第一個端午節，故需要「躲端午」。從另一角度看，白素貞遭受端午之害，亦可看作是未「躲端午」的後果。

　　午時，白素貞現出原形，被許仙發現，並嚇死過去。白素貞傷痛之餘，則打算前往南極仙翁處，採摘仙草來救丈夫許宣還魂。在此，「採仙草」其實就是端午節採藥習俗在戲劇中的轉化形式。《荊楚歲時記》言：五月初五日要「採雜藥」〔註15〕。「雜」則謂藥物種類繁多，故又有端午節「採百藥」之說。另外，五月初五雖是惡日，卻又可「以毒攻毒」，所以這一日所採藥材，效能最大，故端午也是「採藥節」。因此，白素貞採到仙草後，自然也可以救得許宣性命。

　　端午節處在春夏交替之時，具有與人之生命相似的「渡關」功能，即「人們希望借助各種儀式活動以順利度過端午節，然後進入下一個時間節點」〔註16〕，一方面避害，另一方面則是採取各種方法來保護生命。因此，《端陽》中無論是青兒「躲端午」、白素貞現出原形，抑或許宣先被嚇死，再被救活，都意味著生命的一次死亡和重生，是一種「渡關」。當然，將節俗功能賦予戲劇

〔註11〕劉鄉英《民間節日》，鄭州：海燕出版社，1997年版，第149頁。

〔註12〕徐傑舜、周耀明《漢族風俗文化史綱》，南寧：廣西人民出版社，2004年版，第340頁。

〔註13〕丁世良、趙放《中國地方志民俗資料彙編‧華北卷》，北京：書目文獻出版社，1989年版，第412頁。

〔註14〕丁世良、趙放《中國地方志民俗資料彙編‧華東卷》，北京：書目文獻出版社，1995年版，第360頁。

〔註15〕〔梁〕宗懍著、姜彥稚校注《荊楚歲時記》，長沙：嶽麓書社，1986年版，第49頁。

〔註16〕李穎《端午節文化精神研究》，上海師範大學2011年碩士學位論文，第8頁。

手段，自然是藝術化、誇張化的，必然會有鬧熱性和戲劇性的呈現。

　　總之，在大喜大悲的舞臺鬧熱呈現背後，蘊藏著民俗鬧熱性的側影。先輩們就是如此智慧地將傳統的民俗生活融化在傳奇的戲劇故事中，讓我們一邊接受著戲劇藝術的洗禮，一邊瞭解並學習到傳統民俗的生命意義。

　　綜上所述，鬧熱性既是傳統戲劇發生的動因，也是傳統戲劇發生的方式；傳統戲劇的發生、發展離不開鬧熱性的參與，鬧熱性演變進化亦在傳統戲劇的發展中完成，二者是爲一體。

二、鬧熱性與傳統戲劇發展的統一

　　鬧熱性始終伴隨傳統戲劇的發生、發展過程，是傳統戲劇的本質屬性，二者具有統一性——整體性與局部性、普遍性與特殊性、審美共性與審美個性的統一。

（一）傳統戲劇的鬧熱性是整體性與局部性的統一

第一，傳統戲劇的鬧熱性具有整體性原則和局部性特徵。

　　傳統戲劇鬧熱性的整體性原則，是指鬧熱性作爲傳統戲劇的本質屬性，是與生俱來的特質，伴隨傳統戲劇的發生、發展之始終。同時也是傳統戲劇所有劇作的共同屬性，即鬧熱性不僅是雜劇、院本的本質屬性，也是傳奇、地方戲等戲劇樣式的本質屬性，鬧熱性是通過傳統戲劇的觀演，整體感知的。因此，歷時性上來說，鬧熱性會伴隨傳統戲劇的存在而存在，具有整體的不可分割性；共時性方面，鬧熱性亦可涵蓋傳統戲劇的全部劇作，呈現爲傳統戲劇的整體氣質。可以說，傳統戲劇是鬧熱性的傳統戲劇，鬧熱性是傳統戲劇的鬧熱性；傳統戲劇鬧熱性的整體性原則，是共時性與歷時性的統一。

　　傳統戲劇鬧熱性的局部性特徵，是指鬧熱性雖然具有整體性原則，人們可在傳統戲劇觀演中獲得整體性感知，但從微觀方面來看，其鬧熱性隱藏在劇作觀演的具體環節中。我們可以通過具體的、局部的特徵來體認傳統戲劇鬧熱性的特點，即傳統戲劇鬧熱性是可以被認知、被獲取的。而認知和獲取的途徑，就表現爲傳統戲劇鬧熱性的局部性特徵。根據前文論述，可以發現傳統戲劇鬧熱性的局部性特徵表現在語言、動作、歌唱、舞蹈、觀演互動等舞臺演出的各個方面與環節。具體而言，科諢體現了傳統戲劇之鬧熱，武打場面亦是。我們可以抽離出其中的片段和段落來體會這樣的鬧熱特點，明代以來的折子戲其實就是傳統戲劇鬧熱性集中體現的劇作片段。因此，傳統戲

劇的鬧熱性具有局部性特點。

　　第二，傳統戲劇鬧熱性的整體性與局部性是統一的。

　　整體性原則與局部性特徵在傳統戲劇的鬧熱性之中是統一的。整體性是構成傳統戲劇鬧熱性感知的主體，局部性則是這種整體性鬧熱感知的重要組成部分。傳統戲劇鬧熱的整體性感知是通過局部的鬧熱感知來完成的，局部性的鬧熱呈現最終通過整體性的鬧熱感知來實現。

　　如果我們稱一部作品是鬧熱的，那麼其整體的鬧熱特點必須由具體的鬧熱情節段落和鬧熱點來組成，而且需要觀眾通過對具體的鬧熱性情節段落的感知，進而感受作品的整體性鬧熱。譬如，《神奴兒大鬧開封府》作為「鬧」字戲，本身從整體來說它是鬧熱的，而具體來看，其分為四折一楔子，除了楔子作為過場性質處在一、二折之間，其餘四折均有鬧熱性情節段落或鬧熱性衝突的表現。第一折演李德義受妻子挑唆要與大哥德仁分家，後又逼迫大哥休妻，鬧熱衝突體現為大哥李德仁被氣死一段。第二折的鬧熱戲劇性衝突在於李德義妻子貪圖所有的財產，把大哥的兒子——神奴兒勒死。該折鬧熱點還有神奴兒鬼魂上場，給老院公託夢的環節。第三折有兩段鬧熱，前一段為李德仁妻與院公到李德義家索要神奴兒，此為情節發展的自然性戲劇衝突；後一段則是糊塗官亂判案的鬧熱，此段展示了科諢式鬧熱。第四折是包公審案，也是全劇的戲劇高潮所在。矛盾的兩陣營登場，又有神奴兒鬼魂的冤訴，使得整個劇作在審案中達到鬧熱的最高值——一是神奴兒冤屈被昭雪的痛快之感，二則體現為表演的鬧熱性動作，如李德義妻子被神奴兒鬼魂附身之後，自己掌摑自己的笑鬧動作等。總之，《神奴兒大鬧開封府》之「鬧」就是由這些一段段、一串串的鬧熱段落和鬧熱點構成。而觀眾對於作品的鬧熱感知，也是先通過具體的情節段落，進而感受到作品的整體鬧熱性。

（二）傳統戲劇的鬧熱性是普遍性與特殊性的統一

　　第一，傳統戲劇鬧熱性的普遍性特徵與特殊性特徵。

　　傳統戲劇鬧熱性的普遍性特徵，是指鬧熱性在傳統戲劇藝術中普遍存在。首先傳統戲劇的鬧熱性存在於傳統戲劇的各個時期、各個發展階段——鬧熱性伴隨著傳統戲劇的發生、發展、成熟的過程而變化，並呈現為原始鬧熱性、民俗鬧熱性、戲曲鬧熱性三個階段類型。其次，傳統戲劇的鬧熱性還存在於傳統戲劇舞臺表演的各個方面、各個細節中，如場上的鬧熱語言、誇

張動作、打鬥場面、科諢情節、團圓結局，場下的熱烈掌聲與叫好聲，以及或悲傷、或愁苦、或開懷、或驚喜等情感色彩，都是鬧熱的戲劇呈現。此外，傳統戲劇的鬧熱性還體現於傳統戲劇的各種形態之中。院本、雜劇、戲文、傳奇等戲劇文學形態，崑劇、京劇、各地方劇種等舞臺表演形態，以及連本戲與折子戲、大戲與小戲、文戲與武戲等傳統戲劇的不同形態類型，均具有鬧熱性特徵。可以說，普遍性特徵是傳統戲劇鬧熱性的最基本特徵，傳統戲劇就是以「鬧」取勝的。

傳統戲劇鬧熱性的特殊性特徵，可以從兩個方面來理解。首先，鬧熱性特徵相對於傳統戲劇的其他特徵而言，是具有特殊性的。這是因為，傳統戲劇的其他特徵，如文學性、虛擬性、歌舞性、程式性等，無論是著眼於戲劇文本還是舞臺戲劇演出，都僅是從傳統戲劇的本體出發而進行的總結；而鬧熱性不僅僅關注傳統戲劇的本體，而且還關注傳統戲劇的「觀——演」傳播與接受，因此，鬧熱性是傳統戲劇的獨特特徵。其次，將中國傳統戲劇置於世界戲劇範圍來看，與世界其他戲劇藝術樣式相比，其鬧熱性特徵亦是具有特殊性的。中國傳統戲劇是獨樹一幟的藝術類型，是風格獨立、意格獨出的戲劇樣式，其鬧熱性亦是獨一無二的，並區別於世界其他民族戲劇的鬧熱風格與特徵。與「同根異花」的東亞戲劇相比，其鬧熱特點雖然仍有同根性，但中國傳統戲劇的鬧熱性更顯豐富和多面，尤其是日本戲劇的「靜」與中國戲劇的「鬧」形成鮮明對照。與西方戲劇之鬧劇相比，可以說傳統戲劇的鬧熱性更為獨特，其不僅存在於喜劇中，而且悲劇亦有「鬧」字戲，可充分彰顯鬧熱。因此，傳統戲劇的鬧熱性具有特殊性特徵。

第二，傳統戲劇鬧熱性的普遍性與特殊性是統一的。

普遍性特徵與特殊性特徵在傳統戲劇鬧熱性中是統一的。普遍性特徵是傳統戲劇鬧熱性的最基本特徵，特殊性特徵則是普遍性特徵的重要補充。中國傳統戲劇的鬧熱性是在普遍中見特殊，在特殊中存在普遍規律。因此，與外國戲劇相比，中國傳統戲劇因鬧熱性的普遍而彰顯特殊；與中國其他民族藝術形式相比，傳統戲劇特殊的鬧熱性成為其自身的普遍性特徵。

（三）傳統戲劇的鬧熱性是審美共性與審美個性的統一

審美共性，是指審美的一般性、普遍性和共同性，是審美主體對於審美客體屬性的認同，是社會審美的共同標準，即有共同的審美意識——「由人類社會實踐後又經過藝術強化積澱而成的審美心理積累、凝結成的審美趣

味、審美觀念、審美理想的總和」〔註 17〕。傳統戲劇的鬧熱性特徵就是傳統戲劇藝術審美共性的體現。

審美個性，是指審美的特殊性、差異性和個別性，是審美主體個體審美心理的差異性。《美學教程》認為：「審美個性是通過群體的社會意識主要是審美意識的滲入和個體審美心理結構的形成而展現的豐富、多樣的審美個性特徵。它是社會審美意識在個體審美心理結構中的折射和落實。」〔註 18〕因此，不同的審美主體個體，其審美個性也不相同，造成這種差異的原因十分複雜，既有先天因素，如生理特徵、神經氣質類型、天賦等；也有後天原因，如知識結構、生活經歷、職業等因素。在傳統戲劇中，由於鬧熱性的表現形式不同，會出現審美主體對於傳統戲劇鬧熱性的審美差異性和傾向性，這便形成了傳統戲劇鬧熱性的審美個性。如《紅樓夢》中寶釵點戲，一則投賈母之好，二則表現出自己對魯智深的欣賞，這也正反映了她作為審美個體的具體審美個性。

傳統戲劇鬧熱性是審美共性與審美個性的統一。首先，審美共性決定了審美個性的存在。鬧熱性是傳統戲劇的本質屬性，也是傳統戲劇的審美共性；而其中的個體審美差異，是統一於鬧熱性之中的，即審美個性的差異須要在鬧熱性這一審美共性中才能得以實現。因此，審美共性決定了審美個性的存在。其次，審美個性豐富著並體現著審美共性。審美個性是因不同的審美主體個體而出現的審美差異。在傳統戲劇審美活動中，這些個性差異統一於鬧熱的審美共性之中，不同的審美個性豐富著審美共性的內涵；同時審美個性之內容又具體體現了審美共性。譬如，科諢情節、武打場面、悲情段落等作為傳統戲劇鬧熱性的呈現方式，是被審美主體所接受的，具有鬧熱審美屬性的內容。作為鬧熱內容，它們的存在首先是在鬧熱性這一傳統戲劇的審美共性之中的存在；另外，由於審美主體的個體差異性，對於傳統戲劇鬧熱性的理解和體認會有所不同。有的審美主體會認為科諢情節較之武打場面更為鬧熱，而有的則認為悲情段落才能體現鬧熱特點。但無論怎樣，這些審美個性的存在都是審美共性的具體體現，而且共同豐富了審美共性的內容。

〔註17〕《美學教程》編寫組《美學教程》，北京：中國社會科學出版社，1987 年版，
　　　　第 330 頁。

〔註18〕《美學教程》編寫組《美學教程》，北京：中國社會科學出版社，1987 年版，
　　　　第 325 頁。

　　總之，傳統戲劇的鬧熱性是整體性與局部性、普遍性與特殊性、審美共性與審美個性的統一。鬧熱性作爲傳統戲劇的本質屬性，二者始終是統一的，不可分割。

第二節　鬧熱性與傳統戲劇的傳播接受

　　傳統戲劇的傳播接受，是指傳統戲劇的傳播與觀眾的接受過程。在傳統戲劇發展過程中，其傳播接受的形式是以舞臺的「觀──演」傳播和接受爲主的。鬧熱性作爲傳統戲劇的本質屬性，影響了傳統戲劇的舞臺「觀──演」傳播接受過程──既影響傳播的效果，也影響接受的方式。而近代以來，隨著新藝術形式的出現和湧入，傳統戲劇舞臺傳播接受的鬧熱性也日漸式微。

一、傳統戲劇的舞臺「觀──演」傳播模式

　　傳統戲劇傳播由於具體形態的不同，其傳播方式也各異。在此筆者僅對傳統戲劇的主要形態──戲曲藝術的傳播模式進行粗淺分析。而戲曲傳播與接受，也是傳統戲劇傳播與接受的主體形式。此外，還需注意的是，「傳播」一詞從廣義上來說，本身就具備「接受」的涵義。

　　關於「傳統戲劇傳播」的概念，高昂在其碩士學位論文中提出了較爲全面的「戲曲傳播」定義：

> 　　戲曲傳播就是人類交流戲曲信息的一種社會行爲，是人與人之間，人與他人所屬的群體、組織和社會之間，通過特定的媒介進行戲曲信息傳遞、接受與反饋行爲的總稱。它的本質是戲曲信息在一定時間和空間中的傳播與接受的互動。〔註19〕

可見，傳統戲劇傳播之本質在於「互動」。

　　戲曲信息內容雜、範圍廣，傳播類型十分複雜。王廷信先生從單個劇目出發，將戲曲傳播分爲「本位傳播」與「延伸傳播」。「本位傳播是指以某一戲曲劇目的舞臺表演藝術爲具體傳播對象的傳播」，「是戲曲賴以生存的基礎」；具體又可分爲「整體傳播」與「分支傳播」兩個層面，「整體傳播」即「以舞臺演出的整體方式呈現給觀眾」，「是戲曲本位傳播中最本眞的傳播」，

〔註19〕高昂《現代視聽媒介中的戲曲觀演傳播》，山西師範大學 2009 年碩士學位論文，第 2 頁。

其中直接傳播者是「表演劇目的演員」，接受者則是「觀看演出的觀眾」。〔註20〕可見，作為綜合性表演藝術，雖然其傳播方式多樣複雜，但當其在舞臺上進行一次表演，就構成了一次傳播與接受活動，構成「觀——演」傳播。「觀——演」傳播，是傳統戲劇傳播的最基本方式。施旭升先生言：

> 戲劇藝術構成所必不可少的兩個方面：演出與觀賞。或者説，觀和演正構成了戲劇活動的相互關聯、相互制約的兩極；「觀——演」關係也就成為制約戲劇藝術整體的一對最基本的矛盾。進而言之，正是由於戲劇的觀演雙方互為主體、相互依存，才足以構成一個戲劇審美活動的「場」。戲劇史上，也正是由於「觀——演」關係的不同的構成及其不斷的調整，才有了戲劇形態的不斷的新變。〔註21〕

因此，本文所要關注的，正是傳統戲劇藝術的「觀——演」互動傳播模式。

傳統戲劇傳播的媒介，在各個時期是不同的，「從某種意義上說，中國戲曲藝術的發展史也就是戲曲使用不同媒介進行傳播的歷史。」〔註22〕根據傳統戲劇傳播媒介的不同，施旭升先生將傳統戲劇的傳播階段分為「舞臺傳播、劇本傳播和以電子音像為特徵的大眾傳播以及網絡傳播等」四類〔註23〕。高昂則在此基礎上，以傳統和現當代為界限，分其為兩階段——「借助於舞臺媒介的傳播」與「借助於現代視聽媒介的傳播」〔註24〕。二者的分析都十分客觀，只是施先生分類中的「劇本傳播」，是以傳播介質作為劃分標準的。然從傳統戲劇藝術的發展來看，自戲劇文學成熟以來，這種傳播類型一直延續至今。

綜上，筆者認為，從傳統戲劇發展歷史來看，其傳播類型主要是以舞臺傳播和非舞臺傳播構成。舞臺傳播是傳統戲劇傳播的主要類型，無論原始戲劇階段的儀式性表演、民俗演藝階段的社火與「打野呵」式的廣場表演，還

〔註20〕王廷信《戲曲傳播的兩個層次——論戲曲的本位傳播和延伸傳播》，《藝術百家》2006年第4期，第40～41頁。

〔註21〕施旭升《戲劇藝術原理》，北京：中國傳媒大學出版社，2006年版，第407～408頁。

〔註22〕施旭升《中國戲曲審美文化論》，北京：北京廣播學院出版社，2002年版，第262頁。

〔註23〕施旭升《中國戲曲審美文化論》，北京：北京廣播學院出版社，2002年版，第262頁。

〔註24〕高昂《現代視聽媒介中的戲曲觀演傳播》，山西師範大學2009年碩士學位論文，第3頁。

是傳統戲樓上的舞臺演出、現代劇院劇場內的舞臺表演，都屬於舞臺傳播類型。而非舞臺傳播類型則是傳統戲劇藝術發展及其傳播的重要補充手段，主要有戲劇的文本傳播（劇本、報刊、劇評、文字廣告等文本類型）、視聽傳播（廣播、電影、電視、網絡等現代傳播類型）、其他延伸傳播方式。本文著眼於傳統戲劇的舞臺「觀——演」傳播模式——以舞臺作爲媒介，以舞臺上下的互動爲本質，傳統戲劇最基本的傳播模式。無論古代，還是現當代，傳統戲劇的傳播方式，一直都是以舞臺「觀——演」方式爲主。這裡的「舞臺」並非僅僅實在的表演高臺，而是一切進行傳統戲劇表演的區域和空間，包括廣場、露臺、街邊、廳堂、傳統戲樓、劇場舞臺等，而在舞臺演出的同時，必須存在現場觀眾的觀賞，此爲「舞臺」之必要條件。因此，筆者始終認爲，舞臺成就了傳統戲劇藝術的昨天，而傳統戲劇藝術的生命也永遠在舞臺之上。

傳統戲劇的舞臺「觀——演」傳播模式具有如下特點：

第一，舞臺「觀——演」傳播模式的本質爲舞臺上下、傳播者和接收者之間的現場互動。「互動」是傳統戲劇的基本特徵之一，是傳統戲劇具備鬧熱性的主要原因。舞臺「觀——演」傳播的兩極——傳播者（表演者）與接受者（觀者）是互動的主體。互動的內容則是戲劇表演內容。互動的過程是傳播者（表演者）在舞臺上表演戲劇內容，通過舞臺演出作爲傳播媒介，將演出的內容和相關信息傳遞給臺下的接受者（觀者）；而接受者（觀者）的接受活動並非簡單地接納信息，而是能動的審美過程，即通過適當的方式（鼓掌、喝彩、披紅等），將其感受反饋給舞臺上的傳播者（表演者）。這樣的單次循環，就完成了一次簡單的舞臺「觀——演」傳播接受過程；而一場演出，則是在這個基礎上的無限循環，直至演出結束。

第二，傳播者與接受者的時空統一原則。即傳統戲劇舞臺「觀——演」傳播是同時展開的，傳播者、傳播內容、接受者、接受內容，以及傳播與反饋處在同一時空的傳播界面。在時間上，是具有較小時間差的循環往復；在空間上則爲舞臺上下的共同存在性。假如今晚七點到八點，學校劇院內演出崑劇《遊園驚夢》，那麼這一次傳播接受活動，就是由今晚七點到八點，在學校劇院內舞臺上的演員和臺下的觀眾互動完成的。因此，無論是傳統戲臺上的廟會演出，還是士大夫府上的堂會表演，抑或在現代大劇院內的戲曲演出，都符合傳播接受過程中的時空統一原則。

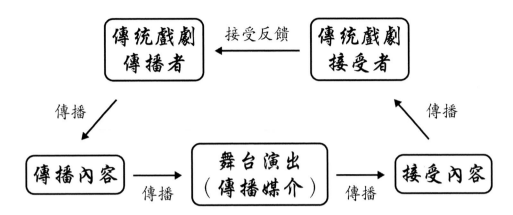

圖 5-2 傳統戲劇舞臺「觀——演」傳播接受過程單次循環圖示

第三，基於傳播接受的現場互動本質與時空統一原則，傳統戲劇舞臺「觀——演」傳播接受過程具有即時性。也就是說，一次演出，就是一次傳播接受過程，演出結束，此過程亦結束。傳統戲劇作為表演藝術，不同於其他實物、靜態類型的藝術形式，其每一次演出，都是以活態形式出現，並進行一次互動的傳播接受過程。

總之，舞臺「觀——演」傳播模式，是表演藝術的特有形式，更是傳統戲劇最基本的傳播接受形式。舞臺「觀——演」傳播模式的現場互動、時空一致、即時性等特徵，也是傳統戲劇具備鬧熱性的主要原因。因此，鬧熱性與傳統戲劇的舞臺傳播有密切關係，其不僅影響著傳播的效果，亦與受眾的接受方式相關。

二、鬧熱性與傳統戲劇舞臺「觀——演」傳播模式

鬧熱性是傳統戲劇藝術的本質屬性，在舞臺「觀——演」傳播模式中凸顯。鬧熱性不僅影響著傳播的效果，亦與受眾的接受方式有關。

施旭升先生認為：「觀眾作為戲劇藝術的一個必要的構成要素，可以說，既是戲劇的開端，也是戲劇的目的和歸宿，是戲劇藝術生命得以存在的基礎。正是有了觀眾的存在，才有可能構建一個觀演交流的劇場氛圍。」〔註25〕因此，傳統戲劇的舞臺演出，必配以觀眾的現場觀賞，唯有此，才能完成一個完整的傳播接受過程。傳統戲劇舞臺演出的效果，就是舞臺傳播的效果。傳

〔註25〕施旭升《戲劇藝術原理》，北京：中國傳媒大學出版社，2006 年版，第 408 頁。

播效果如何，以欣賞演出觀眾的數量，以及在接受過程中的反饋熱度為標準，這些均涉及到傳統戲劇的鬧熱性。所以，一般而言，傳統戲劇演出鬧熱性越高，演出效果越好，則其傳播效果越好，反之則傳播效果越差。

（一）欣賞演出的觀眾數量影響著傳統戲劇舞臺傳播的效果

觀賞戲劇演出的觀眾數量，既能說明這場演出的精彩程度，也能體現演出鬧熱性，進而可以證明其舞臺傳播效果的良好。在傳統戲劇發展過程中，有三種引起觀眾觀賞的類型：民俗演藝活動，吸引流動觀眾；勾欄瓦舍表演，招攬潛在觀眾；劇場舞臺演出，引起觀眾注意。

1、民俗表演，吸引觀眾

民俗表演多以露天表演為主，因此，觀眾是不固定的。一般以撂地為場「打野呵」，展現精彩鬧熱的表演伎藝，吸引觀眾觀看；或以流動性的演出（如隊戲等），吸引相對流動的觀眾群；或以分朋競藝的形式，吸引相對固定的觀眾群。

宋代「打野呵」的路歧人，多選在人頭攢動的市場進行街頭獻藝表演，造成鬧熱之勢，達到良好的傳播效果。《都城紀勝》載：

> 此外如執政府牆下空地，諸色路歧人，在此作場，尤為駢闐。又皇城司馬道亦然。候潮門外殿司教場，夏月亦有絕伎作場。其他街市，如此空隙地段，多有作場之人。如大瓦肉市、炭橋藥市、橘園亭書房、城東菜市、城北米市。其餘如五間樓福客、糖果所聚之類，未易縷舉。〔註26〕

這些藝人多在「肉市」「藥市」「菜市」「米市」，借人多之地，一顯身手。當然他們表演內容的藝術性不算高，但伎藝水平卻很高。否則，這些所謂的觀眾一定「不買賬」。因此，路歧人表演的傳播效果，只以觀眾的多寡來決定，這也是決定他們生計的唯一標準。

民俗節日中的表演，如果在固定地點，其吸引觀眾觀看的方式，與路歧人無二，只不過這類表演的傳播效果以掌聲、叫好聲來決定，並非出賣伎藝。但不論怎樣，觀眾越多，鬧熱性越盛，傳播效果越好，而且也能體現節日氣氛。而分朋競藝則明顯是為爭奪觀眾而進行的競爭表演。《雞肋編》載對臺戲

〔註26〕〔宋〕灌圃耐得翁《都城紀勝》，北京：中國商業出版社，1982 年版，第 3 頁。

演出，就吸引了眾多觀眾，場面甚爲鬧熱：

> 成都自上元至四月十八日，遊賞幾無虛辰。使宅後圃名西園，
> 春時縱人行樂。初開園日，酒坊兩戶各求優人之善者，較藝於府會。
> 以骰子置於合子中撼之，視數多者得先，謂之「撼雷」。自旦至暮，
> 唯雜戲一色，坐於演武場，環庭皆府宅看棚。棚外始作高檠，庶民
> 男左女右，立於其上如山。每渾一笑，須筵中哄堂眾庶皆嚎者，始
> 以青紅小旗各插於墊上爲記。至晚，較旗多者爲勝。若上下不同笑
> 者，不以爲數也。〔註27〕

再如，《馬伶傳》中描寫「興化」「華林」兩班演出《鳴鳳記》的鬥藝情況：

> 一日，新安賈合兩部爲大會，遍徵金陵之貴客文人，與夫妖姬
> 靜女，莫不畢集。列「興化」於東肆，「華林」於西肆，兩肆皆奏《鳴
> 鳳》，所謂椒山先生者。迨半奏，引商刻羽，抗墜疾徐，並稱善也。
> 當兩相國論河套，而西肆之爲嚴嵩相國者曰李伶，東肆則馬伶。坐
> 客乃西顧而歎，或大呼命酒，或移座更近之，首不復東。未幾，更
> 進，則東肆不復能終曲。詢其故，蓋馬伶恥出李伶下，已易衣遁矣。
>
> 馬伶者，金陵之善歌者也。既去，而興化部又不肯輕以易之，
> 乃竟輟其技不奏，而華林部獨著。去後且三年，而馬伶歸，遍告其
> 故侶，請於新安賈曰：「今日幸爲開宴，招前日賓客，願與華林部更
> 奏《鳴鳳》，奉一日歡。」既奏，已而論河套，馬伶復爲嚴嵩相國以
> 出。李伶忽失聲，匍匐前，稱弟子。興化部是日遂凌出華林部遠甚。
> 〔註28〕

馬伶失利之後，輾轉去做了顧秉謙的差役，體驗觀察了三年，提高了演技，
方才得勝。可見，對臺戲一方面增添了鬧熱的氣氛，喚起群眾看戲的熱情；
另一方面也是名伶們切磋技藝、一展才華的舞臺，使演員演技得到提高。

2、勾欄瓦舍，招攬觀眾

　　勾欄瓦舍中的戲劇表演，並非露天演出，具有了獨立的演出和觀劇空間，
因此需要觀眾購票進入。如此一來，觀眾無法判斷內部演出的精彩程度，這
樣就需要打出廣告，招攬過往客人。杜仁傑《莊家不識構欄》散曲，就是從

〔註27〕〔宋〕莊綽《雞肋編》，卷上，北京：中華書局，1983年版，第20～21頁。
〔註28〕鄔國平編《侯方域散文集》，天津：百花文藝出版社，2005年版，第216～217
　　　　頁。

一個上城的莊稼漢的視角寫到勾欄外的戲劇廣告：

> 【耍孩兒】……正打街頭過，見弔個花碌碌紙榜，不似那答兒鬧穰穰人多。

> 【六煞】見一個人手撐著椽做的門，高聲的叫「請請」。道「遲來的滿了無處停坐」。說道「前截兒院本調風月，背後麼末敷演劉耍和」。高聲叫：「趕散易得，難得的妝合！」〔註29〕

廣告不僅要說明裏面演的是什麼，還要告訴客人，「遲來的滿了無處停坐」。這正體現了從眾的心理趨勢，客人們爲了趕上精彩的表演，則紛紛入內；勾欄內在演出伊始，就達到了滿座的鬧熱。當然，如果不夠精彩，觀眾也許會提前離席，必然會影響演出的鬧熱程度，如此傳播效果也就不會盡如人意了。

3、劇場演出，引起觀眾注意

傳統戲劇的舞臺演出中，演員在舞臺上的一舉一動，都是臺下觀眾接受的內容。演員想要將其全部表演信息傳遞給臺下的觀眾，就必須要引起觀眾的觀賞注意。因爲，演員的所有表演都是爲觀眾而進行的，觀眾不僅是演員的衣食父母，而且也是決定戲劇演出成功與否的關鍵一環。陳建森老師將傳統戲劇舞臺觀演概括爲「演述者以『行當』登場，搬演故事、扮演人物，一邊演戲，一邊與觀眾遊戲」的過程，即「演述者以『虛擬』表演『召喚』觀眾一起『戲樂』」〔註30〕。因此，在舞臺「觀──演」傳播進行之前、之中，演員都要做到心中有觀眾。

明代李開先《詞謔·詞樂》，記載了顏容扮演公孫杵臼的故事：

> 顏容，字可觀，……性好爲戲，每登場，務備極情態；喉暗響噲，又足以助之。嘗與眾扮《趙氏孤兒》戲文，容爲公孫杵臼，見聽者無戚容，歸即左手捋鬚，右手打其兩頰盡赤，取一穿衣鏡，抱一木雕孤兒，說一番，唱一番，哭一番，其孤苦感愴，真有可憐之色，難已之情。異日復爲此戲，千百人哭皆失聲。歸，又至鏡前，含笑深揖曰：「顏容，真可觀矣！」〔註31〕

〔註29〕〔元〕杜仁傑《【般涉調·耍孩兒】〈莊家不識構欄〉》，載俞爲民、孫蓉蓉主編《歷代曲話彙編──新編中國古典戲曲論著集成》（唐宋元編），合肥：黃山書社，2006 年版，第 212 頁。

〔註30〕陳建森《戲曲與娛樂》，上海：上海人民出版社，2003 年版，第 102、104 頁。

〔註31〕〔明〕李開先《詞謔》，載中國戲曲研究院編《中國古典戲曲論著集成》（三），北京：中國戲劇出版社，1959 年版，第 352～354 頁。

顏容表演的前後差異，就是因爲其心中有觀眾，表演的所有內容都只爲給觀眾精彩的呈現。而觀眾的眞實反饋，也是表演是否成功的標尺。這也是大多數戲曲藝術家們的共識。

德國戲劇家史雷格爾認爲，表演者的舞臺表演「在觀眾中產生效果，集中他們的注意力，引起他們的興趣和同情」〔註32〕，這是戲劇作品產生舞臺效果的辦法。中國傳統戲劇的表演者利用各種手段吸引觀眾的注意力，同時也讓演出更鬧熱，互動更積極，演出效果更佳。

一般而言，表演者以兩種方式來引起觀眾的注意：一是以鬧熱的表演形式，如科諢、歌舞、武打動作場面等；二是表演者直接脫離角色與觀眾進行交流，這也是中國傳統戲劇的獨特之處。前者，如前所述，在此不贅；後者多爲演員利用「打背供」的方式，與臺下觀眾直接交流。而這種交流引起了觀眾對場上的注意，使場面生成新的鬧熱點，故具有一定的鬧熱效果和傳播效果。

布萊希特要求演員自身與角色之間保持距離，認爲「演員在舞臺上有雙重形象：既是勞頓（演員），又是伽利略（角色）」〔註33〕，讓表演產生間離效果。布萊希特的間離理論是從西方中世紀的民間戲劇和中國梅蘭芳戲曲表演特點歸納總結出來的。因此，中國傳統戲劇本身就具有如此功能。陳建森認爲：「中國戲曲的演員是以『行當』的身份登場扮演劇中人物的。在舞臺表演中，中國戲曲存在演員、『行當』與『人物』之間既相對獨立又辯證統一的關係，演員要轉化爲『行當』才能扮演劇中人物。」〔註34〕此外，「戲曲的演述者還可以是『行當』和『人物』的辯證統一體，即以『行當』的身份『戲擬』劇中『人物』的性格風神，劇中人物既是自己，又不全是自己。」〔註35〕這裡的「『戲擬』，就是『肖』，就是『形容逼眞』」，是「把現實語境中人物的言語、動作、扮相經過誇張或者變形，轉移到劇場語境來演示，有意造成該人物形象某種程度的變異來展示人物的思想性格和風姿神態，其特徵是不求

〔註32〕〔德〕奧・威・史雷格爾《戲劇性及其他》，載古典文藝理論譯叢編輯委員會編《古典文藝理論譯叢》（第11冊），北京：人民文學出版社，1965年版，第237頁。

〔註33〕牟世金《中西戲劇藝術共同規律初探》，載陸潤棠、夏寫時編《比較戲劇論文集》，北京：中國戲劇出版社，1988年版，第8頁。

〔註34〕陳建森《戲曲與娛樂》，上海：上海人民出版社，2003年版，第135頁。

〔註35〕陳建森《戲曲與娛樂》，上海：上海人民出版社，2003年版，第136頁。

『形似』，而求『神似』，以不似之似之爲大似。」〔註36〕這是傳統戲劇「行當」與「角色」的「戲擬」關係。可見，演員不僅作爲角色在舞臺演出，同時也作爲行當，游離於角色與觀眾之間，聯繫舞臺上下，成爲演出中故事的演述者與節奏的掌控者。

傳統戲劇表演中，表演者利用「打背供」的方式，與觀眾進行直接的交流，以引起觀眾注意，同時也疏離了觀眾與舞臺角色的關係。所謂「打」即表演，而「背供」之意，齊如山先生有詳盡解釋：

> 背供者，背人供招也，乃背人自道心思之意。兩人或幾人說話時，其中一人，心內偶有感觸，便用神色表現，以便觀眾知曉（在真人也有這種情形），倘感觸之情節複雜，全靠神色表現，不易充足，則用白和唱，暗含說出，故打背供時，須用袖子遮隔，或往臺旁走幾步，都是只使觀眾明瞭，不使臺上他人知道及理會的意思。〔註37〕

傳統戲劇之「背供」實爲常見，多以「背」「背雲」「背介」標明。元馬致遠《呂洞賓三醉岳陽樓》雜劇，第二折中郭馬兒開了茶店，由於沒有子嗣，故吃客人的殘茶，偷陰功積福德，以期生下兒女。這一日，正末扮呂洞賓來到茶店裏品茶，郭馬兒則在一旁舔他用過的茶盞底，呂洞賓問其何故？他便如實相告。這段對話，郭馬兒則有一句「背供」：

> （正末云）原來如此。我著你大積些陰功，如何？（郭云）恁的呵，更好。（正末云）將盞兒來。郭馬兒，你吃了我吐的殘茶，教你有子嗣。（正末吐科）（郭做意不吃科）（背云）**看了他那嘴臉，我吃他吐的茶，就絕户了也成不的。我哄他一哄，看他說甚麼。**師父，你肯吃我的剩飯，我便吃你的殘茶。〔註38〕

這句「背雲」，看似是郭馬兒的心理活動，實則是悄悄地道給觀眾聽的，是要告訴觀眾，接下來他要「哄」呂洞賓了。可見，這是劇透性語言。而該句後半段，即「師父，你肯吃我的剩飯，我便吃你的殘茶」，則並非「背供」的內容，而是直接向正末對話了。

再看，明代《明珠記》傳奇，第二十八齣《訪俠》中生扮王仙客與小生

〔註36〕陳建森《戲曲與娛樂》，上海：上海人民出版社，2003 年版，第 136 頁。

〔註37〕齊如山《國劇藝術匯考》（一），瀋陽：遼寧教育出版社，1998 年版，第 77頁。

〔註38〕王季思主編《全元戲曲》卷二，北京：人民文學出版社，1990 年版，第 169頁。

扮俠義之士古押衙之間的一段對話：

> 〔小生〕你元來是俺父母官，爲何不守職，到此荒村？〔生〕
> 惶恐。小生功名無成。暫寄微祿，特參老丈而來，豈以此官爲事？
> 〔小生背介〕那生不知果然敬我麼？我且試他一試。〔轉介〕秀才莫
> 怪老夫不知進退，有一件事，要和你說。〔生〕但說不妨。〔小生〕
> 有一故人，曾救老夫性命，欲將千金報之，爭奈家貧，無可爲贈，
> 懷之心中二十年。今見秀才巾上綴明珠一顆，若得此珠，其事便了。
> 秀才肯解與我麼？〔生執巾背介〕這珠小姐所贈，怎麼輕與得人。
> 罷罷。事到其間，不惜小費。〔生〕此珠乃一故人所贈，名曰夜光珠，
> 其價連城不賣，小生愛如骨肉。今日老丈要他，小生爲敢有違？〔解
> 珠介小生〕可喜，可喜。秀才，不瞞你說，老夫世外之人，要珠何
> 用？特地把他來試你的心，你元來果是眞心相敬。〔註39〕

此段有兩處「背供」，其一是古押衙試探王仙客的誠意，背雲要「試他一試」；
其二則是古押衙向王仙客索要明珠，表現了王仙客的心理活動。這兩處都是
心理活動的自語，但卻說與觀眾知曉，是對觀眾的一種提醒。

關於「打背供」的作用，齊如山先生云：「按背供這件事情，爲國劇之特
點，乃東西各國戲劇都沒有的動作，亦爲研究寫實劇者所不滿，但我則以爲
當年研究發明出這種辦法來，實爲國劇特優之點，也可以說是一種很好的發
明，何也？因戲劇一有背供，則省卻無數筆墨，省卻無數烘托，而添出許多
情趣。」〔註40〕的確，這添出的「情趣」就是引起觀眾對於演出注意的提示
手段，是鬧熱場面的一種有效辦法。

（二）鬧熱性與傳統戲劇觀眾接受方式的關係

傳統戲劇的傳播與接受是互動性、即時性的，具有時空一致原則。因此
鬧熱性不僅在傳播方面有著舉足輕重的作用，同時也影響著觀眾的接受方式
與審美效果，反之，觀眾的接受方式也影響著戲劇的觀演鬧熱氛圍。

馬丁·艾思林《戲劇剖析》，將觀眾參與戲劇觀演活動的行爲總結爲「反
應」：「其實作者和演員只不過是整個過程的一半；另一半是觀眾和他們的反

〔註39〕〔明〕毛晉編《六十種曲》第三冊，北京：中華書局，1958 年版，第 88～89
頁。

〔註40〕齊如山《國劇藝術匯考》（一），瀋陽：遼寧教育出版社，1998 年版，第 77
頁。

應。沒有觀眾，也就沒有戲劇。」〔註41〕可見，在戲劇舞臺「觀──演」傳播模式中，鬧熱性的另一層面是受眾的反饋程度。受眾參與到戲劇演出中，影響著戲劇舞臺傳播的效果。因此，觀眾的參與，就是受眾在舞臺「觀──演」傳播模式中的接受方式，其不僅受到舞臺演劇鬧熱的影響，同時也影響著戲劇舞臺觀演的鬧熱程度。

　　觀眾的參與，是傳統戲劇舞臺「觀──演」傳播模式的重要一環，即便是「在中國最簡單的三小戲裏，角色一面相互調笑，一面向觀眾招呼，賣弄機智。觀眾也參與其間，排難解紛，盡情歡樂，直至終場」〔註42〕。關於觀眾的參與，劉景亮、譚靜波《中國戲曲觀眾學》認為「戲曲演出中的觀眾參與有兩種：一種是精神參與，一種是行為參與。所謂精神參與，是指觀眾審美過程中思想情感的投入，這是任何時期、任何形式的戲劇欣賞都必須具有的。……所謂行為參與，是指觀眾以自己的行為動作加入了演員演出之中。」〔註43〕而行為參與又有「理性和非理性之分」〔註44〕。陳建森《戲曲與娛樂》第五章「積極『參與』劇場『戲樂』的戲曲觀眾」，將觀眾參與傳統戲劇接受的情形分為三類：中國現存原始戲劇的群體接受、優戲觀眾的娛樂性接受、戲曲觀眾的審美接受〔註45〕。二者論述角度不同，但均有理有據。

　　筆者認為，根據鬧熱性在傳統戲劇發展過程中的作用，以及觀眾參與的形式，觀眾的精神性參與可分為三類──原始性儀式參與、民俗性娛樂參與、藝術性審美參與，這三類參與既獨立又相互影響、相互交織。相比較而言，原始性儀式參與較之後兩類，更為嚴肅一些；而民俗活動中，則既有儀式參與，也有娛樂參與，甚至還會有審美參與；傳統戲劇舞臺觀演活動則是娛樂參與和審美參與的交織與互補。需要明確的是，觀眾的參與無論在任何時期，以任何形式出現，都不是被動參與、孤立參與，而是與傳統戲劇的表演緊密關聯的能動參與，即觀眾的參與具有能動性。因此，根據鬧熱性在傳統戲劇

〔註41〕〔英〕馬丁・艾思林《戲劇剖析》，北京：中國戲劇出版社，1981 年版，第 16 頁。

〔註42〕謝錫恩《中國戲曲的藝術形式》，香港：香港中國語文學會，1986 年版，第 264 頁。

〔註43〕劉景亮、譚靜波著《中國戲曲觀眾學》，北京：中國戲劇出版社，2004 年版，第 19 頁。

〔註44〕劉景亮、譚靜波著《中國戲曲觀眾學》，北京：中國戲劇出版社，2004 年版，第 23 頁。

〔註45〕陳建森《戲曲與娛樂》，上海：上海人民出版社，2003 年版，第 162～189 頁。

觀眾接受活動中的作用，以及觀眾在傳統戲劇「觀——演」傳播模式中的參與行為，觀眾的參與又可以分為兩類：觀眾的客動性參與、觀眾的主動性參與。其中「客動」一詞，來源於孫惠柱先生的社會表演學理論，是社會表演學的三對哲學概念之一——現實與虛擬、規範與自由、主動與客動。孫先生認為：

> 一旦從個體的 solo（獨奏、獨唱、獨角戲等所有的單人表演）進到二人乃至多人的表演，就產生了同一表演中的搭檔兼對手之間的互動。如何互動？首先要看誰主動、誰客動。我這裡沒有用中文語境中常見的主動與被動，因為「被動」一詞容易產生歧義——在他人的動作之後，個體的消極反應甚至避讓叫「被動」，而積極的反應常叫「反彈」、「反駁」甚至「反擊」。我現在稱後者為「客動」，意為作為反應的積極動作，這一所指在中文裏還沒有現成的詞來指代——本來更準確的能指是「反動」，但這個詞在當代中文語境中太容易被誤解，只好由「主」「客」相對，新擬出「客動」一詞。用英文來注釋，這一對概念並不是指 active 和 passive，而是 proactive 和 reactive，或者是名詞 action 和 reaction，也就是戲劇表演理論中的「動作」和「反動作」。〔註46〕

這裡孫先生並未用「被動」一詞，因為「客動」是一種積極的動作，是能動性的反應。傳統戲劇觀眾的參與，即這種能動性參與，或主動、或客動地參與到戲劇舞臺「觀——演」傳播與接受中，完整地構成傳播模式，使傳播活動順利進行。此外，傳統戲劇舞臺「觀——演」傳播模式的兩極——傳播者（演員）與接受者（觀眾）之間的互動關係，也是主動與客動的關係。一般來說，表演者更主動，是傳播的主動方；接受者則是客動一方，沿著戲劇演出的路徑，積極參與其中。而有時接受者也會「反客為主」，成為傳播模式的主動方，客動的表演者則根據觀眾的要求和期望，進行舞臺演出，隨著戲劇演出的開始，主動、客動雙方角色互換。可見，主動先於客動，是「先發制人」的動作，客動是針對主動的積極回應，二者都是積極能動的行為動作；而且主動與客動的界限並不十分嚴格，在一定條件和環境下，可以相互轉化。

〔註46〕孫惠柱《主動 VS 客動：社會表演學的哲學探索》，《戲劇》2011 年第 2 期，第 51 頁。

1、觀眾的客動性參與

傳統戲劇觀演中，觀眾的客動性參與主要指演出過程中，觀眾對於演出內容和場上表演的積極回應與參與。如果戲演的好，觀眾會做出肯定性回應，或報以熱烈掌聲、喝彩、叫好、打口哨，甚至有的觀眾擲金，或上臺為演員披紅。後來在山鄉演出則發展為往舞臺上扔香煙、遞名酒等〔註47〕。

《大宅門》中有一段堂會演出的描寫，萬筱菊的表演博得喝彩，臺下的玉婷則把首飾盒裏的金銀首飾，一把一把地拋到臺上，以示對其表演的喜愛：

> 臺上，《虹霓關》演出漸入高潮，萬筱菊扮的東方氏，走馬鑼中正與王伯黨對槍。玉婷坐在最靠臺前的桌子旁，手裏抱個首飾盒子。萬筱菊舉槍亮相，臺下好聲四起。「好！萬筱菊！」玉婷邊大喊著邊從首飾盒中抓起把金戒指、鐲子往臺上扔，興奮得不可言狀。〔註48〕

「披紅」是戲班演出的舊俗，《陝縣戲曲志》載：

> 舊戲班名演員演戲，當唱到精彩處時，有人把丈餘紅布遞上舞臺，以示獎勵（捧場），此謂「披紅」。蒲劇名演員阮興寶在《霸殿》一劇中飾楊文覺，念白：「四校尉把守宮門，不要走脫奸賊奸妃……」不僅字正腔圓，清晰悅耳，身姿架勢，乾脆利落，且和觀眾心情合拍。臺下掌聲雷動，一時遞上舞臺兩弔紅布（實為兩個被面）。班主立即給阮興寶、竹葉青（正旦、李興勝藝名）兩人披上後繼續演出。〔註49〕

著名蒲劇藝人閣逢春在民國時期參加賽戲表演，壓座出場，演出《出棠邑》。演至午夜，觀眾仍然熱情高漲。閣逢春出場謝幕之時，叫好聲、喝彩聲不斷，忽聞一句：「請閣逢春下臺『披紅』！」他當時有些猶豫，下臺披紅並非傳統戲俗，但由於盛情難卻，他便走下臺來。「誰知這晚要為他『披紅』的觀眾，竟然多不勝數，使他裏裏外外轉了三圈，才算把紅披完」。此後，便在西安流傳了這樣的順口溜：「八一五老閣演賽戲，當晚演的《出棠邑》。戲還未完呼聲起，要叫下臺把紅披。老閣一連轉三圈，披紅掛彩真驚奇。喜得班

〔註47〕參見楊軍茂主編《陝縣戲曲志》，中國戲曲志河南卷編委會出版，1988年版，第184頁。

〔註48〕郭寶昌《大宅門》，第二十八章，參見 http://book.yunduan.cn/reader/1869182/1869210。

〔註49〕楊軍茂主編《陝縣戲曲志》，中國戲曲志河南卷編委會出版，1988年版，第184頁。

主合不攏嘴，西安自古頭一回！」〔註50〕

　　然而，如若演出不盡如人意，觀眾也絕不留情，會在臺下喝倒彩、擲雜物，或報以噓聲、沉默等否定性回應。

　　陳素眞是豫劇的著名演員，然在 20 世紀 30 年代，剛剛登上開封舞臺之初，因演技不夠精湛，而被觀眾鼓倒掌，最終被轟下舞臺。此後她拜豫劇名家劉榮鑫爲師，苦學唱功戲《三上轎》，不僅傳承了老師的唱法，還對原有唱腔進行了革新，最終又得到了觀眾熱烈的掌聲，受到觀眾的親睞。〔註51〕

　　另外，2011 年 3 月 27 日，北京京劇院演員常秋月在上海天蟾逸夫舞臺演出經典劇目《玉堂春》。因演出中省略了「起解」一場，引起現場觀眾的不滿。翌日《新民晚報》刊登了這則消息：

> 　　由北京京劇院荀派新秀常秋月主演的傳統京劇《玉堂春》昨晚在逸夫舞臺上演時出現意外狀況，因這一版本省略了《玉堂春》中非常經典的一場戲「起解」引起觀眾不滿，大聲起哄要求退票。最後常秋月不得不中斷演出，再重新從「起解」演起，原定 2 小時 40 分左右的演出也因此延長到將近 3 個半小時。〔註52〕

丟掉了最經典的一場，懂戲的觀眾顯然是不買賬的。而在戲曲風靡的明末，演員演出中別說是丟一場，就是落一個字，觀眾都不會饒過，演員們因此也只得重新來過。張岱《陶庵夢憶》卷四「嚴助廟」條，就記錄了這樣一段：

> 　　陶堰司徒廟，漢會稽太守嚴助廟也。歲上元設供，⋯⋯夜在廟演劇，梨園必請（「倩」爲誤）越中上三班，或雇自武林者，纏頭日數萬錢。唱《伯喈》《荊釵》，一老者坐臺下，對院本，一字脫落，群起噪之，又開場重做。越中有「全伯喈」「全荊釵」之名起此。〔註53〕

可見，這種貌似「推倒重來」的過程，也是別樣的「鬧熱」之源。

　　當然，戲劇藝術的每一次呈現，都是一次新的創作過程，有時難免出現紕漏，名角亦如此。但只要演員是兢兢業業地演出，觀眾仍然可以理解一些

〔註50〕　崔浩、行樂賢、李恩澤著《坎坷人生——閻逢春評傳》，北京：中國戲劇出版社，1994 年版，第 131～133 頁。

〔註51〕　參見韓德英《民國時期豫劇改革略說》，《中州今古》2000 年第 6 期，第 51 頁。

〔註52〕　王劍虹《省略「起解」遭觀眾起哄——京劇《玉堂春》昨晚演出出現意外事件》，《新民晚報》2011 年 3 月 28 日 A11 版。

〔註53〕　〔明〕張岱著、彌松頤校注《陶庵夢憶》，杭州：西湖書社，1982 年版，第 46～47 頁。按，括弧內文字爲筆者添加。

失誤，觀眾與演員相互達成諒解的默契。如此，這臺戲依舊鬧熱精彩。新鳳霞《梨園舊影》，回憶了當年她初出茅廬時，在北京天橋的演出：

> 記得唱《三女除霸》，有一個跑場的動作，我出了兩個事故：因臺板不平，我的鞋掉了，而且鞋穗子塞住了，我蹲下身拾鞋，又穿不上，心裏著急，觀眾看得清清楚楚，待我穿好鞋剛要站起來，又出差了——「腰包」被踩掉了，這個事故夠大的！我心裏十分緊張，偷眼看看臺下，沒有反應，也沒有喝倒彩的，只有一位白鬍子老觀眾站在臺前大聲說：「沒有關係，別急呀，孩子！穿好了再唱啊！……」這時我趕快重新穿好鞋又把腰包塞好，站起來接著跑場把戲演下去，臺下照樣掌聲熱烈。〔註54〕

可見，觀眾對於演員的支持，是多麼重要！有了觀眾的支持，不僅可以使演員把戲唱得下去，而且還能讓整場戲依舊出彩。

2、觀眾的主動性參與

觀眾的主動性參與主要指演出前或演出中的點戲習俗。點戲習俗的源頭大致可以追溯到唐代歌舞戲的點演，名為「進點」。唐崔令欽《教坊記》載：

> 凡欲出戲，所司先進曲名。上以墨點者即舞，不點者即否，謂之「進點」。〔註55〕

到戲曲藝術成熟之際的元代，點戲習俗就已經十分成熟了。元無名氏《漢鍾離度脫藍采和》雜劇，第一折有一段漢鍾離（觀眾）與正末扮藍采和（演員）的對話，雖然漢鍾離挑剔得很，然藍采和還是極力滿足他的要求，這實則是觀眾在勾欄裏點戲的一段藝術描寫：

> （鍾云）我在這勾欄裏坐了一日，你這早晚才來。寧可樂待於賓，不可賓待於樂，我特來看你做雜劇，你做一段甚麼雜劇我看？（正末云）師父要做甚麼雜劇？（鍾云）但是你記的，數來我聽。（正末云）我數幾段師父聽咱。（唱）
> 【油葫蘆】甚雜劇請恩官望著心愛的選。（鍾云）你這句話敢忑自尊麼？（正末唱）俺路歧每怎敢自專，這的是才人書會劃新編。（鍾云）既是才人編的，你說我聽。（正末唱）我做一段於祐之金水題紅

〔註54〕 新鳳霞《梨園舊影》，石家莊：河北人民出版社，1997年版，第216頁。

〔註55〕 〔唐〕崔令欽《教坊記》，載中國戲曲研究院編《中國古典戲曲論著集成》（一），北京：中國戲劇出版社，1959年版，第2頁。

怨，張忠澤玉女琵琶怨。（鍾云）你做幾段脫剝雜劇。（正末云）我試數幾段脫剝雜劇。（唱）做一段老令公刀對刀，小尉遲鞭對鞭，或是三王定政臨虎殿。（鍾云）不要，別做一段。（正末唱）都不如詩酒麗春園。

【天下樂】或是做雪擁藍關馬不前。（鍾云）別做一段。（正末唱）小人其實本事淺，感謝看官相可憐。……〔註56〕

觀眾點什麼戲，演員也必須能夠唱什麼戲，這就要求演員有相當的能力，記憶諸多戲目，如此才可滿足觀眾的點戲需求，以至於能夠達到隨點隨演的程度。《青樓集》就記載了這樣一位名叫「小春宴」的藝人：

姓張氏。自武昌來浙西。天性聰慧，記性最高，勾欄中作場，常寫其名目，貼於四周遭梁上。任看官選揀需索，近世廣記者，少有其比。〔註57〕

元代以降，隨著商業性演出的進一步發展，點戲和入場觀劇一樣，必定會收取一定費用。這種點戲付賞的方式可謂兩全其美，「既可充分施展演員的技藝，並因此增加收入，也可以充分滿足部分看客的特殊需要」〔註58〕。明清戲班演出，也行點戲之俗。戲班接受點戲的賞錢後，是要謝賞的，一般「在戲與戲的間歇時，由班主帶一化裝男演員，手托托盤，上鋪紅布，布上放著賞錢，跪在臺前。班主喊：謝某爺賞錢多少，臺上人齊聲說『謝』」〔註59〕。

明清之際堂會演出逐漸興盛，在點戲前，一般先有「跳加官」等鬧熱的例戲呈演，然後則有末腳，或生、旦腳色呈上戲折，供主賓點戲。點戲的人以老者、尊者、權者為主，當然，也有例外情況。如《紅樓夢》第二十二回，由於當日寶釵生日，賈母則讓寶釵先點，而後各位姑娘們也都點了戲目。其中，王熙鳳則點了一齣鬧熱戲——「鳳姐亦知賈母喜熱鬧，更喜謔笑科諢，便點了一齣《劉二當衣》」〔註60〕。可見，點戲的確不僅讓觀眾處於主動位置，

〔註56〕　王季思主編《全元戲曲》卷七，北京：人民文學出版社，1990年版，第118頁。

〔註57〕　〔元〕夏庭芝《青樓集》，載中國戲曲研究院編《中國古典戲曲論著集成》（二），北京：中國戲劇出版社，1959年版，第38～39頁。

〔註58〕　李向民《中國藝術經濟史》，南京：江蘇教育出版社，1995年版，第464～465頁。

〔註59〕　滄州戲曲志編輯部編《滄州戲曲春秋》，北京：中國戲劇出版社，1991年版，第518頁。

〔註60〕　〔清〕曹雪芹著、無名氏續《紅樓夢》（上），北京：人民文學出版社，2008年版，第293頁。

而且還能因此鬧熱場面，達到想要的鬧熱氣氛。

總之，鬧熱性不僅在傳播方面有著舉足輕重的作用，同時也影響著觀眾的接受方式與審美效果。反之，不論是客動性參與，還是主動性參與，觀眾的接受方式也同樣影響著戲劇觀演的鬧熱氛圍。

三、傳統戲劇鬧熱性在當代的舞臺「觀——演」傳播接受中式微

筆者自 2009 年 3 月至 2011 年 10 月，兩年半時間中，在上海的天蟾逸夫舞臺、上海大劇院、蘭心大戲院、東方藝術中心、上戲劇院、上海師大東部禮堂等六個劇院觀看傳統戲劇演出 28 場，對上海都市傳統戲劇的觀演狀況有切身體會。在此，做一簡單分析，以觀傳統戲劇鬧熱性在當代舞臺「觀——演」傳播模式中的式微。

首先，28 場戲劇演出的情況，列簡表如下：

表 5-2　筆者觀演傳統戲劇情況簡表

演出場所	演出內容	劇種	演出主體	演出事由及看點	演出時間	票源
天蟾逸夫舞臺	雷峰塔	崑劇	上海崑劇團	青年藝術家傳承演出	2009-12-27 夜場	自購
	獅吼記	崑劇	上海崑劇團	岳美緹、張靜嫻	2010-01-13 夜場	贈送
	白蛇傳	京劇	張火丁專場	張火丁	2010-03-12 夜場	贈送
	紫釵記	崑劇	上海崑劇團	臨川四夢系列	2010-04-23 夜場	會議
	邯鄲夢	崑劇	上海崑劇團	臨川四夢系列	2010-04-25 夜場	會議
	南柯記及其他	崑劇	上海崑劇團	臨川四夢系列	2010-04-26 夜場	會議
	折子戲	川劇、梨園戲、上黨梆子、崑劇	上崑等四大劇團	世博會藝術展演	2010-06-14 夜場	會議
	折子戲	川劇、梨園戲、上黨梆子、崑劇	上崑等四大劇團	世博會藝術展演	2010-04-15 夜場	會議

	折子戲	川劇、梨園戲、上黨梆子、崑劇	上崑等四大劇團	世博會藝術展演	2010-04-16 夜場	會議
	西廂記	崑劇	北方崑劇院	典藏版	2010-09-06 夜場	自購
	折子戲	崑劇	上海崑劇團	跨年反串演出	2010-12-31 夜場	自購
	折子戲	京劇	上海京劇院 上戲戲曲學院	教師節專場、老生專場	2011-09-10 午後場	增送
上海大劇院	折子戲	京劇	王佩瑜專場	王佩瑜	2009-12-17 夜場	自購
	長生殿（一）	崑劇	上海崑劇團	京崑群英會、全本	2010-02-26 夜場	自購
	長生殿（二）	崑劇	上海崑劇團	京崑群英會、全本	2010-02-27 夜場	自購
	長生殿（三）	崑劇	上海崑劇團	京崑群英會、全本	2010-02-28 夜場	自購
	長生殿（四）	崑劇	上海崑劇團	京崑群英會、全本	2010-03-01 夜場	自購
	梁祝	越劇	浙江小百花越劇團	世博倒計時——浙江舞臺藝術展演月	2010-04-22 夜場	自購
蘭心大戲院	折子戲	崑劇	張軍專場	青年藝術家傳承演出	2009-03-22 夜場	贈送
	牡丹亭（上）	崑劇	上海崑劇團	臨川四夢系列	2010-04-24 午後場	會議
	牡丹亭（下）	崑劇	上海崑劇團	臨川四夢系列	2010-04-24 夜場	會議
東方藝術中心	穆桂英掛帥	京劇	國家京劇院	浦東開發20週年、迎世博	2010-03-19 夜場	自購
	玉簪記	崑劇	蘇州崑劇院	浦東開發20週年、迎世博、白先勇、青春版	2010-04-27 夜場	自購
上戲劇院	節婦吟	梨園戲	福建省梨園戲實驗劇團	國家舞臺藝術精品工程初選劇目、800年劇種歷史	2010-06-19 夜場	會議

	牡丹亭	崑劇	上海崑劇團	高雅藝術進校園	2009-10-11 夜場	免票
上海師大東部禮堂	小吏之死	京劇	上海京劇院	高雅藝術進校園	2011-04-11 夜場	免票
	牡丹亭	崑劇	上海崑劇團	高雅藝術進校園	2011-09-22 夜場	免票
	望江亭	京劇	國家京劇院	上海師範大學國際藝術節、高雅藝術進校園	2011-10-14 午後場	免票

這 28 場演出，天蟾逸夫舞臺 12 場、上海大劇院 6 場、蘭心大戲院 3 場、東方藝術中心 2 場、上戲劇院 1 場、上海師大東部禮堂 4 場。觀演情況呈現出如下特點：

第一，演出劇場——傳統劇場體現戲曲鬧熱特徵，新式劇場利用聲光電等效果營造鬧熱氛圍。

天蟾逸夫舞臺和蘭心大戲院作爲現今較爲傳統的劇場，主要承擔戲曲演出。上海大劇院與東方藝術中心則是浦西、浦東兩座最爲現代化的劇場，承擔的演出類型也較爲豐富，不僅有傳統的戲曲演出，歌劇、舞劇、話劇、曲藝、交響音樂會等都會在其中上演，且可以在劇院的不同分劇場同時演出，這是傳統劇場無法做到的。上戲劇院、上海師大東部禮堂，均爲高校劇場，設備也較爲先進，但前者主要是爲話劇演出服務，戲曲演出相對較少，後者則是多功能劇場，也並非單一的傳統戲劇演出場所。

在劇場規定方面，各大劇院都遵循類似的規定：需提前入場，對號入座；中途到場切勿影響他人觀看；觀演期間切勿大聲喧嘩、隨意走動；要關閉隨身攜帶的通訊設備等。這是近代以來在西方文明觀演習慣影響下形成的。但各劇院還有些許差別，如下表：

表 5-3　劇院相關管理規定對比表

劇院名稱	是否可以進食	是否可以喝水或飲用飲料	是否允許拍攝	相關規定執行程度
天蟾逸夫舞臺	無相關規定	無相關規定	是，關閉閃光燈	一般
上海大劇院	無相關規定	無相關規定	否	較嚴格
蘭心大戲院	無相關規定	無相關規定	是，關閉閃光燈	一般
東方藝術中心	禁止將食品帶入	禁止將飲料帶入	禁止攜帶設備	嚴格

上戲劇院	無相關規定	無相關規定	無相關規定	一般
上海師大東部禮堂	無相關規定	無相關規定	無相關規定	一般

根據筆者的親身體驗，上戲劇院與上海師大東部禮堂，作為高校劇場，其管理並非十分嚴格。而以天蟾逸夫舞臺和蘭心大劇院為代表的傳統劇院則較為人性化，管理方面也符合戲曲觀演的傳統規律，有效地結合了傳統與當代舞臺的觀演習慣。而東方藝術中心的管理過分嚴格，有時不惜犧牲觀眾欣賞的連續性，對其習慣性的喝水等動作進行勒令勸阻或提醒，使觀演效果大打折扣，人性化程度明顯不夠。

第二，演出時間——都市快節奏生活的要求。

都市的戲曲演出基本都為夜場戲，開場時間也均在 19 點 15 分（其中《牡丹亭》是兩本戲一天內演完，而分為下午、晚上兩場），這與傳統觀演的時間習慣基本一致，也符合當代都市生活的快節奏。相比宋代目連戲的連演七天，或廟會節日演出的通宵達旦，當代上海戲曲演出的時間更符合都市人的生活習慣，同時散場時間也考慮到了交通因素。此外這些演出也是節日和一些活動的配套內容，如《雷峰塔》《獅吼記》（新年前後），《長生殿》（元宵節），「首屆四大古老劇種同臺展演」（端午節），臨川四夢系列的演出是「湯顯祖與臨川四夢國際學術研討會」的相關內容。另外與上海世博會相關的有越劇《梁山伯與祝英臺》、京劇《穆桂英掛帥》、崑劇《玉簪記》、梨園戲《節婦吟》等。總之，當代戲曲演出每場時長大約在三小時左右，每個演出都會有節日背景或活動背景。如青春版崑劇《玉簪記》是慶祝浦東開發開放 20 週年、長三角地區世博文化月的活動之一。

第三，演出劇種——百花齊放，梨園薈萃。

上海戲曲陣地基本被京劇、崑劇、越劇和滬劇瓜分。借上海世博會的東風，更多的劇種前來展演，而上海的觀眾一如海派文化的開放與包容，能夠更樂意接受這些外埠而來的，或新式、或傳統的劇種。2010 年 5 月 21 日《中國藝術報》刊載了晉劇著名表演藝術家、梅花獎得主謝濤的文章——《晉劇滬上獲知音》，其中談到了 2007 年她再度來滬演出時的感動：

> 演出時，見到許多老熟人、老面孔，他們毫不吝嗇地把掌聲送給我，把熱情留在劇場。戲已經演完，卻幾乎無人退場。下得臺來，不少年輕的小戲迷，還嚷著要跟我學唱晉劇。後來他們在網上留言

說：「想不到北方來的劇種，竟如此好聽、好看。」回到賓館，躺在
床上，我久久不能入睡。上海以她寬闊的胸懷，又一次接納了我，
接納了我塑造的「傅山」。〔註61〕

這一點，從筆者觀看四大古老劇種展演中也深得體會。無論是什麼樣的
劇種在臺上演出，只要演出精彩，能夠達到一定的藝術水平，那麼挑剔的上
海觀眾也絕不會吝惜自己的掌聲。可見，上海觀眾群的藝術素養和欣賞水平
是有相當層次的。

第四，票源情況——渠道多，重在培養年輕觀眾。

表 5-2 的 28 場演出，有 10 場是自購票，13 場是贈送票或會議票，5 場為
免票入場或免費領取票（均為上海師大東部禮堂的演出）。在 10 張自購票中，
筆者有 9 場戲票是通過票務公司購得，另 1 場則是通過現場購票所得。上海
的票務公司相當發達，銷售票種繁多，不僅包括戲曲、話劇、電影、歌劇等
演出票，還包括各類體育賽事。其服務類型呈現多樣化，既可網上訂購，送
票上門，貨到付款，也可上門取票。在上海看戲曲演出，一般重要的場次，
如名家名角的演出，在未出票前即可預訂。張火丁作為京劇程派的代表人物，
她來滬演出《白蛇傳》的票價不僅是較高的，而且達到了一票難求的地步。
另外兩種獲得戲票的渠道是上海崑劇團票務中心和各高校的票務中心。這兩
者都有一定的限制，前者只提供上崑的演出票，加入其蘭韻雅集會員俱樂部，
還可享受相應的優惠。與此同時學生、教師和老人也都有半價優惠。後者則
是部分戲票或其他演出票通過教育系統，針對學生發售。2010 年端午節，四
大古老劇種的展演大部分戲票就是通過高校票務這一渠道發售的，這既能網
羅學生等年輕觀眾，也為戲曲藝術和文化的傳播作出了積極貢獻。而豐富高
校文化生活的傳統戲劇演出，則全部免費。上海師大每學期、每個月都會有
「高雅藝術進校園」系列活動，內容包括傳統戲劇、西洋音樂會、芭蕾舞、
話劇、舞劇等各類藝術形式。相比之下，傳統戲劇的比重相對較高。如 2011
～2012 年度第一學期，上海師大東部禮堂三場「高雅藝術進校園」活動的演
出，分別為崑劇（9 月）、話劇（10 月）、芭蕾舞專場（11 月），以及一場「國
際藝術節」活動的演出為國家京劇院《望江亭》（10 月）。可見，四場演出，
傳統戲劇就佔據了半壁江山。

〔註61〕 參見《中國藝術報》網站：http://www.cflac.org.cn/ysb/2010-05/21/content_198
48929.htm。

第五，觀看情況——小眾化趨勢明顯。

近年來，傳統戲劇觀眾日益減少，然在上海還存在一定數量，並且相對穩定的觀眾群。喜愛傳統戲劇的人士還很多，年齡層次也較為均衡。只不過，傳統戲劇在從鄉野走上都市舞臺後，被束之高閣，在高校中，更被冠名「高雅藝術」，戴上了「傳統文化」的「大帽」。因此，也逐漸被人敬而遠之。加上中國傳統文化教育的脫節等現實原因，欣賞不了戲曲的中國人越來越多，培養觀眾的任務也就越發困難。傳統戲劇在現代都市中基本成為了知識分子獨享的藝術品，一來觀眾的素質在提高，二則觀眾變得更安靜。在觀演過程中，雖然類似於傳統的互動還存在，但傳統的鬧熱特質卻被削弱了。最鬧熱的也不過是老戲迷在演出的精彩處叫聲「好」，領著大夥鼓鼓掌罷了，過去衝上舞臺的披紅行為甚至在鄉村演出中也罕有了。而管理嚴格的都市劇場，更不可能實現。傳統戲劇的鬧熱程度已經在都市新的觀演習慣中逐漸式微。

因此，筆者認為，當代傳統戲劇觀演鬧熱性日漸式微的原因有二：首先是傳統戲劇觀眾圈的單一化，目前觀看傳統戲劇演出的觀眾，除了老戲迷之外，大多是知識分子、一部分都市白領和學生。傳統戲劇在都市中，呈現分眾化的趨勢，甚至成為了小眾化的藝術形式。其次，傳統戲劇觀演逐漸被新的劇場環境、觀看習慣、管理規定所影響和限制，此外劇場功能的單一也是一個不能被忽略的原因。

綜上所述，鬧熱性影響了傳統戲劇的舞臺「觀——演」傳播接受的過程，既影響了傳播效果，也影響了受眾的接受方式。受眾的主動性參與和客動性參與，也均為傳統戲劇觀演鬧熱的重要組成。此外，隨著新藝術形式的出現和湧入，如今傳統戲劇舞臺傳播接受的鬧熱性已日漸式微。

第三節　鬧熱性與折子戲的誕生

折子戲，是中國傳統戲劇舞臺表演發展史上重要的表演類型之一，其與「連本戲」「全本戲」相對。折子戲的出現，是傳統戲劇表演純粹藝術化趨勢的重要體現，也是傳統戲劇由文學（文人創作中心）向表演（演員表演中心）轉型的開始。

然折子戲的出現與表演風格，亦與鬧熱性密切相關——鬧熱性是推動折子戲形成與繁榮的必要因素之一，折子戲則是鬧熱性的高度體現。

一、折子戲概述

折子戲，與「連本戲」「全本戲」的概念相對，是以連本戲中的單齣或單折作爲獨立結構的一種表演方式和類型，是中國傳統戲劇舞臺表演發展史上重要的表演類型，也是傳統戲劇表演純粹藝術化趨勢的重要體現。

從當代流行的折子戲體制、風格來看，一般認爲，折子戲起源於崑劇表演藝術，是其特有的一種類型，周傳瑛先生就曾說「折子戲是崑劇的精華」。然「折子戲」之「折」，並非爲連本戲或全本戲中隨意的一齣或一折戲，他解釋道：

> 折子戲在崑劇中是一個專門名詞，不是一部劇作分多少齣（折）就有多少個折子戲；它指的是一部劇作裏按生、旦、淨、末、丑各個家門在唱、念、做、打「四功五法」上有獨到之處，從而可以獨立演出的某些片段。一部劇作並沒有多少個折子戲，如《長生殿》，其全劇雖多達五十齣，但算得上折子戲的只有《定情·賜盒》、《絮閣》、《鵲橋·密誓》、《小宴·驚變》、《埋玉》、《聞鈴》、《迎像·哭像》、《彈詞》、《罵賊》十個左右；少的如《十五貫》，全劇約三十齣，不過也只有《男監》、《批斬》、《見都》和《測字》等四五個折子戲；《療妒羹》則僅有《題曲》一個折子；甚至有的戲連一個折子都沒有。〔註62〕

戴申根據後世一些折子戲，如《小上墳》《贈繡篋》《認眞容》《走鬼》與宋元南戲的關係，認爲這些是「宋元南戲的遺響」，「充分反映折子戲在宋元時期已經存在的事實」〔註63〕。筆者認爲，雖然這還不能足以證明宋元期間就產生了折子戲，但是宋元劇作短製，十分類似折子戲形制，可以將其視爲折子戲之前身。因此可以說，折子戲早在崑劇形成之先就已經出現萌芽了。

折子戲眞正成爲一種戲劇表演類型方式，大約在明代中葉正德年間〔註64〕。此時傳統戲劇的表演形式還是以全本戲、連本戲爲主的，從明末崇禎年間所輯著的《六十種曲》《盛名雜劇》等全本戲集就可看出。因此，從明正德年間到明末這段時期，折子戲雖然成爲一種演劇形式正在興起，但是劇壇的

〔註62〕周傳瑛口述、洛地整理《崑劇生涯六十年》，上海：上海文藝出版社，1988年版，第 42 頁。

〔註63〕戴申《折子戲的形成始末》（上），《戲曲藝術》2001 年第 2 期，第 31 頁。

〔註64〕參見李慧《折子戲研究》，廈門大學 2008 年博士學位論文，第 21 頁。

主流表演形式還是全本戲的搬演，而觀眾的喜好亦偏於此。折子戲此時只是
全本戲的一種附庸和補充手段，萬曆間稱之為「插一齣」〔註65〕，即一種演
出單折戲的習俗而已，其尚未具備獨立的藝術演出與欣賞價值。不過，在這
一階段，傳奇作品大興，文人創作達到了又一個前所未有的高峰，而全本戲
為主體的演出形式，也使觀眾慢慢熟知了這些傳奇故事，為日後折子戲的全
面盛行提供了客觀上的準備。

　　如果以明清之際作為傳統戲劇發展的一道天然分水嶺，那麼折子戲在其
間則發生了質的變化。陸萼庭先生認為：「折子戲從全本戲中拆下來，並被看
做獨立的藝術品，開始受到社會注意，我把這個階段定在明末清初。」〔註66〕
因此，進入清代以來，折子戲已開始逐漸走向全面成熟，尤其是在文人傳奇
創作最後輝煌——《長生殿》《桃花扇》問世後，逐步並全面佔領了傳統戲劇
的表演舞臺。

　　清代康熙初年，折子戲的演出已經日臻成熟。明末清初，滬上文人姚廷
遴在其日記《歷年記》中，記載了康熙二十三年（1684）年農曆十月二十六
日，康熙皇帝南巡到蘇州，在織造府看戲的情形：

　　　　聖駕南巡，……二十六日至蘇州，……皇上進內，竟至河亭上
　　　坐，撫院送抬飯到，上曰：「這裡東西，用不中的。」喚工部曰：「祁
　　　和尚（按：即祁國臣，奉天人，時任蘇州織造），我到你家用飯罷。」
　　　即起身，同工部出行宮，上馬南去。到工部衙門，進內至堂上，……
　　　工部妻子出來朝拜，拜畢即抬出小飯來。上曰：「不必用你的，叫朕
　　　長隨來煮。這裡有唱戲的麼？」工部曰：「有。」立刻傳三班進去，
　　　叩頭畢，即呈戲目，隨奉親點雜出。戲子稟長隨哈曰：「不知宮內體
　　　式如何？求老爺指點。」長隨曰：「凡拜要對皇爺拜，轉場時不要將
　　　背對皇爺。」上曰：「竟照你民間做就是了。」隨演「前訪」、「後訪」、
　　　「借茶」等二十齣，已是半夜矣。上隨起，即在工部衙內安歇。……
　　　次日皇爺早起，問曰：「虎丘在那裡？」工部曰：「在閶門外。」上

〔註65〕按，袁中道在萬曆四十五年（1617）的一則日記中寫道：「阮集之行人來，言
　　　及作宦事。予謂兄正少年，如演全戲文者，忽開場作至團圓乃已；如近五旬
　　　矣，譬如大席將散時，插一齣便下臺耳。」參見〔明〕袁中道《遊居柿錄》
　　　卷二十，轉引自陸萼庭《崑劇演出史稿》，上海：上海教育出版社，2006年版，
　　　第169頁。
〔註66〕陸萼庭《崑劇演出史稿》，上海：上海教育出版社，2006年版，第169頁。

曰：「就到虎丘去。」祁工部曰：「皇爺用了飯去。」因而就開場演

戲，至日中後，方起馬。〔註67〕

　　學界認為，到乾嘉時期，隨著文人傳奇創作的衰落，崑劇的發展也陷入

了頹靡。日本學者青木正兒說：「崑曲自乾隆末葉以來，漸趨退市，故以乾隆

末年，劃為一期，即以康熙中葉以後至此時之期間為餘勢時代。」〔註68〕持

有相同觀點的還有周貽白先生，他在《中國戲劇史長編》第七章中以「崑曲

衰落的前後」為節題，說：「也許是孔洪二氏在戲劇上得享盛名之故，『崑曲』

在康熙以後雖漸失去舞臺地位，然作者仍接踵而來」〔註69〕，這一時期是崑

曲的餘勢時代。周先生還認為：

　　　　「崑腔」之失敗雖在聲腔和文辭，但在關目和排場方面，仍因

　　　劇本的編制得法而占著優勢。這情形，即在今日「皮黃劇」裏也可

　　　以看出來。蓋「皮黃劇」的排場，其表演方式多為「崑腔」舊套，

　　　關目亦多就舊有「崑腔」劇本改編，其間雖然逐漸地有所改進，所

　　　不同於「崑腔」者，實亦不過聲腔與文詞而已。〔註70〕

此言極是！這一時期崑劇的衰落，只是隨著文人傳奇創作的衰落，能為「場

上之曲」的文本創作日趨衰微，而聲腔的衰落則是在之後不久，隨著地方聲

腔的崛起而頹敗的，故其衰在「聲腔和文辭」。但是，舞臺崑劇演出並未衰落，

故曰「關目和排場」，「占著優勢」；而且這樣的「優勢」不僅被地方劇種所承

襲，甚至一直影響至今。

　　乾嘉時期的崑劇，舞臺表演不但沒有衰落，反而憑藉之前累積豐富的傳

奇文本，使藝人們在表演上更進一步，呈現出舞臺崑劇的又一次繁榮。民國

顧曲家姚民哀《五好樓雜評甲編》云：

　　　　崑曲一道，源頭遠久。……降至清乾嘉之時，海內作手雖不若

　　　前朝之盛，而粉墨登場之優孟，即起李龜年、黃旛綽於地下，恐亦

　　　曰天寶當年之所謂梨園子弟，亦無此嬗盛也。〔註71〕

〔註67〕　《清代日記匯抄》，上海：上海人民出版社，1982年版，第119～120頁。

〔註68〕　〔日〕青木正兒原著、王古魯譯著、蔡毅校訂《中國近世戲曲史》，北京：中
　　　　　華書局，2010年版，第278頁。

〔註69〕　周貽白《中國戲劇史長編》，上海：上海書店出版社，2004年版，第406頁。

〔註70〕　周貽白《中國戲劇史長編》，上海：上海書店出版社，2004年版，第406頁。

〔註71〕　《遊戲世界》第三期，大東書局1922年出版，署名「半塘」。轉引自陸萼庭
　　　　　《崑劇演出史稿》，上海：上海教育出版社，2006年版，第164頁。

當然，這言辭稍顯誇張，但卻說明了一個事實，即「崑劇確還在發展著，不過不是表現在新劇目方面，而是在別的方面」——藝人們對「家喻戶曉的劇目進一步加工提高，特別講究表演藝術，這樣必然使得原來受到觀眾喜愛、蘊藏在全本戲裏的重要關目更加突出，終於產生了折子戲的演出形式，形成了獨特的表演藝術體系」〔註72〕。乾隆三十九年（1774）折子戲劇集《綴白裘》最終完成，也標誌了「崑劇演出史上全本戲時代的結束」〔註73〕。從此，中國傳統戲劇的發展，也由文人創作中心時代轉入了演員表演中心時代。折子戲的崛興，為地方劇種和表演的崛起，奠定了基礎。

後世傳統戲劇發展過程中，折子戲扮演了極為重要的角色，甚至成為傳統戲劇傳承的重要方式，可謂功不可沒。然我們也必須認識到，折子戲亦有不可避免之弊病。首先，折子戲直接斬斷了傳統戲劇的文學命脈，「間接推助了近代以來的衰頹沉淪」〔註74〕。其次，折子戲敘事弱化之特點是與生俱來的，在傳播效果上，只能更多倚靠表演技藝手段。因此，折子戲在後世發展中又出現了兩方面不足：一方面，其不完整性使原本的故事情節支離破碎，人物性格的立體效果被削弱；另一方面則容易走向單純追求表演技術的極端，使傳統戲劇的藝術性打折，而僅僅流於形式。

二、鬧熱性與折子戲的關係

鬧熱性是傳統戲劇的本質屬性，而折子戲又是傳統戲劇的獨特形式。因此，折子戲不僅體現著傳統戲劇的獨特形式與內涵，而且其產生、發展與繁榮的過程，以及表演風格，亦同鬧熱性密切相關。鬧熱性是折子戲產生的動因，是其繁榮的必要因素；反之，折子戲則是鬧熱性的高度、集中體現。

（一）鬧熱性是折子戲產生的動因，是折子戲繁榮的必要因素。

鬧熱性是傳統戲劇的本質屬性，亦為折子戲的本質屬性，因此折子戲的產生、發展與繁榮，也是鬧熱性參與的結果。

明代中葉折子戲的產生，不僅是傳統戲劇發展的結果，亦為鬧熱性表演發展的結果，是鬧熱性表演發展的新階段。

〔註72〕陸萼庭《崑劇演出史稿》，上海：上海教育出版社，2006年版，第166頁。
〔註73〕陸萼庭《崑劇演出史稿》，上海：上海教育出版社，2006年版，第175頁。
〔註74〕周秦《折子戲與崑曲遺產的保護傳承——〈崑戲集存‧甲編〉前言》，《戲曲藝術》2011年第1期，第119頁。

對於折子戲產生的原因，學界方家均有闡述和分析，主要爲以下方面：

第一，從傳統戲劇的觀演時間和內容來看，全本戲的演出內容與時間漸趨冗長，不適宜演出需要。

徐扶明先生《折子戲簡論》分析了折子戲出現的三個原因，認爲傳奇作品演出內容繁複，且時間甚長，已不能使觀眾有足夠耐心來觀劇。他說：

> 明代傳奇作品，每本往往長達數十齣，不是一場戲時間所能演得完的。臧懋循《改本牡丹亭》批語云：「《琵琶記》四十四折，令善謳者一一奏之，須兩晝夜乃徹」。馮夢禎《快雪堂日記》亦云：「街上燈火未上，吳中諸君演《姜詩》傳奇於舊廳」，「不及竟，已夜半矣」。《金瓶梅》中西門慶家演《玉環記》，頭夜演到「約有五更時分」，戲尚未完；此夜又接演到「三更時分」，搬戲才完。〔註75〕

的確如此，雖然當代都市節奏越來越快，傳統戲劇所謂的全本戲演出已經被刪減很多了，但演出時間仍然很久。如青春版《牡丹亭》雖已經精簡，卻還需9小時的演出時長，並分演三個夜場。而筆者曾於2010年元宵節期間觀看了上崑的全本《長生殿》，其需要分四個夜場演出，每晚時長也平均在3小時左右。因此，演出時間太長，是傳統戲劇發展的負累，而改變演出時間和節奏，勢在必然。

改變演出內容與時間冗長的狀況，是爲了挽救日益對此失去興趣和信心的觀眾。由於演出時間太長，觀眾容易坐不住，能從頭至尾看完的人就會減少；演出內容的繁冗與節奏的拖沓，也必定會讓人犯困；而演出的故事情節大多已經被觀眾所熟知，有些過場戲或者交代情節的段落，就會被觀眾所忽略。因此，繁冗的全本戲會在發展幾百年之後，逐漸對觀眾失去吸引力。此時，傳統戲劇觀演方式需要一種變革，才能使傳統戲劇更好地向前發展，而明代中葉折子戲應運而生，可謂恰逢其時。

第二，從傳統戲劇的發展歷史和結構來看，戲劇活動的繁榮、文人的參與，以及家班的產生，都直接影響了折子戲的誕生。

有明一代，戲劇活動日趨繁盛，傳統戲劇演出不僅是節日民俗和市井酒肆的附庸藝術，而漸漸走進了人們的生活。大量文人參與戲劇創作，且一些文人或官吏還擁有自己的演出班子——家班。家班的演出與折子戲的興起，關係密切。《崑劇發展史》云：「折子戲早在明代中期就已經出現，它主要形

〔註75〕徐扶明《折子戲簡論》，《戲曲藝術》1989年第2期，第64頁。

成於家庭戲班，所以家庭戲班對這種折子戲演出形式的形成和演出藝術的提高，起了積極作用，做出了貢獻。」〔註76〕劉水雲《明清家樂研究》，對家樂選擇折子戲的原因進行了分析，他認為之所以明清家樂選擇折子戲作為演出方式，主要是基於財力、人力、精力等因素限制、家樂主人文化素養和興趣愛好、適於小型家庭宴會需要等三方面原因〔註77〕。

此外，職業戲班的出現，也是推動折子戲產生的原因之一，其與家班的作用是一致的，唯一不同的是，職業戲班以贏利為目的。

第三，從觀眾的審美欲求和主觀需要來看，傳統戲劇的全本戲演出，漸漸偏離觀眾的審美需要，因此催生了折子戲。

如前所述，從元代開始，傳統戲劇觀演就出現了「進點」習俗，即點戲的傳統。而對於元代雜劇來說，雖然不知道觀眾所點之戲目是否是折子戲，但即便演出的是元雜劇，也不過一本四折而已，並不會像明清傳奇那樣冗長。到了明清時期，點戲習俗則成了觀劇的傳統，而此時所點之戲，所演之劇，必折子戲無疑。

譬如，《望湖亭記》傳奇第二十三齣《迎婚》，就有一段點戲情節：

（金舅）……因甥丈到來，特尋郡中第一班梨園，管待新客。（末）絕妙的，若是腳色少，學生也在裏頭。（小生）休說本相！（淨）稟員外，梨園已到，酒席已完，請安席罷。（內作樂）（眾照常定席介）（副末執戲目上，照常規讓點介）（外）請。（生）不敢。（金舅）自然新官人點戲。（生又讓介）（末）待我看可有什麼新戲在上邊？（看介）（副末）有新戲，這柳下惠的故事是新開的。（生）就是這本何如？（外、金舅）妙！（副對內：柳下惠！）（內篩鑼）（副末上開場介）堪笑戲中作戲，誰知場上登場。雖則微傷大雅，動人觀聽何妨？……〔註78〕

由於傳統戲劇是大眾審美藝術，具有審美趨同性。因此，觀眾在點選戲目的時候，不僅滿足了個人的審美喜好，同時所點之戲也多為或流行、或精

〔註76〕 胡忌、劉致中《崑劇發展史》，北京：中國戲劇出版社，1989 年版，第 206 頁。

〔註77〕 參見劉水雲《明清家樂研究》，上海：上海古籍出版社，2005 年版，第 314～316 頁。

〔註78〕 〔明〕沈自晉《望湖亭記》，載《古本戲曲叢刊》編刊委員會《古本戲曲叢刊二集》，上海：商務印書館，1955 年版。

彩的戲目。點戲習俗的盛行，使那些經常被點出的劇作，反覆表演，客觀上
爲其藝術的提高，提供了可能，進而形成保留的折子戲碼，最終得以流傳。

　　總之，無論是點戲習俗滿足了觀眾觀劇之審美喜好，還是因演出時間的
種種不便而革新，都爲折子戲的形成提供了條件和可能。

　　然需要注意的是，折子戲的形成首先是傳統戲劇藝術發展規律的體現，
是一種歷史必然，也是藝術發展中的「回返」現象。傳統戲劇從短小精悍的
元雜劇一本四折，發展到明清傳奇動輒幾十齣的長篇巨製；而到明中葉則又
出現了對長篇傳奇的解構，逐漸回歸傳統戲劇的短小與靈活，使其再次煥發
活力和能量。因此，這樣的「回返」，不是簡單地返回，而是一種發展，是藝
術自身進一步地發展與前進，是一種螺旋式的上升發展。

　　另外，折子戲的形成與鬧熱性不無關係。鬧熱性伴隨傳統戲劇發展的始
終，折子戲的形成，其實就是受眾對於鬧熱追求的趨同反映。即折子戲是傳
統戲劇鬧熱性的再度遴選，是傳統戲劇的精益求精，是鬧熱性的集中體現。

　　其一，折子戲的形成是鬧熱性驅動的結果。

　　陸萼庭先生《崑劇演出史稿》說：「最早的折子戲苗子倒是出現於旨在娛
賓的廳堂演出的場合。」〔註79〕之後他舉出宋懋澄《順天府宴狀元記》萬曆
三十五年（1607）宴會中的戲目爲例證，予以說明。然王寧老師認爲，從明
萬曆二年（1574）山西晉東南祭祀活動所用《迎神賽社禮節傳簿四十曲宮調》
來看，「起碼在萬曆初期，就已經出現了出於民俗活動需要的『散出』演出」
〔註80〕。

　　無論是萬曆初年，還是萬曆末年，折子戲的出現確是鬧熱性的推動，其
目的要麼「娛賓」（娛人），要麼爲祭祀活動之娛神。可見，折子戲的發生與
傳統戲劇的發生如出一轍，都是在「娛神──娛人」的模式中生長起來，而
且其中伴隨著鬧熱性的推動。

　　其二，折子戲之內容大多爲受眾的鬧熱性選擇。

　　折子戲的形成，一是戲劇藝術自身發展的規律所致，另一則是人爲選擇
的結果，這種選擇亦是客觀的。鬧熱性選擇，不是雜亂無章、毫無頭緒的選
擇，而是選擇那些全本戲中的精彩段落，其中大多是熱鬧戲。如《金瓶梅詞
話》第六十三回，西門慶請海鹽弟子唱堂會，演出《玉環記》的情景：

〔註79〕陸萼庭《崑劇演出史稿》，上海：上海教育出版社，2006 年版，第 168 頁。
〔註80〕王寧《明清習俗對折子戲之影響》，《民族藝術》2010 年第 1 期，第 69 頁。

西門慶令書童：「催促子弟，快弔關目上來，分付揀省熱鬧處唱
罷。」須臾打動鼓板，扮末的上來，請問西門慶：「小的『寄眞容』
的那一折唱罷？」西門慶道：「我不管你，只要熱鬧。」〔註81〕

可見，正是出於對鬧熱段落的專門選擇，故使折子戲所表演內容大多呈現鬧
熱特點。

當然，鬧熱性選擇也不僅只選擇熱鬧戲，折子戲中也會有冷戲，以便做
到冷熱調劑，把握好鬧熱的「度」。《紅樓夢》第五十四回，寫賈府的元宵節
宴會情況：

一時，梨香院的教習帶了文官等十二個人，從遊廊角門出來。
婆子們抱著幾個軟包，因不及抬箱，估料著賈母愛聽的三五齣戲的
彩衣包了來。婆子們帶了文官等進去見過，只垂著手站著。賈母笑
道：「大正月裏，你師父也不放你們出來逛逛。你等唱什麼？剛才八
齣《八義》鬧得我頭疼，咱們清淡些好。……叫芳官唱一齣《尋夢》，
只提琴與管簫合，笙笛一概不用。」……說著又道：「叫葵官唱一齣
《惠明下書》，也不用抹臉。只用這兩齣叫他們聽個疏異罷了。若省
一點力，我可不依。」〔註82〕

可見，冷熱的調劑不僅在一齣劇作中需要考慮，即便是在折子戲的堂會演出
中，也要考慮到。因此，折子戲雖然是鬧熱性選擇的結果，但需既有熱戲，
又有冷戲，搭配演出，才能有良好的審美效果。

其三，折子戲的產生與發展其意義在於，不僅使傳統戲劇腳色細化，也
使全本戲更趨鬧熱化。

從傳統戲劇的鬧熱角度來看，折子戲產生與發展的意義主要有兩方面：
一方面傳統戲劇的腳色在折子戲演出中逐漸分化、細化，每個家門腳色都有
自己能夠獨當一面的折子戲碼，使之表演更加純熟，鬧熱性更足；另一方面，
折子戲的發展進一步影響了全本戲的鬧熱特點，使之更趨向鬧熱化。

廖奔先生認為：「折子戲的形成大大促進了戲曲角色行當的分化與獨立，
原來在正本戲演出裏不能脫穎而出的次要行當，在折子戲裏都得到充分的發
展。……折子戲演出的突起，也撥正了人們衡量一個戲班好壞的天平，生角

〔註81〕〔明〕蘭陵笑笑生著、戴鴻森校點《金瓶梅詞話》，北京：人民文學出版社，
　　　　1992 年版，下冊，第 874 頁。

〔註82〕〔清〕曹雪芹著、無名氏續《紅樓夢》（上），北京：人民文學出版社，2008
　　　　年版，第 740～741 頁。

和旦角的美豔善歌已經遠遠不夠，各個行當的完備齊整才是標準。於是，中國戲曲行當的科學化分工到這時才開始眞正實現，次要角色才眞正從此走向成熟。」〔註83〕陸萼庭先生也談到腳色的分工細化，他說：「一些被觀眾喜歡的精彩片段，一旦脫離傳奇大家庭，頓時茁壯長大起來。如果這齣戲是以『外』爲主的，就形成獨特的外腳風格的戲；如果是以『丑』爲主的，就形成獨特的丑腳風格的戲，……換言之，到這時候，十行腳色自成格局，行當之間形成了分庭抗禮的局面，每行腳色都有其本工戲。」〔註84〕正是這樣的分化、細化過程，使每個腳色在其所工之戲中，逐漸壯大成長，並形成了獨特的鬧熱特點，呈現出更爲細緻的鬧熱特性，並同時能夠符合該角色的性格內涵。可以說，折子戲不僅使得腳色分工細化，而且也使鬧熱性表現更加細化。

同時，折子戲風靡時代的全本戲也呈現出更爲鬧熱化的趨勢。陸萼庭先生《崑劇演出史稿》提到「新奇加熟套」是全本戲新劇能否登上舞臺的「相當必要條件」〔註85〕。具體來看，首先，「要新奇，更要熱鬧」。這種熱鬧在開場就表現了出來，「清代中葉起，全本戲（傳奇）開頭的副末開場，打破了傳統寫法，往往一上來就是一場熱鬧大戲」〔註86〕。而當前的傳統戲劇演出，尤其是全本戲演出，亦是開場即鬧熱，不僅可以交代故事情節，亦能吸引觀眾，調動觀眾觀劇情緒，使之盡快入戲。當然，鬧熱開場不能過於隨意或脫離情節太遠，必須貼合故事。如上崑版《紫釵記》，開場即鬧熱的元宵節舞龍、賞燈，而後則是男女主人公的元宵邂逅，如此處理較爲合理，也調動了觀眾的觀劇熱情。其次，「求脫套，不廢熟套」〔註87〕。即在求新、求奇的同時，也不廢用已經能夠取得良好戲劇效果的熟套。熟套是一部劇作能夠成功演出的「保險系數」〔註88〕，好的熟套運用，就是票房的保證。熟套同時也可以視爲傳統的鬧熱套路，如淨、丑的科諢，雖然暫時脫離劇作情節，但卻可以起到良好的現場氣氛。所以無論傳統戲劇觀演怎麼進行革新，如此鬧熱的熟套都不會是被革的對象，反倒會更完好地利用起來。

總之，折子戲是一種推陳出新，是傳統戲劇藝術發展過程的規律使然，

〔註83〕廖奔《折子戲的出現》，《藝術百家》2000 年第 2 期，第 52 頁。
〔註84〕陸萼庭《崑劇演出史稿》，上海：上海教育出版社，2006 年版，第 186 頁。
〔註85〕陸萼庭《崑劇演出史稿》，上海：上海教育出版社，2006 年版，第 258 頁。
〔註86〕陸萼庭《崑劇演出史稿》，上海：上海教育出版社，2006 年版，第 257 頁。
〔註87〕陸萼庭《崑劇演出史稿》，上海：上海教育出版社，2006 年版，第 258 頁。
〔註88〕陸萼庭《崑劇演出史稿》，上海：上海教育出版社，2006 年版，第 258 頁。

亦是鬧熱性的作用結果，是鬧熱性表演發展的新階段。

（二）折子戲高度體現了傳統戲劇的鬧熱性

折子戲體現了傳統戲劇的鬧熱特性，是鬧熱性的集中、高度體現。具體而言，折子戲的鬧熱性主要表現在四個方面：

1、折子戲是全本戲的重要關目，也代表著其最核心的鬧熱形式。

折子戲雖然不等同於全本戲中隨意的「一齣」或「一折」，但卻析出自全本戲，是以全本戲為母體的。一般而言，折子戲是全本戲中的重要關目。因此，有時折子戲就是體現全劇主題與戲劇衝突的部分，因而鬧熱性凸顯。

《琵琶記》無疑是一部大悲劇，不僅是蔡伯喈的個人悲劇，也是蔡家的悲劇，更是社會悲劇。當蔡伯喈被逼赴試，趙五娘只能獨自哀怨，社會和道德沒有賦予她權利去與公婆理論來挽留丈夫，以爭取自己的婚姻幸福，之後她所做的一切也都是為了維護丈夫的孝名。雖然這客觀地體現了中國傳統女性善良勤勞的高貴品格，但同時也反映了女性在封建社會的悲劇地位。《糟糠自饜》是全本戲第二十一齣，是該劇的悲鬧段落，亦是第一個小高潮，後來被單獨演繹，成了折子戲《吃糠》。趙五娘以米與糠作比喻，訴說個人不幸的遭遇：

　　【孝順歌】嘔得我肝腸痛，珠淚垂，喉嚨尚兀自牢喥住。〔糠嚇！〕你遭礱，被舂杵，篩來簸揚。你吃盡控持，好似奴家身狼狽，千辛萬苦皆經歷。苦人吃著苦味，兩苦相逢，可知道欲吞不去？

　　（又吃介）

　　【前腔】糠和米，本是相依倚，誰人簸揚作兩處飛？一賤與一貴，好似奴家與夫婿終無見期。〔丈夫，你便是米，〕米在他方沒尋處。〔奴家便是糠，〕怎地把糠來救得人饑餒？好似兒夫出去，怎的教奴供膳得公婆甘旨？

　　（外付上，做手勢介）（旦）

　　【前腔】思量，我生無益，死又值甚的？不如忍饑死了為怨鬼。〔奴家死了也罷，〕只是公婆老年紀，靠奴家相依倚，只得苟活片時。片時苟活雖容易，到底日久也難相聚。漫把糠來相比。〔這糠尚有人吃，〕奴家的骨頭知他埋在何處！〔註89〕

趙五娘的悲哀足以喚起觀眾的感傷，但這還並非悲痛至極。她典盡嫁妝換來

〔註89〕汪協如校《綴白裘》，北京：中華書局，1930年版，十二集，第12～13頁。

米糧，又遭公婆的猜疑時，那一種無奈而無限的悲傷，令人心酸不已。不過心酸不多時，卻是更加悲慘的事實——婆婆因吃糠被噎死。如此說來，《吃糠》一齣，已經不僅僅反映了趙五娘一個人的悲與苦，而是蔡家的悲苦，是封建時代的社會悲劇寫照。

與《琵琶記》所體現的悲鬧不同，《獅吼記·跪池》則是一齣讓人捧腹的喜樂之鬧。《獅吼記》原本就是一部悍婦傳奇，《跪池》更是一齣飽含了戲劇性衝突的關目，顯得十分鬧熱。

陳慥懼內，前日與蘇東坡同遊，向妻柳氏保證無妓，否則將受皮肉之罰。不料柳氏派蒼頭尾隨，發現同遊者中有琴操陪侍。是日，陳被妻喚上，一番對答，不得不承認所犯之錯。柳氏操起藜杖便打，鬧熱衝突之序幕就此拉開：

（貼）禽獸嚇禽！人人說你腸子有弔桶粗，我道你的膽有天樣大，輒敢如此無禮！我且問你，你昨日對藜杖招些什麼來？（小生）卑人忘了。（貼）你說此去若有妓，甘受藜杖一百。如今打還我來！
（小生）娘子，不才初犯，且饒過了這一遭罷。（貼）一定要打！（貼打，小生奪杖介）（小生）娘子，打是小事，只是娘子方養成的長指甲恐抓傷了，我的罪越重了。權且恕過了這一遭，下次再犯了莫饒，著實打，重重的打。咳！可憐！（貼）嚇！也罷！打且記著，再犯並責，權且恕過了這一遭。且饒你跪在池邊。（小生）跪嚇？是小生的本等，不難。跪是跪了，只求娘子把大門閉上，恐怕人來看見不雅。（貼）要閉大門，打了去跪。（小生）是，不要閉大門的好。便跪，便跪下。（貼）不怕你不跪！（小生）咳！

【宜春令】我心中恨。

（貼打小生嘴，小生作怕介）（貼）敢是恨我麼？（小生）阿呀！卑人怎敢恨娘子？只恨我自己不成才。（貼）著！（小生）不長進，不學好。（貼）是嚇！（小生）連累娘子受氣。（貼）你羞也不羞？（小生）哪！

臉上羞。

（貼）其實羞！真個羞！真個羞！（推生倒介）（小生）咳！

對著碧漣漣方塘水流。

（貼）你這樣人活他怎麼？到不如趁這池中清水死了罷！（小生）咳！

當場出醜！

（貼）人家說恩愛莫如妻子；你這等無理！（小生）

這般恩愛難消受！

（貼）你跪在此，待我進去吃些砂仁湯消消氣來放你。（小生）
是。多謝娘子。（起介）（貼）嚇！你怎麼起來了？（小生）娘子説
吃口砂仁湯消消氣放我起來的嚇。（貼）誰説！跪著！動也不許動！

（小生）不敢動。（貼）氣死我也！（下）〔註90〕

陳慥的膽怯懼怕，柳氏的咄咄逼人，都讓人不禁捧腹。而這齣戲的情節衝突，
也是《獅吼記》全劇最為笑鬧的段落之一，亦為重要關目。兩個角色形象已
經在這番鬧熱衝突中豐滿、樹立起來。

圖 5-3　崑劇《獅吼記》

（岳美緹飾陳慥，張靜嫻飾柳氏）

　　總之，折子戲是全本戲最核心的鬧熱形式與部分，是代表性的重要關目。
　　2、折子戲是各個家門的代表性劇目，各個腳色通過折子戲而發展壯大，
並將其特點通過鬧熱的藝術表現呈於觀眾面前。

〔註90〕汪協如校《綴白裘》，北京：中華書局，1930 年版，五集，第 159～161 頁。

　　折子戲誕生之前，全本戲的主角基本只有生、旦二色，其他一切腳色均作爲配角出現，非但不能成爲傳統戲劇表演的主角，亦不能在藝術上有更高的發展。而折子戲則使傳統戲劇腳色行當分類更加細化，其表演藝術也逐漸成熟完善，形成了各個家門的代表性劇目。如以傳統生、旦爲主角的《長生殿・小宴》、以小旦爲主角的《西廂記・拷紅》、以老生爲主角的《長生殿・彈詞》、以刀馬旦爲主角的《白蛇傳・水鬥》、幾乎以丑腳爲獨角的《紅梨記・醉皀》等。甚至還有多角色共同登場的鬧熱戲，如表現淨腳伎藝的折子戲《牡丹亭・冥判》《天下樂・嫁妹》等。

　　《嫁妹》一齣，又名《鍾馗嫁妹》，出自清初張大復《天下樂》傳奇。《曲海總目提要》云：

　　　　以五福財神爲主。言此五人皆能散財濟貧，力行善事，求得甘雨，以致豐年。國家既封五路大總管，厚賜金帛；玉帝復封爲財帛司五路大將軍，掌管人間利祿，令東西南北中五方，無不豐登富厚，自然天下安樂，萬世太平，故名之曰「天下樂」也。〔註91〕

又《古本戲曲存目匯考》載：「此本傳奇，久已散佚，僅存《嫁妹》一齣，分四場，今猶盛演勿替，京劇亦有《鍾馗嫁妹》本此。」〔註92〕如今，《嫁妹》成爲了《天下樂》傳奇僅存的一齣。

　　《鍾馗嫁妹》是大眾喜愛的鍾馗戲，也是鍾馗戲所演最盛、最鬧熱的戲目。鍾馗，作爲傳統民間信仰的神靈，可謂神、鬼之能兼備，醜形、美善合一。鍾馗之所能，除了捉拿惡鬼、安福一方外，就是《嫁妹》所反映出的鬧熱和喜慶功能。前者可以說明鍾馗是生活的保護神，後者則表明其可以讓人感覺快樂，讓生活變得鬧熱。可見，鍾馗是離中國人生活最近的一個神靈。而關於鍾馗之小妹，宋代則已出現，《東京夢華錄》卷十「除夕」條載：

　　　　至除日，禁中呈大儺儀，並用皇城親事官。……裝將軍。……裝門神。……，裝判官。又裝鍾馗、小妹、土地、灶神之類，共千餘人，自禁中驅祟出南薰門外轉龍彎，謂之「埋祟」而罷。〔註93〕

「小妹」是皇家儺儀之一員。宋儺中，方相氏被「將軍」取代，而「門神」「判

〔註91〕　《曲海總目提要》（中），北京：人民文學出版社，1959年版，第1033頁。
〔註92〕　莊一拂《古典戲曲存目匯考》（中），上海：上海古籍出版社，1982年版，第1220頁。
〔註93〕　〔宋〕孟元老《東京夢華錄》，北京：中國商業出版社，1982年版，第70頁。

官」「鍾馗」「小妹」「土地」「灶神」等則取代了原有的十二神獸。這一變化，
恰體現了中國儺人格化、戲劇化的趨勢〔註94〕。因此，雖然我們無法斷定「鍾
馗、小妹」何時演化成《鍾馗嫁妹》，但《東京夢華錄》之載，確是儺儀向戲
劇轉化的一個例證。

　　《戲考大全》第五冊載《鍾馗嫁妹》劇本，劇本題頭處，有其故事梗概，
並云：「此劇雖涉神怪，然頗滑稽可觀也。」〔註95〕因為，其中所涉神鬼，並
非驚悚，舞臺表演中，包括鍾馗在內的鬼神都顯得異常親切可愛，讓人忍俊
不禁。

　　筆者於 2011 年 5 月 20 日在上海大劇院觀看了「全國崑曲優秀中青年演
員展演周」的表演，其中折子戲《嫁妹》由北崑演出。其演出並未按照劇本
既有的情節鋪展，而是截取了一段鍾馗登場亮相，以及率眾鬼卒趕路的片段。
基本是鍾馗率眾鬼卒的一系列動作技藝表演，可謂異彩紛呈，熱鬧非凡。雖
然時間不長，但臺下觀眾卻掌聲不斷、叫好不絕。

圖 5-4　崑劇《天下樂・嫁妹》（北崑演出）

　　另外，筆者亦在網絡上搜索到一段當年北崑的《天下樂・嫁妹》視頻〔註
96〕。對照劇本來看，舞臺演出具有以下兩個特點：

　　其一，舞臺表演中，鬼頭上場，其開場詞內容與劇本不甚相同。劇本中

〔註94〕　參見翁敏華《中日韓戲劇文化因緣研究》，上海：學林出版社，2004 年版，第
　　　　　61 頁。
〔註95〕　《戲考大全》，上海：上海書店出版社，1990 年版，第五冊，第 811 頁。
〔註96〕　按，網址為 http://www.tudou.com/programs/view/Gf0rNL0v77I/。

鬼頭開場爲道白，云：「百福門庭，平安吉慶，光燦爛人。但只見那杜諱星花，散散多少。」〔註97〕而舞臺演出，鬼頭開場則爲一段【點絳唇】唱詞：「百福迎庭，平安吉慶。新春景，福祿駢臻，喜氣宜春景。」這段開場，更具喜慶感，似乎在舞臺表演中《嫁妹》已經成了一種節日喜慶戲，具備了一定的例戲功能。

其二，鍾馗登場時間較長，進行了將近五分鐘的亮相表演，十分精彩，其中不僅有一般的花臉程式，更有吐火表演。在上馬前，鍾馗採取了一段碎步的表演程式，表現了極其激動的心情。另外，在趕路過程中，鍾馗與眾鬼卒的表演，都顯得十分滑稽可愛，甚爲笑鬧。

總之，從《嫁妹》這折戲來看，不僅是淨色的代表性劇目，更是一齣鬧熱的節慶戲。

3、折子戲中亦有豐富的「鬧」字戲，進而影響了後世地方小戲單折戲、單齣戲的出現。

《綴白裘》是清代的折子戲選本集，其中選入了 9 個「鬧」字戲劇目。其中，出自南戲的有 1 個，爲《白兔記·鬧雞》；梆子腔劇目有 2 個，分別爲《鬧燈》《鬧店》，其餘均出自明清傳奇，分別有《永團圓·鬧賓館》《牡丹亭·學堂》（《春香鬧學》）、《風箏誤·前親》（《婚鬧》）、《八義記·鬧朝》《精忠記·書鬧》《牡丹亭·離魂》（《鬧殤》）。

表 5-4　《綴白裘》中「鬧」字戲一覽表

序號	劇名	本戲及其他	位置
1	鬧賓館	本戲《永團圓》	初集二卷
2	學堂	本戲《牡丹亭》，又名《春香鬧學》	四集二卷
3	前親	本戲《風箏誤》，又名《婚鬧》	五集四卷
4	鬧朝	本戲《八義記》	七集三卷
5	書鬧	本戲《精忠記》	九集三卷
6	鬧雞	本戲《白兔記》	十集三卷
7	鬧燈	雜劇（梆子腔）	十一集二卷
8	鬧店	雜劇（梆子腔）	十一集二卷
9	離魂	本戲《牡丹亭》，又名《鬧殤》	十二集一卷

〔註97〕《戲考大全》，上海：上海書店出版社，1990 年版，第五冊，第 811～812 頁。

　　《綴白裘》作爲十分重要的劇本集，根據上表可知：首先，《綴白裘》是崑劇劇本集，其所選劇目以崑劇爲主，從上述「鬧」字戲中南戲、明清傳奇所佔的比例，即可知；其次，《綴白裘》涉及了梆子腔劇目，這些劇目是新興的，具有鬧熱性，形制上以折子戲爲主，或由折子聯綴而成，如《鬧燈》一般與其之前的《看燈》，與其之後的《搶燈》《瞎混》連演；第三，梆子腔的出現，預示著即將到來的「花雅之爭」，及地方戲之崛起，而且地方戲崛起是由折子戲作爲其「開路先鋒」的，也可見當時折子戲佔據了主要的戲劇演出市場。

　　折子戲的風靡，也使後來的戲劇創作中，大多出現了單折戲、單齣戲（或稱爲「一折戲」）。陸萼庭先生認爲：

　　　　一折劇的出現，是傳統北雜劇體式的一種革新，也是戲曲創作
　　形式上的一種發展。照說，這一短小靈便、自成首尾的新創作，可
　　以理想地爲折子戲的演出服務，其實不然！一折劇一開始就被文人
　　劇的框框束縛住，實踐機會既少，又缺乏名作，很快失去了舞臺生
　　命。而折子戲的產生是傳奇演出上的變革，是全本戲長期在觀眾中
　　間經歷考驗的結果。這說明一折劇的出現與折子戲的興起兩者沒有
　　什麼直接的關係。〔註98〕

清代文人一折劇的出現，雖然可能是文人自發的創作，作爲案頭文本出現，與場上紅火表演的折子戲是有根本區別的。因此，一折劇的出現與折子戲的興起沒有直接關係，但折子戲的盛行則是一折劇出現的環境因素。對於這些劇作不能登場的原因，陸先生云：「比如曾使阮元（芸臺）掉淚的那出有名的《罷宴》，除了內容文辭較爲真切動人外，其排場是很沉悶的。」〔註99〕可見，「不沉悶」才是折子戲能夠成爲「場上之曲」的關鍵。簡言之，「不沉悶」則必定要「鬧熱」。這恰恰證明了，折子戲的流行就是有賴於傳統戲劇鬧熱性推動的結果。

　　然而，折子戲發展到乾嘉時期階段，地方聲腔陸續崛起，其首先是通過折子戲開拓其自身市場，而後逐漸佔領了崑劇原有的演出陣地，進而在清末前後形成了各地方劇種，可謂百花齊放。而這些地方劇種的演出，不乏所謂的「一折劇」，即這些戲目並非傳統折子戲劇目，亦非所謂清代文人創作的「一

〔註98〕陸萼庭《崑劇演出史稿》，上海：上海教育出版社，2006年版，第176頁。
〔註99〕陸萼庭《崑劇演出史稿》，上海：上海教育出版社，2006年版，第176頁。

折劇」，而是一些和當地故事傳說相結合產生的，或輕快活潑、或滑稽可笑的地方小戲。本文第三章「鬧」字戲研究中，花鼓戲、花燈戲、採茶戲之「鬧」字戲，即屬地方小戲範疇，均以「一折劇」面目問世。

4、例戲——可被視作一種特殊的折子戲形式，具有獨特的鬧熱內涵。

例戲，通常在正戲演出之前進行表演，是一類較為特殊的戲劇表演形式，普遍存在於傳統戲劇演出實踐中。雖然有關例戲的研究並不多見，但其伴隨傳統戲劇演出而存在的事實，使我們不能對其視而不見。近年來，湖南科技大學李躍忠先生對例戲進行了深入研究，並獲得了豐碩成果。

有關例戲的概念，李躍忠先生認為：

> 例戲，是指中國傳統戲劇在正戲演出之前搬演的一些帶有儀式功能的短劇。這是我國傳統戲劇的一種特有戲俗，搬演的目的主要是為溝通神人，以滿足俗民的信仰需要；演出劇目與正戲沒有必然的聯繫，但一般要和演出場合相諧和。〔註100〕

由此概念觀之，例戲具有三方面的特點：第一，例戲是在正戲之前所演出的短劇；第二，例戲是戲劇民俗的一種體現；第三，例戲的演出要符合正戲演出的場合。

例戲作為傳統戲劇的一類特殊形態，「是一種演劇，但同時也是一種信仰，一種儀式」〔註101〕，此外例戲還是一種戲俗。因此，從傳統戲劇的鬧熱角度來看，例戲的鬧熱性是原始鬧熱性、民俗鬧熱性與戲曲鬧熱性的三合一。那麼例戲的鬧熱性與正戲的鬧熱性有何區別和聯繫呢？

首先，所謂與「例戲」相對的「正戲」，一般指戲曲藝術。因此，作為戲曲藝術，其鬧熱性主要表現為戲曲鬧熱性。

其次，在戲曲藝術中，戲曲鬧熱性佔據主導地位。戲曲鬧熱性是在原始鬧熱性、民俗鬧熱性的基礎上，逐步發展而來；且戲曲鬧熱性中包含有原始鬧熱性與民俗鬧熱性的因子。

再次，例戲作為傳統演劇形式，戲曲鬧熱性並非具有主導性，其表演過程中的儀式功能，以及與正戲演出氣氛的和諧度，都使其鬧熱性體現得更為繁複。其中的民俗鬧熱性更為突出。

〔註100〕李躍忠《演劇、儀式與信仰——中國傳統例戲劇本輯校》，「前言」，北京：中國戲劇出版社，2011 年版，第 4 頁。

〔註101〕李躍忠《演劇、儀式與信仰——中國傳統例戲劇本輯校》，「前言」，北京：中國戲劇出版社，2011 年版，第 3 頁。

　　筆者以爲，例戲雖是一種演劇形式，但其程式性十分強，甚至超越了正戲的一些要求——其演出時，「哪個劇目和哪個劇目在一起演出，在哪一天、哪一種場合演出，什麼行當演什麼角色，甚至演出時要用什麼儀式等等，都要循規蹈矩，不能或缺」〔註102〕。由此可知，例戲的戲曲鬧熱性是其次的。而例戲又是一種儀式劇，具有儀式性，其儀式功能特點與儺戲、目連戲、醒感戲等儀式劇極爲類似，儀式呈現出一種戲劇化、民俗化表現，故其原始鬧熱性也是其次的。因此，就例戲的鬧熱性而言，其民俗鬧熱性因子較爲突出，具有主導地位，例戲因而也成爲戲曲時代十分特殊的一類劇作。但應該注意的是，在舞臺表現中，例戲的三種鬧熱性是一併作用的。

　　那麼例戲與折子戲究竟是什麼關係呢？嚴格來講，折子戲屬於正戲，例戲與折子戲是完全不同的。當然這是折子戲的狹義之說，如若從廣義來看，折子戲首先應該包括「一折劇」，其次則應包括例戲，這是源於例戲的短劇性質。因此，例戲可以視爲折子戲的一種特殊形式。而例戲所具備的鬧熱性，也恰恰說明了折子戲的鬧熱特質。

　　例戲的鬧熱主要體現在兩方面：

　　一方面，從演出內容來看，作爲一種戲劇演出習俗，例戲的演出十分講究，其必然要符合演出場合與演出氣氛。李躍忠先生說：「例戲的劇目比較多，其中有的可以通用於各種喜慶場合，但也有不少是專用的」〔註103〕，以影戲爲例，他認爲：

　　　　影戲例戲演出在劇目上可分爲「喜慶」和「喪儀」用兩大類。其中有的喜慶劇目可以通用於除喪儀外的各種場合，如《天官賜福》、《三星賜福》、《九星獻瑞》、《三星獻瑞》等，凡廟會、求神、謝神、生子、婚娶、功名等場合都可用。但也有些是專門爲某種場合創作的，如《天仙送子》用於小兒滿月、生日，《狀元及第》用於取得功名等。至於喪儀則不宜搬演喜慶類劇目了，而另有其他特用於這種場合的例戲如《十白》等。〔註104〕

〔註102〕李躍忠《演劇、儀式與信仰——中國傳統例戲劇本輯校》，「前言」，北京：中國戲劇出版社，2011年版，第3頁。
〔註103〕李躍忠《略論中國影戲「例戲」劇目之演出場合》，《美與時代》2008年第8期（下），第117頁。
〔註104〕李躍忠《略論中國影戲「例戲」劇目之演出場合》，《美與時代》2008年第8期（下），第118頁。

由上可知，例戲大多是喜慶場合的鬧熱表演，其所演出的劇目爲喜慶鬧熱戲。

李躍忠先生《演劇、儀式與信仰——中國傳統例戲劇本輯校》，將所輯校的劇目分爲六大類，分別爲：賜福類、慶壽類、人生禮儀類、其他喜慶類和驅邪類。其中前五類都屬於喜慶鬧熱戲，而驅邪類例戲則是具有專門功能的儀式劇。喜慶場合的例戲，鬧熱性十分明顯，可謂「鬧從喜中來」。如安徽青陽腔《大賜福》唱道：

【浪淘金】樂陶陶，意暢快；喜孜孜，心開懷；笑盈盈，百福駢臻；鬧喈喈，天官賜福來。東華仙鶴駕祥雲，西王母乘鸞五彩，乘鸞五彩。南極星手捧福壽牌。年年人效華封祝，歲歲堂開北海。光閃閃，耀門牆；鬧嚷嚷，駟馬高車門前擺。美哉快哉，無傷無害。願文星樂意舒懷。但願他壽比南山，福如東海。耿耿丹心扶社稷，洪福齊天，洪福齊天。〔註105〕

再如，慶壽類例戲中崑腔《上壽》所唱的一段「大和佛」：

【大和佛】青鹿銜芝呈瑞草，齊祝願壽山高。龜鶴呈祥戲庭沼。齊住院壽彌高。畫堂壽日多喧鬧，壽基鞏固壽堅牢。享壽綿綿，樂壽滔滔。展壽席人人歡笑，齊慶壽，筵中祝壽詞妙。〔註106〕

又如，其他喜慶類例戲之高腔《五穀豐登》的開場唱段：

【番竹馬】恭呈財喜祥嘉，恭呈財喜祥嘉。看世上人壽域增華，掌財分地桑麻，望帝都明晃晃火樹銀花，好一派旺氣更長發，眾云使共閶闔。

……

但見西域善蹈，正保物承運皇家，前後光華，前後光華，見福地鬧烘烘喜娛的喧嘩。（呀）福地宮内。靉靆的暗放開花，靉靆的暗放天花。〔註107〕

〔註105〕李躍忠《演劇、儀式與信仰——中國傳統例戲劇本輯校》，北京：中國戲劇出版社，2011 年版，第 13 頁。按，原載安徽省藝術研究所《青陽腔劇目彙編》，內部資料，1991 年版，下冊，第 619～620 頁。

〔註106〕李躍忠《演劇、儀式與信仰——中國傳統例戲劇本輯校》，北京：中國戲劇出版社，2011 年版，第 212 頁。按，《過雲閣曲譜》本，原載〔清〕王錫純輯《過雲閣曲譜》（第 1 函第 1 冊），上海：著易堂書局，1925 年版。

〔註107〕李躍忠《演劇、儀式與信仰——中國傳統例戲劇本輯校》，北京：中國戲劇出版社，2011 年版，第 299 頁。按，原載黃寬重等主編《俗文學叢刊》（第 57 冊），第 257～263 頁。

可見，例戲從演出內容來看，無疑是鬧熱的。

另一方面，從觀演過程來看，例戲的演出雖然只是正戲之前的表演，但是卻率先拉開了傳統戲劇演出的鬧熱，可謂是正戲的預熱過程。

崇禎四年（1631），金木散人的《鼓掌絕塵》小說第三十九回描寫了山東一村子在關帝壽辰之日，三義廟的演出盛況。而在熱鬧的演出開始前，則搬演了一段例戲，名為《八仙慶壽》，也恰合關帝壽誕的慶祝場合：

> 進了廟門，只見殿前搭起高高的一個戲臺，四邊人，坐的也有，站的也有，行的也有，頑耍的也有，笑話的也有，人千人萬，不計其數。伸頭引頸，都是要看戲的。楊太守執了住持的收，向人隊裏挨身進到大殿上，神前作了幾個揖，抽身便到戲房門首仔細一看。恰好一班小小後生，年可都只十七八歲，這幾個裝生裝旦的，聰聰俊俊，雅致無雙，十人看了九人愛。……這般後生敲鑼的，打鼓的，品簫的，弄管的，大吹大擂，其實熱鬧。那看戲的，也有說要做文戲的，也有說要做武戲的，也有說要做風月的，也有說要做苦切的，各人所好不同，紛紛喧嚷不了。只見那幾個做會首的，與那個扮末的，執了戲帖，一齊同到關聖殿前，把鬮逐本鬮過，鬮得是一本《千金記》。眾人見得關聖要演《千金》，大家緘口無言，遂不敢喧嘩了。此時笙簫盈耳，鼓樂齊鳴，先做了「八仙慶壽」，慶畢，然後三通鑼鼓，走出一個副末來，開了家門。〔註108〕

清代李綠園《歧路燈》小說有大量傳統戲劇演出的描寫。第二十一回，林騰雲母親大壽時，在正戲演出前搬演了慶壽類例戲：

> 須臾，肴核齊上，酒肉全來。戲班上討了點戲，先演了《指日高升》，奉承了席上老爺；次演了《八仙慶壽》，奉承了後宅壽母；又演了《天官賜福》，奉承了席上主人。然後開了正本。〔註109〕

第九十五回，更是將例戲的演出過程進行了詳細描寫，讓我們可以窺見清代例戲的演出過程亦是十分鬧熱的：

> ……伺候官見景生情，半跪稟道：「請大人賞戲。」撫臺點頭。只聽吹竹彈絲，細管小鼓，作起樂來。

〔註108〕〔明〕金木散人著《鼓掌絕塵》，北京：大眾文藝出版社，2002 年版，第 382 頁。

〔註109〕〔清〕李綠園《歧路燈》，北京：華夏出版社，1995 年版，第 144 頁。

　　不多一陣，抬過繡幔架子，正放在前，桌椅全備，樂聲縹緲。掀起錦簾，四個仙童，一對一對，各執小黃幡兒出來，到正面一站，又各分班對列。四個玉女，一對一對，各執小紅幡兒出來，到正面一站，亦各分班對列。徐徐出來一個天官，襆頭上飄著一縷紅帛，繡蟒絳袍，手拿一部冊頁，站在正面，唱吟了《鷓鴣天》一闋，也向旁邊上首站定。又見兩個總角小童，扶了一朵彩繪紅雲前導，兩個霓裳仙女，執著一對日月金扇，緊依著一位冕旒王者，袞龍黃袍，手執如意、手卷而出。到了正面，念了四句引場詩，回首高坐。兩柄日月扇旁伺，足蹴一朵紅雲。紅帛天官，坐在紅雲之下。四個紅幡玉女，駢肩而立，四個黃幡仙童，又駢肩立於其側。剩下當場。猛然大鼓大鑼齊鳴，大鐃大鈸亂響，出來四位值年、值月、值日、值時功曹。值年的銀鬚白鎧，值月的黑鬚黑鎧，值日的赤面紅鎧，值時的無鬚黃鎧，右手各策馬撾，左手各執奏摺，在栽絨大毯上亂舞亂跳，卻也中規中矩。到下馬時，和投鞭於地，手執奏摺交於天官，轉達天聽。玉皇垂覽，傳降玉音，天官又還了批准摺奏，分東西四天門傳宣敕旨。這四功曹謝了天恩，依舊拾起鞭子上馬，略舞一舞，各進鬼門。須臾出來繳旨，也一齊上在玉皇背後並立。滿場上生旦淨末，同聲一個曲牌，也聽不來南腔北調，只覺得如出一口。唱了幾套，戛然而止。將手卷付於天官，天官手展口唱，唱到完時，展的幅盡，乃是裱的一幅紅綾，四個描金大字，寫的是「天下太平」。唱個尾聲，一同下來進去。〔註110〕

其中之鬧熱，給人以視聽雙重效果：聽覺上——「猛然大鼓大鑼齊鳴，大鐃大鈸亂響」；視覺上——四位功曹「在栽絨大毯上亂舞亂跳」，然這表演「卻也中規中矩」。可見，例戲的演出既是鬧熱的，又具儀式性，可謂「鬧而不亂」「鬧而有序」。

　　可見，例戲作為一種特殊的折子戲形式，亦十分鬧熱。

　　綜上所述，折子戲同鬧熱性密切相關，鬧熱性既是折子戲產生的動因，是其繁榮的必要因素；反之，折子戲又是鬧熱性高度、集中的體現。在當代都市傳統戲劇演出中，折子戲專場大行其道。折子戲不僅可以表現演員的唱功、做功，亦可以演出或笑鬧、或悲鬧的戲目，還能展現不同流

〔註110〕〔清〕李綠園《歧路燈》，北京：華夏出版社，1995年版，第594頁。

派的演出風格，更可成爲演員的專場演出。因此，或唱念、或工夫、或逗笑、或感人、或經典、或懷舊、或名家流派⋯⋯都是折子戲所能展現的。通過不同的折子戲組合，令全場演出冷熱相劑，使傳統戲劇的鬧熱特質更爲突出。可以說，折子戲是當代傳統戲劇演出中，最能反映鬧熱性的演出形式。

第四節　鬧熱性與地方戲的崛起

清代中期，隨著地方聲腔的陸續崛起，「雅部」崑腔與「花部」亂彈之間展開了一番較量。最終「花部」戰勝「雅部」，地方戲登上戲劇歷史舞臺，並最終形成京劇，佔據了崑劇的傳統演出市場，史稱「花雅之爭」。

「花雅之爭」的根源在於傳統戲劇藝術，尤其是聲腔藝術自身發展規律，同時我們也看到了普通戲劇觀眾對於新生地方聲腔的喜好，以及崑劇在此時之頹勢。不過，從另一角度觀察，尤其是從戲劇演出來看，這場爭奪戰呈現爲對觀眾的爭奪，是表演上的比拼，表演的鬧熱性是地方戲得以勝出的籌碼。由此看來，「花雅之爭」的側影是傳統戲劇的鬧熱之爭，而地方戲的鬧熱程度較之崑劇而言，更勝一籌。

一、「花雅之爭」的側影：傳統戲劇的鬧熱之爭

學界關於「花雅之爭」的研究由來已久，多從聲腔、文本、表演、審美、禁燬等方面切入，取得了豐碩成果，也逐漸揭開了這場變革的神秘面紗，無限地接近了歷史眞實。「花雅之爭」在中國戲劇史上意義重大，其完成了中國傳統戲劇「由古典戲曲向近代戲曲的嬗變——即雅部的衰微與花部的勃興，揭開了中國戲曲史上嶄新的一頁」〔註111〕。《中國戲曲發展史》認爲『『花部』戲曲在形式和內容兩個方面都有超越崑曲之處，這使它得以很容易地吸引了下層觀眾的注意力。」〔註112〕事實上，「花雅之爭」的關鍵，就是戲劇藝術的鬧熱之爭，「花部」之所以戰勝統治劇壇的崑劇，根源在於其表演的鬧熱性更勝一籌。因此，與其說是「花部」超越崑劇，使它

〔註111〕 秦華生、劉文峰主編《清代戲曲發展史》卷下，北京：旅遊出版社，2006 年版，第 535 頁。

〔註112〕 廖奔、劉彥君《中國戲曲發展史》第四卷，太原：山西教育出版社，2003 年版，第 108 頁。

「很容易地吸引了下層觀眾的注意力」，不如說是因爲「花部」鬧熱的表演，吸引了更多觀眾的注意，這才是其超越崑劇藝術的優長。因此，本文不從傳統的正反兩面切入，而從側面觀之，發現「花雅之爭」的側影乃傳統戲劇的鬧熱之爭。

（一）「雅部」與「花部」

清代中期，隨著傳統戲劇文學時代的結束，以藝人表演爲中心的戲曲時代開啓，而崑劇在經歷了康乾之際的舞臺閃耀之後，逐漸走向衰微。同時在「雅部」崑山腔之外，又有諸多「花部」地方聲腔崛起，逐漸形成了諸多地方劇種，最終構成了「花」「雅」對峙之勢。

「雅部」一般指崑山腔，即崑曲之劇，後又包含崑弋腔〔註113〕。「雅部」崑劇並非全是「雅」，其中雅俗並存，只不過整體來看，崑劇是高雅的藝術。而其「高雅」是有一個發展過程的，且表現在諸多方面，歸納來說：一是藝術化之「雅」；二是官方化之「高」。路應昆先生《崑劇之「雅」與「花雅之爭」另議》將崑劇之「雅」視作一個逐漸形成和演變的過程，稱之爲「趨雅」，有兩方面表現：其一，曲辭方面，表現爲「崑劇的劇本文學之『雅』」；其二，唱腔方面，「是以優雅細膩的『水磨腔』作爲正宗的唱法」〔註114〕。此二者，均體現了文人的藝術情趣和審美標準。而「崑劇『趨雅』的進程，實際上是文人越來越深地介入崑劇創作，他們的美學追求越來越大地制約崑劇的藝術方向的過程。」〔註115〕因此，藝術化之「雅」，亦爲文人的藝術化、文人之「雅」。另外，崑劇的官方化則是指崑劇進入宮廷，並得到統治者的認可。陸萼庭先生《崑劇演出史稿》云：「萬曆時，宮廷演戲有崑腔，並稱之爲『外戲』」〔註116〕。《萬曆野獲編‧補遺》卷一「禁中演戲」條載：「至今上始設諸劇於玉熙宮，以習外戲，如弋陽、海鹽、崑山諸家俱有之，其人員以三百爲率。不復屬鐘鼓司，頗採聽外間風聞，以供科諢」〔註117〕。而《群音類選》則將崑腔

〔註113〕參見秦華生、劉文峰主編《清代戲曲發展史》卷下，北京：旅遊出版社，2006年版，第535頁。

〔註114〕路應昆《崑劇之「雅」與「花雅之爭」另議》，《東南大學學報》（哲學社會科學版）2009年第4期，第93頁。

〔註115〕路應昆《崑劇之「雅」與「花雅之爭」另議》，《東南大學學報》（哲學社會科學版）2009年第4期，第94頁。

〔註116〕陸萼庭《崑劇演出史稿》，上海：上海教育出版社，2006年版，第33頁。

〔註117〕〔明〕沈德符《萬曆野獲編》，北京：中華書局，1959年版，下冊，第798頁。

稱爲「官腔」〔註118〕。可見，至遲在明代萬曆時期，崑腔已經成爲了宮廷演劇的重要組成部分。到清代，崑劇日益鞏固了其官方化地位。康熙皇帝對崑劇十分鍾愛，其諭旨對崑腔讚譽有加：「崑山腔，當勉聲依詠，律和聲察，板眼明出，調分南北，宮商不相混亂，絲竹與曲律相合而爲一家，手足與舉止睛轉而成自然，可稱梨園之美何如也。」〔註119〕因此，「雅部」之「高雅」，乃崑腔、崑劇之文人藝術化與官方化作用的結果。

「花部」一詞，最早見於清乾隆五十年（1785）成書的《燕蘭小譜》，其「例言」云：

> 元時院本，凡旦色之塗抹、科諢、取妍者爲花，不傅粉而工歌唱者爲正，即唐雅樂部之意也。今以弋腔、梆子等曰花部，崑腔曰雅部，使彼此擅長，各不相互掩。〔註120〕

這裡是從旦色的扮演情況來分類的，可知「花部」是與「雅部」相對的一類，主要有弋陽腔、梆子腔等。在此，「花部」之「花」則具體指地方劇種的表演之「花」，是花哨、花樣翻新之意。

《揚州畫舫錄》則將「花部」統稱爲「亂彈」，其所列聲腔更爲豐富：

> 兩淮鹽務例蓄花雅兩部以備大戲。雅部即崑山腔。花部爲京腔、秦腔、弋陽腔、梆子腔、羅羅腔、二簧調。統謂之亂彈。〔註121〕

可見，「花部」是指除了崑山腔之外的其他諸腔，可謂其陣容強大。此外，還應注意的是，兩淮鹽務是按照慣例準備大戲，「花」「雅」二部均在其列，可知統治者並未對「花部」有歧視態度。因此，「花部」之「花」乃花式繁多之意，「花」「雅」之分，也未有藝術的高下之別，只是音樂聲腔、表演風格，以及欣賞口味的不同而已。

此外，雅俗之辨，又是中國傳統美學的重要問題。中國傳統文化中，「雅」與「俗」是相對的，因此「花部」之「花」亦有「俗」之內涵。「俗」原本是

〔註118〕按，《群音類選》將所收劇本分爲四類：官腔（崑腔）、諸腔、北腔、清腔。參見〔明〕胡文煥《群音類選》，北京：中華書局，1980 年版，前言，第 3 頁。

〔註119〕故宮博物院掌故部編《掌故叢編》，聖祖諭旨二，北京：中華書局，1990 年版，第 51 頁。

〔註120〕〔清〕吳長元《燕蘭小譜》，載張次溪編纂《清代燕都梨園史料》，北京：中國戲劇出版社，1988 年版，上冊，第 6 頁。

〔註121〕〔清〕李斗撰、汪北平、涂雨公點校《揚州畫舫錄》卷五，北京：中華書局，1960 年版，第 107 頁。

中性詞，然與「雅」相對，則產生了性質的變化。如從「不雅曰俗」來看，則「俗」是非「和雅」、非「古雅」、非「文雅」、非「雅正」的。那麼，「俗」便是風俗、俚俗、世俗，甚至是鄙俗、庸俗、惡俗。個中緣由，皆因人欲而起，「『欲』，是『俗』的根本特徵，或者說是『俗』的劣根性」〔註122〕。因此，「雅」「俗」在通常情況下是對立的，在藝術上則體現爲「陽春白雪」與「下里巴人」的對弈。

余英時先生認爲：「儒家基本上是主張文化統一的，即以禮樂的大傳統來化民成俗。這個教化的過程是以漸不以劇的」，「一是由禮樂教化而移風易俗，一是根據『天聽自我民聽，天視自我民視』的立論來限制大一統時代的皇權」〔註123〕。由此觀之，雅俗之辨也正是大、小傳統之辨——「雅」即大傳統，「俗」爲小傳統，二者並非完全對立。事實上，「雅」「俗」是可以相互轉化、相互對流的。

首先，「俗」可上升爲「雅」。余英時先生《士與中國文化》云：

> 由於中國古代中國的大、小傳統是一種雙行道的關係，因此大傳統一方面固然超越了小傳統，另一方面則又包括了小傳統。周代《詩經》和兩漢樂府中的詩歌都保存了大量的民間作品，但這些作品之所以成爲經典，其一部分的原因則在於他們已經經過上層文士的藝術加工或「雅化」。這是中國大傳統由小傳統中提煉而成的一種最具體的說明。〔註124〕

而崑山腔的興起，崑劇最終成爲統治劇壇的「國劇」，也是文士對聲腔改良、對文本雕琢的結果。此爲由「俗」到「雅」的上升過程。

其次，「雅」可變化爲「俗」。雅文化不是大眾文化，而是一種精英文化。作爲精英文化的擁有者——文士階層，一旦因富貴奢靡的享樂物欲佔據了理性的位置，那麼雅文化必然會降格和衰變，並下降至流俗之域。此時的「雅」便讓出了位置，而化爲「俗」了。這也體現出「欲」是「俗」的根本特徵。

由上可知，「雅」「俗」的轉化、對流，並非爲大眾所導致，而是由士人

〔註122〕張曼華《中國畫論中的雅俗觀研究》，南京藝術學院 2005 年博士學位論文，第 6 頁。
〔註123〕余英時《士與中國文化》，上海：上海人民出版社，1987 年版，第 122 頁。
〔註124〕余英時《士與中國文化》，上海：上海人民出版社，1987 年版，第 122～123 頁。

階層掌握和完成的。士人階層在文化的「雅」「俗」溝通方面起著重要作用，成為聯結上層統治階級與下層黎民百姓的中堅力量，這正反映出中國傳統知識分子的歷史使命。

　　當然，崑劇的雅俗異勢也是藝術發展的規律使然。18 世紀前後，一方面崑劇演出大多「浮」於都市、上流社會，被文人雅士把玩，與「花部」亂彈形成雅俗對峙；另一方面，也有部分崑劇演出「沉」於民間，重新恢復了大眾文藝身份，被稱為「草崑」。「草崑」之俗，即崑劇發展自身的救贖。這些在民間潛流湧動著的崑曲支流有：永崑（永嘉崑曲，又名溫州崑曲）、金崑（金華崑曲）、甬崑（寧波崑曲）、湘崑（原稱桂陽崑曲，近稱郴州崑曲）、川崑、北崑、晉崑等。這些「都是主流崑曲放下『架子』走向各地、與這些地方原有的文藝形式攜手、融合的結晶，是崑曲接受地方化改造後誕生的新品種。」〔註 125〕可見，崑亂之爭是藝術的「浮沉」，而非簡單地興衰、盛敗。

　　總之，「雅俗異勢」並非絕對地對立與對峙，中國傳統文化的「雅」與「俗」是相反相成的。當初崑山腔從吳地走向全國，就是以通俗性的風靡之勢，逐漸佔據了劇壇的統治地位，這是由俗到雅的進化過程。而「花雅之爭」中崑劇的遭遇，恰似當初被自己所取代了的北雜劇，只不過「花部」顯得更為強悍，大有席捲劇壇之勢。這種類似馬克思主義哲學所談及的新事物代替舊事物之必然規律，正是藝術的「回返」現象。從戲文、北雜劇到崑劇，再由崑劇到地方戲，聲腔劇種的變遷，可謂是「你方唱罷我登場」，展現了傳統戲劇藝術在「回返」中不斷地成長和發展。而這一過程則始終是在傳統戲劇鬧熱性的起伏推動與「雅──俗」嬗變中得以實現的。

（二）「花部」之鬧熱

　　清代中葉，傳統戲劇發展至又一高峰，不僅聲腔迭出，並多腔聯演，而且不論宮廷、民間，戲劇演出均甚為鬧熱。

　　宮廷戲劇演出的鬧熱特點是場面宏大、人員眾多。當時主要演出一些內廷大戲，如《升平寶筏》《勸善金科》《鼎峙春秋》《忠義璇圖》等。這些大戲對於砌末、舞臺、演員等要求也十分高，演出呈現了十分宏大的場面，並營造出鬧熱的氛圍。趙翼《簷曝雜記·大戲》載：

<hr>

〔註125〕翁敏華《幽蘭草根》，未出版。

內府戲班，子弟最多，袍笏甲冑及諸裝具，皆世所未有，余嘗
於熱河行宮見之。……中秋前二日爲萬壽聖節，是以月之六日即演
大戲，至十五日止。所演戲，率用《西遊記》、《封神傳》等小說中
神仙鬼怪之類，取其荒幻不經，無所觸忌，且可憑空點綴，排引多
人，離奇變詭作大觀也。戲臺闊九筵，凡三層。所扮妖魅，有自上
而下者，自下突出者，甚至兩廂樓亦作化人居，而跨駝舞馬，則庭
中亦滿焉。有時神鬼畢集，面具千百，無一相肖者。……至唐玄奘
僧雷音寺取經之日，如來上殿，迦葉、羅漢、辟支、聲聞，高下分
九層，列坐幾千人，而臺仍綽有餘地。〔註126〕

又周貽白先生《中國戲劇史講座》第九講「清代內廷演劇與北京劇壇的
嬗變」云：「當時內廷演戲，基本上只有兩種聲調，一爲崑山腔，一爲弋陽腔。
凡生旦排場，則用崑山腔，其熱鬧排場如戰爭撲鬥或多人上場等劇情，則用
弋陽腔。事實上已經兩腔並行，相互參用。」〔註127〕可見，當時即便是內廷
「雅部」演出，崑腔的鬧熱性也遜於弋陽腔了。而在民間，超乎崑腔鬧熱程
度之上的「亂彈花部」更數不勝數。因此，「花雅之爭」所爭奪的是演出陣地，
是以鬧熱成分的多寡爲標準的。

由於崑劇逐漸規整與雅化，其鬧熱性呈現不足，出新出奇不夠，故難以
調動一般觀眾的觀劇熱情。反之，「花部」諸腔以新、奇爲特點，在演出中又
均以鬧熱見長，因此吸引了當時的大部分觀眾。「花」「雅」本無優劣之分，
其所「爭」之域，旨在表演層面。周貽白先生對這一變化過程有較細緻之分
析：

「崑曲」的復興，已非文詞及聲腔之力，劇本中的關目，舞臺
上的排場，實爲主要關鍵，而關目可以沿襲，排場可以模仿，諸如
表情、動作、衣裝、砌末，都是有目共見的東西，不但可以沿襲模
仿，而且可以根據這一基礎再加發展。花部諸腔，以「崑曲」視之，
不過因其音調粗俗，詞句鄙俚，而表演故事，卻具有一定的內容，
有了內容，其形式上之臻進便無從限制。除了文詞和聲腔，凡「崑
曲」的一切，它們都可充分地利用，從而更進一步地有所增長。於
是，不可一世的「崑曲」，所剩下的便只有文詞和聲腔了。

〔註126〕〔清〕趙翼《簷曝雜記》卷一，北京：中華書局，1982年版，第11頁。
〔註127〕周貽白《中國戲劇史講座》，北京：中國戲劇出版社，1958年版，第203頁。

　　……因爲劇種增多，觀眾的範圍便愈加廣大，「崑曲」既不能滿
足一般觀眾的視聽，便各就地域循著這項表演形式自創新腔。牧歌
樵唱，野調山聲，只揀他們自己聽得懂的來取用，久而久之，遂形
成各種各式的地方戲劇，直接間接予「崑曲」以威脅，遇著一個機
會把它們徵集一處，於是便蔚成所謂「亂彈」的「花部」。〔註128〕

由此可見，「花部」諸腔超越崑劇的只是外在的表演形式，文詞與聲腔仍以崑
劇爲佳，然普通觀眾求新獵奇的觀劇心理則使「花部」演出日益紅火起來。
打一個不太恰當的比方，清代「花部」，在表演上就像通俗的「肥皂劇」，在
音樂上則如流行歌曲。因此，作爲大眾文化，其娛樂性更強、鬧熱性更盛，
所擁有的受眾群亦最廣。加之，大眾文化的趨同心理作用，大家又以「花部」
爲時髦，故其日益壯大，也就不足爲奇了。

　　乾隆九年（1744），徐孝常爲張堅《夢中緣》傳奇作序，云：

　　　　長安梨園稱盛，管絃相應，遠近不絕。子弟裝飾，備極靡麗。
　　臺榭輝煌，觀者疊股倚肩，飲食若吸鯨填壑。而所好惟秦聲囉弋，
　　厭聽吳騷，聞歌崑曲，輒哄然散去。〔註129〕

這裡的「長安」指北京；「秦聲囉弋」則是秦腔爲代表的梆子腔、羅羅腔與弋
陽腔等「花部」諸腔。觀眾喜愛「花部」的程度從觀劇的熱度中即可看出—
—「觀者疊股倚肩，飲食若吸鯨填壑」。舞臺上下，可謂熱鬧非凡。

　　不僅普通百姓被「花部」的鬧熱所吸引，就連一些文人士大夫也開始逐
漸喜歡上了這「淫哇鄙謔之詞」。清代文人許道承爲《綴白裘》第十一集作序，
道：

　　　　且夫戲也者，戲也，固言乎其非眞也。而世之好爲崑腔者，率
　　以搬演故實爲事，其間忠臣孝子，義夫節婦，奸讒佞惡，悲歡欣戚，
　　無一不備。然設或遇亂頭粗服之太甚，豺聲蠡目之巨測，過目遇之，
　　輒令人作數日惡。無他，以古人之陳跡，觸一己之塊壘，雖明知是
　　昔人云「吹縐一池春水」，於卿何事，而憤懟交迫，亦有不自持者焉。
　　若夫弋陽梆子秧腔則不然：事不必皆有徵，人不必盡可考。有時以

〔註128〕周貽白《中國戲劇史長編》，上海：上海書店出版社，2004 年版，第 429～430
　　　　頁。

〔註129〕蔡毅編著《中國古典戲曲序跋彙編》卷二十，濟南：齊魯書社，1989 年版，
　　　　冊三，第 1692 頁。

> 鄙俚之俗情，入當場之科白；一上氍毹，即堪捧腹。此殆如東坡相
> 對正襟捉肘，正爾昏昏欲睡，忽得一詼諧訕笑之人，爲我持羯鼓解
> 醒，其快當何如哉！此錢君《綴白裘》外集之刻所不容已也。抑吾
> 更有喻者，《詩》之爲風也，有正有變，史之爲體也；有正有逸，戲
> 亦何獨不然？然則戲之有弋陽梆子秧腔，即謂戲中之變，戲中之逸
> 也，亦無不可。〔註130〕

許道承認爲崑劇所演之故事，僅是文人「借他人之酒杯，澆自己之塊壘」的
抒情之作；而「花部」諸腔，雖是鄙俗俚曲，但故事情節多採用民眾喜聞樂
見之事，表演上顯得十分鬧熱，可謂「場上之曲」。此外，他還將「花雅之爭」
謂爲戲曲的變革時代，亦十分準確。

　　與許道承一樣，焦循也偏愛「花部」諸腔，甚至爲其專作《花部農譚》
一書。他認爲：

> 梨園共尚吳音。「花部」者，其曲文俚質，共稱爲「亂彈」者也，
> 乃余獨好之。蓋吳音繁縟，其曲雖極諧於律，而聽者使未睹本文，
> 無不茫然不知所謂。其《琵琶》、《殺狗》、《邯鄲夢》、《一捧雪》十
> 數本外，多男女猥褻，如《西樓》、《紅梨》之類，殊無足觀。花部
> 原本於元劇，其事多忠、孝、節、義，足以動人；其詞直質，雖婦
> 孺亦能解；其音慷慨，血氣爲之動盪。郭外各村，於二、八月間，
> 遞相演唱，農叟、漁父，聚以爲歡，由來久矣。〔註131〕

焦循謂崑腔不如亂彈，原因在於「吳音繁縟」，普通百姓能夠聽懂者甚少；而
且故事也多男女之情，沒有元雜劇之忠、孝、節、義故事的通俗性，故逐漸
被民眾所遠離。而「花部」則通俗易懂，聲腔更爲粗獷激昂，鬧熱得很，因
能使觀者「血氣爲之動盪」。此外，二、八月的春祈秋報，亂彈加入其間，更
使「花部」走進生活、深入人心。至此，文人士子也漸覺「花部」之鬧熱精
彩，更加傾心了。

　　乾隆年間，流入京城的各類聲腔，可謂繁多，秦腔是具代表性的一支。《秦
腔史稿》從秦腔角度切入「花雅之爭」這段歷史，將這一過程分爲三個階段，
其中第二階段爲康熙中葉至乾隆末年，「秦腔鬥倒了崑曲和京腔，曾一度在京

〔註130〕蔡毅編著《中國古典戲曲序跋彙編》卷四，濟南：齊魯書社，1989年版，冊
　　　　一，第475～476頁。
〔註131〕〔清〕焦循《花部農譚》，載中國戲曲研究院編《中國古典戲曲論著集成》（八），
　　　　北京：中國戲劇出版社，1959年版，第225頁。

師取得劇壇盟主的地位」〔註132〕。這裡雖然用「鬥倒」一詞，略顯誇張，但當時秦腔在京城名噪一時，也堪稱劇壇神話。創造這一傳奇的，便是秦腔藝人魏長生。《燕蘭小譜》卷三云：

> 魏三，名長生，字婉卿，四川金堂人。伶中子都也。昔在雙慶部，以《滾樓》一齣奔走，豪兒士大夫亦爲心碎。其他雜劇子胥無非科諢、誨淫之狀，使京腔舊本置之高閣。一時歌樓，觀者如堵。而六大班幾無人過問，或至散去。〔註133〕

魏長生的表演精彩絕倫，贏得了京城觀眾的讚譽，就連文人士子也都被他的表演所吸引，焦循也算魏三的戲迷了。《花部農譚》載：

> 自西蜀魏三兒倡爲淫哇鄙諺之詞，市井中如樊八，郝天秀之輩，轉相效法，染及鄉隅。近年漸反於舊。余特喜之，每攜老婦、幼孫，乘駕小舟，沿湖觀閱。天既炎暑，田事餘閒，群坐柳陰豆棚之下，侈譚故事，多不出花部所演，余因略爲解說，莫不鼓掌解頤。〔註134〕

又《燕蘭小譜》卷五云：

> 京旦之裝小腳者，昔不過數齣，舉止每多瑟縮，自魏三擅名之後，無不以小腳登場，足挑目動，在在關情。且聞其媚人之狀，若晉侯之夢與楚子搏焉。〔註135〕

可知，魏長生不僅表演甚佳，而且表演技藝精益求精，令觀者對其所演，傾心不已。根據《夢華瑣簿》載，魏長生還在裝扮和程式方面下足了工夫，有一定的創新：

> 俗呼旦腳曰「包頭」。蓋昔年俱戴網子，故曰「包頭」。今則俱梳水頭，與婦人無異，乃猶襲「包頭」之名，觚不觚矣。聞老輩言：歌樓梳水頭、踹高蹺二事，皆魏三作俑，前此無之，故一登場，觀者歎爲得未曾有，傾倒一時。〔註136〕

〔註132〕焦文彬主編《秦腔史稿》，西安：陝西人民出版社，1987年版，第364～365頁。

〔註133〕〔清〕吳長元《燕蘭小譜》，載張次溪編纂《清代燕都梨園史料》，北京：中國戲劇出版社，1988年版，上冊，第32頁。

〔註134〕〔清〕焦循《花部農譚》，載中國戲曲研究院編《中國古典戲曲論著集成》（八），北京：中國戲劇出版社，1959年版，第225頁。

〔註135〕〔清〕吳長元《燕蘭小譜》，載張次溪編纂《清代燕都梨園史料》，北京：中國戲劇出版社，1988年版，上冊，第46頁。

〔註136〕〔清〕楊懋建《夢華瑣簿》，載張次溪編纂《清代燕都梨園史料》，北京：中國戲劇出版社，1988年版，上冊，第356頁。

可見，**魏長生**鑽研演技，在創新的基礎上，能使表演與眾不同，演出場面更為鬧熱，吸引了眾多戲迷。其後，他在北京遭到禁演，但卻輾轉揚州、蘇州、杭州，亦取得了成功。顛沛流離之後，他晚年又回到北京，仍堅持演出，且技藝依舊精湛。《日下看花記》卷四云：「長生……其志愈高，其心愈苦；其自律愈嚴，其愛名之念愈篤。故聲容如舊，風韻彌佳，演武技氣力十倍。」〔註137〕如此，魏長生博得了民眾之喜愛，並將秦腔帶至一定的高度，並在「花部」中佔有重要地位。

「花部」中除了秦腔之外，還有諸多聲腔劇種均是如此。如乾隆年間四大徽班（四喜、三慶、春臺、和春）進京演出，都是各懷絕技，各具特點的，《夢華瑣簿》載：

> 四徽班各擅勝場。四喜曰「曲子」。先輩風流，餼羊尚存，不為淫哇，春牘應雅。世有周郎，能無三顧？古稱清歌妙舞，又曰「絲不如竹，竹不如肉。」為其漸近自然，故至今堂會終無以易之也。三慶曰「軸子」。每日撤簾以後，公中人各奏爾能，所演皆新排近事。連日接演，博人叫好，全在乎此。所謂巴人下里，舉國和之，未能免俗，聊復爾爾。樂樂其所自生，亦烏可少？和春曰「把子」。每日亭午，必演《三國》《水滸》諸小說，名「中軸子」。工技擊者，各出其技。病癲丈人承蜩弄丸，公孫大娘舞劍器渾脫，瀏漓頓挫，發揚蹈厲，總幹山立，亦何可一日無此？春臺曰「孩子」。雲裏帝城如錦繡，萬花谷春日遲遲，萬紫千紅，都非凡豔，而春臺，則諸郎之夭夭，少好咸萃焉。奇花初胎，有心人固當以十萬金鈴護惜之。
>
> 〔註138〕

四喜的「曲子」，即四喜班以唱功見長，吸收了崑曲的長處，並以演出崑劇著稱。三慶的「軸子」即三慶班以演出整本大戲見長，尤其是演出連臺本《三國志》，其汲取了清宮大戲《鼎峙春秋》之精華，將精彩的關目聯綴，鬧熱無比；而演員方面，演技精湛，有程長庚、盧勝奎、徐小香、楊月樓、黃潤甫、錢寶峰、何桂山、劉桂信等，可謂陣容強大。和春的「把子」，即和春班以工

〔註137〕〔清〕小鐵笛道人《日下看花記》，載張次溪編纂《清代燕都梨園史料》，北京：中國戲劇出版社，1988年版，上冊，第104頁。

〔註138〕〔清〕楊懋建《夢華瑣簿》，載張次溪編纂《清代燕都梨園史料》，北京：中國戲劇出版社，1988年版，上冊，第352頁。

夫戲見長，擅演武戲，以此鬧場，贏得觀眾——「市井小夫乃樂觀之」。春臺的「孩子」，即春臺班以童伶出色。〔註139〕

　　總之，「花部」諸腔在「花雅之爭」的大潮中搏擊，再次將傳統戲劇推向了另一個頂峰——表演技藝之精湛，劇種聲腔之多元，讓傳統戲劇再次煥發了生機，成為了這一時期劇壇的中流砥柱。路應昆先生認為：「『花雅之爭』，其實崑、亂之間的關係無法用一個『爭』字概括。一個戲班常常崑、亂兼唱，一名藝人常常『崑、亂不擋』，一個劇壇上一直是崑、亂並行……崑、亂二者不僅不是『不共戴天』，反而常常形成互補。」〔註140〕如果「花雅之爭」非要「爭」出個因由、結果，那麼其所「爭」的就是觀眾和市場，就是利用表演的鬧熱（包括唱腔的粗獷激昂、動作的瀟灑利落、場面的鬧熱氛圍等），來達到對於觀眾的吸引和對市場的佔領。其最終結果，正是「花部」的鬧熱超越了「雅部」，並以其精湛的演技，新奇之表演，贏得了最廣大的觀眾，在「花雅之爭」時代留下了濃重的一筆。

（三）鬧熱之禁

　　正所謂「過猶不及」，無論傳統戲劇鬧熱的形式如何，但終究要有個「度」的把握，逾越了「度」的界限，便不屬於傳統戲劇的鬧熱範疇。因此，傳統戲劇的鬧熱性是指傳統戲劇在一定「度」的範圍內的鬧熱體現。

　　那麼這一「度」的要求是什麼呢？從傳統戲劇的興、禁來看，傳統戲劇不能逾越的界限有二：一是不能觸及統治者的政治敏感神經，二是不能使傳統戲劇的娛樂性無限擴大，即不能「娛樂至死」〔註141〕。因此，超越了這兩條界限，統治當局就會以強硬的手段對傳統戲劇進行打壓和禁燬。本文暫且

〔註139〕參見趙山林《中國戲曲傳播接受史》，上海：上海人民出版社，2008 年版，第 404～405 頁。

〔註140〕路應昆《崑劇之「雅」與「花雅之爭」另議》，《東南大學學報》（哲學社會科學版）2009 年第 4 期，第 98 頁。

〔註141〕按，「娛樂至死」，出自美國當代媒體文化研究專家尼爾‧波茲曼的同名著作。他認為：在美國當代，「一切公眾話語都日漸以娛樂的方式出現，並成為一種文化精神。我們的政治、宗教、新聞、體育、教育和商業都心甘情願地成為娛樂的附庸，毫無怨言，甚至無聲無息，其結果是我們成了一個娛樂至死的物種。」筆者在此以「娛樂至死」來表示傳統戲劇中一味追求娛樂，並將其擴大化的行為方式，其結果則直接導致統治當局對傳統戲劇的禁燬。參見〔美〕尼爾‧波茲曼著、章豔譯《娛樂至死》，桂林：廣西師範大學出版社，2004 年版，第 4 頁。

不論清政府出於政治考慮的戲劇禁燬活動，僅從當局的淫戲之禁來看，如此禁燬，實則是對過渡鬧熱的有意限制。

統治當局對淫戲的禁燬由來已久。不論是戲目真「淫」，抑或打著「禁演淫戲」之口號來達到政治目的，其「禁演淫戲」之禁令都大量存在，這是不爭之事實。

清代中晚期，清政府從中央到地方，禁戲之令多以「禁演淫戲」為由。如《乾隆元年五月江西巡撫俞兆岳奏禁演扮淫戲》云：

> 乾隆元年五月，江西巡撫俞兆岳奏，民間斗斛之制宜畫一，禁演扮淫戲以厚風俗。上諭曰：……先王因人情面制禮，未有拂人情以發令者。忠孝節義，固足以興發人之善心，而媟褻之詞，亦足以動人心之公憤，此鄭、衛之風，夫子所以存而不刪也。若能不行抑勒，而令人皆喜忠孝節義之戲，而不觀淫穢之出，此亦移風易俗之一端也。汝試姑行之。〔註142〕

淫戲，超越了情色之「度」，公開演出，勢必有礙觀瞻，影響風俗，故禁止呼聲不減。《禁串客淫戲告示》云：「串戲一項，本係遊閒無恥之徒，專細淫褻詞調，扮演男女私情，當街搭臺，備極醜態，以致男女聚觀，乘機誘惑，敗壞風化，莫此為甚。」〔註143〕淫戲是否可以直接誘惑觀劇者，導致社會敗壞，無法量化，應需考量世風日下的根源和多元的因素。不過淫戲的大量出現，的確說明了在體現男女之情的戲劇演出中，採用了較為極端的表現手法，使得表演淫穢不堪，在這一時期則確有其實。從鬧熱性角度觀之，此為傳統戲劇鬧熱之僭度，當不足取。

清代中晚期，淫戲可謂屢禁不止，故禁令亦不止。以上海為例，《申報》自1872年創辦以來，就有諸多戲劇禁演的新聞、告示、評論等，其中淫戲之禁演數量最多。在此筆者引用一表格，可直觀看出清代中晚期上海戲劇禁演的相關情形。

〔註142〕王利器輯錄《元明清三代禁燬小說戲曲史料》（增訂本），上海：上海古籍出版社，1981年版，第40～41頁。按，原載《大清高宗純皇帝聖訓》卷二百六十一，「厚風俗」（一）；又見《大清高宗純皇帝實錄》卷十九，乾隆元年丙辰五月。

〔註143〕王利器輯錄《元明清三代禁燬小說戲曲史料》（增訂本），上海：上海古籍出版社，1981年版，第137～138頁。按，原載〔清〕余治《得一錄》卷十一之二。

表 5-5　《申報》（1872～1911 年）禁戲內容一覽表 〔註 144〕

序號	時間	劇目	備註
1	1872 年 7 月 2 日（同治十一年）	《倭袍傳》、《雙珠鳳》、《借茶》、《裁衣》、《齋飯》諸劇	標題：勸誡點演淫戲說
2	1872 年 7 月 2 日（同治十一年）	《晉陽宮》、《打櫻桃》、《廟會》、《瞎子捉姦》諸劇	標題：勸誡點演淫戲說
3	1874 年 1 月 7 日（同治十三年）	《淤泥河》、《換妻》、《大紅袍》、《賣胭脂》	標題：各戲園戲目告白
4	1874 年 1 月 10 日（同治十三年）	《挑簾裁衣》、《茶坊比武》、《來唱》、《下山》、《倭袍》、《齋飯》	標題：道憲查禁淫戲
5	1874 年 1 月 10 日（同治十三年）	《翠屏山》、《海潮珠》、《晉陽宮》、《梵王宮》、《關王廟》、《賣胭脂》、《巧姻緣》、《賣徽面》、《瞎子捉姦》、《雙釘記》、《雙搖會》、《截尼姑》	標題：道憲查禁淫戲
6	1877 年 6 月 2 日（光緒三年）	近年新出之《五福堂》一齣蓋舊傳《洞賓三戲白牡丹》、《目成》以至《避劫》諸出，《來唱》	標題：荒誕戲宜禁
7	1879 年 10 月 1 日（光緒五年）	《賣胭脂》、《送灰面》等齣	標題：淫戲不可不禁說
8	1879 年 10 月 16 日（光緒五年）	《西廂》之《酬簡》、《牡丹亭》之《驚夢》散出，京徽舊調、梆子新腔如《翠屏山》、《雙釘記》、《巧姻緣》、《賣胭脂》等	標題：淫戲不可不禁論
9	1880 年 5 月 31 日（光緒六年）	如《雙望郎》、《拔蘭花》等齣	標題：復演花鼓戲
10	1885 年 12 月（光緒十一年）	《月英偷情》（即《賣胭脂》）、《廟中會》（即《關王廟》）、《殺嫂上山》（即《翠屏山》）、《天緣巧配》（即《巧姻緣》）、《第一報》（即《殺子報》，又名《油壇記》、《仍還報》、《冤還報》、《孽緣報》、《善惡報》）、《瞎子算命》、《送灰面》、《打齋飯》、《百花》、《珍珠衫》、《雙沙河》、《殺皮》（即《萬安情》）、《贈劍投江》、《巧洞房》、《崔子殺妻》、《青紗帳》、《錯殺奸》、《榮歸祭祖》（即《小上墳》）、《月中情》、《金鐲記》	施禁方式：上海租界會審官頒佈嚴禁「淫戲」告示

〔註 144〕按，此表參照《中國古代禁燬戲劇史論》之《〈申報〉（1872～1911）近四十年禁戲目表》，有改動。參見丁淑梅《中國古代禁燬戲劇史論》，北京：中國社會科學出版社，2008 年版，第 336～340 頁。

11	1887 年 7 月 16 日（光緒十三年）	《火燒第一樓》、《水火報》等戲	標題：停演新戲
12	1888 年 11 月 20 日（光緒十四年）	《殺子報》、《賣胭脂》二劇、《大鬧天津府》、《大鬧杭州府》	標題：戲評
13	1888 年 12 月 22 日（光緒十四年）	《大鬧天津》、《大鬧杭州》、《大鬧嘉興》諸劇、《萬法掃北》一劇	標題：戲說
14	1890 年 3 月 7 日（光緒十六年）	《殺子報》	標題：論禁淫戲
15	1890 年 6 月 14 日（光緒十六年）	淫戲如《賣胭脂》、《打齋飯》、《唱山歌》、《巧姻緣》、《珍珠衫》、《小上墳》、《打櫻桃》、《看佛牙》、《挑簾裁衣》、《下山》、《倭袍》、《瞎子捉姦》、《送灰面》（即《二不知》）、《殺子報》（即《天齊廟》）、《秦淮河》（即《大嫖院》）、《關王廟》等戲。強梁戲如《八蠟廟》、《趙家樓》、《青楓嶺》、《潯陽山》、《武十回》、《三上弔》、《綠牡丹》、《鴛鴦樓》、《殺嫂》、《刺媳》、《盜甲》、《劫獄》等劇	標題：禁演淫戲告示
16	1902 年 1 月 16 日（光緒二十八年）	《小上墳》（易其名曰《小榮歸》）、寶仙髦兒戲館搬演久經示禁之《殺子報》	標題：誨淫重罰
17	1902 年 1 月 21 日（光緒二十八年）	《賣胭脂》、《打齋飯》、《唱山歌》、《送灰面》、《巧姻緣》、《珍珠衫》、《小上墳》、《打櫻桃》、《看佛牙》、《挑簾裁衣》、《下山》、《倭袍記》、《瞎子捉姦》、《殺子報》（即《天齊廟》）、《秦淮河》（即《大嫖院》）、《關王廟》、《蕩湖船》	標題：示禁淫戲
18	1903 年 1 月 10 日（光緒二十九年）	《賣胭脂》、《打齋飯》、《唱山歌》、《送灰面》、《巧姻緣》、《珍珠衫》、《小上墳》、《打櫻桃》、《看佛牙》、《挑簾裁衣》、《下山》、《倭袍記》、《瞎子捉姦》、《殺子報》（即《天齊廟》）、《秦淮河》（即《大嫖院》）、《關王廟》、《蕩湖船》	標題：英租界示禁淫戲
19	1911 年 11 月 13 日（宣統三年）	《明末遺恨》（《鐵冠圖》之一段）	標題：《明末遺恨》

由上表可知，自 1872 年至 1911 年清政府垮臺，這 40 年間，《申報》刊載禁戲之新聞、評論等共計 19 條。其中涉及禁止淫戲、禁止新戲、禁止荒誕戲、禁止「鬧」字戲等內容，而以禁止淫戲為最，共計 14 條；另則有 2 條涉及「鬧」字戲之禁。可見，政府之禁戲，實為對戲劇鬧熱之禁。

縱觀上表，一些被禁的「淫戲」戲目十分具體，且《賣胭脂》《珍珠衫》

《打齋飯》《巧姻緣》《小上墳》《殺子報》等近二十齣戲，也是屢禁屢行的。
譬如，《賣胭脂》，從 1874 年至 1903 年，近 30 年間在禁令聲中持續演出，其
表演也被冠以「穢態」之名，究竟如何之「穢」？清末小說《九尾龜》第一
百四十七回描寫了天津戲館中《珍珠衫》《賣胭脂》等淫戲的表演情形：

> 只說金觀察邀著大家坐下，先拿過戲目來看時，只見戲目上排
> 著男伶高福安的《金錢豹》，青菊花的《珍珠衫》，小陳長庚的《奇
> 冤報》，又是女伶尹鴻蘭的《空城計》，小菊英的《燒骨記》，馮月娥
> 的《賣胭脂》。原來天津戲館，都是男女合演的，所以生意十分發達，
> 地方官也不去禁他。
>
> ……《金錢豹》演畢，就是青菊花的《珍珠衫》上場。那青菊
> 花穿著一身豔服，婷婷嫋嫋的走到當場，恰生得骨肉停勻，豐神妍
> 麗。……那態度神情，也不像什麼男扮女裝，竟是逼真的一個大家
> 閨秀，出得場來，流波四盼，很有些嬌羞靦腆的神情。……
>
> 一會兒的工夫，小菊英《燒骨記》唱過，就是馮月娥的《賣胭
> 脂》。剛剛出得戲房，就聽得樓上樓下的人齊齊的喝一聲彩，轟然震
> 耳，倒把個章秋谷嚇了一驚。……哪裏知道這個馮月娥，做到買胭
> 脂調戲的一場，竟是真和那小生撚手撚腳兩個人滾作一團，更兼眉
> 目之間隱隱的做出許多蕩態，只聽得樓上樓下一片聲喝起彩來。
>
> 秋谷本來最不喜歡看的就是這些淫戲，如今馮月娥做出這般模
> 樣，不覺渾身的雞皮疙瘩都豎起來，別過了頭不去看他，口中說：「該
> 死該死！怎麼竟做出這個樣兒來？真是一些兒廉恥都不顧的了。」
> 金觀察等看了也說：「形容得太過了些，未免敗壞風俗。」……
>
> 秋谷正和雲蘭說笑，忽然又聽得那些座客齊齊的喝起採來。秋
> 谷連忙看時，只見馮月娥索性把上身的一件紗衫卸了下來，胸前只
> 繫著一個粉霞色西紗抹胸，襯著高高的兩個雞頭，嫩嫩的一雙玉臂，
> 口中咬著一方手帕，歪著個頭，斜著個身體，軟軟的和身倚在那小
> 生的肩上，好似沒有一絲氣力的一般，鬢髮惺忪，髻鬟斜嚲，兩隻
> 星眼半開半合的，那一種淫情蕩態，就是畫都畫不出來。……〔註145〕

小說描寫得十分細緻，《珍珠衫》之豔媚，《賣胭脂》之淫情蕩態，盡顯無疑。

〔註145〕〔清〕張春帆《九尾龜》，北京：崑崙出版社，2001 年版，下冊，第 841～843
頁。

雖然只是文學作品，但我們依舊看得出這些淫戲的鬧熱情狀，也明白了其因何能夠贏得觀眾，又因何被屢次禁演。而小說隨後就寫到，正在臺上演出的馮月娥被當局以鐵鎖套頸，捉拿歸案了。

　　總之，從淫戲的演出被禁，再到屢禁屢演，都可以說明這一時期傳統戲劇演出市場的鬧熱狀況。然同時亦可得知，有些戲目在表演中已經鬧熱過頭了。如果一味誇大傳統戲劇的娛樂作用，最終只能使這一傳統藝術成為娛樂的附庸，導致國人在極端娛樂中墮落。基於此，清政府所發出的種種禁令，也許正是對傳統藝術的一次挽救，這與美國當代媒體文化研究專家尼爾‧波茲曼提出「娛樂至死」之反思，如出一轍。

　　此外，統治者對於「雅部」與「花部」的禁燬，並非是不公平的。相比較而言，由於「花部」留存戲目劇本不多，對其主要是從演出形態來禁止，而崑劇則在文本上遭受到了更大衝擊。張勇鳳從禁戲角度，對「花雅之爭」闡述了新的看法：

> 花部亂彈，鄙陋粗俗，文人輕視，是以定本不多，查禁之時反而使其逃過一劫。而由文人編訂的崑曲劇目則大量存在，其中難免違礙之處，是以所禁甚多。這無疑在「花雅之爭」的大潮中發揮了潛在的重要作用：促進了花部的興盛，抑制了雅部的發展。〔註146〕

因此，如果說清政府禁燬傳統戲劇，目的旨在打壓「花部」、挽救「雅部」的話，那麼實則是給「雅部」幫了倒忙。崑劇一方面失去了文人創作的支持，又被查禁了現有的文本；另一方面隨著亂彈的逐漸強大，在民間又被奪走了原本屬於自己演出陣地，鬧熱性的劣勢漸現，因而只能無奈面對觀眾的流失，進而在這場沒有硝煙的「戰爭」中完敗。

　　總之，作為大眾文藝，傳統戲劇原本就是通過最普遍的鬧熱形式，來展現其藝術魅力的。鬧熱性的起伏消長，僅體現為文學劇本、聲腔、劇種的更迭變換而已，在表演方面鬧熱性則更為穩定。陸萼庭先生《崑劇演出史稿》將崑劇衰落之原因歸結為三點——「『文人』與崑劇的關係日益疏遠，真正的崑劇迷很少見了」；「花部舞臺呈現出豐富多彩、新鮮熱鬧、生動活潑的景象，古老的崑劇相形之下，顯得保守陳舊」；「曲文過於典雅，排場過於冷靜，與

〔註146〕張勇鳳《「花雅之爭」新論——以禁戲為切入點》，《戲曲研究》第 72 輯，第 144 頁。

世紀交替的時代精神不相適應」〔註147〕。筆者以為，其原因可歸納成兩點：一則是文人與崑劇的「分手」；再則是表演的鬧熱性缺失。因此，崑劇作為文學性與藝術性高度結合的產物，其賴以生存的兩大根基在有清一代，一一瓦解，到19世紀末，崑劇藝術已搖搖欲墜了。

綜上所述，鬧熱性是「花雅之爭」的側影，亦是傳統戲劇藝術自身發展規律之使然。這場藝術拼爭的最終結果，是京劇為代表的一大批地方劇種崛起，並使傳統戲劇完成由文本中心到表演中心的轉型，迎來了戲劇繁榮的新時期。

二、地方戲的鬧熱性

地方戲的陸續崛起，既是「花雅之爭」的歷史意義與直接結果，也符合中國幅員遼闊之特點——不同地區由於方言和音樂的特點，加之地域文化的差異，形成具有自己地方特點的傳統戲劇形式，即地方劇種。

在地方劇種中，我們一般又可將其籠統地分為大戲、小戲兩類。曾永義先生《中國地方戲曲形成與發展的徑路》云：

> 所謂「小戲」，就是演員少至三兩個，情節極為簡單，藝術形式尚未脫離鄉土歌舞的戲劇之總稱；反之，則稱為「大戲」，也就是演員足以扮飾各色任務，情節複雜曲折，藝術形式已屬完整的戲劇之總稱。大抵來說，「小戲」是戲劇的雛形，「大戲」是戲劇藝術完成的形式。〔註148〕

一般而言，我們通常所言「兩小、三小」的小生、小旦、小丑的表演，均屬於「小戲」範疇；而「大戲」這一概念，在當前，主要指的是崑劇、京劇，以及一切地方大劇種之總稱。以山西省為例，「大戲」指山西四大梆子劇種——蒲州梆子、中路梆子、北路梆子、上黨梆子；而「小戲」則如晉北的二人臺、羅羅腔、耍孩兒等，晉中的祁太秧歌、鳳臺小戲、孝義碗碗腔等，晉南的洪洞道情、晉南眉戶、夏縣蛤蟆嗡等，晉東南的澤州秧歌、上黨落子、沁源秧歌等。放眼全國，這樣的大、小劇種更是不計其數。然作為傳統戲劇的「枝葉」，它們同樣具有鬧熱性。

〔註147〕陸萼庭《崑劇演出史稿》，上海：上海教育出版社，2006年版，第263～264頁。

〔註148〕曾永義《戲曲源流新論》（增訂本），北京：中華書局，2008年版，第335頁。

　　縱觀傳統地方戲的起源、發展、流佈、影響，及音樂、唱腔、文本、表演等，地方戲的鬧熱性主要表現在四個方面：地方聲腔的形成複雜，流佈範圍廣，覆蓋面寬；音樂方面較崑腔粗獷豪邁，唱腔顯得慷慨高亢；表演方面較爲靈活靈巧，動作程式更爲複雜多變；唱詞道白較崑劇通俗易懂，故事性、文學性不強。筆者以梆子戲爲例，試析地方戲之鬧熱性。

（一）起源複雜，流佈廣泛

　　地方劇種是在地方聲腔流佈過程中，結合了當地的民間音樂和表演形式之後，逐步發展起來的。其起源十分複雜，受到了多方面的影響因素，而在進一步的流佈傳播過程中，又不斷吸收結合當地的戲劇元素，因此具有雜糅的特點，是其鬧熱的來源與表現。

　　梆子戲起源十分複雜，學界亦爭論不休。究其原因，主要是在形成過程中，受到了諸多因素的影響。影響梆子戲形成的主要因素有：

　　1、古老戲劇因素之影響。

　　從遠源看，梆子戲所發生的地區自古就是傳統戲劇繁盛之地，因此梆子戲形成與歷史因素有關，是古老戲劇因素的影響。

　　其一，先秦時代的燕趙悲歌。

　　梆子腔起源於先秦一說，最早見於清代楊靜亭《都門紀略‧詞場門序》，後又有清末穆辰公《伶史》卷一《郭寶臣本紀第六》載秦人傚仿高漸離之歌的傳說〔註149〕。徐慕雲《中國文學史》同《伶史》之記載：

　　　　秦腔俗呼曰梆子，蓋因其以木梆爲樂器而得名者也。其來源極古，有謂係肇始於戰國。維時，秦始皇甫滅六國，囊括天下，乃寄情於聲色。燕有賢士高漸離者，善歌，初因鼓瑟而干始皇，冀乘間行刺，以報燕仇。始皇不察，頗寵遇之。每宴必使高歌，聞者泣下。秦人由是多習其聲。後漸離謀刺不成，始皇憐其忠，不忍殺之，瞽其目，尚使歌，漸離又以鉛實築中，欲擊始皇。始皇知其志終不可奪，乃殺之。秦人慕其行而效其歌，浸成國俗，故秦聲實即燕趙慷慨悲歌之遺響也。特入於秦後，其聲乃益激越。後世之秦腔，實即胚胎於此焉。〔註150〕

〔註149〕焦文彬主編《秦腔史稿》，西安：陝西人民出版社，1987年版，第3～4頁。

〔註150〕徐慕雲撰、躲齋導讀《中國戲劇史》，上海：上海古籍出版社，2001年版，第80～81頁。

當然這可以作為梆子戲形成之遠源，卻不能成為其形成的直接影響因素。只能說，在梆子腔發源的秦地，有著如此的歌唱文化而已。

其二，有唐一代的梨園樂曲。

梆子腔之形成，受到了唐代梨園樂曲的影響。最早提出這一觀點的是清人嚴長明，其《秦雲擷英小譜》從音樂和伴奏樂器的角度，證明今之梆子腔與唐代的淵源關係：

> 演劇昉於唐教坊梨園子弟，……陝西人歌之為秦腔。秦腔自唐、宋、元、明以來，音皆如此，後復間以絃索。……昔唐明皇與太真按樂清元小殿，所用樂器凡七，寧王玉笛，李龜年觱栗而外，上羯鼓，妃子琵琶，馬仙期方響，張野狐箜篌，賀懷智拍板，手操實居其五，可知秦中用以節聲者，唐時已若是。〔註151〕

梆子腔起於秦晉豫交界之黃河三角洲，這裡又是遠古、中古文化最繁盛之地，秦、漢、唐時期的中原之地。漢唐均以長安為都，唐代散樂的發達勢必會影響當地音樂。故這樣的因素不得不考慮，只不過不能成為梆子腔形成的直接影響源罷了。

其三，元代雜劇。

《元雜劇衰落與梆子亂彈興起》一文，梳理了自元代北曲到梆子亂彈聲腔的興起過程，認為：

> 北曲裏常有「犯調」，南曲裏有「集曲」，都是要衝破曲牌固有程式的一種內在變革要求。……可以設想，當著曲牌體要轉向表現為人民群眾所喜聞樂見的內容和形式時，「犯調」也好，「集曲」也好，只能說明它自身有變革的要求，還不能說明它已經找著所變的門路。處在這個內因思變而苦無出路之際，山、陝地帶的「土戲」便在民間說唱音樂的基礎上，以「亂彈」之名，躍然而起。它繼承了北曲可用部分……加上梆子，不僅擊節，又要製造激烈氣氛，……這些都是「亂彈」梆子腔對北曲的繼承和發展。並且愈往後發展，愈有北曲遺風。……我們認為「亂彈」是破北曲而發展起來的一種新的聲腔。〔註152〕

〔註151〕〔清〕嚴長明《秦雲擷英小譜》，載陝西省藝術研究所編《秦腔研究論著選》，西安：陝西人民出版社，1983年版，第172～173頁。

〔註152〕趙乙、張峰、潘堯黃、王庚吉《元雜劇與梆子腔亂彈興起》，載《梆子聲腔劇種學術討論會文集》，太原：山西人民出版社，1984年版，第262～263頁。

　　雖然，我們不能確定地認爲，梆子腔直接承繼了元代北曲雜劇之遺存而興起，但卻可以斷言，其無疑會受到北雜劇的影響。在梆子腔興起與流行的山西省，金元時期都是傳統戲劇的繁盛之地。不論是如今發掘出的戲劇磚雕、戲臺、壁畫遺存，還是文獻所記載的史實，都足以證明，這裡戲劇文化十分豐厚。而且，在元代前期，雜劇的勃興時期，出自山西的雜劇作家有 7 人，其中平陽（今臨汾）是當時的雜劇中心之一〔註153〕。因此，可以說後世梆子腔的興起受到了元雜劇的影響，只不過這樣的影響亦非其興起的直接緣由。

　　2、民間戲劇因素之影響。

　　民間戲劇因素之影響是梆子腔得以形成和發展的直接原因，梆子腔正是在這樣的影響下，不斷汲取營養，迅速崛起，成爲「花部」的中堅力量。

　　其一，弋陽腔的衍化。

　　清人劉廷璣《在園雜誌》，提出梆子腔及諸花部聲腔，均自弋陽腔衍化而來。可見，其將弋陽腔視爲梆子腔形成的直接來源：

　　　　近今且變弋陽腔爲四平腔、京腔、衛腔，甚且等而下之，爲梆
　　　子腔、亂彈腔、巫娘腔、瑣哪腔、羅羅腔矣。愈趨愈卑，新奇迭出，
　　　終以崑腔爲正音。〔註154〕

弋陽腔之流佈，對於梆子腔形成有直接作用，但是否完全來自弋陽腔，尚不能決斷。然花部諸腔「愈趨愈卑，新奇迭出」，可知，梆子腔等雖不被視作「正音」，卻因其「新奇迭出」，鬧熱非凡，而逐漸被大眾接受和喜愛。

　　其二，西秦腔的發展。

　　流沙《西秦腔與秦腔考》認爲：「秦腔，原來就是西秦腔在陝西的發展，後因增加了擊梆爲板，故俗名『梆子腔』」，「從西秦腔到秦腔的形成，主要是由於吹腔的不斷變化所致。這種曲調本身就是過渡形態的東西。由吹腔再生出二犯，產生了西秦腔，而西秦腔中的吹腔繁衍出多種板式，這就產生了秦腔（梆子）和亂彈腔。」〔註155〕而《秦腔史稿》則認爲秦腔就是西秦腔：「秦

〔註153〕參見廖奔、劉彥君《中國戲曲發展史》第二卷，太原：山西教育出版社，2003年版，第 35～39 頁。

〔註154〕〔清〕劉廷璣撰、張守謙點校《在園雜誌》，北京：中華書局，2005 年版，第 89～90 頁。

〔註155〕流沙《西秦腔與秦腔考》，載《梆子聲腔劇種學術討論會文集》，太原：山西人民出版社，1984 年版，第 27、33 頁。

腔又叫西曲、西調、西腔或西班腔、西秦腔。」〔註156〕

玉霜簃藏明萬曆鈔本《鈅中蓮》第十四齣《補缸》，有「西秦腔二犯」曲牌（貼扮王大娘，淨扮顧老兒），其中的鬧熱情形，從文本中可窺見一二：

（貼）【西秦腔二犯】雪上加霜見一斑，重圓鏡碎料難難，順風追趕無耽擱，不斬樓蘭誓不還。

（急下）（淨上）

生意今朝雖誤過，貪風貪月有依攀；方才許我□鸞鳳，未識何如築將壇。欲火如焚難靜候，回家五□要相煩；終須莫止望梅渴，一日如同過九灘。

（貼上）呔！快快陪我缸來！（淨）乾娘！

說定不賠承美意，一言既出重丘山；因何死灰重燃後，後悔突然說沸翻？

（貼）胡說！誰說不要你賠？快快賠我缸來，萬事休論。（淨）我是窮人無力量，任憑責罰不相干。

（貼）當眞？（淨）當眞。（貼）果然？（淨）果然。（貼）罷！奴家手段神通大，賭個掌兒試試看。

變！（下）（場上作放煙火介，小旦扮殷氏僵屍上）你賠也不賠？（淨）阿呀不好了！鬼來了！

惡狀猙獰眞屬鬼，將何驅逐保平安！（小旦）若然一氣拴連定，難免今朝□用蠻。（淨）怕火燒眉圖眼下，（走嚇！）快些逃出鬼門關。

（下）（小旦）怕你逃到那裡去！

勢同騎虎重追往，迅步如飛頃刻間。

（下）〔註157〕

其三，鑼鼓雜戲的後裔。

鑼鼓雜戲，又稱「鐃鼓雜戲」，現今仍然流傳於晉南一帶，最早以酬神活動面世。劉鑒三《蒲劇源流簡介》云：

宋、金間的「鐃鼓雜戲」，即係晉南的民間產物。它的劇目以「關

〔註156〕焦文彬主編《秦腔史稿》，西安：陝西人民出版社，1987年版，第16頁。
〔註157〕孟繁樹、周傳家編校《明清戲曲珍本輯選》，北京：中國戲劇出版社，1985年版，上冊，第66～67頁。

大王大破蚩尤怪」開其端。迄今晉南安邑、夏縣、臨猗等縣民間於
春節時還很流行。……我們說「蒲州梆子」這一古典的民族藝術，
即在宋、金間的「鐃鼓雜劇」中懷其胚胎，而通過我國戲劇發展的
道路而演變下來。〔註158〕

其四，民間說唱與民俗生活的影響。

墨遺萍先生將蒲劇的發源歸結為民間說唱、俗曲，以及其他劇種的影響。
其《蒲劇小史》云：

> 明成祖時，將山陝之民不附其篡位者從集蒲州等地，編為「山
> 西樂戶」，稱賤民，習賤業，世世子孫不得與良民齊齒。他們於沿街
> 歌唱敲梆乞食之際，摘舊曲（元曲遺散）、拾俚調、採悟聲（道曲中
> 之七言、十言）、參野嘯（河曲野嘯之棹歌），重敲梆以節拍，亂彈
> 弦以和聲，漸次獻身於舞臺，遂以梆子腔頂替了元曲活動的地位而
> 自成一家。〔註159〕

張庚、郭漢城先生《中國戲曲通史》亦有相似之說：

> 山陝梆子腔來源於山陝地區的民歌和說唱，先演變為民間小
> 戲，後來又在民間小戲的基礎上，接受了古老劇種的藝術成就，逐
> 步發展稱為大型戲曲。〔註160〕

臺灣學者曾永義先生持相同看法，他認為梆子腔有兩個源頭，除了宋元的鐃
鼓雜劇之外，還有「民間曲調」〔註161〕。

事實上，山西晉南地區自古就是一個民俗生活十分豐富的地區——賽社
演劇活動發達。如翼城縣曹公村四聖宮，明嘉靖三十八年（1559）《西閣曹公
里重修堯舜禹湯之廟記》碑文云：

> ……清明取水，半途邀盤，先日送□□，次日迎神。音樂為之
> 喧嘩，神馬為之縱橫，旗綵為之飛揚。帶枷執扇、拖鐵索者，各隨
> 所願，而盡乃心。繼而底（抵）廟大賽三日，樂人動至百口，神筵

〔註158〕 劉鑒三《蒲劇源流簡介》，載段連海等整理記錄《蒲劇音樂》，太原：山西人
民出版社，1955年版，第561頁。
〔註159〕 轉引自秦華生、劉文峰主編《清代戲曲發展史》卷下，北京：旅遊出版社，
2006年版，第559頁。原載《蒲劇十年》，山西晉南劇協編印，1959年版。
〔註160〕 張庚、郭漢城《中國戲曲通史》，北京：中國戲劇出版社，1992年版，第892
頁。
〔註161〕 曾永義《戲曲源流新論》（增訂本），北京：中華書局，2008年版，第375頁。

□輸以三甲。〔註162〕

由此可見，迎神演劇，不但影響著地方戲的形成和發展，同樣也將鬧熱性遺傳下去。故地方劇種的鬧熱性更爲明顯。

　　總之，以梆子腔、戲爲代表的地方聲腔、劇種，其形成的影響因素十分複雜，同時也影響了其鬧熱性之「雜」。而梆子聲腔的傳播，不僅將音樂、聲腔傳佈開來，更繁複了鬧熱性之「雜」。

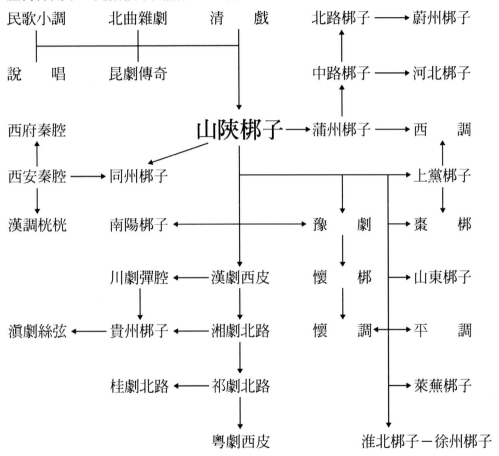

圖 5-5　梆子聲腔劇種源流示意圖

（錄自《清代戲曲發展史》）

由上圖可知，梆子腔傳播範圍甚廣，覆蓋面亦寬。梆子腔在山陝豫黃河

〔註162〕馮俊傑等編著《山西戲曲碑刻輯考》，北京：中華書局，2002 年版，第 247
　　～248 頁。

三角洲形成之後，兵分多路。由東向東北，一路北上，在形成了蒲州梆子、中路梆子（山西梆子）、北路梆子，進入河北省，形成了蔚州梆子、河北梆子。向東則越過中條山，在晉東南形成上黨梆子，進而影響至山東，形成棗梆、山東梆子、萊蕪梆子，並到達江淮一線，影響了徐州梆子與淮北梆子的形成。向西影響了西北地區，形成了同州梆子，並分化和形成了西安秦腔、西府秦腔、漢調桄桄等。向南則一路輻射，豫劇（河南梆子）、懷梆、懷調、南陽梆子都在梆子腔的影響下陸續形成。而梆子腔勢如破竹，一路南下，影響並形成漢劇西皮、川劇彈腔、湘劇北路、貴州梆子、祁劇北路、桂劇北路、滇劇絲絃、粵劇西皮等聲腔和劇種。總之，梆子腔輻射範圍廣，在流佈過程中亦發生不斷之變化，最終成為影響了大半個中國的重要地方聲腔。

筆者以為，以上諸種因素或直接、或間接地影響到梆子腔的形成和興起，進而在傳播流佈中逐漸發展壯大。這其間，梆子戲的鬧熱性也隨其發展而發展，隨其傳播流佈而影響深遠。

（二）音樂粗獷，唱腔高亢

梆子戲的音樂與崑劇不同，有著北方寬廣豪邁的精神元素。由於伴奏樂器不同，音樂效果差異也十分明顯。相比之下，梆子戲更適合表現金戈鐵馬的征伐情節，表達主人公激烈的情感。可以說，梆子腔更粗獷豪邁、高亢激越，聽起來也更覺熱血沸騰。這是梆子戲在音樂唱腔方面的鬧熱所在。

第一，伴奏方面，分文、武場，一般而言武場伴奏更為鬧熱。

武場，是用於配合人物的動作、唱腔、轉腔，或輔助劇情發展的器樂伴奏，用以製造舞臺演出的氣氛和效果。山西梆子的武場樂器，有板鼓、手板、戰鼓、馬鑼、鐃鈸、鉸子、小鑼、梆子等十一種。其中分大、小兩種家什，如馬鑼、鐃鈸，因其聲音較響亮，故稱「大家什」；反之小鑼、鉸子則為「小家什」。通常，大家什用於激烈的場面，表現劇情的急劇變化，長於製造緊張熱鬧之氣氛。〔註163〕誠如張守中《試論蒲劇的形成》云：「蒲劇的武打場面，借助鑼鼓、嗩吶，來描寫戰場上武士格鬥，戰馬長嘶。」〔註164〕

第二，唱腔方面，板式唱腔更能體現慷慨悲壯、粗獷豪放之氣勢。

〔註163〕參見常蘇民記錄整理《山西梆子音樂》，上海：新文藝出版社，1952年版，第48頁。

〔註164〕張守中《試論蒲劇的形成》，載《梆子聲腔劇種學術討論會文集》，太原：山西人民出版社，1984年版，第269頁。

蔚縣秧歌，又稱蔚州梆子，其板式唱腔直接承繼自北路梆子，主要由【大悠板】、【頭性】、【二性】、【三性】、【導板】、【介板】、【滾白】等七種基本板式和附屬其中某種板式的花腔組成。其中【三性】長於表現高亢激越、熱情奔放的感情，常用於激烈緊張或歡快熱鬧的場面；它可以單獨使用，亦可以和其他板式結合使用。在板式唱腔的節奏方面，其特點主要是起於眼、落於板，即採取起於弱拍或相對弱拍，落於強拍的「弱起強收法」。然有些板式卻採取起於板、落於板的「強起強收法」。〔註165〕如此的節奏變化，也是能夠體現音樂鬧熱性的主要原因。

第三，唱法方面，梆子腔長於抒情，尤其是粗獷的曲風，配以激越的情感，更覺鬧熱。

蔚縣秧歌板式唱腔中的【滾白】，與山西梆子、北路梆子之【滾白】相同；在河北梆子中則名【哭板】，是一種無板無眼的散板唱腔，也是蔚縣秧歌基本唱腔中唯一無伴奏的板式，即徒歌。徒歌，即「謠」，是十分古老的演唱方式，具有很強的民間性。在梆子戲中，演員則完全乾唱，不用梆子，待到結尾時才用樂器伴奏，長於表現一種悲痛、淒慘、哀怨的感情，因此又稱為「哭眉子」。〔註166〕可見，即便沒有樂器伴奏，梆子腔仍然可以徒歌的形式渲染感情、豐富形象，鬧熱手段是多樣化的。

總之，梆子戲的唱腔及其音樂特點，亦可體現其鬧熱性質。

（三）表演誇張，程式多樣

地方戲在表演方面繼承了崑劇的基本表演程式，並吸收多種地方表演的形式與特點，進行加工、完善，最終形成了鬧熱的地方戲表演風格。縱觀地方戲之表演，其特點體現為程式花樣繁多、表演類型誇張。甚至，為了鬧熱不惜誇張到令人瞠目的狀況，如前文所述之「淫戲」。有的劇種則在武戲中用真刀真槍，顯得十分刺激。譬如河南大絃戲早期藝人演出武戲，則長期使用「真傢伙」，以求火爆刺激的鬧熱效果，直到 20 世紀 50 年代戲改才換掉真刀槍。另外，評劇創始之初亦如此。

梆子戲的演出十分鬧熱，清代康熙年間，魏荔彤《江南竹枝詞》描述了

〔註165〕參見拙文《蔚縣秧歌調查與研究》，山西師範大學 2009 年碩士學位論文，第26、27 頁。
〔註166〕參見拙文《蔚縣秧歌調查與研究》，山西師範大學 2009 年碩士學位論文，第27、28 頁。

揚州的演出盛況：「由來河朔飲阻豪，邗上新歌節節商。舞罷亂敲梆子響，秦聲驚落廣陵潮。」〔註167〕梆子戲之所以呈現鬧熱的效果，與其表演有著緊密的關係，表演中獨特的動作程式和表演技藝都是鬧熱的源泉。如前所述，蒲劇中各類工夫的運用，增強了藝術性與觀劇的鬧熱效果。另外，文戲以精彩的唱腔配以特殊的動作程式，亦營造出獨特的鬧熱效果。徐慕雲先生《中國戲劇史》有如下記載：

> 大軸戲《羊肚湯》為名旦小桂桃與老旦名毛毛旦者所主演。……其中最精彩者厥惟法場哭祭一場。此劇在今日皮黃班人演之，老旦一角，似不甚吃重。豈知山西梆子演此，飾老旦者乃備極繁重，唱、念、表、作無不博得臺下熱烈歡迎。唱至悲痛處，竟亦涕淚交流，此為地方劇之特殊色彩。〔註168〕

通常老旦戲除了唱功，極難出彩，鬧場的辦法唯有感情投入的演唱，並渲染當場氣氛。不過引文中毛毛旦的演出，不但唱得好，而且在悲痛處，竟可以「涕淚交流」，可謂一絕。不過如此程式亦容易走向鬧熱的極端，徐慕雲先生云：「十餘年前二黃班之《莫成替死》一劇，尚有兩筒鼻涕當場出彩之技能，今已認為有礙摩登小姐之觀瞻，皆已一筆抹去矣。」〔註169〕可知，鬧熱過了頭的，定將被時代所淘汰。

　　總之，梆子戲的表演誇張、程式複雜多變，均是其鬧熱性的體現。

（四）曲白通俗，情節曉暢

　　地方戲以表演的鬧熱著稱，文本方面則表現為曲白通俗、情節曉暢的總體特點。這既區別於戲劇文學時代的劇作特點，也成為其傳播與鬧熱的最佳手段。

　　地方戲的曲文和道白都十分通俗易懂，文學性不強。且看元雜劇與蒲劇《竇娥冤》，竇娥在刑場發出三樁誓願之唱段的對比，可以發現蒲劇作為梆子戲，比元雜劇更顯直白曉暢、通俗易懂。

　　元雜劇《竇娥冤》第三折（道白略）：

〔註167〕轉引自秦華生、劉文峰主編《清代戲曲發展史》卷下，北京：旅遊出版社，2006年版，第559頁。

〔註168〕徐慕雲撰、躲齋導讀《中國戲劇史》，上海：上海古籍出版社，2001年版，第113～114頁。

〔註169〕徐慕雲撰、躲齋導讀《中國戲劇史》，上海：上海古籍出版社，2001年版，第114頁。

【耍孩兒】不是我竇娥罰下這等無頭願，委實的冤情不淺。若沒些兒靈聖與世人傳，也不見得湛湛青天。我不要半星熱血紅塵灑，都只在八尺旗槍素練懸，等他四下裏皆瞧見。這就是咱萇弘化碧，望帝啼鵑。

【二煞】你道是暑氣暄，不是那下雪天，豈不聞飛霜六月因鄒衍？若果有一腔怨氣噴如火，定要感的六出冰花滾似綿，免著我屍骸現。要什麼素車白馬，斷送出古陌荒阡！

【一煞】你道是天公不可期，人心不可憐，不知皇天也肯從人願。做甚麼三年不見甘霖降？也只為東海曾經孝婦冤，如今輪到你山陽縣。這都是官吏每無心正法，使百姓有口難言！〔註170〕

蒲劇《竇娥冤》第十場（道白略）：

（1）非是我竇娥發下這無頭願，

　　　只因冤情重大口難言！

　　　我不讓半星碧血紅塵染，

　　　定要飛濺素練感皇天！感皇天！

（2）昔日飛霜因鄒衍，

　　　而今竇娥更屈冤！

　　　定要冰花滾滾，

　　　冰花滾滾把屍掩，

　　　方免清白屍骸暴荒阡。

（3）竇娥女含悲憤裂眥碎膽，

　　　飛霜雪染素練心猶未甘！

　　　恨深似海，冤重如山！

　　　天哪！

　　　定要……定要……

　　　定要你你你狗贓官身首不全！〔註171〕

由引文可知，竇娥在臨刑前，發出三椿誓願，相應在元雜劇和蒲劇中都

〔註170〕王季思主編《全元戲曲》卷一，北京：人民文學出版社，1990年版，第200～201頁。

〔註171〕〔元〕關漢卿原著、晉南戲劇協會、晉南蒲劇院改編《竇娥冤》，太原：山西人民出版社，1961年版，第30頁。按，序號為筆者添加，用以區別三個唱段。

有三個唱段，一則敘說誓願，再則表達情感。首先，在第一段唱詞中，主要表達了「血飛白練」的誓願。蒲劇四句唱詞，以最通俗的話語表達竇娥怨恨的情感，最後一句用反覆修辭，增強了效果。而元雜劇則較爲複雜，唱段結尾處用典──「萇弘化碧」指周朝大夫萇弘忠貞不二，卻遭姦佞所害，剖腸而死，其血三年化碧之事；「望帝啼鵑」則指望帝禪位之後隱遁於西山，化爲杜鵑，晝夜悲鳴〔註172〕。這兩則典故均用以比喻竇娥的蒙冤抱恨與對己冤屈之悲鳴。因此，蒲劇僅用「碧血」一詞，更覺通俗易懂。其次，第二椿誓願雖然都提到了鄒衍，但蒲劇中「而今竇娥更屈冤」的表達更直接，「冰花滾滾」的反覆則增強了情感表達的效果。其三，第三唱段表達了第三椿誓願，元雜劇與蒲劇各有不同。前者爲「亢旱三年」，後者則要「狗贓官身首不全」。十分明顯的是，蒲劇之誓願，是竇娥憤恨的痛罵──在即將問斬時，將一切怨恨化爲一腔怒火，傾瀉而出，顯得痛快淋漓。總之，元雜劇文辭、情節已然十分通曉，而地方戲的演繹則更加簡單明晰，使人通曉明白。

另外，地方戲中一些科諢性質的文字，更顯粗俗。如《綴白裘》輯《鬧燈》一齣之諢鬧情形：

> （付將丑手把旦肩介）（旦回頭見介）啐！瞎狗入的！在我們堂客裏混起來！打這瞎狗入的！（付）阿呀！奶奶不要打，他是沒眼睛的。（旦）狗禿驢！明明是一塊來的！打你這個賊禿！（打付，付奔下）（旦）我們打死這個瞎狗入的！（丑）阿呀！奶奶。饒了我罷，饒了我罷。（眾）打！打！打！（丑倒地介）（旦）阿呀！不好了！瞎子打死了！（貼）他是詐死，待我來！（把小兒尿介）尿尿。（旦笑同下）（丑爬起介）嚇嗄！好大雨！（付上笑介）好大雨！嚇！是小孩子的尿。（丑）呸，呸，呸！多是你！（付）怎麼多是我？你自己不該走到堂客隊裏去嚇。（丑）罷！不要說了，走罷。晦氣！晦氣！
> （下）〔註173〕

從引文看來，這段情節無論動作還是語言，都是諢鬧性質的。動作方面，既有付與丑調戲旦的搭肩，又有旦惱怒之後對他們的一頓痛打。眾人則在一旁看熱鬧，不斷地慫恿她「打！打！打！」。後丑佯裝倒地不起，貼則把小兒尿，

〔註172〕參見于石、王光漢、徐成志編《常用典故詞典》，上海：上海辭書出版社，1985年版，第208～209、463頁。

〔註173〕汪協如校《綴白裘》，北京：中華書局，1930年版，十一集，第70頁。

尿了丑一臉一身，被眾人取笑，整個場面鬧作一團。語言方面，且的罵語，十分粗俗，「瞎狗入的」「狗禿驢」「賊禿」等，均屬巴赫金狂歡化詩學理論「廣場言語」之範疇，是激烈的動作語言，呈現出鬧熱效果。要之，《鬧燈》一齣，就是一場鬧劇，打鬧、咒罵、猥褻等粗俗簡單的表現手段皆有。

總之，地方戲的鬧熱表現十分豐富，處處有所體現，除了以上幾點，回顧本文第三章，我們還會發現「鬧」字戲就是以地方戲為主體的。在表演手段和風格方面，地方小戲的鬧熱情狀，貌似「回返」到了宋金笑劇，而地方大戲則繼承了崑劇的鬧熱表演藝術特徵，並發揚光大。可見，地方戲是鬧熱性最集中的傳統戲劇類型。尤其是京劇形成後，經歷百年發展，逐漸成長為具有代表性的國劇藝術，其在鬧熱方面亦集大成──既有形式之鬧熱，又不乏鬧熱的內容。鬧熱的傳統戲劇，儼然成為了一道美味佳餚，既可口，又營養。

綜上所述，鬧熱性在中國傳統戲劇發展史上有著舉足輕重之作用，其不僅是傳統戲劇的本質屬性，更影響了傳統戲劇的歷史發展、傳播接受、形態樣式等。因此，傳統戲劇的鬧熱性具有相當的戲劇史地位。

第六章　比較視閾下東亞戲劇鬧熱性管窺

　　東亞戲劇是世界戲劇的重要組成，以中國、日本、韓國、越南四國之戲劇爲主體，以傳統中國儒學爲紐帶，以四國的戲劇互動交流爲基礎，共同構成了一個體現東亞文化內旨的東亞戲劇圈。東亞戲劇圈是東亞文化圈的代表群落，也是集中體現東亞主體文化與各國獨特文化風貌的體系之一。東亞戲劇各主體之間，在同一文化圈內交流、影響與發展，呈現了同源異流、「同根異花」的基本特徵。

　　鬧熱性亦是東亞戲劇的主要特徵，然四國戲劇在發展中卻又體現出不同的鬧熱特點：鬧熱性是中國傳統戲劇的本質屬性；日本戲劇的鬧熱性僅存一隅；韓國戲劇體現爲民俗鬧熱性；越南戲劇之鬧熱具有民間性。

第一節　「同根異花」的東亞戲劇

一、東亞戲劇與東亞戲劇圈

　　東亞，是一個特有的地理概念，指亞洲東部，包括今天的中國、蒙古、韓國、朝鮮、日本等五國，及中國的港、澳、臺地區。同時，東亞也是一個文化概念，日本學者濱田耕作《東亞文化之黎明》云：「以中國爲中心，接近其東方的朝鮮半島與日本群島，其天然的地形上，歷來形成一個親密的文化

的團體」〔註1〕，即以中國大陸文化爲主體的中國文化體系〔註2〕。一般而言，包括東亞四國（蒙古國除外）〔註3〕、三個地區和東南亞的越南。這些國家和地區均以漢字爲媒介，以儒學爲價值基準，並在飲食方面都使用筷子……基於這種文化的趨同性，它們共同構成了一個十分獨特的地域文化群落，即「文化圈」。

「文化圈」，是文化地理學上所指以某個文明或科學爲中心或核心，而形成的文化地理板塊。具體而言，「指的是由主要文化特質相同或相近，在功能上相互關聯的多個文化群體（民族文化、區域文化）共同構成的有機文化體系。」〔註4〕同理可知，本文所言之「東亞」，亦是文化地理學的概念範疇，而非政治地理概念。故這一文化體系，可稱之爲「漢字文化圈」「筷子文化圈」「儒學文化圈」等，統稱爲「東亞文化圈」。

東亞文化之交流，源遠流長。早在先秦時代，東亞諸國已經開始了文化方面的互通。陳伯海將東亞文化交流所形成的文化共同體稱爲「文化東亞」，他認爲：

> 文化東亞不僅有自身的起源，亦有其發展、演進的過程。可以把它約略區分爲三個階段，即：第一步，由華夏文化上升爲華夏文明，初步建構起文化東亞的精神內核；第二步，華夏文明擴展南下，與百越等南方文化交匯，組建成涵蓋中國本土的主體文化；然後第三步，中國文化向周邊地區、島嶼輻射，並同當地土著文化相交融，

〔註1〕 〔日〕濱田耕作著、汪馥泉譯《東亞文化之黎明》，上海：黎明書局，1932年版，第2頁。

〔註2〕 按，季羨林先生將世界文化分爲四個體系，即「中國文化體系，印度文化體系，阿拉伯伊斯蘭文化體系，自古希臘、羅馬一直到今天歐美的文化體系」。參見季羨林《〈東方文化集成〉總序》，載唐月梅《日本戲劇史》，北京：崑崙出版社，2008年版，總序，第5頁。

〔註3〕 按，陳伯海認爲「產生於黃河流域以華夏族爲代表的中原文化、產生於長江和長江以南地區以百越（亦作百粵）族爲代表的南方文化和產生於內蒙古大草原及其周遭以各游牧民族爲代表的塞北文化，它們共同構成東亞文化的緣起。」而其中「塞北游牧文化」雖然與中原文化發生過交往，但卻「並未融入主體文化」，「則始終停留於東亞文化的外圍，嚴格說來不屬於文化東亞的範疇」。參見陳伯海《東亞文化與文化東亞》，載上海社會科學院東亞文化研究中心編《東亞文化論譚》，上海：上海文藝出版社，1998年版，第2～3頁。

〔註4〕 馮天瑜、何曉明、周積明《中國傳統文化淺説》，長春：吉林人民出版社，1998年版，第295頁。

逐步形成以華夏文明爲核心的東亞文化圈。〔註5〕

東亞文化圈大致於隋唐時期初成，在宋代得到了進一步的鞏固和發展〔註6〕，事實上，文化東亞是在傳統中華文化對周邊諸國輻射和影響的過程中，逐漸成形的。「在東亞文化圈的形成過程中，中國文化絕不僅僅表現爲高勢能文化向低勢能文化的自然流動，同時還表現爲東亞各國以極大的熱情受容中國文化以完成對本國文化的改造與昇華」，「東亞文化圈是一個以中國文化爲核心的由多種文化組成的文化有機體」〔註7〕。

東亞文化圈，是以漢字爲媒介、以儒學爲文化價值基準的文化體系。因此其文化上具有同源性——以中國大陸文化爲主導，各子文化體又具有意格獨出的文化形態和特徵，呈現出不同風貌。同樣在戲劇方面，中國、朝鮮半島、日本列島、越南四個文化體，形成了四個具有代表性的民族戲劇類型——中國戲劇（以戲曲爲主要形態）、日本戲劇（以能樂、歌舞伎爲主要形態）、韓國戲劇（以山臺劇、唱劇爲主要形態）〔註8〕、越南戲劇（以嗦劇、嘲劇爲主要形態）。這四種類型雖文化同源——在共同的戲劇文化土壤中植根，但又具有獨特之處——盛開出繽紛多彩的花朵，可謂同源異流、「同根異花」。它們共同構成了東亞文化圈之戲劇全貌，是東亞文化圈的一個子群落——東亞戲劇圈。

東亞戲劇圈，是東方戲劇的典型代表，是以中國戲劇、日本戲劇、韓國戲劇、越南戲劇爲主體，並以中國傳統戲劇爲典範的東亞戲劇文化體系。東亞戲劇圈遵循儒學傳統，並在藝術領域有著共同的審美原則與理想——「中和之美」。並有相似的表演形式，譬如中國戲曲的特點即「以歌舞演故事」，日本的能樂、歌舞伎，韓國的唱劇、越南的嗦劇、嘲劇等亦有歌舞形式；例如，其大部分劇作都有團圓式的結局；再如，戲劇所表現的內容具有神秘色彩、神性品格；又如，在藝術表現手法上都具寫意性、程式性，採用開放式

〔註5〕　陳伯海《東亞文化與文化東亞》，載上海社會科學院東亞文化研究中心編《東亞文化論譚》，上海：上海文藝出版社，1998年版，第5頁。

〔註6〕　參見李梅花《10～13世紀中朝日文化交流與東亞文化圈》，《東疆學刊》2004年第1期。

〔註7〕　吳存浩、于雲瀚《中國文化史略》，鄭州：河南文藝出版社，2004年版，第337、340頁。

〔註8〕　按，「韓國戲劇」即朝鮮戲劇，是包括朝鮮、韓國在內的朝鮮半島的戲劇形態，本文以韓國爲例證對這一民族的戲劇進行說明，故採用「韓國戲劇」，一以概之。

的時空結構等。這一切顯然與西方戲劇的話劇體格式、寫實風格等迥異。究其原因，則是東亞戲劇文化與西方戲劇文化的差異所致。

東亞戲劇文化以中國傳統文化為根基，主要體現為以儒家的倫理道德為本位的道德文明，即傳統政治、經濟、人倫、文藝等方面都具有濃重的道德化色彩。與此同時，由於文化的擴散和輻射特點，中國傳統文化又深刻地影響了朝鮮半島、日本列島和越南，這些國家不僅接受了漢字文化，亦接納了儒家文明，並在其文化土壤中完成了進一步發展，最終形成了各自獨特的民族文化和藝術。可見，東亞戲劇圈的每一位「成員」，既在文化根源上體現出相似性，又由於各自的不同發展而呈現出獨特性——這就是東亞文化、東亞戲劇的總體特徵，即同源異流、「同根異花」。

二、同根同源：東亞戲劇的鬧熱傳統

東亞戲劇同根同源，儘管形成和發展的過程不盡相同，卻有著共同的文化土壤。由此看來，東亞戲劇的鬧熱性亦具有同源性。以中國傳統戲劇的鬧熱發展過程為標準，來觀照日、韓、越的戲劇發展過程中的鬧熱特徵，可知其並非嚴格地按照「原始鬧熱性——民俗鬧熱性——戲曲鬧熱性」的線索發展。但在鬧熱發展的前兩個階段，伴隨著戲劇的萌芽與進一步發展，鬧熱性也包裹著原始儀式與民俗活動的因子，逐步地向各自戲劇藝術的成熟階段推進。

因此，鬧熱性是東亞戲劇的總體特徵，伴隨著戲劇的發生、發展、成熟過程，均具原始、民俗、藝術的三重性特徵。只不過各國因戲劇形態與內容的差異，導致了在成熟戲劇中鬧熱的性質差別與多寡。如日本戲劇鬧熱性較之他國，程度略弱；韓國、越南戲劇的鬧熱性更偏重於原始鬧熱性與民俗鬧熱性，其本身的藝術鬧熱性內涵並不完善。然總體來看，東亞戲劇的鬧熱特徵具有同源性——戲劇發生萌芽時期，主要體現為原始鬧熱性；戲劇發展時期，則是在民俗活動中成長壯大，具有民俗鬧熱性。

（一）戲劇發生時期的原始鬧熱性

東亞戲劇的鬧熱性源於原始崇拜儀式，其原始性即儀式性，是儀式過程中戲劇因子的鬧熱萌芽。如前所述，在中國傳統戲劇的發生時期，原始宗教和祭祀儀式起到了不可磨滅的作用，尸祭、雩祭、儺祭、蠟祭、社祭等所包含的原始鬧熱性與戲劇因子，為戲劇的發展提供了必要的準備。原始鬧熱性作為戲劇發生的邏輯起點，在東亞戲劇中均有體現。

　　日本原始口頭文學，有豐富的神話與傳說故事。日本的第一部文學著作《古事記》與第一部漢文史書《日本書紀》，均有原始戲劇內容的文字記載。其中「天之岩戶」（漢譯「天之岩屋」）與「山幸海幸」這兩段，被視爲日本具有戲劇因子的神話傳說。尤其前者更能反映出原始祭儀之戲劇因子與原始鬧熱性。

　　「天之岩屋」是一段創世神話故事，講述了天照大御神奉命掌管高天原，因弟弟的大鬧，而躲進天石屋，關閉了大門，使高天原一片漆黑。於是八百萬眾神聚集在天安河原，群策群力，欲讓天照復出。最後他們採納了高御產巢日神兒子思金神的方法，請出天照大御神：

　　　　召來常世長鳴鳥，讓它啼鳴；取來天安河河上的天堅石，採來天金山的鐵，召鍛冶匠天津麻羅，讓伊斯許理度賣命造鏡，讓玉祖命作八尺勾玉的珠飾串；讓天兒屋命取下天香山公鹿的全副肩胛骨，取來天香山的天之朱櫻樹皮，占卜神意；連根拔出天香山枝葉茂盛的眞賢樹，上枝懸掛美麗的勾玉飾串，中枝懸掛八咫鏡，下枝弔著許多白和幣與青和幣；由布刀玉命捧持這些供物，天兒屋命致祝禱之詞；讓天手力男神藏在天石屋的門旁；讓天宇受賣命用天香山的藤蘿蔓束起衣袖，用葛藤作髮鬘，手持幾束天香山的竹葉，並把空桶扣在天石屋門外，用腳踏得咚咚作響，樣子如同神魂附體，敞胸露乳，腰帶拖到陰部。高天原大爲震動，八百萬眾神大聲哄笑。〔註9〕

天照大御神因屋外的鬧聲，而感奇怪——覺得外面的世界已經一片漆黑，爲何還會有歌舞笑鬧聲？天宇受賣命則說有一位比她還要尊貴的客人到來了，於是讓她看鏡子。果然她看到了鏡子裏的自己，實在坐不住而走了出來。不料，她一出門便被天手力男神抓住了手，並將注連繩掛在她的後背，這樣她便無法回去。此時，「高天原和葦原中國，立即天光大亮。」

　　引文講述了一則神話故事，雖然對此之解讀尚未定論——「有的認爲是祈禱日食復原的舞蹈，有的認爲是屬於薩滿教，有的認爲是對被征服民族的安撫懷柔政策」〔註10〕，然實則爲日本先民太陽神崇拜祭儀活動之體現，是

<hr>

〔註9〕　〔日〕安萬侶著、鄒有恆、呂元明譯《古事記》，北京：人民文學出版社，1979年版，第 21 頁。

〔註10〕　〔日〕河竹繁俊著、郭連友等譯、麻國鈞校譯《日本演劇史概論》，北京：文化藝術出版社，2002 年版，第 5 頁。

顯見的。這裡的天照大御神，即太陽神；而在「天之岩屋」前進行舞蹈表演
的天宇受賣命，則是一位巫女。以巫、覡的裝扮表演，而溝通神人，是原始
崇拜祭儀的重要環節。正如王國維先生云：「巫之事神，必用歌舞。」〔註11〕
而女巫「敞胸露乳，腰帶拖到陰部」的外貌，也具有生殖崇拜涵義，她一面
「立於天之岩屋門前，巧作俳優」〔註12〕，另一面帶動眾人山呼海嘯般地哄
笑。如此儀式，焉能不鬧？而「俳優」一詞，也不禁使人聯想到中國早期戲
劇的裝扮與表演行為。這則材料一向被日本學人認為是其民族戲劇的發端，
「而那在『天之岩屋』前歌舞的巫女，則被看作是他們的第一個戲劇演員」〔註
13〕。「天之岩屋」對於日本後世藝能的發展影響深遠。事實上，日本民間神樂
（裏神樂）中，「凡是名為『神代神樂』或『岩戶神樂』的，都以表演『天之
岩屋』故事為己任」〔註14〕。這樣的表演，更加富有戲劇性，定會十分鬧熱。
可見，日本的原始崇拜祭儀，包含了豐富的戲劇因素，且具備一定的原始鬧
熱性。

　　朝鮮半島的戲劇發生，亦要從原始祭儀中的歌舞活動去考察。朝鮮民族
有著多種自然崇拜信仰，同日本一樣，作為東方國度，首先是太陽崇拜。《舊
唐書・東夷列傳・高麗》載，高麗「其俗多淫祀，事靈星神、日神、可汗神、
箕子神」〔註15〕。其次為天神崇拜，此類記載頗多。在祭天儀式中，朝鮮半
島有夫餘國之「迎鼓」、高句麗之「東盟」、濊之「舞天」、東韓之春秋祭鬼神、
天神等多種形式，祭祀常常伴以歌舞。《後漢書・東夷列傳・夫餘》載：

　　　　以臘月祭天，大會連日，飲食歌舞，名曰「迎鼓」。是時斷刑獄，
　　　解囚徒。有軍事亦祭天，殺牛，以蹏占其吉凶。行人無晝夜，好歌
　　　吟，音聲不絕。〔註16〕

又《後漢書・東夷列傳・高句驪》載：

〔註11〕 王國維撰、葉長海導讀《宋元戲曲史》，上海：上海古籍出版社，1998 年版，
　　　　第 2 頁。
〔註12〕 轉引自翁敏華《中日韓戲劇文化因緣研究》，上海：學林出版社，2004 年版，
　　　　第 8 頁。
〔註13〕 參見〔日〕後藤淑《日本藝能史入門》，社會思想社，1988 年版，第 31 頁。
　　　　轉引自翁敏華《中日韓戲劇文化因緣研究》，上海：學林出版社，2004 年版，
　　　　第 8 頁。
〔註14〕 翁敏華《中日韓戲劇文化因緣研究》，上海：學林出版社，2004 年版，第 9 頁。
〔註15〕 《舊唐書》卷一百九十九上，北京：中華書局，1975 年版，第 5320 頁。
〔註16〕 《後漢書》卷八十五，北京：中華書局，1965 年版，第 2811 頁。

其俗淫，皆絜淨自憙，暮夜輒男女群聚爲倡樂。好祠鬼神、社稷、零星，以十月祭天大會，名曰「東盟」。其國東有大穴，號襚神，亦以十月迎而祭之。〔註17〕

又《後漢書・東夷列傳・濊》載：

常用十月祭天，晝夜飲酒歌舞，名之爲「舞天」。又祠虎以爲神。〔註18〕

又《後漢書・東夷列傳・三韓》載：

韓有三種：一曰馬韓，二曰辰韓，三曰弁辰。……馬韓最大……常以五月田竟祭鬼神，晝夜酒會，群聚歌舞，舞輒數十人相隨蹋地爲節。十月農功畢，亦復如之。諸國邑各以一人主祭天神，號爲「天君」。又立蘇塗，建大木以縣鈴鼓，事鬼神。〔註19〕

總之，朝鮮半島的祭祀儀式亦十分鬧熱，不僅有歌舞、飲食、酒會，更是晝夜群聚狂歡；而且這一時期的儀式活動已經出現了人神同樂的場面，既娛神，又娛人。而從娛神到娛人的邏輯轉變，恰是戲劇發生的重要一環。

越南，位於中南半島東部，北部與中國接壤，地理上並未有天然的隔絕，早在新石器時代，就與中國長江以南地區的新石器文化產生了密切關係〔註20〕。由於其與中國浙、閩、臺、粵、桂等地的人們並稱爲「百越」，與中國南方各民族均有淵源關係；另外又長期與中國或同爲一邦，或爲藩屬，兩國交流甚爲頻繁。因此，越南與中國在文化上體現出更爲直接的依附與傳承關係，在戲劇文化與藝術方面亦然。

同中國一樣，越南先民也在早期有著太陽崇拜的信仰，這在其出土的銅鼓之鼓腰的敘事性圖畫上，有著最豐富的表現〔註21〕。此外，生殖崇拜信仰及其相關活動，在越南亦甚爲繁盛。《後漢書・南蠻西南夷列傳・南蠻》載：「《禮記》稱『南方曰蠻，雕題交阯』。其俗男女同川而浴，故曰交阯。」〔註22〕可知，越南在上古時期有「男女同川而浴」之風，這正是原始生殖崇拜的體現。遠古以

〔註17〕　《後漢書》卷八十五，北京：中華書局，1965年版，第2813頁。
〔註18〕　《後漢書》卷八十五，北京：中華書局，1965年版，第2818頁。
〔註19〕　《後漢書》卷八十五，北京：中華書局，1965年版，第2818～2819頁。
〔註20〕　參見賀聖達《東南亞文化史研究三題》，《雲南社會科學》1996年第3期。
〔註21〕　參見王文光、翟國強《銅鼓及銅鼓裝飾藝術》，《民族藝術研究》2004年第4期。翁敏華、回達強《東亞戲劇互動史》，上海：上海古籍出版社，2014年版，第75頁。
〔註22〕　《後漢書》卷八十六，北京：中華書局，1965年版，第2834頁。

來，春季沐浴，與其說是一種習俗，毋寧說是一種生殖崇拜儀式。這樣不僅可以增強體質，獲得生命力、繁殖力，更象徵了春的復蘇和大地的生機。而「一個國家的得名與沐浴、性崇拜有關，恐怕在東亞之國中絕無僅有。」〔註23〕

《皇朝文獻通考・四裔考四・安南》載：

> 交州有國學、文廟，各郡縣皆建學。祭祀配享，俱如中國。釋
> 老之教間有之，不甚尊。遇時節，以迎神爲名，男女會聚旬日不止。

〔註24〕

清代嘉慶前，越南一直被稱作「安南」。交州，則指今天的越南中北部、中國廣西的一部分地區。這一地區就是古之「百越」。可見，「男女會聚」之生殖崇拜活動，自古有之。所謂「遇時節」，則多爲春季，因爲這一時節的祭祀活動，很多都與農業生產相關。所謂「一年之計在於春」，祭祀的目的亦爲了祈求農業的大豐收。而以迎神爲目的之男女交會，則從另一方面體現了祭儀的娛人特點。

生殖崇拜信仰是具有雙重功能的。從其祭儀來看，一則娛神，保祐勞動力的生產與農業生產的豐收；二則娛人，在儀式活動中多伴隨各種歌舞與遊戲表演，因此具有娛神、娛人的合目的性，戲劇因子也在其中萌發。

吳德盛、申紅娥《越南民間信仰中的生殖崇拜》一文介紹了諸多越南生殖崇拜祭儀中的表演活動。其中祭祀淫神儀式活動，頗有特點。

越南河北省慈山縣同奇村每年臘月三十到正月十六，全村人都會參與祭祀城隍「淫神」儀式。祭儀之主神是一男一女兩位。在儀式中亦有迎神、送神的程序，正月初六將神靈從所供奉的廟中迎接入村進行拜祭。在迎神的隊伍中，走在最前面的長老，手持兩個木製的生殖器（分別代表陰、陽二物），一邊走一邊做交配的動作，口裏還唱道：「怎麼做，這麼做。這樣的事，怎麼做。」如此往復三次。〔註25〕

永富省的曲樂和異扭二村，分別在每年的正月初七和正月二十六分別舉行祭祀淫神的活動。在活動中，不僅有常見的祭祀儀式和器物，而且還用木製的「儺娘」（no nuong 或 no nang），即各 18 枚「陽具」與「陰戶」的祭祀物

〔註23〕 翁敏華、回達強《東亞戲劇互動史》，上海：上海古籍出版社，2014 年版，第
　　　　 80～81 頁。
〔註24〕 〔清〕張廷玉等奉敕撰《皇朝文獻通考》卷 296，文淵閣四庫全書本。按，清
　　　　 人周燦《使交紀事》亦有同樣之記載。
〔註25〕 參見吳德盛、申紅娥《越南民間信仰中的生殖崇拜》，《民族藝術》1997 年第
　　　　 4 期，第 166 頁。

品，進行祭祀表演。祭拜淫神之後，表演便開始了。18 個小夥子手執「陽具」，18 位姑娘手握「陰戶」，繞村一周，並邊走邊唱。小夥子們唱道：「哥有犁頭，哥要給誰就給誰。」姑娘們接唱：「妹有酒甕，妹給哥喝，哥與妹同睡。」然後，他們將手中的陰、陽之物，拋向人群，搶接到的人就會一年好運，結婚、生子喜事連連。〔註 26〕

　　總之，越南淫神祭祀儀式之表演，與中國的儺祭儀式十分相像，只不過以生殖崇拜爲內核。其時間在傳統春節舉行，全村參與，其神物被稱作「儺娘」，且具有吉祥物的含義，在表演中則繞村行走，有沿門逐疫之功能。另外，越南淫神的祭儀表演，也頗似隊戲表演。在行進中邊走邊唱，具備一定的程式性。參照前文所述之「捉黃鬼」表演，亦可發現越南淫神祭祀表演與之相類，雖然形式有別，但內旨統一。祭祀的全民參與，唱念動作等，也皆具儀式表演的鬧熱性。

　　綜上，古代祭儀中不乏歌舞與故事的演繹形式，這些都是戲劇得以發生的重要因子。可以說，「原始的戲劇表演從祭祀儀程的母體中孕育，隨著時代推移，戲劇因子越來越是明顯，有的繼續與祭祀相依存，有的最終成爲獨立的戲劇藝術」〔註 27〕，這是普遍規律，日、韓、越戲劇亦萌芽於此，且兼具原始鬧熱性。東亞戲劇的原始鬧熱性表現在兩方面：其一爲祭祀儀式的參與人數眾多，以規模的盛大和聲音的吵鬧爲特點；其二，祭儀活動的狂歡與放縱是其鬧熱性的另一表現。此外，原始崇拜之儀式活動在日後大多形成了固定的節日，這也爲其中表演的民俗鬧熱性準備了前提條件。

（二）戲劇發展時期的民俗鬧熱性

　　隨著經濟社會的進一步發展，各種具有戲劇因子的原始表演逐漸脫離祭祀儀式，其功能從「娛神」轉向「娛人」。戲劇的娛樂自覺在民俗活動中完成，民俗生活作爲東亞戲劇成長的豐沃土壤爲其進一步發展提供了充足的養分，民俗鬧熱性漸次形成。民俗性是這一時期東亞戲劇鬧熱的主要特徵，也伴隨東亞戲劇發展到今天。

　　日本進入平安時代（794～1185）以來，隨著中日之間交流的漸次減少，

〔註 26〕參見吳德盛、申紅娥《越南民間信仰中的生殖崇拜》，《民族藝術》1997 年第 4 期，第 166～167 頁。

〔註 27〕翁敏華、回達強《東亞戲劇互動史》，上海：上海古籍出版社，2014 年版，第 60 頁。

日本文化在前期吸收「漢風文化」的基礎上，開始形成具有自身特色的文化
——平安文化，並逐漸走向成熟。這是日本文化史的重要時期，被稱爲日本
文化的「和風化」〔註28〕。到平安時代末期，從中國傳入的散樂（一名「古
猿樂」）已經流入日本民間，隨之興起的「新猿樂」，被廣大民眾所接受。

　　散樂，雜歌舞、俳優、幻術、雜技等，總稱「百戲」，屬於民俗藝能。日
本稱之「猿樂」，是一種單純娛人，以戲樂爲主的表演伎藝，平安時代在貴族
階層十分盛行。《三代實錄》「貞觀三年（861）六月二十八日」條記載了天皇
觀看相撲大會的情形：

> 　　天皇御前殿，觀童相撲。……九番相撲後，有敕命停。左右互
> 奏音樂，種種雜技、散樂、透撞、咒擲、弄玉等之戲。皆如相撲節
> 儀。〔註29〕

「散樂」被命名爲「猿樂」，在日本戲劇史上具有重要意義。這說明「散樂」
已經開始本土化，當其「完全成了日本化的東西之時，其名稱就以『猿樂』
來表現，最後甚至產生了『新猿樂』這一名稱」〔註30〕。

　　藤原明衡的《新猿樂記》成書於約1053～1060年間〔註31〕，是最早記載
日本「新猿樂」的歷史文獻，意義重大。作者與右門衛尉一家一同觀看了京
都東七條堀川稻荷祭的「新猿樂」表演，其中記載了近三十種猿樂藝能，以
及藝人與表演的藝術姿態。其另一部文獻著作《雲州消息》還就這次「新猿
樂」表演者之演技與觀眾的觀劇狂熱情狀進行了描摹：

> 　　有散樂之態，假成夫婦之體，學衰翁爲夫，模姹女爲婦，始發
> 豔言，後及交接，都人士女之見者，莫不解頤斷腸，輕輕之甚也。
> 日暮事訖，回轅歸訖。〔註32〕

〔註28〕　參見唐月梅《日本戲劇史》，北京：崑崙出版社，2008年版，第22頁。

〔註29〕　轉引自〔日〕河竹繁俊著、郭連友等譯、麻國鈞校譯《日本演劇史概論》，北
　　　　京：文化藝術出版社，2002年版，第56頁。

〔註30〕　轉引自唐月梅《日本戲劇史》，北京：崑崙出版社，2008年版，第35頁。原
　　　　載〔日〕河竹繁俊《日本演劇全史》，岩波書店，1978年版，第65頁。

〔註31〕　參見〔日〕河竹繁俊著、郭連友等譯、麻國鈞校譯《日本演劇史概論》，北京：
　　　　文化藝術出版社，2002年版，第60頁。

〔註32〕　轉引自唐月梅《日本戲劇史》，北京：崑崙出版社，2008年版，第35頁。原
　　　　載〔日〕河竹繁俊《日本演劇全史》，岩波書店，1978年版，第35～36頁。
　　　　按，《日本戲劇史》中認爲引文出自《新猿樂記》，筆者根據核查，並非如此。
　　　　又見《日本巫女史》第一篇第五章之第五節引用該文（參見 https://miko.org/
　　　　~uraki/kuon/furu/explain/column/miko/book/hujyosi/hujyosi015.htm#15），注爲出

新猿樂作為一種民俗藝能，主要有咒師、侏儒舞、田樂、傀儡子、唐術、品玉、輪鼓、八玉、獨相撲、獨雙六、無骨有骨等民間技藝，以及具有一定故事情節的低俗喜劇，因此十分受歡迎。前者為民俗活動中必有的雜耍技藝，這在同時代（宋元時期）的中國亦有之，可見中日之間民俗活動的血緣關係。後者則更接近戲劇表演，諸如「京童之虛左禮，東人之初京上」〔註33〕，大概演出的是，東日本的鄉下人初次來京都，而被「京童」所嘲諷的情節〔註34〕，這恰似宋金時期的「雜扮」表演──「村落野夫罕得入城，遂撰此端，多是借裝為山東、河北村叟，以資笑端。」〔註35〕其笑鬧點，如出一轍。

「田樂」作為廣義「新猿樂」的一支，與中國宋代之「村田樂」同〔註36〕。《中右記》「永長元年（1096）六月十二日」條記載了京都的一次田樂演出盛況：

皆作田樂，滿盈道路，高發鼓笛之聲，已成往返之妨。〔註37〕

又「七月十三日」載：

從去六月及近日，天下貴賤每日作田樂。或參石清水、賀茂，或參松尾、祇園，鼓笛之聲，盈溢道路，是稱神明所好，萬人作此曲。〔註38〕

這次被稱為「永長大田樂」的狂歡活動，大抵半年有餘，鬧熱非凡。

田樂的鬧熱還體現在競技性表演方面，如《續本朝通鑑》載：

貞和五年（1344）辛卯朔壬寅頃間，田樂滿洛中，貴賤共好之。

田樂有本座、新座兩部相互角技，殆云鬥爭。〔註39〕

「本座」與「新座」分別指代京都和奈良的兩個田樂演出團體，二部鬥技，不禁可以聯想到唐代百戲競技之熱戲形式。可見，田樂不僅融入了百姓的生活，成為了日本民俗的重要組成；而且也受到了上層執政者的喜愛，尤其是

自《雲州消息》之一節。由於筆者未能找到原文，故加以說明。

〔註33〕藤原明衡《新猿樂記》，見 http://miko.org/~uraki/kuon/furu/text/kanbun/n_sarugo. htm。

〔註34〕參見翁敏華《〈新猿樂記〉與十一世紀前後的中日戲劇》，《上海師大學報》（哲學社會科學版）1990 年第 4 期，第 33 頁。

〔註35〕〔宋〕吳自牧《夢粱錄》卷二十，北京：中國商業出版社，1982 年版，第 177 頁。

〔註36〕參見翁敏華《〈新猿樂記〉與十一世紀前後的中日戲劇》，《上海師大學報》（哲學社會科學版）1990 年第 4 期，第 34 頁。

〔註37〕轉引自唐月梅《日本戲劇史》，北京：崑崙出版社，2008 年版，第 68 頁。

〔註38〕轉引自唐月梅《日本戲劇史》，北京：崑崙出版社，2008 年版，第 68 頁。

〔註39〕轉引自唐月梅《日本戲劇史》，北京：崑崙出版社，2008 年版，第 71 頁。

得到了幕府將軍的支持。從史學角度看，這也「暗示貴族政治將爲武家政治的興起所代替」〔註 40〕。

總之，無論是猿樂、新猿樂，還是田樂，逐漸進入民俗生活，表演具備了一定的民俗鬧熱性。然日本民俗演藝的民俗鬧熱性並不徹底，其儀式功能較強，原始鬧熱性較爲突出。如新猿樂的藝人多從屬於寺院神社，其「模擬表演尙未從民間祭儀、民俗遊藝中獨立出來」〔註 41〕，田樂也有相當一部分屬於祭禮表演。而中國此時處在宋元之間，即將迎來戲劇藝術時代。因此，中日戲劇發展的不平衡性，從鬧熱性之內涵亦可窺見。

朝鮮半島在三國時期（427～668）與統一新羅時期（668～918）除了流行祭祀性歌舞以外，也有了娛樂性的表演形式，如歌芝棲舞、胡旋舞、廣袖舞等〔註 42〕。其具有戲劇因素的表演，在逐漸脫離了原始儀式性的同時，也進入到了民俗階段。公元 918 年，高麗王朝建立，朝鮮半島進入了中世，表演藝術也完全進入了民俗時期。這一時期朝鮮半島的戲劇樣式主要有山臺雜劇、儺戲和調戲。

山臺雜劇，又稱山臺雜戲。「山臺」意爲綵棚，是像山一樣高或山形的綵棚，謂之「山臺」。綵棚一般用於燃燈會、八關會等隆重的國家祭典，而在山臺上表演的百戲雜技藝人，則稱爲「山臺樂人」或「山臺色」〔註 43〕。雖然是國家祭典，卻民俗味濃鬱，在山臺上表演的內容也鬧熱性十足。《高麗史》卷 129 列傳 42「崔忠獻傳」載：

> 三十二年四月八日，怡燃燈結綵棚，陳伎樂百戲，徹夜爲樂，都人士女觀者如堵。五月，宴宗室司空以上及宰樞，結綵棚爲山，張繡幕羅幃，中結秋韆，飾以文繡彩花。設大盆四，盛冰峰，盆皆銀釦貝鈿；大尊四，插名花十餘品，眩奪人目。陳伎樂百戲，八坊廂工人，一千三百五十餘人，皆盛飾，入庭奏樂，絃歌鼓吹，轟震天地。怡給八坊廂白金各三斤，又給伶官、兩部伎女、才人金帛，

〔註 40〕〔日〕阪本太郎著、汪向榮等譯《日本史概說》，北京：商務印書館，1992年版，第 164 頁。

〔註 41〕翁敏華《〈新猿樂記〉與十一世紀前後的中日戲劇》，《上海師大學報》（哲學社會科學版）1990 年第 4 期，第 35 頁。

〔註 42〕參見翁敏華、回達強《東亞戲劇互動史》，上海：上海古籍出版社，2014 年版，第 146 頁。

〔註 43〕參見〔韓〕李杜鉉著、紫荊、韓英姬譯、〔韓〕吳秀卿審訂《韓國演劇史》，北京：中國戲劇出版社，2005 年版，第 54 頁。

其費鉅萬。〔註44〕

如此宏大的場面、極高的鬧熱程度，都像極了中國魏晉以降的廟會、節日慶典。而百戲表演內容之鬧熱情狀，則有高麗末年詩人李穡（1328～1396）的《山臺雜劇》七律可一睹風采，頗具中國漢唐百戲之遺風：

> 山臺結綴似蓬萊，獻果仙人還上來。
>
> 雜客鼓鉦轟地動，處容衫袖逐風回。
>
> 長竿倚漢如平地，瀑火衝天似疾雷。
>
> 欲寫太平眞氣象，老臣簪筆愧非才。〔註45〕

山臺雜劇表演之鬧熱，既體現在聲音響、規模大，又表現爲演出技藝的高超、驚險和刺激，令人歎爲觀止。

儺戲是儺祭、儺禮發展而來的一種表演形式。相對於其前身，儺戲的娛樂性、民俗性更強。高麗時期，朝鮮半島的儺戲伴隨著儺祭儀式逐漸發展興盛。《高麗史》卷64禮志6載睿宗十一年（1116）十二月己丑的宮廷大儺，其中的儺戲表演場面宏大，鬧熱異常，十分具有代表性：

> 大儺，先是宦者分儺爲左右以求勝，王又命親王分主之。凡倡
> 優雜伎以至外官遊伎無不被徵，遠近坌至，旌旗互路，充斥禁中。
> 是日，諫官叩閤切諫，及命黜其尤怵者。至晚復集，王將觀樂，左
> 右紛然，爭呈伎，無復條理，更黜四百餘人。〔註46〕

歲末禁中大儺，不僅動用了倡優，就連官員都一齊上陣；而在表演過程中又分兩朋，「左右紛然，爭呈伎」，實爲競藝性表演之雛形，展現了表演的鬧熱情狀。至於表演內容，李穡《驅儺行》詩之後半部分做了細緻地描寫：

> 舞五方鬼蹋白澤，吐出回祿吞青萍。金天之精有古月，或黑或
> 黃目青熒。其中老者傴而長，眾共驚嗟南極星。江南賈客語侏離，
> 進退輕捷風中螢。新羅處容帶七寶，花枝壓頭香露零。低回長袖舞
> 太平，醉臉爛赤猶未醒。黃犬踏碓龍爭珠，蹌蹌百獸如堯庭。〔註47〕

〔註44〕〔朝鮮〕鄭麟趾等《高麗史》卷129，平壤：朝鮮勞動新聞出版印刷所，1958年版，第三冊，第637頁。

〔註45〕載《牧隱集》卷三十三，轉引自〔韓〕李杜鉉著、紫荊、韓英姬譯、〔韓〕吳秀卿審訂《韓國演劇史》，北京：中國戲劇出版社，2005年版，第59頁。

〔註46〕轉引自〔韓〕李杜鉉著、紫荊、韓英姬譯、〔韓〕吳秀卿審訂《韓國演劇史》，北京：中國戲劇出版社，2005年版，第60頁。

〔註47〕轉引自〔韓〕李杜鉉著、紫荊、韓英姬譯、〔韓〕吳秀卿審訂《韓國演劇史》，北京：中國戲劇出版社，2005年版，第61頁。

該詩前半部分描寫的是儺儀場面，引文是後半部分，描寫了祭祀儀式結束後的表演內容，鬧熱情狀可見一斑。其中不乏五方鬼、獅子舞、吐火、吞刀、百獸舞等中國散樂百戲中常見的表演。韓國學者安祥馥援引《東京夢華錄》之記載，將前兩句解釋爲「白澤和五方鬼吐出回祿吞青萍」，並認爲白澤和五方鬼有敵對和非敵對兩種關係，當然在山臺上表演，理應具備和諧歡樂之旨，故更可能是非敵對關係〔註48〕。然二者的不同關係，實則爲不同的戲劇性因素。因此，東亞戲劇在祭祀劇、民俗劇中廣泛潛伏著具有戲劇衝突的因素，爲藝術戲劇的發生提供了條件與素材。

另外，「處容舞」是鮮見的表演形式。「處容舞」源自朝鮮的俗信——處容信仰，它類似於中國的門神信仰。朝鮮半島的儺祭儀式吸收處容舞，並使之成爲驅儺儀式的核心。這是朝鮮民族在接受中國儺祭、儺戲之後，進行的文化改造。〔註49〕

調戲，又稱「笑謔之戲」，與中國宋金笑劇、日本猿樂中的滑稽模擬小戲相類，是以科白爲主的表演。其鬧熱性表現爲滑稽、戲謔的風格，甚至有的表演已經呈現出一種諷刺時弊的特徵。如《高麗史》卷126列傳39「廉興邦傳」載：

> 興邦嫁女李琳，女婿判密直崔濂家奴居富平，恃勢恣橫。……
> 興邦嘗與異父兄李成林上冢而還，驅騎滿路。有人爲優戲，極勢家
> 奴隸剝民收租之狀。成林忸怩，興邦樂觀不之覺也。〔註50〕

此外，調戲還有競藝性表演。《高麗史》記載毅宗十九年（1165）四月，宮中舉行調戲競演——分爲兩朋，左爲儒士之隊，右爲貴族之隊，「作異國人貢獻之狀」，最終貴族子弟隊獲勝。這樣的模擬表演與宋代瓦舍中的「學鄉談」相當。〔註51〕

總之，朝鮮半島中世之戲劇形態，已經漸漸從原始儀式中獨立而出，成爲了民俗性、娛樂性極強的表演形式，戲劇的民俗鬧熱性已經佔據了主流。

〔註48〕 參見〔韓〕安祥馥《韓國假面劇與中國傳統優戲》，《戲曲研究》第74輯，第312～315頁。

〔註49〕 參見翁敏華《中日韓戲劇文化因緣研究》，上海：學林出版社，2004年版，第70～71頁。

〔註50〕 〔朝鮮〕鄭麟趾等《高麗史》卷126，平壤：朝鮮勞動新聞出版印刷所，1958年版，第三冊，第588頁。

〔註51〕 參見翁敏華、回達強《東亞戲劇互動史》，上海：上海古籍出版社，2014年版，第148頁。

這一轉變，當與中國民俗、技藝的輸入有關；而我們也應看到，朝鮮民族也在此基礎上，發展並形成了具有自身民族特點的戲劇表演。

越南由於背靠中國大陸，因此在民俗藝能方面也顯得十分相近。如越南的儺事活動，就與中國基本一致。范廷琥（1766～1832）撰有《群書參考》，其中「儺考」一節云：

> 本國（越南），因漢俗，用侲子童執竹椰，於臘月除夕，遍過人
> 家，呼十二神名，索惡鬼而驅之，謂之「過索」，其後訛爲「貨色」。
> 童子於除夕，呼竹椰以乞錢，蓋俗之誤也。〔註52〕

「過索」雖然並未見諸中國文獻，實則同中國儺儀的「索室逐疫」〔註53〕。「索室逐疫」被宋代高承《事物紀原》稱爲「驅儺之始」〔註54〕，是儺事活動的根本所在。可見，越南儺儀承繼了中國儺的核心部分。曲六乙先生亦認爲越南儺儀受到了中國儺制的影響〔註55〕。

諸如此類，直承於中國的民俗演藝活動，還有越南的水上木偶戲。水上木偶戲的開場有著驅儺的儀式意味，或燃放煙花、爆竹，圍場繞走；或士卒武將伴著鑼鼓點整齊地分列舞臺兩旁，保護整場演出直至結束。這些形式都保留了儀式特點——以光亮、聲響之吵鬧來達到驅除邪祟之目的，用於民俗活動中，則兼具民俗鬧熱性。

中國百戲、散樂傳入越南後，亦稱「百戲」。越南人黎崱《安南志略》是越南現存最早的史志，成書於十四世紀，其卷一「風俗」條，有百戲的相關記錄：

> 年節前二日，王乘輿，從官章服導前，禮帝釋殿。除日王坐端
> 拱門，臣僚行禮畢，觀伶人呈百戲。……三日王坐大興閣上，看宗
> 子內侍官拋接繡團毬，接而不落者爲勝。團毬以錦制之，如小兒拳，
> 綴彩帛帶二十條。……二月，起春臺，伶人妝十二神，歌舞其上。
> 王觀眾鬥於觀庭，觀勇夫與兒孺搏，勝者賞之。公侯馬上擊毬，吏

〔註52〕〔越〕范廷琥《群書參考·雜編備考》「儺考」條，轉引自曲六乙、錢茀《東
　　　　方儺文化概論》，太原：山西教育出版社，2006年版，第367頁。

〔註53〕參見翁敏華、回達強《東亞戲劇互動史》，上海：上海古籍出版社，2014年版，
　　　　第175頁。

〔註54〕〔宋〕高承撰、〔明〕李果訂《事物紀原》，北京：中華書局，1989年版，第
　　　　440頁。

〔註55〕參見曲六乙、錢茀《東方儺文化概論》，太原：山西教育出版社，2006年版，
　　　　第368頁。

士搏奕、摴蒲、蹴鞠、角鬥、山呼侯等戲。〔註56〕

可知，十四世紀越南宮廷已經有了團毬、搏擊、馬上擊毬、搏奕、摴蒲、蹴鞠、角鬥、山呼侯等百戲呈演；而且「勇夫與兒孺搏，勝者賞之」的鬥技表演也出現了。競技性百戲不僅能使藝人提高技藝，而且觀演的鬧熱性也十分突出，直接影響了競藝性的戲劇表演。

如前所述，東亞諸國之戲劇均是在中國傳統戲劇的影響下發生、發展起來的，而越南尤其如此。越南黎朝史學家吳士連《大越史記全書》「本紀卷七・陳紀三・裕宗」載：

> 壬寅五年，元至正二十二年（公元1362年），春，正月，令往後公主諸家獻諸雜戲，帝閱定其優者賞之。先是，破唆都時，獲優人李元吉，善歌，諸勢家少年婢子從習北唱。元吉作古傳戲，有西方王母獻蟠桃等傳。其戲有官人、朱子、旦娘、拘奴等號，凡十二人，著錦袍繡衣，擊鼓吹簫，彈琴撫掌，鬧以檀槽，更出送入為戲，感人令悲則悲，令歡則歡。我國有傳戲始此。〔註57〕

由此可見，元代至正二十二年（1362），中國優人李元吉將成熟的北雜劇帶到了越南，並直接影響了越南戲劇的發展，尤其是促成了嗹劇的興起。越南學者文新編《越南語詞典》（1970）將「嗹劇」解釋為「傳入越南的中國古代戲劇藝術」〔註58〕。與此同時，我們發現，李元吉帶去的還有已經成熟的中國傳統戲劇的鬧熱。引文中「擊鼓吹簫，彈琴撫掌，鬧以檀槽，更出送入為戲，感人令悲則悲，令歡則歡」，就描寫了戲劇表演的鬧熱情狀。

總之，東亞戲劇及其民俗鬧熱性有以下四個特徵：其一，戲劇因素脫離了或正在脫離原始祭儀，向具有民俗內涵的表演形式轉化；其二，參與活動人員眾多、場面宏大、聲音響亮是民俗鬧熱性的最基本特點；其三，鬧熱性以戲謔、滑稽的形式出現；其四，鬧熱性呈現出競技性狀態；其五，民俗鬧熱性的根本要求，是演藝目的要從娛神走向娛人，因此，吸引觀眾的注意成

〔註56〕〔越〕黎崱著、武尚清點校《安南志略》卷一，北京：中華書局，2000年版，第41～42頁。

〔註57〕〔越〕吳士連著、陳荊和編校《大越史記全書・本紀》（校合本）卷七，東京大學東洋文化研究所附屬東洋學文獻刊行委員會發行《東洋學文獻叢刊》，第42輯，東京：興生社，1984年版，第432頁。

〔註58〕轉引自夏露《十九世紀越南嗹劇中的三國戲》，《戲劇藝術》2010年第2期，第20頁。

為了民俗鬧熱性的又一特徵。

　　綜上所述，日本、朝鮮半島和越南的戲劇藝術最終都是在中國傳統戲劇的影響下，走上了獨立發展的道路，並形成了各自的民族特色。日本學者內藤湖南認為：

> 過去日本學者對日本文化的起源解釋成為樹木的種子本來就有，後來只是由於中國文化的養分而成長起來的。我卻認為比如做豆腐，豆漿中確實具有豆腐的素質，可是如果不加進使它凝聚的外力，就不能成為豆腐。日本文化是豆漿，中國文化就是使它凝成豆腐的鹽鹵。如果再舉一例說明的話，就像孩子天然具有獲得知識的能力，然而要使孩子有真知識，就必須靠先進長輩的教導。〔註59〕

筆者以為，不論是比作「養分」「鹽鹵」，抑或「長輩的教導」，中華文明之光是東亞文化的核心，亦是東亞戲劇文化的核心——這是毋庸置疑的。中國傳統戲劇之於東亞各國之戲劇的成長以最直接和深遠的影響，其鬧熱性亦具有「同根異花」、同源異流之特徵。

第二節　鬧熱性在東亞戲劇中的嬗變

　　翁師敏華先生在《中日韓戲劇文化因緣研究》中指出：「中日韓戲劇演藝面貌，在中世還是十分相像、十分近似的」，而「正是從這一時期起，分道揚鑣，各尋其道，以至越走越遠，面目全非了。」〔註60〕越南戲劇其實也是如此。從中世開始，受到中國傳統戲劇的影響，形成了嗺劇，並與嘲劇一起，構成其傳統戲劇之雙璧。亦從這一時期開始，越南戲劇走上了獨立發展的道路，形成了自己的特色，呈現出了不同的風格。因此，東亞戲劇從此「分道揚鑣」，各具民族特點，而其中的鬧熱性也隨之嬗變，形成了不同的內涵。

一、日本狂言的鬧熱特徵

　　隨著猿樂能、田樂能的進一步發展，到 13 世紀後期，日本的國劇——能

〔註59〕〔日〕內藤湖南著、儲元熹譯《何謂日本文化》（一），載《日本文化史研究》，北京：商務印書館，1997 年版，第 7 頁。原載 1922 年 1 月 5～7 日《大阪朝日新聞》。

〔註60〕翁敏華《中日韓戲劇文化因緣研究》，上海：學林出版社，2004 年版，第 139 頁。

樂形成〔註 61〕。觀阿彌、世阿彌父子對能樂的形成、確立起了重要作用，世阿彌更被譽爲「日本戲劇之集大成者」〔註 62〕。

至 16 世紀，即鐮倉、室町時代，能樂已成爲日本最爲活躍和繁榮的戲劇主流樣式，也是日本成熟的民族戲劇形態。

（一）能樂與狂言

能與狂言，合爲「能樂」。能是嚴肅的、悲劇的、抒情的假面歌舞劇，狂言是愉悅的、喜劇的、滑稽的科白劇。能典雅、優美，體現出一種「幽玄美」，狂言則通俗、幽默，直接繼承了猿樂的滑稽模擬小戲部分，體現出類似中國古代優戲和宋金笑劇的笑鬧風格。能是宗教悲劇，狂言是滑稽短劇。實際演出中，能與狂言有著較爲明確的分工——一段能接演一段狂言，進行交互表演。

鐮倉時代，狂言與能是一體的，均隸屬於「猿樂能」。世阿彌《習道書》載：「申樂（猿樂）的番數，昔日不過五番。今日神事勸進等，也是申樂三番，狂言二番。」〔註 63〕可知，狂言此時還未能與能樂分離，形成獨立的戲劇形式。隨著能樂的進一步發展，狂言也從猿樂能中逐漸分化，「吸收了『猿樂』中喜劇的對話要素和寫實演技的要素，獨立地發展爲科白的喜劇，頗富寫實性、娛樂性和庶民性」〔註 64〕。

能樂之狂言，又稱「能狂言」〔註 65〕。而狂言本身可分爲本狂言和間狂言。本狂言是具有獨立戲劇形式的狂言。間狂言則是與能的演出有關，又可分爲兩種情況：其一，作爲配角，以狂言角扮演人物，並在前後場之間登場，講述有關主人公的故事，而與能劇目中的劇情無直接關係；其二，扮演劇中人物，與劇情產生直接關係。一般而言，無論本狂言還是間狂言，都稱作「狂言」，「本狂言」一詞則基本不用。〔註 66〕

〔註 61〕 參見〔日〕天野文雄《能‧世阿彌‧風姿花傳（解說）——寫給〈風姿花傳〉的讀者》，載〔日〕世阿彌著、〔日〕天野文雄監譯、王冬蘭翻譯《風姿花傳》，北京：中國社會科學出版社，1999 年版，第 12 頁。

〔註 62〕 轉引自翁敏華、回達強《東亞戲劇互動史》，上海：上海古籍出版社，2014年版，第 128 頁。原載日本《演劇百科》，第 249 頁。

〔註 63〕 轉引自唐月梅《日本戲劇史》，北京：崑崙出版社，2008 年版，第 169 頁。

〔註 64〕 唐月梅《日本戲劇史》，北京：崑崙出版社，2008 年版，第 170 頁。

〔註 65〕 參見唐月梅《日本戲劇史》，北京：崑崙出版社，2008 年版，第 169 頁。

〔註 66〕 參見王冬蘭《鎮魂詩劇：世界文化遺產——日本古典戲劇「能」概貌》，北京：中國戲劇出版社，2003 年版，第 111 頁。

　　室町時代，狂言與能一起演出，狂言演員屬於能劇座的成員，然仍具有一定的獨立性。其可以跨劇座進行演出，而且亦可走進鄉野，演出獨立的狂言作品。室町時代末期，表演伎藝進一步提高，表演流派產生——大藏流出現。江戶時代初期則有和泉流和鷺流兩個流派產生。與此同時，狂言劇本也大量湧現，各流派雖然劇目情節大致相似，卻在細節處理上表現各異。現存狂言劇目 700 個左右，包括明治之後新創作劇目 200 餘個。〔註67〕

　　能樂是武士階層的「式樂」〔註68〕，是隨著武士階層的崛起、幕府政治的建立而興起的表演藝術形式，體現了那一時代的武士精神。而隨著幕府政治的瓦解，能樂的表演也受到了十分嚴重的衝擊，其中狂言表演只能在地方上得以延存，直至二次世界大戰之後，才重新確立了地位，上演至今。2001年，能樂被列入聯合國教科文組織第一批人類口頭和非物質文化遺產名錄。

（二）比較視野中狂言之鬧熱

　　狂言作為滑稽短劇，其特徵類似中國宋金笑劇，與中國傳統戲劇的表演有相通之處，具有鬧熱性。具體而言，狂言的鬧熱特徵主要體現在表演形式、演出內容，及戲劇的審美風格等三個方面。

1、表演形式的鬧熱性

　　狂言演出時，登場人物並不多，一般只有兩到三人——主角一人、配角一到兩人。主角稱為「仕手」，配角則稱為「挨答」，意為「應對」，正體現了狂言的科白劇特點。人物腳色姓名顯得十分籠統，是角色的身份指稱，如稱為「主人」「老人」「和尚」「男」「妻」等；角色姓名亦具有世俗性，有時只稱為「太郎」「次郎」等，恰如中國小戲中的「張三」「李四」，而沒有特定的具體的姓名〔註69〕。狂言與宋金笑劇的短製相似：僅有一兩個人登場的表演。而中國傳統戲劇發展到清代中晚期，民間兩小戲、三小戲亦為此類短製。短小精悍是狂言的特徵之一，而這樣的演劇形式能夠形成一種靈活效果，是彰顯鬧熱性的手段之一。

〔註67〕參見王冬蘭《鎮魂詩劇：世界文化遺產——日本古典戲劇「能」概貌》，北京：中國戲劇出版社，2003 年版，第 114 頁。

〔註68〕參見〔日〕河竹繁俊著、郭連友等譯、麻國鈞校譯《日本演劇史概論》，北京：文化藝術出版社，2002 年版，第 120 頁。

〔註69〕參見王冬蘭《鎮魂詩劇：世界文化遺產——日本古典戲劇「能」概貌》，北京：中國戲劇出版社，2003 年版，第 114～115 頁。

　　較之能而言，狂言中的人物都爲現世之人，且基本不戴假面登場，即便有佩戴狂言專用假面演出的，也均爲滑稽面具。演出所用的道具分爲大、小兩類，大型道具同能演出所使用的相同，十分簡練，且具有象徵性；而小道具以扇和黑漆桶爲主，如以扇子的開闔來體現點火、呈酒、供佛等內容，或刀、筆、棍等工具，具有寫意效果。尤其是表現「門」「室內」等大型道具的存在時，與中國傳統戲劇一樣，並非採用實物布景，而以演員的動作表演來體現。世俗性、寫意性、生活化均爲中日戲劇鬧熱的主要特點和表現手段。

　　狂言表演的語言和動作亦具鬧熱性，與中國傳統戲劇有相似之處。語言方面，較爲口語化，且有方言語彙。狂言語言保留了部分日本中世口語，有些對話採用了關西方言〔註 70〕。中國傳統戲劇的科白十分口語化，有俗語、諺語、等，在科諢中更多使用方言，尤其是舞臺表演中，京劇丑角多用京白、崑劇丑角則多用蘇白，具有通俗之鬧熱效果。動作方面則具程式性。狂言的演出在「自報家門」「登門拜訪」「途中結伴」等場景都有固定的表演程式。在身段、步伐等雖接近生活，但也有程式要求，如狂言的哭泣程式是「發出嗚、嗚、嗚哭聲的同時，低頭彎腰，用手蒙眼」〔註 71〕，表示一種誇張的使人發笑的程式化動作，屬於鬧熱程式。而中國傳統戲劇中的表演程式更是發達，這種共通性是東亞戲劇「同根異花」特徵的表現之一。

　　此外，日本戲劇也注重觀演交流的鬧熱，大藏虎明在《童子草》中談到，狂言是舞臺的藝術、語言的藝術，亦是「笑」的藝術，「舞臺臺詞要給予觀眾的心一種滿足，這樣藝術才能有朝氣，才能發揮作用」〔註 72〕。這種作用，其實就是通過「觀——演」的鬧熱傳播實現的。據翁師介紹，在日本戲劇觀賞中，喝彩、喝倒彩也比比皆是，觀眾有時會將自己的座墊丟上舞臺，場面十分鬧熱。而歌舞伎演出時，觀眾會站在花道的一端，呼喊著主角的藝號，就像今天「粉絲」們對他們偶像的熱愛和擁護一樣。

　　2、演出內容的鬧熱性

　　狂言劇目的分類依據主角所扮演的人物來劃分。由於分類的細緻程度不

〔註 70〕　參見王冬蘭《鎮魂詩劇：世界文化遺產——日本古典戲劇「能」概貌》，北京：中國戲劇出版社，2003 年版，第 116 頁。

〔註 71〕　王冬蘭《鎮魂詩劇：世界文化遺產——日本古典戲劇「能」概貌》，北京：中國戲劇出版社，2003 年版，第 117 頁。

〔註 72〕　唐月梅《日本戲劇史》，北京：崑崙出版社，2008 年版，第 183 頁。

同，有五分法、七分法、九分法，亦有十一、十二、十六分法。細緻些的十一分法，可分狂言劇目爲喜慶類、老爺類、老爺僕人類、女婿類、女人類、鬼類、修煉和尚類、出家人類、盲人類、舞類、雜類等〔註73〕；五分法則分爲大侯爺・小侯爺類、僧侶類、女婿・女人類、鬼神類、雜類等〔註74〕。如此，與宋金雜劇、院本的分類頗爲相似。如金院本「打略拴搐」目下又分「和商家門」「先生家門」「秀才家門」「大夫家門」「卒子家門」「司吏家門」等，也是依據劇中角色來劃分的。

下面，筆者以五分法爲例，淺析其中的鬧熱特點，及與中國傳統戲劇鬧熱性的關係。

大侯爺・小侯爺類包括兩類，前者以侯爺爲主角，後者以僕人爲主角，侯爺爲配角。大侯爺類的狂言作品，諷刺了侯爺的愚昧、怯懦、蠻橫等醜態；而劇中的配角，如行人、僕人等雖然地位低下，卻顯得勇敢、聰敏，是正面形象。如《兩位侯爺》侯爺甲、侯爺乙一同上京，路遇一個行人，侯爺甲欲令行人充當其僕人，幫忙拿刀。面對如此蠻橫要求，行人以機智勇敢的手段化解——先以大刀威脅兩位侯爺交出了腰刀，讓他們學鬥雞；逼迫他們脫掉了外衣褲，學狗打架；叫他們學京城流行的小曲《不倒翁》。兩位侯爺一一學過，行人認爲這些東西如果還給侯爺，他們依舊會作惡，因此，抱著「戰利品」跑掉了。兩位侯爺狼狽不堪，得知上當，無奈只得追趕。全劇笑點十足，鬧熱性極強，尤其是行人連續對兩侯爺進行戲弄——要求其交腰刀、學鬥雞、脫衣服、學狗打架、唱小曲，戲劇衝突則持續激發，表演的鬧熱性隨著戲劇性的推進而迸發。且看學鬥雞的一段：

　　　　行人：（笑）哈哈，眞逗，好一對熊包。喂喂，你們確實想活命嗎？

　　　　侯爺甲、乙：非常想活命。

　　　　行人：你們的烏帽子像是雞冠子。想活命，就到這裡，給我裝作鬥雞吧！

　　　　侯爺甲：什麼？裝作鬥雞？

　　　　行人：可不是嘛。

〔註73〕參見唐月梅《日本戲劇史》，北京：崑崙出版社，2008年版，第187頁。
〔註74〕參見王冬蘭《鎮魂詩劇：世界文化遺產——日本古典戲劇「能」概貌》，北京：中國戲劇出版社，2003年版，第117頁。

　　侯爺甲、乙：不行，不行。

　　行人：還炫耀武士身份，不肯裝作鬥雞，那就把你們像切瓜似的砍成兩半！（舉刀過頂）

　　侯爺甲：哎，那就……

　　侯爺甲、乙：裝作鬥雞吧，裝作鬥雞吧。

　　行人：那麼趕快幹起來！

　　侯爺甲：要是裝作鬥雞了，肯把長刀和佩刀還給我們嗎？

　　行人：嗯，還給你們，還給你們。

　　侯爺甲：到這邊來呀。

　　侯爺乙：好吧。

　　侯爺甲、乙：（來到舞臺前方，面對面地）喀喀喀喀，喀嗒！喀喀喀喀，喀嗒！喀喀、喀嗒喀！喀嗒喀！喀喀喀！（張開雙袖，呼扇著，兩腳踢來踢去）〔註75〕

　　兩個地位顯赫的侯爺扇著衣袖，「喀喀」地學鬥雞的樣子，真是笑煞人也。以地位卑微的行人來戲弄地位顯赫的侯爺，如此表現反映了能樂崛起時代，日本「下克上」的社會文化現象。所謂「下克上」，是當時日本沒落的貴族和上層僧侶對下層庶民以及農民出身的廣大下層武士打破社會秩序的用語〔註76〕。這類嘲諷式演劇，在中國傳統戲劇中亦十分常見，從「弄參軍」到唐代參軍戲，再到宋雜劇以降之淨丑腳色的扮官表演，都是如此。以一種嘲諷、戲弄的態度，製造出舞臺上的笑鬧效果，最終表達其戲劇的教化旨意——懲惡揚善、扶弱除強〔註77〕。

　　僧侶類狂言的主角是出家人，故事大多諷刺，甚至批評出家人和下層官吏的生活。《骨皮》是一個十分有趣的作品，演繹了方丈如何教弟子說謊的故事。施主前來借傘，徒弟借予，方丈則教他應該說前天師父撐了，結果遇到狂風，變得骨是骨，皮是皮，不能用了。施主前來借馬，徒弟如是說不能借傘的緣由。方丈則教徒弟說，前幾日馬去吃草，發了野興，跌斷了腰骨，不中用了。施主前來請方丈住持忌日法會，徒弟如是說不能借馬的理由，方丈大怒：

〔註75〕　周作人《日本狂言選》，北京：國際文化出版公司，1991年版，第9～10頁。

〔註76〕　參見唐月梅《日本戲劇史》，北京：崑崙出版社，2008年版，第169頁。

〔註77〕　參見翁敏華《中日古代滑稽短劇比較淺論》，《藝術百家》1990年第4期。

　　方丈：這眞是，你是個呆子。無論怎麼説，總是不會懂。有人
來借馬的時候，才教你那樣説的。照這情形看起來，到底不能住持
這寺的了。你給我出去罷。

　　徒弟：是。

　　方丈：還不去麼，還不去麼！（打。）

　　徒弟：阿唷，阿唷，……即使説是師父，怎麼便這樣的毆打。
便是你，難道就沒有發過野興的事情麼？

　　方丈：我什麼時候，發過野興了？要是有，快説出來，快説出
來。

　　徒弟：説出來的時候，可要丢了臉了。

　　方丈：我沒有要丢了臉的行爲，要是有，快説出來，快説出來。

　　徒弟：那麼，説出來了。

　　方丈：快説出來。

　　徒弟：呃，有一天，門前的「一夜」來了。

　　方丈：那個「一夜」怎麼了。

　　徒弟：請聽下去吧。你用手招她，帶到臥房裏去了。那還不是
野興發了麼？

　　方丈：你這可惡的東西！編造出並不曾有的事情，叫師父出醜。
憑了弓矢八幡，不再讓你逃走了。

　　徒弟：即使説是師父，我也不輸給你。

　　方丈：荷荷，——荷荷。（相打。）〔註78〕

徒弟説了實話，好色的方丈惱羞成怒，兩個和尚，就這麼在臺上打鬧起來，
場面可謂鬧熱異常。諷刺和尚好色、貪婪的劇作，在中國傳統戲劇中亦十分
常見。本文前述所引《錦箋記》中《進香》一齣，兩個和尚的葷話，就是如
此。而嘲諷出家人，亦是對神聖的褻瀆，唐代多有「弄三教」「弄孔子」「弄
婆羅門」等優戲，都是諷刺神聖、褻瀆宗教的短劇。誠如巴赫金言：「狂歡節
式的世界感受對人們的觀察和思考所產生的影響是無法抗拒的：這種影響迫
使人們彷彿擺脱自己的正式身份（僧侶、教士、學者），從狂歡節式詼諧的角
度看待世界。不僅學生和小教士，即便是上層的教會人士和神學家也都准許
自己娛樂消遣一番，即擺脱神學嚴肅性休息一下，開開『僧侶的玩笑』（『Joca

―――――――――――――――――――――――――
〔註78〕周作人譯《狂言選》，北京：中國對外翻譯出版公司，2001 年版，第 130 頁。

monacorum』）」〔註79〕。這是人類共同的狂歡心理，所構築的鬧熱文化。東亞戲劇的鬧熱性也有著類同表現。

此外，女婿・女人類、鬼神類、雜類等狂言作品，亦有十足的鬧熱表現。如女婿類的《二人裙》演出了新婚女婿、女婿的父親及岳父三人的鬧劇；女人類的《因幡堂》則上演了丈夫與酗酒妻的家庭鬧劇；鬼神類的《雷公》講述了庸醫爲雷公治療的故事，庸醫運用巨大的針灸和槌來爲雷公治療，顯得手法甚是誇張，彰顯了舞臺表演的鬧熱效果；雜類《盜瓜人》，瓜田主人用智慧捉拿盜瓜人，場面亦是笑料十足。

總之，狂言的鬧熱性十分顯見，亦與中國傳統戲劇的鬧熱性相通。主要體現在語言的詼諧與動作的誇張，世俗性、笑鬧性十分突出。

3、審美風格的鬧熱性

狂言是滑稽短劇，其內容包含四個要素：祝言、滑稽、幽默、諷刺。其中「祝言」體現了狂言最初的宗教功能——在表演中，祝福天下太平，表現歡樂場面，是「祝言狂言」的原初意圖〔註80〕。這類狂言在功能上十分接近中國例戲各類祝禱性、賜福性的表演，均體現了鬧熱性中最原初的、具有儀式功能的原始鬧熱性。狂言在發展過程中，第一個要素逐漸淡化，即儀式性淡化，而「滑稽」「幽默」「諷刺」要素佔據了主要位置，原始鬧熱性藏在了民俗鬧熱性背後，娛樂性顯現。因此，「笑」是狂言的基本性格。

有關狂言的「笑」之內涵，日本學界有兩種不同的意見。一種認爲是以諷刺爲中心；另一種則認爲狂言之「笑」是語言遊戲，以趣味的滑稽爲基礎，類似單口相聲，諷刺只是其中的一面〔註81〕。世阿彌《習道書》講到了狂言的「笑」之內涵規定性：

> 在「笑」中要含有樂趣。這就是有趣、高興，令人欽佩。和諧於心，精彩之處，引人「笑」。表演一齣奇特的狂言，應求其有趣、幽玄上品的幽默滑稽。……在語言、風采（衣著打扮）方面，也力

〔註79〕 《弗朗索瓦・拉伯雷的創作與中世紀和文藝復興時期的民間文化導言》，載〔俄〕巴赫金著、李兆林、夏忠憲等譯《巴赫金全集》第六卷，石家莊：河北教育出版社，2009年版，第15～16頁。
〔註80〕 參見唐月梅《日本戲劇史》，北京：崑崙出版社，2008年版，第180頁。
〔註81〕 轉引自唐月梅《日本戲劇史》，北京：崑崙出版社，2008年版，第180頁。原載〔日〕大島建彥《能・狂言的周邊》，載《謠曲・狂言・花傳書》，日本：角川書店，1958年版，第368頁。

求不卑賤，讓貴族上層人士聽來悅耳，應使其愛好聰明伶俐、談吐幽默，反覆滑稽逗樂，但切記，千萬不要出現卑俗的語言和作態。〔註82〕

世俗，甚至鄙俗、粗俗，都是民間藝術鬧熱性的表現。而世阿彌則將狂言這一來自民間表演的內涵規定爲「幽玄上品的幽默滑稽」，這是一種藝術的規定，是對狂言與能配合所演能樂的藝術要求。池田廣司《狂言的性格》進一步解釋道：「在『笑』中認可『眞實』，在滑稽中承認『眞實的心』。應該說這才是『幽玄上品的幽默滑稽』。」〔註83〕可見，狂言的「笑」已經上升到了藝術鬧熱性的層面。

日本戲劇藝術體現出「幽玄美」之意境，源於世阿彌對能樂的改革。其能樂理論首先提倡能樂要達到「幽玄美」。他認爲能樂最爲理想的藝術境界就是達到「幽玄」，進而發展爲「能樂道」。他在《花鏡》中說：

> 幽玄風體之事，在諸道和諸事中，幽玄是最高的藝位。其中能樂尤以幽玄爲第一。首先，幽玄的風體，呈現在觀眾面前，就會博得觀眾的讚賞和尊重。……表演出神入化，才能達到藝術的最高境界。若忘卻表演得體，就不容易進入幽玄之境。不能進入幽玄之境，就達不到最高的藝位，也就無法得名，成爲高手。因此，關鍵是對技藝要千錘百鍊，精益求精，重視幽玄之風。……要鑽研技藝之理，並能運用自如，即可步入幽玄的境界。不鑽研技藝，只顧妄想表演幽玄，一生也不能達到幽玄之境。〔註84〕

這是能樂的最高審美理想，狂言亦在這一體系中。能與狂言在能樂中交互式表演，客觀上是以一種喜劇性的手法和風格（狂言的表演），來平衡能樂主體表演中的悲憫情愫（能的表演）。因此，在審美要求上，能樂之表演，契合了中國傳統戲劇的「中和」理想。

然幽玄美提倡了一種戲劇表演的幽靜風格，這與西方悲劇審美有著異曲同工之妙——悲劇要達到崇高的審美效果。悲劇的、幽靜的能，不具備原始或民俗的鬧熱性，其藝術性中摒棄了鬧熱元素，這與日本民族的世界觀相聯

〔註82〕轉引自唐月梅《日本戲劇史》，北京：崑崙出版社，2008年版，第181頁。

〔註83〕轉引自唐月梅《日本戲劇史》，北京：崑崙出版社，2008年版，第186頁。原載〔日〕池田廣司《狂言的性格》，載《謠曲・狂言・花傳書》，日本：角川書店，1958年版，第392頁。

〔註84〕轉引自唐月梅《日本戲劇史》，北京：崑崙出版社，2008年版，第155～156頁。

繫。固然，中日悲劇都有同樣的教化目的和審美效果——淨化人的心靈，而中國傳統悲劇卻運用了不同手段：中國悲劇用鬧熱的手法來渲染，震撼觀者之心。故中國傳統戲劇中無論悲劇、喜劇，均具備鬧熱性——傳統戲劇的鬧熱性是「鬧而不亂」「鬧而有序」的，即符合了「中和之美」的最高理想。

可見，從鬧熱性角度觀之，中日戲劇也的確分道揚鑣了：中國戲劇將鬧熱進行到底，日本戲劇則在「靜」與「鬧」的取捨中，令鬧熱性退居次席，悲劇與鬧熱性的關係體現為「悲而不鬧，鬧而不悲」的審美要求。日本戲劇的鬧熱性，被狂言所承繼。狂言這一「笑」的藝術，是東方笑劇的典型代表，其笑謔與世俗的風格，正是日本傳統戲劇的鬧熱表現。

二、韓國山臺都監系統劇的鬧熱流變

朝鮮半島於公元 1392 年建立了朝鮮新王朝，開啟了其近世歷史。在傳統戲劇方面，朝鮮朝不再承襲前朝所舉辦的燃燈會、八關會等儀式，轉而繼承了儺禮（高麗睿宗朝之後逐漸演變為儺戲）與山臺雜劇，而後發展、合流成山臺儺禮。山臺儺禮在發展中進一步淡化了儀式性，增強娛樂性，最終演變為山臺儺戲。17 世紀後，山臺儺戲逐漸衰落，散佈民間，逐漸演化形成了民俗假面劇——山臺都監系統劇。

（一）山臺儺戲的鬧熱性與山臺都監系統劇的形成

山臺儺戲前身是山臺儺禮，即儺禮與山臺雜劇合流後的產物。《朝鮮王朝實錄》記載了諸多關於這一時期的行儺情況：「『觀儺則雜戲也』（中宗元年十一月甲午條）、『傳曰儺禮之設本為戲事』（燕山君五年十二月癸卯條）和『山棚結綵儺禮』（太宗元年二月乙未條）、『觀儺戲』（世宗十一年乙酉條）、『山臺儺禮』（成宗十年十月癸丑條）以及『綵棚儺禮』（光海君元年十二月乙未條）等等」〔註85〕。其中有稱為「儺禮」，亦有稱為「儺戲」者，可見這正是從儺祭、儺禮向儺戲轉化的時期，是從娛神到娛人的過渡。從鬧熱性來看，是原始鬧熱性轉向民俗鬧熱性的階段。

朝鮮半島戲劇進入民俗鬧熱性階段，表現在諸多方面。首先，朝鮮朝設立的儺禮都監和山臺都監分管儺禮和山臺雜劇，而後則逐漸合流，名稱亦混

〔註85〕〔韓〕李杜鉉著、紫荊、韓英姬譯、〔韓〕吳秀卿審訂《韓國演劇史》，北京：中國戲劇出版社，2005 年版，第 74 頁。

稱，有「山臺儺禮」「山臺雜戲」「儺戲」等〔註86〕。其次，山臺戲原本在迎接中國使臣時演出，具有儀式效能；進而發展為多種功用，演出面擴大，多在季冬行儺、宗廟親祭、謁聖、行幸等禮儀性場合演出；抑或在安胎、農作、節日祭禮、宴樂歡娛之際進行演出，民俗性凸顯〔註87〕。第三，演出面擴大，意味著演出機會的增多，觀者驟增，民俗鬧熱性增強。李瀷《星湖僿說・人事門》載：「今世別置都監，海上國使臣至，為左右棚，競鬥新奇。每每增添，其費許多，獨不可每每減損以至於廢耶。……國人方將奔走縱觀，宰相不免，豈勝歎哉！」〔註88〕山臺儺戲演出分左右兩棚，「競鬥新奇」，像極了唐代熱戲形式的演出。而上至宰相，下到黎民，觀者雲集，可見演出規模之盛。

　　山臺儺戲較之儺祭儀式來說，具有兩個特點，亦為兩類表演模式之特點：「驅儺後的歌舞部分增加了分量」「笑謔之戲已成明顯獨立的節目」〔註89〕。前者是以動作為主的「規式之戲」——百戲，後者是以科諢說白為主「笑謔之戲」，兩種表演形式在這一時期均體現出十足的民俗鬧熱性。

　　第一，「規式之戲」——百戲歌舞之鬧。

　　「規式之戲」主要指朝鮮半島的百戲。具體來看，無論是表演形式、內容及其鬧熱性，明顯映像出中國散樂之面影；而百戲中增加了歌舞的演出分量，亦增加了歌舞鬧熱之形式。

　　山臺儺戲原本就是在中國使臣到來之際而呈演的。明人董越曾在1488年作為明朝使臣出訪朝鮮，並撰有《朝鮮賦》記錄其半島見聞，其中亦載有「規式之戲」：

　　　　駢闐動車馬之音，曼衍出魚龍之戲。以下皆書陳百戲迎詔。籠戴山擁蓬瀛海日，光化門外東西列鰲山二座、高與門等，極其工巧。猿抱子飲巫山峽水。人兩肩立二童子舞。翻筋斗不數相國之熊，嘶長風何有鹽車之驥？沿百索輕若凌波仙子，蹋獨蹻驚見跳樑山鬼。飾獅象盡蒙解剝

〔註86〕　參見〔韓〕李杜鉉著、紫荊、韓英姬譯、〔韓〕吳秀卿審訂《韓國演劇史》，北京：中國戲劇出版社，2005年版，第74頁。

〔註87〕　參見〔韓〕李杜鉉著、紫荊、韓英姬譯、〔韓〕吳秀卿審訂《韓國演劇史》，北京：中國戲劇出版社，2005年版，第74頁。翁敏華《中日韓戲劇文化因緣研究》，上海：學林出版社，2004年版，第72～74頁。

〔註88〕　轉引自〔韓〕李杜鉉著、紫荊、韓英姬譯、〔韓〕吳秀卿審訂《韓國演劇史》，北京：中國戲劇出版社，2005年版，第74頁。

〔註89〕　〔韓〕李杜鉉著、紫荊、韓英姬譯、〔韓〕吳秀卿審訂《韓國演劇史》，北京：中國戲劇出版社，2005年版，第75頁。

之馬皮，舞鸘鸞更簇參差之雉尾。蓋自黃海、西京兩見其陳率舞，
而皆不若此之善且美也。平壤、黃州皆設鰲山棚，陳百戲迎詔，而惟王京爲
勝。〔註90〕

這段描寫，乍看之，與中國漢代百戲的鬧熱情狀如出一轍，尤其是「曼衍之
魚龍之戲」，即張衡《西京賦》所言「魚龍曼衍」之戲。光化門外東西各有兩
座巨型鰲山，即山臺，做工極其精巧。在山臺上，各色百戲輪番呈演，有舞
童、翻筋斗、踏索、蹋獨蹻等，亦有獅子、大象等擬獸表演。模擬獅子的表
演，應該是朝鮮朝的獅子舞——繼承了新羅的傳統民俗舞蹈，在高宗二十四
年（1887）進入宮廷演出〔註91〕。《呈才舞圖笏記》記載了獅子舞表演的鬧熱
情狀：「一頭青獅子和一頭黃獅子踏著靈山會相曲的旋律，搖身蹈足而前，然
後分東西兩側站立。少頃，匍匐在地。過了一會兒，站立起來啄地，抬起頭
來瞄目和揮尾，張開血盆大口鼓齒，邊學獅子的各種動作邊跳舞。」〔註92〕
總之，「規式之戲」已經褪去了娛神之功能，轉而娛人，其表演的原始鬧熱性
也逐漸過渡到民俗鬧熱性。

第二，「笑謔之戲」——嘲諷、娛樂之鬧。

「笑謔之戲」上承高麗朝之「調戲」的諷刺、滑稽傳統，表演技藝有了
進一步提高，成爲了娛人之戲。其鬧熱範圍也有進一步擴大——不僅秉承了
對官吏的諷諫傳統，產生了嘲儒之戲，在後世還進入了喪禮，成爲「鬧喪」
活動的組成部分。

與中國傳統優戲一樣，朝鮮朝「笑謔之戲」具備諷刺時事之功用，諷刺
貪官的內容並不鮮見。魚叔權《稗官雜記》載「定平使買馬鞍戲」：

中廟朝，定平府使具世璋貪贓無厭。有賣鞍子者，引來府庭，
親與論價。詰其輕重者數日，卒以官貸買之。優人於歲時，戲作其
狀。上問之，對曰：定平府使買鞍子事也。逐命拿來拷訊髒罪，若
優者又能彈駁貪污矣。〔註93〕

〔註90〕〔明〕鄧士龍輯、許大齡、王天有主點校《國朝典故》卷八十九，北京：北
京大學出版社，1993年版，下冊，第1848頁。

〔註91〕參見〔韓〕李杜鉉著、紫荊、韓英姬譯、〔韓〕吳秀卿審訂《韓國演劇史》，
北京：中國戲劇出版社，2005年版，第77頁。

〔註92〕轉引自〔韓〕李杜鉉著、紫荊、韓英姬譯、〔韓〕吳秀卿審訂《韓國演劇史》，
北京：中國戲劇出版社，2005年版，第77頁。

〔註93〕轉引自〔韓〕李杜鉉著、紫荊、韓英姬譯、〔韓〕吳秀卿審訂《韓國演劇史》，
北京：中國戲劇出版社，2005年版，第83頁。

又載「巫稅布戲」：

> 俗傳，官府收巫稅布甚重。每官差到門叫呼驟突，一家蒼皇奔
> 走，具酒食以勞乞緩程期。如是者間日或連日，若害多端，過歲時
> 優人作此戲於御庭，於時命除其稅。優亦有益於民矣。至今優人尚
> 傳其戲，以爲故事。〔註94〕

魚叔權大呼優人之能——以諷諫之戲，爲老百姓做了實事，可見優戲在當時
的重要作用。在後來的傳承中，逐漸演繹成故事，脫離了原初功能，而僅娛
人也。此與唐參軍之緣起甚是相似，而參軍戲至唐以降，則成爲鬧熱的「笑
謔之戲」了。

　　嘲諷儒生爲戲者，朝鮮朝已成必演之劇。《星湖僿說‧人事門》卷五載倡
優作儒戲的鬧熱場面：

> 今時登科者，必以倡優爲樂。有倡優則必有儒戲，其破衣弊冠，
> 胡說強笑醜態百陳，以資觀宴。夫今日冠紳之徒云云。〔註95〕

嘲諷儒生之戲，中國宋金笑劇是爲常見。如宋代官本雜劇有諸多「哮」字劇，
如《雙欄哮六么》《四哮伊州》《雙哮新水》《三哮揭榜》《三哮文字兒》《襤哮
合房》《襤哮負酸》等十四種。「哮」爲中國傳統戲劇之亞腳色名，打諢之腳
色，意爲「醋大」，「即戲曲中所謂酸丁」。而「襤哮」則爲「窮醋大」，是將
儒士比作醋酸，故戲曲中稱其爲「細酸」「酸丁」〔註96〕，民諺俗語講「酸秀
才」是也。如元雜劇《西廂記》第二本第二折【滿庭芳】：「來回顧影，文魔
秀士，風欠酸丁。」可見，此等嘲諷儒生之戲與中國傳統戲劇之儒戲不無關
係，鬧熱性亦一脈相通。

　　「笑謔之戲」中有一類模仿盲人的醉態表演，是爲純粹的民俗娛樂演藝，
《世祖實錄》中有記載。而後來則逐漸進入喪葬演劇中被保留下來，爲「居
士社堂戲」的組成部分。朝鮮半島自古在喪禮上有歌舞娛屍之俗，故而這類
表演成爲「鬧喪」的重要組成，也並不意外〔註97〕。然笑謔之戲從民俗活動

〔註94〕 轉引自〔韓〕李杜鉉著、紫荊、韓英姬譯、〔韓〕吳秀卿審訂《韓國演劇史》，
　　　　北京：中國戲劇出版社，2005年版，第83頁。

〔註95〕 轉引自〔韓〕李杜鉉著、紫荊、韓英姬譯、〔韓〕吳秀卿審訂《韓國演劇史》，
　　　　北京：中國戲劇出版社，2005年版，第84頁。

〔註96〕 參見劉曉明《雜劇形成史》，北京：中華書局，2007年版，第282～286、318
　　　　～319頁。

〔註97〕 參見〔韓〕李杜鉉著、紫荊、韓英姬譯、〔韓〕吳秀卿審訂《韓國演劇史》，
　　　　北京：中國戲劇出版社，2005年版，第80～81頁。

重新走入祭禮儀式，此亦非朝鮮半島戲劇之孤例。

總之，朝鮮朝的「笑謔之戲」，較之「規式之戲」在戲劇形態上更進一步。雖然是在聚會宴飲中的演出，卻具備了一定的故事情節，人物扮演也有了較爲固定的規制，已十分接近藝術演劇。然朝鮮半島的戲劇並未眞正捅破這層窗紙，反而迴旋在民俗演藝階段，固步不前了；其演劇的鬧熱性也停留在原始和民俗鬧熱性階段。

山臺儺戲在 16 世紀達到鼎盛，是朝鮮半島民俗活動的盛世之戲，其表演飽含了原始與民俗鬧熱性。而 17 世紀後，隨著「倭亂」的發生和中國明清易代，官方山臺儺戲演出日漸式微。「特別是仁祖十二年（1634）以後，朝廷縮小了儺禮的規模，只搞驅逐疫神」，而「崇明排清的朝廷在迎接清使時精簡了山臺設施，盛觀大不如前，每年也只舉行幾次」〔註98〕。至此，官方山臺儺戲的鬧熱性亦隨之式微，到英祖、正祖時，山臺儺戲被完全廢止〔註99〕。而藝人們則轉入農村、漁村、市場、寺刹，繼續進行巡迴表演，故民間娛樂活動薪火相傳，保持了一定的鬧熱性。這一切，都爲山臺都監系統劇的形成做了充足準備，使其成爲朝鮮朝後期最具代表性的民俗劇。

（二）山臺都監系統劇的鬧熱特徵

山臺都監系統劇是朝鮮半島具有代表性的民俗劇，有諸多別稱，如山臺都監戲、山地都監、山地戲、山臺戲、山頭都監、山頭儺禮等，一般被稱爲「山臺劇」。學界爲了區分高麗朝末年到朝鮮朝初期的山臺雜劇，故命名爲「山臺都監系統劇」〔註100〕。有關山臺都監劇的形成時間，韓國學界眾說紛紜。一般而言，其正式形成大致在仁祖十二年（1634）年廢除山臺儺戲之後，這是當今韓國大多學者較爲首肯的觀點〔註101〕。

山臺都監系統劇是一種綜合性較強的戲劇形態，綜合了山臺儺戲遺失在民間的民俗藝能，因此被稱爲「山臺戲」。代表性的有京畿地區的揚州別山臺

〔註98〕〔韓〕李杜鉉著、紫荊、韓英姬譯、〔韓〕吳秀卿審訂《韓國演劇史》，北京：中國戲劇出版社，2005 年版，第 79 頁。

〔註99〕參見〔韓〕李杜鉉著、紫荊、韓英姬譯、〔韓〕吳秀卿審訂《韓國演劇史》，北京：中國戲劇出版社，2005 年版，第 88～89 頁。

〔註100〕參見〔韓〕李杜鉉著、紫荊、韓英姬譯、〔韓〕吳秀卿審訂《韓國演劇史》，北京：中國戲劇出版社，2005 年版，第 116 頁。

〔註101〕參見〔韓〕李杜鉉著、紫荊、韓英姬譯、〔韓〕吳秀卿審訂《韓國演劇史》，北京：中國戲劇出版社，2005 年版，第 118 頁。

戲和松坡山臺戲。由於其與日本能樂相似，表演上均採取假面劇形式，並雜以歌舞，因此有些地區的山臺都監劇被冠名為「假面舞」，如黃海道的鳳山、康翎、殷栗假面舞。此外，嶺南地區又有兩種叫法，釜山以西稱為「五廣大」，如統營、固城、駕山、晉州五廣大；釜山以東稱作「野遊」，有東萊、水營野遊等。〔註102〕

　　本文以韓國揚州別山臺戲、鳳山假面舞為例，以觀韓國山臺都監系統劇之鬧熱性流變，以及與中國傳統戲劇鬧熱性的關係。

　　揚州別山臺戲是在首爾為中心的京畿地區演出的山臺都監劇之一，1964年被列為韓國國家重要無形文化財第 2 號。鳳山假面舞流行於海西一帶（黃海道），是韓國國家重要無形文化財第17號。

　　鳳山假面舞表演內容與揚州別山臺戲大同小異，其分為七場──「第一場是四童僧舞蹈；第二場是八目僧舞；第三場是社堂舞；第四場是老僧舞（包括鞋商戲和醉發戲）；第五場是獅子舞；第六場為兩班舞；第七場是嘮叨老嫗舞。」〔註103〕其中第二、三、五是揚州別山臺戲所沒有的。

　　揚州別山臺戲則共有八場，前後又有序幕、終場兩段，以及表演前的「遊行亮相戲」（即「路戲」）。演出次序和結構如下：

　　　　遊行亮相戲：主要表演者繞城邑一圈招徠觀眾
　　　　序幕：告祀
　　　　第一場：童僧舞
　　　　第二場：「疥瘡僧」與童僧的戲
　　　　第三場：「疥瘡僧」與目僧的戲
　　　　第四場：「蓮葉」與「眨巴眼」
　　　　第五場：八目僧的戲
　　　　　第一景：念佛戲
　　　　　第二景：針醫戲
　　　　　第三景：兒社堂表演打鼓

〔註102〕參見翁敏華《中日韓戲劇文化因緣研究》，上海：學林出版社，2004 年版，第 74～75 頁。〔韓〕李杜鉉著、紫荊、韓英姬譯、〔韓〕吳秀卿審訂《韓國演劇史》，北京：中國戲劇出版社，2005 年版，第 121 頁。
〔註103〕〔韓〕李杜鉉著、紫荊、韓英姬譯、〔韓〕吳秀卿審訂《韓國演劇史》，北京：中國戲劇出版社，2005 年版，第 138～139 頁。

　　第六場：老僧戲

　　　第一景：目僧戲

　　　第二景：鞋商戲

　　　第三景：醉發戲

　　第七場：兩班戲

　　　第一景：依幕使令戲

　　　第二景：捕盜部長戲

　　第八場：白老翁與嘮叨老嫗戲

　　終場：鎮魂祭〔註104〕

縱觀之，從主體內容看，其主題主要有兩個：對破戒僧的鞭笞（嘲諷），諷刺兩班的驕奢淫逸與體現普通百姓的生活〔註105〕，這是山臺都監劇的民俗內核。從主體結構看，則還有一項重要的內容，即辟邪之儀與鎮魂之祭，這是山臺都監劇的儀式「外衣」。依表演鬧熱性看，前者呈現了民俗鬧熱性，後者則呈現了原始鬧熱性。總之，山臺都監系統劇可謂「儀式其表，世俗其裏」，是原始鬧熱性與民俗鬧熱性相互交織、並存的民俗劇。

1、原始鬧熱性之呈現

　　從揚州別山臺戲的表演程序來看，首先在表演之前有「遊行亮相戲」，其功用是表演者繞城邑一圈招徠觀眾。事實上，這類似儺祭儀式之「索室驅疫」「沿門逐疫」。《新唐書・志第六・禮樂六》載大唐宮廷儺儀之行走路線如下：

　　　大儺之禮。……其日未明，諸衛依時刻勒所部，屯門列仗，近仗入陳於階。鼓吹令帥儺者各集於宮門外。內侍詣皇帝所御殿前奏「侲子備，請逐疫」。出命寺伯六人，分引儺者於長樂門、永安門以入，至左右上閣，鼓譟以進。方相氏執戈揚楯唱，侲子和，曰：「甲作食凶，胇胃食虎，雄伯食魅，騰簡食不祥，攬諸食咎，伯奇食夢，疆梁、祖明共食磔死寄生，委隨食觀，錯斷食巨，窮奇、騰根共食蠱，凡使一十二神追惡凶，赫汝軀，拉汝幹，節解汝肉，抽汝肺腸，

〔註104〕〔韓〕李杜鉉著、紫荊、韓英姬譯、〔韓〕吳秀卿審訂《韓國演劇史》，北京：中國戲劇出版社，2005年版，第130～131頁。

〔註105〕〔韓〕李杜鉉著、紫荊、韓英姬譯、〔韓〕吳秀卿審訂《韓國演劇史》，北京：中國戲劇出版社，2005年版，第131頁。

> 汝不急去，後者爲糧。」周呼訖，前後鼓譟而出，諸隊各趨順天門
> 以出，分詣諸城門，出郭而止。〔註106〕

驅儺之隊在方相氏的帶領下，一路行進，自宮門之外出發，從長樂門、永安門進入宮城，至左右上閣，沿內城而走，繞城一周，最後從順天門出城，出外城牆爲止。在驅儺隊伍行進中，還要不斷「鼓譟」，喊著口號，吟唱驅儺之曲，並「前後鼓譟而出」。從人類表演學角度看，驅儺祭儀是一種表演性活動，具有原始鬧熱性。中國儺儀對朝鮮半島的影響是不言而喻的，高麗朝靖宗六年（1040）即有記載，事實上傳入的時間會更早，而民間傳統則由此演化而來。

韓國學者田耕旭先生認爲：「韓國假面劇中的人物性格及表演方式在很大程度上受到了儺禮中的人物性格及驅儺方式的影響。」〔註107〕的確，儺祭、儺禮到儺戲的發展過程，從朝鮮半島的假面民俗劇之演化路徑就可窺其一斑，揚州別山臺戲就是如此，穿了一件儺儀的「外衣」——「遊行亮相戲」由「索室驅儺」發展而來；序幕之「告祀」，則是典型的祭儀：祭告天地神靈，祈求表演順利，祝禱物豐民安。其結構與山西上黨地區的古賽活動亦十分相似，從遊行到告祀，可謂如出一轍：

> 長子西關三崚廟大賽三天。……六月初六一早，主禮樂戶安神、
> 祭太陽。上午到晚上一直在神前供盞。每供一盞，……一行數十人，
> 沿廟內東西兩廟遊院，進出兩邊的月亮門，左旋右轉，最後落腳在
> 院中的「壇池」，由主禮念念有詞地只會眾人向神位奠酒斟茶上香跪
> 拜。還有一名持竹竿的「前行」（假丞相扮相由樂戶扮）在主禮念誦
> 祭文後，也進行一段半念半唱的道白。然後全隊轉至香亭下，樂停，
> 主禮又誦祭文。……〔註108〕

長子賽戲先安神、祭太陽，後供盞於神前，每供一盞都要在廟院內遊行一圈。這與儺儀的行走十分相似：一行十人，口中念念有詞，又唱又白。最後由主禮誦祭文——與揚州別山臺戲之「告祀」完全相同。其鬧熱性正是通過這樣的程序彰顯，且與儺儀之鬧熱一脈相承。

〔註106〕《新唐書》卷十六，第 393 頁。

〔註107〕〔韓〕田耕旭《儺禮對韓國假面劇（面具戲）的影響》，《戲曲研究》第 71輯，第 297 頁。

〔註108〕張振南、暴海燕《上黨民間的「迎神賽社」再探》，《中華戲曲》第 18 輯，第108 頁。

　　揚州別山臺戲之終場爲「鎮魂祭」，是爲前輩亡靈祈禱和超度的一種儀式性行爲。與遊行和序幕一樣，構成了儺儀之框架，是這一民俗劇的儀式「外衣」，其表演具有原始鬧熱性。

　　2、民俗鬧熱性之呈現

　　山臺都監系統劇在儀式「外衣」之下，包裹著世俗化的生活內容。從其內容主題看——一是對破戒僧的嘲諷，二是諷刺兩班的驕奢淫逸與體現普通百姓的生活——這也是其民俗鬧熱性的內容表現。因此，其既具備民俗性，又具備鬧熱性。對於破戒僧、兩班之嘲諷，體現普通百姓的生活，以及與中國戲劇之關係等內容，前輩學者之研究已甚爲細緻深入，故在此不贅〔註 109〕。然值得一提的是，在與中國傳統戲劇的比較研究中，我們仍可領略兩國傳統戲劇在鬧熱性方面的相通、相似之處。下面筆者對山臺都監系統劇的民俗鬧熱性做一簡單分析。

　　山臺都監系統劇是具有民俗性的戲劇樣式，其形態折射出中國宋代戲劇之面影。安祥馥認爲，山臺都監劇的科場安排可以分爲三段——「開場——本場——終場」，這恰好與宋雜劇的三段「豔段——正雜劇——雜扮」的結構相似〔註 110〕。筆者亦認爲，「開——本——終」三段模式，應是東亞戲劇在民俗演藝階段的演出結構共性。中國民間儺戲也是如此三段，譬如筆者在本文第一章所舉河北武安「捉黃鬼」的例子即如此。其表演前階段具備儺禮的「逐疫」功能；「二鬼踏邊」「探馬迎神」兩個步驟，等同於揚州別山臺戲之「遊行」「告祭」，是「開——本——終」三段之開場部分。正式演出的內容則爲隊戲《捉黃鬼》，是整個儺戲活動的本場部分。終場部分則是以狂歡式的民俗表演結束，與揚州別山臺戲的「鎮魂祭」有所差異，不過武安的整個儺戲活動的結束亦要有「完表儀式」，即在奶奶廟舉行宣告結束之祭儀。「開——本——終」三段模式，並非山臺都監劇的獨創，它與中國傳統戲劇有著割不斷的聯繫，是民俗劇的結構特點。

　　山臺都監劇中有一個女子形象，即令僧侶破戒的女子——小巫（小梅），十分引人注意。田耕旭先生認爲「假面戲小巫或小梅閣氏是由儺禮小梅形象中生發出來的」〔註 111〕。翁師敏華先生亦認爲：

〔註 109〕參見翁敏華《中日韓戲劇文化因緣研究》，「山臺都監劇中的中國文化面影」，上海：學林出版社，2004 年版，第 80～88 頁。
〔註 110〕〔韓〕安祥馥《韓國假面劇與中國傳統優戲》，《戲曲研究》第 74 輯，第 320 頁。
〔註 111〕轉引自翁敏華《中日韓戲劇文化因緣研究》，上海：學林出版社，2004 年版，第 84 頁。

高麗朝以前的韓國主要受漢儺的影響，高麗朝後又受宋儺影響，所以朝鮮朝以後的儺禮就顯出了中國儺文化影響的多重性，而在「小梅（小巫）」這個人物形象身上，更有儺文化和世俗文化的兩重性。〔註112〕

山臺都監劇的兩重性也體現在演出的鬧熱性方面：一面是儺文化的儀式性，即原始鬧熱性；一面是世俗文化的民間性，即民俗鬧熱性。

山臺都監劇一般在傳統節日進行演出，如五月初五端午節、八月十五中秋節、九月初九重陽節、臘月三十除夕、四月初八佛誕日等；或在天旱祈雨之時也上演；以及春夏秋三季的各地巡演（是爲乞食之藝）〔註113〕。朝鮮半島的端午、中秋、重陽、除夕等歲時節令，是由中國傳入，其與演劇天然的血緣關係不必多言，其中所具備的民俗鬧熱性必爲節日演劇所吸收融化。而山臺都監劇在祈雨時演出，則亦與中國的祈雨演劇習俗有關。中國有「桑林淫奔」之俗，原初旨意爲順勢或模擬巫術，即「採用兩性交媾的手段來確保大地豐產」〔註114〕。後來又逐漸以男女交媾與「雲雨」之關係，演變爲一種祈雨方式——「桑林因爲常是男女淫奔的地方，就被看成『能興雲雨』的了」，「男女在桑林的淫奔幽會，既能促使桑葉生長，又能求雨，而風調雨順又是桑葉長得好的又一保證，正是一舉多得的事」〔註115〕。韓國鳳山假面舞就有諸多包含「性」色彩的表演，如第七場「嘮叨老嫗舞」中的一段：

老翁：（伴著古格里「長短」舞蹈，邊唱歌邊走到老嫗身邊。）〈哎呦，哎呦，好時光啊〉誰找老太婆呀，老伴兒，老伴兒，是我呀我。

老嫗：（這不是我的老頭子嗎，左看右看確實是我的老頭子呀，蒼天不負有心人，終於找到老頭子了）（唱歌調子）好高興啊，好高興！（一邊舞蹈，一邊投在老翁的懷抱。）

老翁：喂，老伴兒，我們好長時間沒見面，今天蒼天保祐再相逢，抱一抱盡情地玩吧。（唱歌調子）好歡喜啊，來來摸一摸。（互

〔註112〕翁敏華《中日韓戲劇文化因緣研究》，上海：學林出版社，2004年版，第85頁。

〔註113〕參見翁敏華《中日韓戲劇文化因緣研究》，上海：學林出版社，2004年版，第75、80頁。

〔註114〕〔英〕弗雷澤《金枝》，北京：新世界出版社，2006年版，上冊，第136頁。

〔註115〕翁敏華《〈秋胡戲妻〉雜劇與「桑林淫奔」古俗》，《中華戲曲》第25輯，第189頁。

相愛撫。老嫗抓住老翁不放，大膽做曖昧的動作。老翁倒在地上，老嫗從老翁的身上趟過去。）

老嫗：（痛苦的聲音）哎呦，我的腰啊，年到七十生兒子，萬幸啊萬幸，生兒子眞好啊。（舞蹈）〔註116〕

這段戲是老翁和老嫗的交媾戲。此類淫戲在假面舞中出現，正說明了其前身是一種祝禱儀式——祈雨儀式（雩祭）的表演，其中老嫗的舞蹈則爲「雩舞」。因此，從性崇拜之模擬巫術儀式到男女交媾表演的演進，體現了由原始鬧熱性到民俗鬧熱性的轉變，而民俗鬧熱性多半遮蓋了其表演的原始旨意。

綜上所述，以韓國山臺都監系統劇爲切入，我們發現朝鮮半島的傳統戲劇，由原始表演形態過渡到民俗演藝形式之後，並沒有再進一步發展，而成爲「一種戴著假面表演世俗生活的戲劇樣式」，是以「儺禮的外殼裝載雜戲的內涵」〔註117〕，即表現爲「儀式其表，世俗其裏」。其表演的鬧熱性亦爲原始鬧熱性與民俗鬧熱性的互溶、並存。

朝鮮半島戲劇的發展，中世之後戛然而止，究其緣由，應是多方面因素造成的。這其中也與朝鮮半島處在中日文化交流走廊的獨特位置有關，即在文化源端（中國）——文化終端（日本）的文化傳輸過程中，「走廊」位置更容易保持文化的原生態。此外，朝鮮半島傳統戲劇仍然保留了「原始鬧熱性——民俗鬧熱性」的流變軌跡，此亦爲考察中國傳統戲劇鬧熱性的一面鏡子。

三、越南嘲劇的民間性鬧熱

越南戲劇主要分爲三部分——嘲劇、㗂劇、改良劇。嘲劇是越南本土發展成長起來的戲劇形式，具有民間性。㗂劇是受到中國傳統戲劇的直接影響後，發展起來的戲劇樣式，由於與中國傳統戲劇有相似的藝術體制，甚至被視爲「中國戲劇的分支」〔註118〕。改良劇則是 20 世紀上半葉，爲適應新時代的需求而融合了古劇藝術形式與現代音樂元素的新劇。其中，前兩者爲傳統

〔註116〕韓英姬《韓國假面劇研究》，附錄 B《鳳山假面舞》，延邊大學 2010 年博士學位論文，第 163 頁。按，原文作「老媼」，筆者爲文本統一，改作「老嫗」。

〔註117〕翁敏華《中日韓戲劇文化因緣研究》，上海：學林出版社，2004 年版，第 88 頁。

〔註118〕彭世團《中越傳統戲劇比較研究》，中國藝術研究院 2007 年碩士論文，第 14 頁。

劇。嗩劇與中國傳統戲劇之關係十分密切，學界關注較多，研究較爲系統，故本文以嘲劇爲例，一窺其民間鬧熱特徵。

（一）嘲劇概述

有關嘲劇的起源與形成，學界莫衷一是。有學者認爲，嘲劇爲越南之土生戲劇，源自越南民間宗教儀式；而另有學者認爲是中國戲劇的移植。在形成時間上亦非統一，11 世紀、13 世紀的說法都有〔註119〕；甚至有人認爲嘲劇在 15 世紀初成，直到 18 世紀才發展成爲「一種固定的文藝形式」〔註120〕。可見，嘲劇的起源之說、形成時間，均尙未定論〔註121〕。

較之嗩劇，嘲劇起源與形成的時間應更早。從越南本土來看，嘲劇的直接源頭，大約爲 11 世紀出現的模仿性小戲與民間說唱藝術形式，以及在此基礎上形成的宗教故事演出。後來，在中國雜劇的影響下，逐漸演變成以歌舞形式敘述故事的戲劇形式。15、16 世紀，嘲劇盛行於世。17、18 世紀隨著喃字詩的發展，進入了一個新的時期。20 世紀之後，在西方文化的影響下，嘲劇出現了新變化。20 年代，「文明嘲劇」出現，它是嘲劇、嗩劇相互融合後，再雜以西方歌劇演唱方式的產物。30～40 年代又興起了「改良嘲劇」，其接受了西方話劇的影響，具有了寫實的美學特點。60 年代，嘲劇的創作和演出呈現了與現代題材相結合的特點，以表演正劇爲主。〔註122〕

嘲劇唱腔音樂有道白、引用、各種小調，其中小調比例最高，約有 100 多首常用小調。伴奏方面，則有二胡、笛子、月琴、底鼓、拍板、木魚、鑼等，前三種爲主奏樂器。〔註123〕

嘲劇的主要從藝者爲農民，多在農閒時演出。一個戲班大約 10～15 人，名爲「一挑」，即挑著兩個戲箱就可以到處演出了。此外，由於嘲劇多在鋪著

〔註119〕 按，彭世團所提出的「11 世紀」說，是根據《越南傳統文化詞典》、《嘲劇》
　　　　 等資料的記載；另有河內嘲劇團團長認爲嘲劇形成於 13 世紀。分別參見彭世
　　　　 團《中越傳統戲劇比較研究》，中國藝術研究院 2007 年碩士論文，第 14 頁。
　　　　 廖奔《越南戲劇簡記》，《中國戲劇》2001 年第 7 期。
〔註120〕 張加祥、俞培玲《越南文化》，北京：文化藝術出版社，2001 年版，第 84 頁。
〔註121〕 參見鄭傳寅《古代戲曲與東方文化》，武漢：武漢大學出版社，2007 年版，
　　　　 第 178～179 頁。
〔註122〕 參見彭世團《中越傳統戲劇比較研究》，中國藝術研究院 2007 年碩士論文，
　　　　 第 14～15 頁。
〔註123〕 參見彭世團《中越傳統戲劇比較研究》，中國藝術研究院 2007 年碩士論文，
　　　　 第 15 頁。

一張涼席的「舞臺」上進行表演，故一個戲班亦稱「一席」。〔註124〕

嘲劇大多演繹情節較為簡單的小故事，「多以歌頌仁義道德及善惡有報的因果思想為主題」〔註125〕，內容以演述婦女故事為主。主要劇目有《張園》《觀音氏敬》《神水瓶》《劉平——楊禮》《朱買臣》《花雲》等。由於嘲劇以民間口頭傳承為主，因此，劇本出現較晚。最早的劇本是1924年印行的《觀音氏敬》。嘲劇沒有嚴格意義上的悲劇，多以鬧熱的諷刺喜劇為主，形態較為單一。其與中國宋金笑劇、日本狂言、韓國山臺都監系統劇等一樣，均屬東亞笑劇系統。

嘲劇的演出過程十分鬧熱，開場鑼鼓招呼觀眾來觀演，演員齊聲大呼「哎」，音樂起，兩個丑角持火炬走圓場。緊接著一男一女兩名主要演員在臺上各唱一句定場詩，為其他演職員跟唱定調。進而一名女角開唱，內容為歌頌皇帝為國家和人民所帶來的興旺與和平，並交代劇情，此謂之「交頭」。「交頭」之後進入正戲的演出，謂之「戲身」。正戲演出結束後，正角以一支「詠」，結合樂隊的「散賓」音樂，宣告演出結束。〔註126〕

彭世團《越南嘲劇嗺劇與中國宋元戲劇的關係》，梳理了嘲劇、嗺劇的起源和基本形態，系統分析了其與中國傳統戲劇——宋元戲劇的關係〔註127〕。在此，筆者則由嘲劇的鬧熱演出程序出發，對嘲劇與儺祭儀式的原始鬧熱性、宋金笑劇的民俗鬧熱性，以及韓國揚州別山臺戲的演出程序之相似特點，作一簡析。

其一，開場眾演員齊呼「哎」，伴著鑼鼓，兩個丑角繞場一周。開場小丑，類似宋雜劇中手執「竹竿子」的「參軍色」。而手執火把，繞場一周的行為，亦與儺祭儀式的「驅疫」有關，是表演開場前一種肅清舞臺鬼魅和不祥之儀式行為。如《東京賦》「煌火馳而星流，逐赤疫於四裔」之描寫〔註128〕，就是漢代宮廷儺禮中，宮人手執火把，驅逐疫鬼的形式。此外，嘲劇開場鑼鼓招

〔註124〕參見彭世團《中越傳統戲劇比較研究》，中國藝術研究院2007年碩士論文，第16～17頁。

〔註125〕彭世團《中越傳統戲劇比較研究》，中國藝術研究院2007年碩士論文，第16頁。

〔註126〕參見彭世團《中越傳統戲劇比較研究》，中國藝術研究院2007年碩士論文，第15頁。

〔註127〕參見彭世團《越南嘲劇嗺劇與中國宋元戲劇的關係》，《戲曲研究》第74輯。按，嗺劇即指「㵽劇」。

〔註128〕〔梁〕蕭統編、〔唐〕李善注《文選》，上海：上海古籍出版社，1986年版，第一冊，第123～124頁。

徠觀眾，即與韓國揚州別山臺戲之「遊行亮相戲」之目的、形式亦十分相似。

其二，女角所唱「歌頌皇帝為國家和人民所帶來的興旺與和平」的內容被安排在「交頭」部分，應該同儺儀正式開場前的祭頌行為。如前所述長子賽戲中主禮要在表演開始前，對著神位念誦祭文。再如，揚州別山臺戲之序幕「告祀」。只不過，嘲劇女角所唱頌的內容，已經由「祭神」到「頌人」了。由此可見，其從原始鬧熱性到民俗鬧熱性的轉化軌跡。

其三，嘲劇結尾部分，正角以一支「詠」，結合一段「散賓」的音樂，宣告演出結束。北宋民間雜劇表演亦有此類形式，稱為「打散」。周貽白先生《中國戲曲發展史綱要》云：

> 這一時期在民間勾欄演出，當每一場戲結束後，有一種散場的儀式，名為打散。是用一個副末或其他腳色向觀眾對所言劇目作一般結語，同時來一段所謂「舞鷓鴣」，係用《鷓鴣天》的曲調邊唱邊舞，作為送客的餘文。〔註129〕

可見，演出的結尾部分，宋代民間雜劇表演與嘲劇亦十分相似。如此結尾，已經脫離了揚州別山臺戲「鎮魂祭」的終場形式，與宋雜劇一樣，成為了純粹的民俗表演形式，具有民俗鬧熱性。

此外，從嘲劇表演程序的整體觀之，其結構亦為東亞民俗戲劇的「開——本——終」三段模式，即「入戲（交頭）——戲身（正戲）——戲尾（散賓）」的三段式〔註130〕。可見，嘲劇已經具備民俗鬧熱性，成為了民俗演藝活動。然從中我們亦可發現原始鬧熱性的痕跡。總之，對照韓國揚州別山臺戲，嘲劇民俗鬧熱性較為豐富；較之宋金笑劇，嘲劇雖屬笑劇系統，然藝術鬧熱性仍尚顯不足，究其原因，是為嘲劇的民間性及其鬧熱特徵所致。

（二）嘲劇的民間鬧熱特徵

「嘲劇」之意，與漢語相關，嘲劇亦與中國傳統戲劇有關。鄭傳寅先生認為：

> 「嘲」有嘲諷、笑謔之意，這一源於漢語的名稱不僅凸顯了嘲劇以笑樂為美的審美取向，也暗示了嘲劇與中國古代戲劇的密切關係，我國漢唐以來，長期流行以「嘲」為手段的笑樂之戲，隋唐參

〔註129〕 周貽白《中國戲曲發展史綱要》，上海：上海古籍出版社，1979年版，第195頁。

〔註130〕 參見彭世團《越南嘲劇㗰劇與中國宋元戲劇的關係》，《戲曲研究》第74輯。

軍戲、歌舞戲以及宋金雜劇多爲諧謔之戲，漢代至南北朝時期的「百戲」中野遊這類節目，它們有可能是越南嘲劇的「根」。〔註131〕
又越南學者范廷琥《雨中隨筆》「樂辨」條載：「我國李時，有宋道士南來，教國人歌舞、戲弄；蓋亦扮戲之類。」〔註132〕「戲弄」，多爲調笑性質的表演；而「扮戲」則是戲劇形式無疑。可見，嘲劇受到了中國宋雜劇的直接影響。

不僅如此，在其劇目取材上，亦多中國故事，如《花雲演音歌》本事出自中國《花雲》故事，《石生演戲本》本事爲中國的石生故事〔註133〕。可知，嘲劇與中國傳統戲劇有剪不斷的關係，而鬧熱表現上，也十分類似。

嘲劇由於源自民間，多以即興演出爲主，程式化的內容較少，且沒有文人的參與，亦不像嗩劇那樣得到統治者的大力扶持。因此，從總體看，嘲劇具有明顯的民間性、民俗性。嘲劇的民間性與鬧熱性是等同的，即嘲劇的民間性體現了其民俗鬧熱性。

嘲劇的民間鬧熱特徵，主要表現在以下幾個方面：

第一，音樂方面，嘲劇多用民歌小調；唱詞則多採用「六八體」「雙七六八體」。

嘲劇的唱腔音樂多用小調，大約有 100 多首爲常用小調，包括「北部平原地區的民歌，寺廟、祭禮裏用的各種說唱調誦詞等」〔註134〕。採用民歌體，是嘲劇的一大特點，形式顯得活潑靈動。

唱詞方面，嘲劇較多採用「六八體」「雙七六八體」詩。「六八體」詩，顧名思義，爲六字句、八字句相間的詩格，兩句一組，句句用韻。「雙七六八體」詩，則是在「六八體」基礎上，增加兩個七字句。由於它們均是百姓喜聞樂見的民歌體詩，其格式、用韻又十分簡單，因此，可以表現更爲生動、活潑的主題內容和情感思想。其譜式如下：

〔註131〕鄭傳寅《古代戲曲與東方文化》，武漢：武漢大學出版社，2007 年版，第 179
～180 頁。

〔註132〕轉引自翁敏華、回達強《東亞戲劇互動史》，上海：上海古籍出版社，2014
年版，第 209 頁。原載〔越〕范廷琥《雨中隨筆》卷上，見陳慶浩、鄭阿財、
陳義《越南漢文小說叢刊》（第二輯），臺北：臺灣學生書局，1992 年版，第
32 頁。

〔註133〕參見劉玉珺《越南表演藝術典籍譾述》，《雲南藝術學院學報》2004 年第 2 期，
第 32 頁。

〔註134〕彭世團《中越傳統戲劇比較研究》，中國藝術研究院 2007 年碩士論文，第 15
頁。

「六八體」：

第一句：平平仄仄平平

第二句：平平仄仄平平仄平

「雙七六八體」：

第一句：平仄仄平平仄仄

第二句：平平平仄仄平平

第三句：平平仄仄平平

第四句：平平仄仄平平仄平〔註135〕

第二，嘲劇的民俗性還表現為宗教題材故事的演出。

彭世團在談到嘲劇的起源時講：「嘲劇源自於公元十一世紀的一種模仿性的小把戲和民間演唱活動，逐步出現宗教故事的演出（如《血湖》，講述的是目連下地獄救母親的故事）。」〔註136〕這裡提及的《血湖》是目連救母故事，而11世紀的中國，恰是民俗演藝最為繁盛的北宋時期，那時亦有宗教題材故事的演出，場面十分鬧熱。《東京夢華錄》卷八載：

構肆樂人，自過七夕，便般「目連救母」雜劇，直至五十日止，

觀者增倍。〔註137〕

同樣的歷史時期，同樣的民俗演劇，同樣的目連救母故事，難道這僅僅是巧合？中越兩國傳統戲劇血脈相連，不容置疑。目連救母故事之演繹，雖然源自儀式性活動，但在這一時期，則更多地彰顯了演劇的民俗鬧熱性——「觀者倍增」，說明演劇活動已經重在「娛人」了。以此比照，越南嘲劇《血湖》，也應成為鬧熱性十足的民俗劇了。

第三，嘲劇在表演中，多有樂師幫腔，這與中國傳統戲劇的幕後（後臺）幫腔相似，是鬧熱性的表演之一。

嘲劇的樂師，不但要為演員伴奏，還要給演員幫腔，而且還不時地評論劇情和人物。嘲劇幫腔的演唱形式，有合唱、伴唱、重唱、搭唱。〔註138〕

〔註135〕參見顏保《越南文學與中國文化》，載盧蔚秋編《東方比較文學論文集》，長沙：湖南人民出版社，1987年版，第269頁。按，加點字為韻腳。

〔註136〕彭世團《中越傳統戲劇比較研究》，中國藝術研究院2007年碩士論文，第14頁。

〔註137〕〔宋〕孟元老《東京夢華錄》，北京：中國商業出版社，1982年版，第55頁。

〔註138〕彭世團《中越傳統戲劇比較研究》，中國藝術研究院2007年碩士論文，第70頁。

嘲劇的幫腔與中國傳統戲劇的幫腔亦有淵源。其與中國川劇高腔的幫腔在舞臺表現之功用方面，十分相似。《中國戲曲通史》認爲高腔中幫腔主要有四方面的作用：渲染戲劇中的環境氣氛；揭示人物隱秘的內心世界；呈現喜劇性的舞臺效果；對社會生活、劇中人物和事件做出直接評價。〔註139〕可知，渲染氣氛和增加喜劇性的舞臺效果都是鬧熱的舞臺表現手段。此外，川蜀地處中國西南，越南與之相近，二者極有可能存在影響關係。

嘲劇之樂師幫腔亦與南戲的幕後幫腔相似，體現了中國傳統戲劇的早期面貌和民俗鬧熱性。黃仕忠先生《戲曲幫腔合唱的淵源與變遷》云：

> 幫腔合唱源出於歌舞，到《踏謠娘》中已成爲重要的表現手法。這種重要性在《張協狀元》中得到繼承。《張協狀元》顯然吸收了宋代多種民間伎藝，但尚未融會貫通。當時還沒有成熟的唱念做打程式可以用來表現故事、刻畫人物並吸引觀眾，其曲採自宋詞及里巷歌謠，初無宮調，所以大量的幕後合唱幫腔的加入，成爲渲染劇場氣氛、溝通演劇與觀眾間的重要手段。但隨著表演藝術的積累和提高，「合」的作用也日漸降低。〔註140〕

可見，嘲劇之樂師幫腔，即爲幕後幫腔。幕後，即與表演舞臺相對，因此樂師的幫腔並非爲舞臺上的正式表演，而是配合主角演出。如此配合，可知其表演的藝術性尚未純熟，因此，這是早期戲劇的演唱方式之一。中國早期南戲採取幕後幫腔的演唱方式，渲染氣氛、溝通觀演，是傳統戲劇表演的鬧熱手段之一，而嘲劇幫腔與之如出一轍。

第四，嘲劇腳色體制雖然簡單，但丑腳卻備受重視，亦顯示了嘲劇的民間性與鬧熱性。

越南傳統戲劇的腳色體制主要分陶、偕兩類，這是按照性別來區分的。「陶」指女演員，「偕」則是男演員的統稱。而其他腳色的細化，均是在這一基礎上完成的。嘲劇的腳色體制十分簡單，只在陶、偕上各分正、歪（副）兩支。「正陶」指忠厚節義的女性形象；「歪陶」是指比較勇敢的，但又不被社會倫理所容的一類女性角色。「正偕」，主要包括「文偕」「武偕」兩類，前者是通文理、多謀，但不善戰，性格平易、思想深邃的男性角色，後者是驍

〔註139〕參見張庚、郭漢城《中國戲曲通史》，北京：中國戲劇出版社，1992年版，第1061～1062頁。

〔註140〕黃仕忠《戲曲幫腔合唱的淵源與變遷》，《藝術百家》1991年第4期，第29頁。

勇善戰、剛正不阿的武將形象。〔註141〕

　　此外，嘲劇還有一類更重要的腳色——丑腳。越南語用「Hê」表示，是笑聲的象聲詞，中文譯作「傒」〔註142〕。「傒」，有戲弄之意，即「傒弄」「傒倖」。如，馬致遠《陳搏高臥》雜劇第四折：「又教這個大王傒倖殺我也」〔註143〕。可見，嘲劇丑腳亦是笑鬧性腳色，是嘲劇鬧熱性呈現的第一腳色。譬如嘲劇開場，採用兩個丑角，在鑼鼓音樂的伴奏下，手執火炬登場，並繞場一周。其實就是採用了「鬧開場」的形式，招呼觀眾前來觀演。

　　第五，從「觀——演」模式來看，嘲劇觀眾三面圍看，並時常與演員唱和，亦體現了鬧熱性。

　　嘲劇戲班常在村亭進行露天演出，觀眾圍坐在表演舞臺的三面來觀看，這與中國傳統戲劇的觀演位置相同。中國傳統戲劇最早在露臺、過廳、獻殿進行表演，這些「舞臺」均為四面通透，觀眾皆可從不同角度進行觀賞。而隨著戲劇藝術的演進，戲臺也隨之變化，到宋金元時期，戲臺多三面開口。現存的山西臨汾魏村牛王廟元代戲臺、山西翼城武池村喬澤廟元代戲臺、山西臨汾王曲村東嶽廟元代戲臺等都是三面觀戲臺的典型代表。

　　另外，嘲劇亦具「觀——演」互動模式，是其演劇鬧熱的重要表現。演員在舞臺上進行虛擬表演，並與觀眾之間進行問答，甚至有觀眾直接參與演出；有的觀眾會當場發表意見，讓演員作答，另有觀眾則遇到表演的有趣之處，隨時打斷演員的表演，要求其重複演出這段有趣內容〔註144〕。如此一來，觀演之間的互動愈發頻繁，鬧熱性也日益凸出，演員的表演伎藝也隨之提升。中國傳統戲劇的「觀——演」傳播模式，是東亞戲劇的典範，與西方戲劇的觀演模式有著本質區別。東亞戲劇之日、韓、越傳統戲劇均有舞臺上下的觀演互動，這也是東亞戲劇之所以具備鬧熱性的原因之一。

　　第六，嘲劇多在民間及儀式場合進行演出，在民間演劇中佔有重要位置，其鬧熱性與民間性相得益彰。

〔註141〕參見彭世團《中越傳統戲劇比較研究》，中國藝術研究院 2007 年碩士論文，第 42～44 頁。

〔註142〕參見彭世團《中越傳統戲劇比較研究》，中國藝術研究院 2007 年碩士論文，第 44 頁。

〔註143〕王季思主編《全元戲曲》卷二，北京：人民文學出版社，1990 年版，第 19 頁。

〔註144〕參見彭世團《中越傳統戲劇比較研究》，中國藝術研究院 2007 年碩士論文，第 16 頁。翁敏華、回達強《東亞戲劇互動史》，上海：上海古籍出版社，2014 年版，第 231 頁。

　　嘲劇的演出場合，多為民間活動及儀式，如在廟會、村會及殯葬儀式上演出。普通百姓家遇有事體，多聘請戲班進行演出。《嘉定城通志‧風俗志》載：

> 其俗凡有祈禱樂事，俱用演戲。如甲家將起戲場，必先宰豬分送於相識，告以日期，請來觀看，謂之鑣禮。至日隨其厚薄將錢赴禮，玩看飲食，醉飽而歸。厥後相識者有起戲場，仍行鑣禮於甲，則甲不得不往。如乙先施於甲錢一貫，則甲報禮於乙加倍為二貫。後甲有事乙往，又加為三貫之倍，往復遞加多至百貫者，致有質當稱貸，以回鑣禮。或家有赤貧，不能酬報如數，竟向索討，釀爭相構於訟者有之。經奉嚴禁，今此風久已屏息。〔註145〕

這是對 18 世紀前後，越南嘉定民風的描繪。民間行「鑣禮」，相互請客，亦請戲班演劇，民間流行的戲班也多為嘲劇戲班。是日，大家齊聚，「玩看飲食，醉飽而歸」，好不熱鬧。

　　另外，嘲劇還在殯葬儀式上演出，這在中國、韓國也並不鮮見。中國稱之「鬧喪」，可見喪禮演劇亦要鬧熱。中國西南彝族的喪禮，就有「跳鼓鬧喪」之俗：

> 彝寨辦喪事，全村相聚，擊鼓鼓舞，既弔唁了逝者，又告慰了遺屬，把悲悲切切的喪事辦得隆重而熱鬧，……離村時，遠遠還聽見高亢的悼歌：「山中難找千年樹，世間難尋百歲人。老人駕鶴歸西天，我們敲鼓又跳舞。」據說，唁客將輪流通宵歌舞。次日上午出柩時，每走百米便停一次，以繞棺跳舞，直至上山安葬。〔註146〕

喪禮上熱鬧的演劇活動，在漢族地區十分多見，甚至達到了氾濫之勢，清政府還因此下了禁令。《雍正二年十一月禁喪殯演戲》：「雍正二年，甲辰，十一月，庚戌，嚴禁兵民等，出殯時前列諸戲，及前一日，聚集親友，設筵演戲。」〔註147〕喪禮演劇十分鬧熱，亦屢禁不止，《雍正三年廣西巡撫李紱禁鬧喪告諭》直接對廣西地區的「鬧喪」的氾濫，進行遏制。從另一側面觀之，喪禮演劇已經「鬧」過頭了。嘲劇在殯葬儀式上的演出，雖未有進一步的文獻支持，但其與中國西南接壤，民俗方面的影響還是較為直接的。因此，其

〔註145〕〔越〕鄭懷德撰《嘉定城通志》卷四，載戴可來、楊保筠校注《嶺南摭怪等史料三種》，鄭州：中州古籍出版社，1991 年版，第 177 頁。

〔註146〕丘桓興《中國民俗採英錄》，長沙：湖南文藝出版社，1987 年版，第 225 頁。

〔註147〕王利器輯錄《元明清三代禁燬小說戲曲史料》（增訂本），上海：上海古籍出版社，1981 年版，第 31 頁。原載《大清世宗憲皇帝實錄》卷二十六。

喪禮演劇是一種鬧熱的民俗習慣與民間活動。

　　總之，越南嘲劇是民間性戲劇，其鬧熱特徵從民間性中得以彰顯。嘲劇的民間性與鬧熱性是等同的，即嘲劇之民間性彰顯民俗鬧熱性，民俗鬧熱性又包含著民間性。

　　越南嘲劇秉承了中國傳統戲劇的藝術特徵，並在民間演出中，廣泛汲取營養，逐漸豐富自身的民間性。嘲劇與噭劇的差別即民間性的多寡，作為民俗演藝形式，嘲劇在表演中呈現出民俗鬧熱性，亦與中國傳統戲劇的民俗鬧熱性一脈相承。

　　綜上所述，東亞戲劇是「同根異花」、同源異流的藝術形式，以中國傳統戲劇為典範，包括了日本、韓國和越南的傳統戲劇樣式，在共同的文化基礎上，構成了「東亞戲劇圈」。東亞戲劇的密切關係，亦表現為鬧熱性的相似，然又各具特點。中國傳統戲劇的鬧熱性經歷了「原始鬧熱性——民俗鬧熱性——戲曲鬧熱性」三個階段，已交織、交融，顯得十分複雜。而東亞他國傳統戲劇的鬧熱性，則繼承了中國傳統戲劇鬧熱性的早期特點，並進一步發展，各自形成了獨有的特點——日本戲劇鬧熱性的「退而其次」；韓國戲劇鬧熱性呈現為原始與民俗的混雜；越南戲劇鬧熱性則是以民間性為特徵的。由此，東亞戲劇鬧熱性的嬗變特點，可見一斑。

結　語

　　鬧熱性作爲中國傳統戲劇之本質屬性，既經常被我們冠以「熱鬧」之名而提及，卻也時常被忽視，因爲它實在太讓人感到熟悉，讓人覺得它本該就在那裡，不用更多地在意。鬧熱性與傳統戲劇關係密切，又看似簡單，因此對其展開研究，更有可能接近並揭示中國傳統戲劇之本質。

一、本文研究之概述

　　本文從中國傳統戲劇的內涵與中國傳統戲劇史分期的重新界定出發，對中國傳統戲劇鬧熱特質的發生緣起、發展成熟、表現形式、藝術特徵，以及在戲劇史中的地位和作用等方面，進行了全面、詳細之論述。另外，筆者還將中國傳統戲劇之鬧熱置於東亞戲劇圈中，以窺其存在、流變的特點，並進一步淺析了東亞傳統戲劇之鬧熱性。

　　這些研究和分析，主要解決了三方面的問題：一是鬧熱性與戲劇史的關係；再爲鬧熱性與戲劇本體的關係；三是東亞戲劇的鬧熱性。前兩點立足於中國傳統戲劇，爲本文的第一至第五章；後一點則從比較戲劇學的視角出發，對東亞戲劇圈中的日本、韓國和越南的傳統戲劇之鬧熱特點做了進一步分析。

（一）鬧熱性與中國戲劇史

　　在中國，戲劇史通常被理解爲戲曲史，這源於「戲曲」「戲劇」概念界定的模糊性，進而「中國傳統戲劇」概念之內涵亦具有不確定性。因此，本文首先對「戲劇」「戲曲」「中國傳統戲劇」的內涵與關係進行爬梳，並在比較的基礎上形成概念。筆者認爲，中國傳統戲劇是中國本土戲劇藝術的概稱，

是近代西方戲劇藝術影響之前所形成並流傳至今的，以戲曲藝術為代表的中華民族戲劇藝術的總稱。這一概念既包括傳統漢族戲劇，也包括傳統少數民族戲劇；既包含戲曲藝術，也有諸如儺戲的其他戲劇形式。

對於中國傳統戲劇史的研究，既是本文的出發點和落腳點，也是解決本文核心問題的縱向線索。筆者根據傳統戲劇發展的歷史規律、戲劇樣式的變化，以及鬧熱性的階段性差異，將中國傳統戲劇的歷史重新劃分，具體分為三個時期——原始宗教階段、民俗演藝階段、戲曲藝術階段。相應地，這三個階段所具備的鬧熱性特徵分別為——原始鬧熱性、民俗鬧熱性、戲曲鬧熱性。此三者具有歷時與共時的辯證統一性，即在發生上，三個階段先後出現，三種特性的發生亦有先後順序；在發展上，三個階段的藝術內容和形式在自身發展的同時，又同其他兩個時期的藝術形容與形式並存，且相互作用，共同構成人們民俗與藝術的生活。在這一過程中，表演的鬧熱性是最為穩定的內在動力，推動傳統戲劇完成了兩次自覺——娛樂自覺與藝術自覺，並使之成為一門獨立的藝術形式，屹立在世界戲劇殿堂。

具體來看，鬧熱性與中國戲劇史之關係，又表現在兩個方面：首先，傳統戲劇的發生、發展與鬧熱性有密切的關係，二者是統一的。一方面，鬧熱性伴隨傳統戲劇的發生而發生、發展而發展，另一方面，傳統戲劇的發生與發展，也依靠鬧熱性的推動。其次，鬧熱性影響著傳統戲劇的傳播與接受。在中國傳統戲劇特殊的「觀——演」傳播接受模式中，鬧熱性既影響著傳播效果，也影響了受眾的接受方式，即受眾的主動性、客動性參與，是傳統戲劇觀演鬧熱的組成部分。

結論一：鬧熱性與中國戲劇史是統一的——戲劇在鬧熱性的推動下前進，鬧熱性也在戲劇的發展過程中蛻變成型。可以說，一部戲劇史，就是一部戲劇鬧熱史。

（二）鬧熱性與中國戲劇本體

戲劇本體，即戲劇的本身，是指戲劇的本質及其表現本質的現象與特徵。中國傳統戲劇的本體，包括兩方面：一是傳統戲劇形態，二是藝術特徵。鬧熱性與中國戲劇本體的關係，是「身」與「影」的關係，鬧熱性是中國傳統戲劇的影子，不僅通過不同時期的戲劇形態得以表現，亦與藝術特徵緊密相關。

中國傳統戲劇形態，既包括儺戲等各類儀式劇、民俗劇，又包括其主要的代表形態——戲曲。戲曲藝術亦有不同樣式——戲文、雜劇、院本、傳奇

等文學體式，南戲、北雜劇、崑劇和各類地方劇種等藝術體式。其發展形成
與藝術表現，均與鬧熱性相關。唐代熱戲的競藝性表演，開啓了中國戲劇表
演的鬧熱形式。宋金笑劇繼承了前代優戲笑鬧、滑稽之風格，對戲曲藝術的
鬧熱性產生了極其深遠的影響。宋元以降，戲曲鬧熱性成爲傳統戲劇的主要
特徵，具體體現在民俗場面、戲謔科諢、武打爭鬥、戲曲觀演等四個方面。
此外，「鬧」字戲集中體現了戲曲鬧熱性，戲劇衝突或情節高潮的邏輯中心均
圍繞著「鬧」字展開，是戲曲與鬧熱性相結合的特殊類型。

戲曲鬧熱性的藝術特徵，表現在四個方面：（1）腳色人物的類型化——
以丑、淨色爲中心，以其他各類腳色行當爲輔助，共同承擔了不同的鬧熱職
能，其中丑腳是傳統戲劇鬧熱性的第一主色，可謂「無丑不鬧」。（2）悲喜之
鬧的普適性——既有喜劇性鬧熱之狂歡，又包含悲劇性鬧熱之宣洩，揭示了
中國式鬧熱與西方式狂歡的區別。（3）戲劇衝突、民俗、鬧熱之統一性——
傳統戲劇的戲劇性和民俗性體現著鬧熱，而戲劇的鬧熱特徵，也必然會呈現
出戲劇性和民俗特點，三者是統一的。（4）鬧而不亂之審美性——傳統戲劇
鬧熱的節序性，體現爲「鬧而不亂」「鬧而有序」，這不僅符合「中和之美」
的審美原則，而且與「哀而不傷」「樂而不淫」「怨而不怒」等審美要素，共
同成就了傳統戲劇「中和之美」的審美理想。

結論二：鬧熱性與中國戲劇本體亦是統一的，鬧熱性是中國傳統戲劇的
本質屬性。

（三）東亞戲劇之鬧熱性

東亞戲劇是世界戲劇的重要組成，以中國、日本、韓國、越南四國之戲
劇爲主體，以傳統中國儒學爲紐帶，以四國的戲劇互動交流爲基礎，共同構
成了一個體現東亞文化內旨的東亞戲劇圈。東亞戲劇圈是東亞文化圈的代表
群落，也是集中體現東亞主體文化與各國獨特文化風貌的體系之一，東亞戲
劇各主體之間，在同一文化圈內交流、影響與發展，呈現了同源異流、「同根
異花」的基本特徵。

鬧熱性是東亞戲劇的主要特徵，但又各具特點。中國傳統戲劇的鬧熱性
經歷了「原始鬧熱性——民俗鬧熱性——戲曲鬧熱性」三個階段，交織、交
融，而顯得十分複雜。東亞他國之傳統戲劇，則在承繼中國傳統戲劇早期鬧
熱性的基礎上，進一步發展、嬗變——日本戲劇鬧熱性「退而其次」，僅存一
隅；韓國戲劇鬧熱性原始與民俗混雜，形成獨特的民俗鬧熱特徵；越南戲劇

鬧熱性則頗具民間性特點。

結論三：東亞戲劇之鬧熱亦呈現爲「同源異流」「同根異花」之特點。

總之，本文就是在這樣的「一縱一橫」——中國戲劇史、中國戲劇本體——兩條線索上展開論述，而後又在東亞戲劇圈中「遊走」一程，盡可能地將中國傳統戲劇的鬧熱性發掘出來。

二、有關藝術「回返」規律的思考

鬧熱性是中國傳統戲劇的本質屬性，攜帶著中國傳統文化的基因，其發展歷程體現了中國文化的演變之路。在本文的研究中，筆者發現了中國戲劇藝術，乃至藝術發展的規律——藝術的「回返」規律。

「回返」規律，是藝術的普遍規律。「回返」，即回歸、返回、返還，亦有返樸歸眞之意。藝術的「回返」，不是回歸或返回到最簡單、最質樸的原點，或是因循守舊，而是在自身發展變化過程中，不斷地螺旋式上升之後，在某一時間段或時間點，達到一種境界、風格上的「返樸歸眞」。從二維角度看，與原點重合，而三維甚至多維來看，這種「回返」，則處在一個更高層次。需要說明的是，原點並不唯一，而是藝術本質之受體，承載了藝術本質所映像出的各類藝術現象。因此，藝術發展始終追求的一種「眞」境界，其實就是尋找藝術原點的過程。在此過程中，藝術形式不斷地發展演進，最終呈現出斑爛多姿的藝術世界。

人類文明發展史上有諸多「回返」現象，尤其體現在文學、藝術等文化層面，都是藝術「回返」規律的表現。譬如，所謂「復古潮流」。文學史上有著名的唐宋古文運動；明代前後七子「文必秦漢，詩必盛唐」的復古主張；近代梁啓超、劉師培、章太炎等人對傳統文化的復古主張等。西方歷史中的「復古」，最著名的莫過於 14～16 世紀，興起於意大利、席捲全歐的「文藝復興」運動，其本意就是希望恢復到希臘、羅馬的古典文化當中去，希望古典文化再生。服裝、時尚界亦有明顯的「回返」現象，十幾年前甚至幾十年前的服裝風格，在當下又有了流行的趨勢，如 20 世紀 80 年代風靡世界的喇叭褲，在 2011 年春夏流行款服飾中，又重新拋頭露面。因此，藝術史上的「回返」現象，多以「復古」的面目登臺，卻又包含有新的元素。可見，「回返」並非是簡單地回到過去，更非文化的倒退，而是一種突破和發展。筆者稱此爲「復古式翻新」，是藝術「回返」規律的根本特徵。即以復古的思潮帶動藝

術的新發展，這並非「回鍋肉」一樣具有兩道工序，而是在傳統「老湯」中熬製的「新荣」；故其並非概念的組合，而是涵義之融合；不是生搬硬套，而是藝術規律使然。

藝術「回返」，也是一種調整，是藝術內部的調整，分爲非自覺調整（藝術的被動調整）與自覺調整（藝術規律的主動參與）。非自覺調整，是外力作用下，藝術本身的被動調整，外力作用多指人爲作用，包括技術方式、藝術手法和政治手段等。中國文學史上的幾次復古運動、西方的「文藝復興」，以及服裝風格的復古潮流，都屬於非自覺調整。自覺調整，主要依靠藝術規律的自身發展，外力作用相對較小。中國傳統戲劇發展的幾次「回返」，就屬於藝術「回返」的自覺調整。

在本文的論述過程中，筆者涉及了藝術的「回返」現象，主要有三次：第一，明代折子戲的出現，是對元雜劇一本四折的短製之「回返」。第二，清代「花雅之爭」所體現的「雅俗異勢」，亦體現了藝術的「回返」規律。第三，地方戲形成後，「兩小戲」「三小戲」的表演風格、演出手段，是對宋金笑劇的承繼與「回返」。藝術發展過程中的某次「回返」，有時是「物極必反」，如傳奇體制的龐大，已經阻礙了其進一步發展，那麼藝術規律就使其重新向短製「回返」，「折子戲」這一新形式的誕生，使明清傳奇的舞臺表演注入了新活力。而有的「回返」體現了審美的調整：一則是時代的審美嬗變，如「雅俗異勢」，就是藝術發展的自然規律，從北雜劇到崑劇，再到京劇，都經歷了一個由俗及雅的過程。二則是對審美疲勞的調整，花部地方戲的崛起，是對雅部崑劇審美疲勞後的自覺調整。

對於規律而言，順則興，逆則敗，破則亡。當然這裡的「破」，並非破壞，而是突破，因此，其「亡」亦非死亡，而是新生、新變。「破」藝術之「回返」規律，有兩種路徑：一是生產與技術的革新；二是文化傳統的顛覆。前者指物質基礎的發展，後者指精神根基的變化。中國傳統戲劇的「回返」規律，其精神根基是中國傳統文化，只要在中國傳統文化中發展，傳統戲劇就會按照此規律不斷地「回返」而發展。因此，要想使中國傳統戲劇脫離當前所處之困境，除了所謂保護其本身之外，更重要的是對傳統文化的傳承和光大，這是傳統戲劇得以發展繁盛的文化根基。當然，傳統文化是一個更大的話題，這裡只是筆者的一點思考罷了，並非一文所能擔當，故在此不贅。

以上種種，限於能力，多有疏漏，還望諸方家批評指正。

參考文獻

文獻專著

1. 〔戰國〕韓非著、陳奇猷校注《韓非子新校注》，上海：上海古籍出版社，2000 年版。

2. 〔漢〕史游撰、〔唐〕顏師古注《四部叢刊・集部・急就篇》，上海涵芬樓借海鹽張氏涉園藏明鈔本影印，上海：商務印書館，1934 年版。

3. 〔西漢〕劉向編撰、顧愷之圖畫《古烈女傳》，北京：中華書局，1985 年版。

4. 〔西漢〕劉向撰、趙仲邑注《新序詳注》，北京：中華書局，1997 年版。

5. 〔東漢〕許慎《說文解字》，北京：中華書局，1963 年版。

6. 〔東晉〕王嘉撰、孟慶祥、商嫩妹譯注《拾遺記譯注》，哈爾濱：黑龍江人民出版社，1989 年版。

7. 〔北魏〕楊炫之撰、徐高阮重別文注並校勘《重刊洛陽伽藍記》卷一，載杜潔祥主編《中國佛寺史志匯刊》第二輯、第二冊（202・203），臺北：明文書局，1980 年版。

8. 〔梁〕蕭統編、〔唐〕李善注《文選》（第一冊），上海：上海古籍出版社，1986 年版。

9. 〔梁〕宗懷著、姜彥稚校注《荊楚歲時記》，長沙：嶽麓書社，1986 年版。

10. 〔唐〕張鷟撰、趙守儼點校《朝野僉載》，北京：中華書局，1979 年版。

11. 〔唐〕崔令欽《教坊記》，載中國戲曲研究院編《中國古典戲曲論著集成》（一），北京：中國戲劇出版社，1959 年版。

12. 〔唐〕段安節《樂府雜錄》，載中國戲曲研究院編《中國古典戲曲論著集成》（一），北京：中國戲劇出版社，1959 年版。

13. 〔唐〕范攄《雲溪友議》，上海：古典文學出版社，1957 年版。

14. 〔唐〕高彥休《唐闕史》，載王雲五主編《叢書集成初編》，上海：商務印書館，1936 年版。

15. 〔唐〕劉肅撰、許德楠、李鼎霞點校《大唐新語》，北京：中華書局，1984 年版。

16. 〔唐〕葛述《西京雜記》，見《說郛一百二十卷》之卷六十，載〔明〕陶宗儀等編《說郛三種》，上海：上海古籍出版社，1988 年版。

17. 〔唐〕薛用弱《集異記》補編，北京：中華書局，1980 年版。

18. 〔唐〕張濯《寶應靈慶池神廟記》碑文，載光緒《山西通志》第 13 冊。

19. 〔唐〕長孫無忌等撰、劉俊文點校《唐律疏議》，北京：中華書局，1983 年版。

20. 〔宋〕曾慥《類說》，北京：文學古籍刊行社，1955 年版。

21. 〔宋〕陳元靚《歲時廣記》，北京：中華書局，1985 年版。

22. 〔宋〕高承撰、〔明〕李果訂《事物紀原》，北京：中華書局，1989 年版。

23. 〔宋〕灌圃耐得翁《都城紀勝》，北京：中國商業出版社，1982 年版。

24. 〔宋〕郭茂倩《樂府詩集》，北京：文學古籍刊行社，1955 年影宋本。

25. 〔宋〕洪邁撰、何卓點校《夷堅志》（第二冊），北京：中華書局，1981 年版。

26. 〔宋〕李昉等編《太平廣記》（第五冊），北京：中華書局，1961 年版。

27. 〔宋〕李昉等撰《太平廣記》（第三冊），北京：中華書局，1960 年版。

28. 〔宋〕梁克家《淳熙三山志》，載《宋元方志叢刊》第八冊，北京：中華書局，1990 年版。

29. 〔宋〕孟元老《東京夢華錄》，北京：中國商業出版社，1982 年版。

30. 〔宋〕邵伯溫撰、李劍雄、劉德權點校《邵氏見聞錄》，北京：中華書局，1983 年版。

31. 〔宋〕沈作喆《寓簡》，卷十，北京：中華書局，1985 年版，第 81 頁。

32. 〔宋〕司馬光編著、〔元〕胡三省音注、「標點資治通鑒小組」點校《資治通鑒》(第十二冊),北京:中華書局,1956 年版。

33. 〔宋〕宋敏求撰、誠剛點校《春明退朝錄》,北京:中華書局,1980 年版。

34. 〔宋〕王栐撰、誠剛點校《燕翼詒謀錄》,北京:中華書局,1981 年版。

35. 〔宋〕吳自牧《夢粱錄》,北京:中國商業出版社,1982 年版。

36. 〔宋〕西湖老人《西湖老人繁勝錄》北京:中國商業出版社,1982 年版。

37. 〔宋〕岳珂撰、吳企明點校《桯史》,北京:中華書局,1981 年版。

38. 〔宋〕張端義《貴耳集》,北京:中華書局,1985 年版。

39. 〔宋〕張知甫《可書》,北京:中華書局,1985 年版。

40. 〔宋〕趙升編、王瑞來點校《朝野類要》,北京:中華書局,2007 年版。

41. 〔宋〕趙彥衛撰、傅根清點校《雲麓漫鈔》,北京:中華書局,1996 年版。

42. 〔宋〕周密《齊東野語》,北京:中華書局,1983 年版。

43. 〔宋〕周密《武林舊事》,北京:中國商業出版社,1982 年版。

44. 〔宋〕周南《山房集》,載《涵芬樓秘笈》第八集,1919 年據永樂大典本排印。

45. 〔宋〕朱熹《孟子集注》,濟南:齊魯書社,1992 年版。

46. 〔宋〕莊綽《雞肋編》,北京:中華書局,1983 年版。

47. 〔元〕關漢卿原著、晉南戲劇協會、晉南蒲劇院改編《竇娥冤》,太原:山西人民出版社,1961 年版。

48. 〔元〕馬端臨《文獻通考》,北京:中華書局,1986 年版。

49. 〔元〕王實甫原著、〔清〕金聖歎批改、張國光校注《金聖歎批本西廂記》,上海:上海古籍出版社,1986 年版。

50. 〔元〕夏庭芝《青樓集》,載中國戲曲研究院編《中國古典戲曲論著集成》(二),北京:中國戲劇出版社,1959 年版。

51. 〔明〕陳與郊《昭君出塞》,載《盛明雜劇》(1)卷九,北京:中國戲劇出版社,1958 年版。

52. 〔明〕鄧士龍輯、許大齡、王天有主點校《國朝典故》,北京:北京大學出版社,1993 年版。

53. 〔明〕胡文煥《群音類選》，北京：中華書局，1980 年版。

54. 〔明〕胡應麟《少室山房筆叢》，北京：中華書局，1958 年版。

55. 〔明〕金木散人著《鼓掌絕塵》，北京：大眾文藝出版社，2002 年版。

56. 〔明〕蘭陵笑笑生著、戴鴻森校點《金瓶梅詞話》，北京：人民文學出版社，1992 年版。

57. 〔明〕李開先《詞謔》，載中國戲曲研究院編《中國古典戲曲論著集成》（三），北京：中國戲劇出版社，1959 年版。

58. 〔明〕李開先著、卜鍵箋校《李開先全集》（中），北京：文化藝術出版社，2004 年版。

59. 〔明〕呂天成《曲品》，載《中國古典論著集成》（六），北京：中國戲劇出版社，1980 年版。

60. 〔明〕毛晉編《六十種曲》，北京：中華書局，1958 年版。

61. 〔明〕孟稱舜著、王漢民、周曉蘭編集校點《孟稱舜戲曲集》，成都：巴蜀書社，2006 年版。

62. 〔明〕祁彪佳《遠山堂曲品》「能品」評秦鳴雷《合釵記》，載中國戲曲研究院編《中國古典戲曲論著集成》（六），北京：中國戲劇出版社，1959 年，第 49 頁。

63. 〔明〕沈德符《萬曆野獲編》，北京：中華書局，1959 年版，下冊，第 798 頁。

64. 〔明〕田汝成《西湖遊覽志餘》，杭州：浙江人民出版社，1980 年版。

65. 〔明〕王驥德《曲律》，載中國戲曲研究院編《中國古典論著集成》（四），北京：中國戲劇出版社，1980 年版。

66. 〔明〕徐渭《南詞敘錄》，載中國戲曲研究院編《中國古典戲曲論著集成》（三），北京：中國戲劇出版社，1959 年版。

67. 〔明〕徐渭著、周中明校注《四聲猿》，上海：上海古籍出版社，1984 年版。

68. 〔明〕張岱著、彌松頤校注《陶庵夢憶》，杭州：西湖書社，1982 年版。

69. 〔明〕朱權《太和正音譜》，載中國戲曲研究院編《中國古典戲曲論著集成》（三），北京：中國戲劇出版社，1959 年版。

70. 〔清〕張廷玉等奉敕撰《皇朝文獻通考》卷 296，文淵閣四庫全書本。

71. 〔清〕曹雪芹著、無名氏續《紅樓夢》，北京：人民文學出版社，2008 年版。

72. 〔清〕陳夢雷、蔣廷錫等奉敕撰《欽定古今圖書集成‧博物彙編‧藝術典》（第 488 冊），北京：中華書局影印，1934～1940 年版。

73. 〔清〕陳汝咸修、施錫衛再續纂修《光緒漳浦縣志》，漳州古宋承印（鉛印本），民國二十五年（1936）版。

74. 〔清〕方成培撰、李玫注《雷峰塔》，北京：華夏出版社，2000 年版。

75. 〔清〕富察敦崇《燕京歲時記》，北京：北京古籍出版社，1981 年版。

76. 〔清〕顧祿撰、王邁點校《清嘉錄》，南京：江蘇古籍出版社，1999 年版。

77. 〔清〕桂馥《說文解字義證》，北京：中華書局，1987 年版。

78. 〔清〕焦廷琥撰《先府君事略》，載《叢書集成三編》第 86 冊，臺北：臺灣新文豐出版公司，1997 年版。

79. 〔清〕焦循《花部農譚》，載中國戲曲研究院編《中國古典戲曲論著集成》（八），北京：中國戲劇出版社，1959 年版。

80. 〔清〕焦循《劇說》，載中國戲曲研究院編《中國古典戲曲論著集成》（八），北京：中國戲劇出版社，1959 年版。

81. 〔清〕焦循《易餘曲錄》，載任中敏《新曲苑》第 4 冊，北京：中華書局，1940 年版。

82. 〔清〕孔尚任《桃花扇》，載《古本戲曲叢刊》編刊委員會《古本戲曲叢刊五集》，上海：上海古籍出版社，1986 年版。

83. 〔清〕李斗撰、汪北平、涂雨公點校《揚州畫舫錄》，北京：中華書局，1960 年版。

84. 〔清〕李綠園《歧路燈》，北京：華夏出版社，1995 年版。

85. 〔清〕李漁《閒情偶寄》，載中國戲曲研究院編《中國古典戲曲論著集成》（七），北京：中國戲劇出版社，1959 年版。

86. 〔清〕梁啟超注、城寧校點《梁啟超批註本〈桃花扇〉》，南京：鳳凰出版社，2011 年版。

87. 〔清〕劉廷璣撰、張守謙點校《在園雜誌》，北京：中華書局，2005 年版。

88. 〔清〕呂種玉撰《言鯖二卷》卷下，清康熙刻說鈴本，載四庫全書存目叢書編纂委員會編《四庫全書存目叢書‧子部九八》，濟南：齊魯書社，1995 年版。

89. 〔清〕繆荃孫《雲自在龕隨筆》，北京：商務印書館，1958 年版。

90. 〔清〕彭定求等編、中華書局編輯部點校《全唐詩》（增訂本），北京：中華書局，1999 年版。

91. 〔清〕錢泳撰、張偉校點《履園叢話》，北京：中華書局，1979 年版。

92. 〔清〕阮元校刻《十三經注疏》（全二冊），北京：中華書局，1980 年版。

93. 〔清〕王先謙撰、沈嘯寰、王星賢點校《荀子集解》，《新編諸子集成》（第一輯），北京：中華書局，1988 年版。

94. 〔清〕吳長元《燕蘭小譜》，載張次溪編纂《清代燕都梨園史料》，北京：中國戲劇出版社，1988 年版。

95. 〔清〕小鐵笛道人《日下看花記》，載張次溪編纂《清代燕都梨園史料》，北京：中國戲劇出版社，1988 年版。

96. 〔清〕嚴長明《秦雲擷英小譜》，載陝西省藝術研究所編《秦腔研究論著選》，西安：陝西人民出版社，1983 年版。

97. 〔清〕楊懋建《夢華瑣簿》，載張次溪編纂《清代燕都梨園史料》，北京：中國戲劇出版社，1988 年版。

98. 〔清〕張春帆《九尾龜》，北京：崑崙出版社，2001 年版。

99. 〔清〕張嘉言等纂《壽陽縣志》，清光緒八年（1882）版。

100. 〔清〕張維祺、李棠編纂《大名縣志》，乾隆五十四年版（1789）。

101. 〔清〕趙翼《簷曝雜記》，北京：中華書局，1982 年版。

102. 〔朝鮮〕鄭麟趾等《高麗史》，平壤：朝鮮勞動新聞出版印刷所，1958 年版。

103. 〔德〕古斯塔夫‧弗萊塔克著、張玉書譯《論戲劇情節》，上海：上海譯文出版社，1981 年版。

104. 〔德〕黑格爾著、朱光潛譯《美學》（第一卷），北京：商務印書館，1996 年版。

105. 〔俄〕普列漢諾夫著、曹葆華譯《論藝術（沒有地址的信）》，北京：三聯書店，1964 年版。

106. 〔韓〕李杜鉉著、紫荊、韓英姬譯、〔韓〕吳秀卿審訂《韓國演劇史》，北京：中國戲劇出版社，2005 年版。

107. 〔美〕布羅凱特著、胡耀恒譯《世界戲劇藝術欣賞──世界戲劇史》，北京：中國戲劇出版社，1987 年版。

108. 〔美〕尼爾·波茲曼著、章豔譯《娛樂至死》，桂林：廣西師範大學出版社，2004 年版。

109. 〔美〕斯蒂芬·J·派因著、梅雪芹等譯、陳蓉霞校《火之簡史》，北京：三聯書店，2006 年版。

110. 〔美〕約翰·費斯克著、楊全強譯《解讀大眾文化》，南京：南京大學出版社，2001 年版。

111. 〔美〕約翰·霍華德·勞遜著、邵牧君、齊宙譯《戲劇與電影的劇作理論與技巧》，北京：中國電影出版社，1989 年版。

112. 〔日〕安萬侶著、鄒有恆、呂元明譯《古事記》，北京：人民文學出版社，1979 年版。

113. 〔日〕阪本太郎著、汪向榮等譯《日本史概說》，北京：商務印書館，1992 年版。

114. 〔日〕濱田耕作著、汪馥泉譯《東亞文化之黎明》，上海：黎明書局，1932 年版。

115. 〔日〕河竹登志夫著、陳秋峰、楊國華譯《戲劇概論》，上海：中國戲劇出版社（滬）出版，1983 年版。

116. 〔日〕河竹繁俊著、郭連友等譯、麻國鈞校譯《日本演劇史概論》，北京：文化藝術出版社，2002 年版。

117. 〔日〕鈴木虎雄著、許總譯《中國詩論史》，南寧：廣西人民出版社，1989 年版。

118. 〔日〕青木正兒原著、王古魯譯著、蔡毅校訂《中國近世戲曲史》，北京：中華書局，2010 年版。

119. 〔日〕世阿彌著、〔日〕天野文雄監譯、王冬蘭翻譯《風姿花傳》，北京：中國社會科學出版社，1999 年版。

120. 〔日〕田仲一成《中國祭祀戲劇研究》，北京：北京大學出版社，2008年版。

121. 〔英〕E.E.埃文斯－普理查德著、孫尚揚譯《原始宗教理論》，北京：商務印書館，2001年版。

122. 〔英〕E.M.福斯特著、朱乃長譯《小說面面觀》（「Aspects of the Novel」），北京：中國對外翻譯出版公司，2002年版。

123. 〔英〕愛德華‧泰勒著、連樹聲譯《原始文化：神話、哲學、宗教、語言、藝術和習俗發展之研究》，桂林：廣西師範大學出版社，2005年版。

124. 〔英〕弗雷澤《金枝》，北京：新世界出版社，2006年版。

125. 〔英〕馬丁‧艾思林《戲劇剖析》，北京：中國戲劇出版社，1981年版。

126. 〔英〕馬戛爾尼著、劉半農譯《乾隆英使覲見記》，上海：中華書局，1916年版。

127. 〔越〕黎崱著、武尚清點校《安南志略》，北京：中華書局，2000年版。

128. 〔越〕吳士連著、陳荊和編校《大越史記全書‧本紀》（校合本），東京大學東洋文化研究所附屬東洋學文獻刊行委員會發行《東洋學文獻叢刊》，第42輯，東京：興生社，1984年版。

129. 〔越〕鄭懷德撰《嘉定城通志》，載戴可來、楊保筠校注《嶺南摭怪等史料三種》，鄭州：中州古籍出版社，1991年版。

130. 《辭海》，上海：上海辭書出版社，1999年版。

131. 《辭源》，北京：商務印書館，1980年版。

132. 《大連市戲曲志》，大連：大連出版社，1991年版。

133. 《狄德羅美學論文選》，北京：人民文學出版社，1984年版。

134. 《古本戲曲叢刊》編刊委員會《古本戲曲叢刊初集》，上海：商務印書館，1954年版。

135. 《古本戲曲叢刊》編刊委員會《古本戲曲叢刊二集》，上海：商務印書館，1955年。

136. 《古本戲曲叢刊》編刊委員會《古本戲曲叢刊九集》，上海：商務印書館，1964年版。

137. 《古本戲曲叢刊》編刊委員會《古本戲曲叢刊三集》，上海：文學古籍刊行社，1957 年版。

138. 《古本戲曲叢刊》編刊委員會《古本戲曲叢刊四集》，上海：商務印書館，1958 年版。

139. 《古本戲曲叢刊》編刊委員會《古本戲曲叢刊五集》，上海：上海古籍出版社，1986 年版。

140. 《漢書》，北京：中華書局，1962 年版。

141. 《後漢書》，北京：中華書局，1965 年版。

142. 《錦州市戲曲志》，瀋陽：春風文藝出版社，1989 年版。

143. 《舊唐書》，北京：中華書局，1975 年版。

144. 《魯迅全集》（第一卷），北京：人民文學出版社，2005 年版。

145. 《洛陽市戲曲志》，洛陽市文化局，1988 年版。

146. 《美學教程》編寫組《美學教程》，北京：中國社會科學出版社，1987 年版。

147. 《沁陽縣戲曲志》，沁陽縣文化局，1988 年版。

148. 《清代日記匯抄》，上海：上海人民出版社，1982 年版。

149. 《清實錄》（第七冊），北京：中華書局，1986 年版。

150. 《曲海總目提要》，北京：人民文學出版社，1959 年版。

151. 《三國志》，北京：中華書局，1959 年版。

152. 《史記》，北京：中華書局，1959 年版。

153. 《宋書》，北京：中華書局，1974 年版。

154. 《隋書》，北京：中華書局，1973 年版。

155. 《同治蘇州府志》，光緒八年（1882）江蘇書局刻本影印。

156. 《戲考大全》第五冊，上海：上海書店出版社，1990 年版。

157. 《新唐書》，北京：中華書局，1975 年版。

158. 《新五代史》，北京：中華書局，1974 年版。

159. 《中國大百科全書·戲劇卷》，北京／上海：中國大百科全書出版社，1983 年版。

160. 《中國大百科全書·戲曲曲藝卷》，北京／上海：中國大百科全書出版社，1983 年版。

161. 《中國風俗辭典》，上海：上海辭書出版社，1990 年版。

162. 《中國戲曲志·安徽卷》，北京：中國 ISBN 中心出版社，2000 年版。

163. 《中國戲曲志·甘肅卷》，北京：中國 ISBN 中心出版社，2000 年版。

164. 《中國戲曲志·廣東卷》，北京：中國 ISBN 中心出版社，2000 年版。

165. 《中國戲曲志·湖南卷》，北京：中國 ISBN 中心出版社，2000 年版。

166. 《中國戲曲志·江蘇卷》，北京：中國 ISBN 中心出版社，2000 年版。

167. 《中國戲曲志·遼寧卷》，北京：中國 ISBN 中心出版社，2000 年版。

168. 《中國戲曲志·山西卷》，北京：中國 ISBN 中心出版社，2000 年版。

169. 《中國戲曲志·雲南卷》，北京：中國 ISBN 中心出版社，2000 年版。

170. 北京大學哲學系美學教研室編《中國美學史資料選編》，北京：中華書局，1980 年版。

171. 蔡豐明《江南民間社戲》，上海：百家出版社，1995 年版。

172. 蔡毅編著《中國古典戲曲序跋彙編》，濟南：齊魯書社，1989 年版。

173. 滄州戲曲志編輯部編《滄州戲曲春秋》，北京：中國戲劇出版社，1991 年版。

174. 曹飛《敬畏與喧鬧——神廟劇場及其演劇研究》，北京：中國戲劇出版社，2011 年版。

175. 曾白融主編《京劇劇目辭典》，北京：中國戲劇出版社，1989 年版。

176. 曾祥明編著《梨園憶舊》，重慶：重慶出版社，2006 年版。

177. 曾永義《戲曲源流新論》（增訂本），北京：中華書局，2008 年版。

178. 常蘇民記錄整理《山西梆子音樂》，上海：新文藝出版社，1952 年版。

179. 車文明《20 世紀戲曲文物的發現與曲學研究》，北京：文化藝術出版社，2001 年版。

180. 陳建森《戲曲與娛樂》，上海：上海人民出版社，2003 年版。

181. 陳來《古代宗教與倫理：儒家思想的根源》，北京：三聯書店，1996 年版。

182. 陳奇猷校釋《呂氏春秋》，上海：學林出版社，1984 年版。

183. 陳勤建《文藝民俗學》，上海：上海文化出版社，2009 年版。

184. 崔浩、行樂賢、李恩澤著《坎坷人生——閻逢春評傳》，北京：中國戲劇出版社，1994 年版。

185. 丁世良、趙放《中國地方志民俗資料彙編·華北卷》，北京：書目文獻出版社，1989 年版。

186. 丁世良、趙放《中國地方志民俗資料彙編·華東卷》，北京：書目文獻出版社，1995 年版。

187. 丁淑梅《中國古代禁燬戲劇史論》，北京：中國社會科學出版社，2008 年版。

188. 董每戡《五大名劇論》，北京：人民文學出版社，1984 年版。

189. 馮俊傑《山西神廟劇場考》，北京：中華書局，2006 年版。

190. 馮俊傑《戲劇與考古》，北京：文化藝術出版社，2002 年版，第 31 頁。

191. 馮俊傑等編著《山西戲曲碑刻輯考》，北京：中華書局，2002 年版。

192. 馮天瑜、何曉明、周積明《中國傳統文化淺說》，長春：吉林人民出版社，1998 年版。

193. 馮天瑜、楊華、任放編著《中國文化史》（彩色增訂本），北京：高等教育出版社，2007 年版。

194. 馮友蘭《中國哲學史》，重慶：重慶出版社，2009 年版。

195. 涪陵地區文化局編《涪陵地區戲曲志》，1991 年版。

196. 傅佩榮《哲學與人生》，上海：上海三聯書店，2008 年版。

197. 傅惜華《明代傳奇全目》，北京：人民文學出版社，1959 年版。

198. 傅惜華《明代雜劇全目》，北京：作家出版社，1958 年版。

199. 傅惜華《清代雜劇全目》，北京：人民文學出版社，1981 年版。

200. 傅惜華《元代雜劇全目》，北京：作家出版社，1957 年版。

201. 傅惜華等編《水滸戲曲集》，上海：上海古籍出版社，1985 年版。

202. 高有鵬《中國廟會文化》，上海：上海文藝出版社，1999 年版。

203. 古典文藝理論譯叢編輯委員會編《古典文藝理論譯叢》（第 11 冊），北京：人民文學出版社，1965 年版。

204. 故宮博物院文獻館編《史料旬刊》第二十二期，北京：京華印書局，1931年版。

205. 故宮博物院掌故部編《掌故叢編》，北京：中華書局，1990年版。

206. 郭偉廷《元雜劇的插科打諢藝術》，北京：中國社會科學出版社，2002年版。

207. 郭英德《明清傳奇史》，南京：江蘇古籍出版社，2001年版。

208. 胡忌、劉致中《崑劇發展史》，北京：中國戲劇出版社，1989年版。

209. 胡忌《宋金雜劇考》（訂補本），北京：中華書局，2008年版。

210. 黃懷信《逸周書校補注譯》（修訂本），西安：三秦出版社，2006年版。

211. 黃竹三、延保全《戲曲文物通論》，臺北：國家出版社，2009年版。

212. 蔣星煜《〈桃花扇〉研究與欣賞》，上海：上海人民出版社，2008年版。

213. 蔣星煜《明刊本西廂記研究》，北京：中國戲劇出版社，1982年版。

214. 焦文彬主編《秦腔史稿》，西安：陝西人民出版社，1987年版。

215. 金景芳《中國奴隸社會史》，上海：上海人民出版社，1983年版。

216. 康保成《儺戲藝術源流》，廣州：廣東高等教育出版社，2005年版。

217. 李炳澤《咒與罵》，石家莊：河北人民出版社，1997年版。

218. 李宏鋒《禮崩樂盛——以春秋戰國爲中心的禮樂關係研究》，北京：文化藝術出版社，2009年版。

219. 李向民《中國藝術經濟史》，南京：江蘇教育出版社，1995年版。

220. 李嘯倉《宋元伎藝雜考》，上海：上雜出版社，1953年版。

221. 李躍忠《演劇、儀式與信仰——中國傳統例戲劇本輯校》，北京：中國戲劇出版社，2011年版。

222. 李澤厚《美的歷程》，北京：文物出版社，1981年版。

223. 廖奔、劉彥君《中國戲曲發展史》，太原：山西教育出版社，2003年版。

224. 廖奔《宋元戲曲文物與民俗》，北京：文化藝術出版社，1989年。

225. 廖可兌《西歐戲劇史》，北京：中國戲劇出版社，1981年版。

226. 林淳鈞、陳歷明編著《潮劇劇目匯考》，廣州：廣東人民出版社，1999年版。

227. 劉東《西方的丑學》，成都：四川人民出版社，1986 年版。

228. 劉景亮、譚靜波著《中國戲曲觀眾學》，北京：中國戲劇出版社，2004 年版。

229. 劉水雲《明清家樂研究》，上海：上海古籍出版社，2005 年版。

230. 劉文典《淮南鴻烈集解》，北京：中華書局，1989 年版。

231. 劉文峰《山陝商人與梆子戲》，北京：文化藝術出版社，1996 年版。

232. 劉文忠主編《揚州歷代詩詞》（二），北京：人民文學出版社，1998 年版。

233. 劉鄉英《民間節日》，鄭州：海燕出版社，1997 年版。

234. 劉曉明《雜劇形成史》，北京：中華書局，2007 年版。

235. 劉禎《中國民間目連文化》，成都：巴蜀書社，1997 年版。

236. 魯迅《魏晉風度及文章與藥及酒之關係》，《而已集》，載《魯迅全集》（第三卷），北京：人民文學出版社，2005 年版。

237. 魯迅《中國小說史略》，載《魯迅全集》（第九卷），北京：人民文學出版社，2005 年版。

238. 陸萼庭《崑劇演出史稿》，上海：上海教育出版社，2006 年版。

239. 滿濤譯《別林斯基選集》（第三卷），上海：上海譯文出版社，1980 年版。

240. 孟繁樹、周傳家編校《明清戲曲珍本輯選》，北京：中國戲劇出版社，1985 年版。

241. 南帆主編《二十世紀中國文學批評 99 個詞》，杭州：浙江文藝出版社，2003 年版。

242. 彭恒禮《元宵演劇習俗研究》，廣州：廣東高等教育出版社，2011 年版。

243. 彭修銀《中西戲劇美學思想比較研究》，武漢：武漢出版社，1994 年版。

244. 齊如山《國劇藝術匯考》（一），瀋陽：遼寧教育出版社，1998 年版。

245. 齊森華、陳多、葉長海主編《中國曲學大辭典》，杭州：浙江教育出版社，1997 年版。

246. 齊濤主編、倪鍾之著《中國民俗通志·演藝志》，濟南：山東教育出版社，2005 年版。

247. 錢南揚《戲文概論》，上海：上海古籍出版社，1981 年版。

248. 錢南揚《永樂大典戲文三種校注》，北京：中華書局，2009 年版。

249. 錢南揚輯錄《梁祝戲劇輯存》，上海：古典文學出版社，1956 年版。

250. 秦華生、劉文峰主編《清代戲曲發展史》，北京：旅遊出版社，2006 年版。

251. 丘桓興《中國民俗採英錄》，長沙：湖南文藝出版社，1987 年版。

252. 曲六乙、錢茀《東方儺文化概論》，太原：山西教育出版社，2006 年版。

253. 任半塘《教坊記箋訂》，北京：中華書局，1962 年版。

254. 任半塘《唐戲弄》，上海：上海古籍出版社，2006 年版。

255. 任二北《優語集》，上海：上海文藝出版社，1981 年版。

256. 上海師範大學古籍整理組校點《國語》，上海：上海古籍出版社，1978 年版。

257. 施耐庵著《水滸傳》，北京：人民文學出版社，1997 年版。

258. 施旭升《戲劇藝術原理》，北京：中國傳媒大學出版社，2006 年版。

259. 施旭升《中國戲曲審美文化論》，北京：北京廣播學院出版社，2002 年版。

260. 隋樹森《全元散曲》，北京：中華書局，1964 年版。

261. 譚霈生《論戲劇性》（修訂本），北京：北京大學出版社，1984 年版。

262. 譚正璧《話本與古劇》，上海：上海古籍出版社，1985 年版。

263. 唐昌泰選注《三袁文選》，成都：巴蜀書社，1988 年版。

264. 唐月梅《日本戲劇史》，北京：崑崙出版社，2008 年版。

265. 陶君起編著《京劇劇目初探》，北京：中國戲劇出版社，1963 年版。

266. 汪協如校《綴白裘》，北京：中華書局，1930 年版。

267. 王冬蘭《鎮魂詩劇：世界文化遺產──日本古典戲劇「能」概貌》，北京：中國戲劇出版社，2003 年版。

268. 王國維撰、葉長海導讀《宋元戲曲史》，上海：上海古籍出版社，1998 年版。

269. 王季思《玉輪軒戲曲新論》，廣州：花城出版社，1993 年版。

270. 王季思主編《全元戲曲》，北京：人民文學出版社，1990 年版。

271. 王利器輯錄《元明清三代禁燬小說戲曲史料》（增訂本），上海：上海古籍出版社，1981 年版。

272. 王寧《宋元樂妓與戲劇》,北京:中國戲劇出版社,2003 年版。

273. 王森然遺稿、《中國劇目辭典》擴編委員會擴編《中國劇目辭典》,石家莊:河北教育出版社,1997 年版。

274. 王小盾《原始信仰和中國古神》,上海:上海古籍出版社,1989 年版。

275. 翁敏華、回達強《東亞戲劇互動史》,上海:上海古籍出版社,2014 年版。

276. 翁敏華《幽蘭草根》,未出版。

277. 翁敏華《中國戲曲》,上海:上海古籍出版社,1996 年版。

278. 翁敏華《中日韓戲劇文化因緣研究》,上海:學林出版社,2004 年版。

279. 翁敏華評點《桃花扇》,上海:華東師範大學出版社,2006 年版。

280. 鄔國平《侯方域散文集》,天津:百花文藝出版社,2005 年版。

281. 鄔國義、胡果文、李曉路撰《國語譯注》,上海:上海古籍出版社,1994 年版。

282. 吳存浩、于雲瀚《中國文化史略》,鄭州:河南文藝出版社,2004 年版。

283. 吳新雷主編《中國崑劇大辭典》,南京:南京大學出版社,2002 年版。

284. 吳毓華編《中國古代戲曲序跋集》,北京:中國戲劇出版社,1990 年版。

285. 夏忠憲《巴赫金狂歡化詩學研究》,北京:北京師範大學出版社,2000 年版。

286. 蕭放《歲時——傳統中國民眾的時間生活》,北京:中華書局,2002 年版。

287. 謝錫恩《中國戲曲的藝術形式》,香港:香港中國語文學會,1986 年版。

288. 新鳳霞《梨園舊影》,石家莊:河北人民出版社,1997 年版。

289. 熊志沖《娛樂文化》,成都:巴蜀書社,1990 年版。

290. 徐傑舜、周耀明《漢族風俗文化史綱》,南寧:廣西人民出版社,2004 年版。

291. 徐慕雲撰、躲齋導讀《中國戲劇史》,上海:上海古籍出版社,2001 年版。

292. 許金榜《元雜劇概論》,濟南:齊魯書社,1986 年版。

293. 許金榜《中國戲曲文學史》,北京:中國文學出版社,1994 年版。

294. 許祥麟《京劇劇目概覽》,天津:天津古籍出版社,2003 年版。

295. 許祥麟《中國鬼戲》，天津：天津教育出版社，1997 年版。

296. 許自強編著《美學基礎》，北京：首都經濟貿易大學出版社，2003 年版。

297. 楊軍茂主編《陝縣戲曲志》，中國戲曲志河南卷編委會出版，1988 年版。

298. 楊秋紅《中國古代鬼戲研究》，北京：中國傳媒大學出版社，2009 年版。

299. 楊世祥《中國戲曲簡史》，北京：文化藝術出版社，1989 年版。

300. 楊向奎《宗周社會與禮樂文明》，北京：人民出版社，1992 年版。

301. 葉大兵、烏丙安主編《中國風俗辭典》，上海：上海辭書出版社，1990
年版。

302. 佚名原著、沈悅苓點校《檮杌閒評》第二回，載《明清佳作足本叢刊》
（第一輯），北京：人民中國出版社，1993 年版。

303. 余漢東《中國戲曲表演藝術辭典》，北京：中國戲劇出版社，2006 年版。

304. 于錦繡、于靜《靈物與靈物崇拜新說》，北京：宗教文化出版社，2006
年版。

305. 于石、王光漢、徐成志編《常用典故詞典》，上海：上海辭書出版社，1985
年版。

306. 俞為民、孫蓉蓉主編《歷代曲話彙編——新編中國古典戲曲論著集成》
（唐宋元編），合肥：黃山書社，2006 年版。

307. 俞為民《李漁評傳》，南京：南京大學出版社，1998 年版。

308. 余英時《士與中國文化》，上海：上海人民出版社，1987 年版。

309. 袁行霈主編《中國文學史》，北京：高等教育出版社，1999 年版。

310. 張發穎《中國戲班史》，北京：學苑出版社，2003 年版。

311. 張庚、郭漢城《中國戲曲通史》，北京：中國戲劇出版社，1992 年版。

312. 張加祥、俞培玲《越南文化》，北京：文化藝術出版社，2001 年版。

313. 張蔚《鬧節——山東三大秧歌的儀式性與反儀式性》，北京：中國傳媒大
學出版社，2009 年版。

314. 張自慧《禮文化的價值與反思》，上海：學林出版社，2008 年版。

315. 趙連元《文學理論的美學闡釋》，北京：崑崙出版社，2007 年版。

316. 趙山林《中國戲曲傳播接受史》，上海：上海人民出版社，2008 年版。

317. 趙世瑜《狂歡與日常——明清以來的廟會與民間社會》，北京：三聯書店，2002 年版。

318. 鄭傳寅《古代戲曲與東方文化》，武漢：武漢大學出版社，2007 年版。

319. 鄭傳寅《中國戲曲文化概論》，武漢：武漢大學出版社，1993 年版。

320. 鄭振鐸《中國俗文學史》（上冊），北京：團結出版社，2006 年版。

321. 中國戲曲研究院編《京劇叢刊》（第一集），上海：新文藝出版社，1953 年版。

322. 鍾敬文《民俗學概論》，上海：上海文藝出版社，1998 年版。

323. 周傳瑛口述、洛地整理《崑劇生涯六十年》，上海：上海文藝出版社，1988 年版。

324. 周貽白《中國劇場史》，長沙：湖南教育出版社，2007 年版。

325. 周貽白《中國戲劇史講座》，北京：中國戲劇出版社，1958 年版。

326. 周貽白《中國戲劇史長編》，上海：上海書店出版社，2004 年版。

327. 周貽白《中國戲曲發展史綱要》，上海：上海古籍出版社，1979 年版。

328. 周月亮、韓駿偉《電視劇藝術文化學》，北京：中國傳媒大學出版社，2006 年版。

329. 周作人《日本狂言選》，北京：國際文化出版公司，1991 年版。

330. 周作人譯《狂言選》，北京：中國對外翻譯出版公司，2001 年版。

331. 朱恒夫《目連戲研究》，南京：南京大學出版社，1993 年版。

332. 朱萬曙《明代戲曲評點研究》（第一輯），合肥：安徽教育出版社，2002 年版。

333. 莊一拂《古典戲曲存目匯考》，上海：上海古籍出版社，1982 年版。

334. 紫微、際春《梨園佳話》，哈爾濱：黑龍江出版社，1993 年版。

單篇論文

1. 〔德〕奧·威·史雷格爾《戲劇性及其他》，載古典文藝理論譯叢編輯委員會編《古典文藝理論譯叢》（第 11 冊），北京：人民文學出版社，1965 年版。

2. 〔韓〕安祥馥《韓國假面劇與中國傳統優戲》，《戲曲研究》第 74 輯。

3. 〔韓〕田耕旭《儺禮對韓國假面劇（面具戲）的影響》，《戲曲研究》第 71 輯。

4. 〔美〕理查德・謝克納撰、黃德林譯《從儀式到戲劇及其反面：實效——娛樂二元關係的結構／過程》，載《人類表演學系列：謝克納專輯》，北京：文化藝術出版社，2010 年版。

5. 〔美〕理查德・謝克納撰、孫惠柱譯《人類表演學的現狀、歷史與未來》，載《人類表演學系列：謝克納專輯》，北京：文化藝術出版社，2010 年版。

6. 〔美〕理查德・謝克納撰、孫惠柱譯《什麼是人類表演學——理查德・謝克納教授在上海戲劇學院的講演》，載《人類表演學系列：謝克納專輯》，北京：文化藝術出版社，2010 年版。

7. 〔日〕內藤湖南著、儲元熹譯《何謂日本文化》（一），載《日本文化史研究》，北京：商務印書館，1997 年版。

8. 曹廣濤《北宋〈目連救母〉雜劇的表演形態芻議》，《韶關學院學報》（社會科學版）2008 年第 7 期。

9. 陳伯海《東亞文化與文化東亞》，載上海社會科學院東亞文化研究中心編《東亞文化論譚》，上海：上海文藝出版社，1998 年版。

10. 陳軍科《中國奴隸社會禮樂關係及孔子禮樂思想探究》，《文藝研究》1990 年第 2 期。

11. 陳勤建《中國婦女的口頭文化與儀式文化——南匯的哭嫁》，《民俗研究》2004 年第 2 期。

12. 陳志勇《古劇腳色「丑」與民間戲神信仰》，《戲劇藝術》2011 年第 3 期。

13. 陳志勇《論丑腳在腳色體系中的位置及其戲曲史意義》，《咸寧學院學報》2007 年第 1 期。

14. 陳志勇《論戲曲丑角舞臺表演的文化意蘊》，《長白學刊》2006 年第 2 期。

15. 陳志勇《明清傳奇中丑角文學形態略論》，《戲劇文學》2006 年第 4 期。

16. 戴平《丑角之美》，《戲劇藝術》1980 年第 4 期。

17. 戴申《折子戲的形成始末》（上），《戲曲藝術》2001 年第 2 期。

18. 凍國棟《漢唐間「伍伯」淺識》，載《魏晉南北朝隋唐史資料》第 17 輯，武漢：武漢大學出版社，2000 年版。

19. 杜學德《固義大型儺戲〈捉黃鬼〉考述》,《中華戲曲》第 18 輯。

20. 馮健民《論中國戲曲成熟之標誌——王國維「戲曲大成於元代」說補正》,《藝術百家》2000 年第 1 期。

21. 馮俊傑《金〈昌寧宮廟碑〉及其所言「樂舞戲」考略》,《文藝研究》1999 年第 5 期。

22. 馮式權《兩宋同邊的雜劇及金元院本的結構考》,《東方雜誌》第 20 卷第 21 期,1923 年 9 月。

23. 韓德英《民國時期豫劇改革略說》,《中州今古》2000 年第 6 期。

24. 韓梅《元宵節起源新論》,《浙江大學學報》(人文社會科學版)2010 年第 4 期。

25. 賀聖達《東南亞文化史研究三題》,《雲南社會科學》1996 年第 3 期。

26. 華生《中國戲劇文化的一大嬗變——從劇作家中心制到演員中心制》,《文藝研究》1991 年第 6 期。

27. 黃克保《論「行當」》,《藝術百家》1989 年第 3 期。

28. 黃念然、葉輝《魯迅「文學自覺」說的現代性語境及其局限》,《西北大學學報》(哲學社會科學版)2009 年第 1 期。

29. 黃仕忠《戲曲幫腔合唱的淵源與變遷》,《藝術百家》1991 年第 4 期。

30. 黃天驥、徐燕琳《鬧熱的〈牡丹亭〉——論明代傳奇的「俗」與「雜」》,《文學遺產》2004 第 2 期。

31. 黃天驥《「爨弄」辨析——兼談戲曲文化淵源的多元性問題》,《文學遺產》2001 年第 1 期。

32. 黃天驥《論「丑」和「副淨」——兼談南戲形態發展的一條軌跡》,《文學遺產》2005 年第 6 期。

33. 黃竹三《論泛戲劇形態》,載《戲曲文物研究散論》,北京:文化藝術出版社,1998 年版。

34. 黃竹三《掌竹・前行・竹崇拜・竹竿子——河北武安固義賽祭「掌竹」考述》,載麻國鈞等主編《祭禮・儺俗與民間戲劇》,北京:中國戲劇出版社,1999 年版。

35. 焦海民《韓城盤樂宋墓雜劇壁畫初步考察》,《戲曲研究》第 79 輯。

36. 景李虎《神廟文化與中國古代劇場》,載周華斌、朱聯群主編《中國劇場史論》(上卷),北京：北京廣播學院出版社,2003 年版。

37. 鞠基亮《宗教與世俗的選擇──從中古歐洲戲劇引發出的思考》,《戲劇藝術》1989 年第 4 期。

38. 康保成、孫秉君《陝西韓城宋墓壁畫考釋》,《文藝研究》2009 年第 11 期。

39. 康保成《古劇腳色「丑」與儺神方相氏》,《戲劇藝術》1999 年第 4 期。

40. 康保成《中國戲劇史研究的新思路》,《湖北大學學報》(哲學社會科學版)2005 年第 5 期。

41. 孔美豔《民間喪葬演戲略考》,《民俗研究》2009 年第 1 期。

42. 黎國韜《唐五代參軍戲演出形態轉變考》,《民族藝術》2008 年第 4 期。

43. 李梅花《10～13 世紀中朝日文化交流與東亞文化圈》,《東疆學刊》2004 年第 1 期。

44. 李永祥《論「文學自覺」始於春秋──兼與趙敏俐先生〈「魏晉文學自覺說」反思〉商榷》,《中南大學學報》(社會科學版)2010 年第 2 期。

45. 李躍忠《論喪儀中的戲曲演出特點及其民俗文化功能》,《青島大學師範學院學報》2009 年第 4 期。

46. 李躍忠《略論中國影戲「例戲」劇目之演出場合》,《美與時代》2008 年第 8 期(下)。

47. 李躍忠《壽慶與中國戲曲的演出》,《東疆學刊》2011 年第 1 期。

48. 廖奔《越南戲劇箚記》,《中國戲劇》2001 年第 7 期。

49. 廖奔《折子戲的出現》,《藝術百家》2000 年第 2 期。

50. 劉鑒三《蒲劇源流簡介》,載段連海等整理記錄《蒲劇音樂》,太原：山西人民出版社,1955 年版。

51. 流沙《西秦腔與秦腔考》,載《梆子聲腔劇種學術討論會文集》,太原：山西人民出版社。

52. 劉曉玲《淺論戲曲丑角的舞臺功能》,《中北大學學報》(社會科學版)2009 年第 1 期。

53. 劉玉珺《越南表演藝術典籍譾述》,《雲南藝術學院學報》2004 年第 2 期。

54. 劉召明《晚明虎丘曲會摭談》,《中華戲曲》第 38 輯。

55. 路應昆《崑劇之「雅」與「花雅之爭」另議》,《東南大學學報》(哲學社會科學版) 2009 年第 4 期。

56. 羅潔清《「鬼」字的用法與鬼魂崇拜》,《殷都學刊》1998 年第 3 期。

57. 洛地《一條極珍貴資料的發現——「戲曲」和「永嘉戲曲」的首見》,載浙江《藝術研究》第十一輯(總第二十輯)。

58. 洛地《中國傳統戲劇研究中缺憾一二三》,載胡忌主編《戲史辯》(第二輯),北京:中國戲劇出版社,2001 年版。

59. 牟世金《中西戲劇藝術共同規律初探》,載陸潤棠、夏寫時編《比較戲劇論文集》,北京:中國戲劇出版社,1988 年版。

60. 木齋《論中國文學的三次自覺——以建安曹魏文學自覺為中心》,《學術研究》2010 年第 7 期。

61. 彭勝宇《論哭嫁習俗的起源》,《貴州民族研究》1990 年第 2 期。

62. 彭世團《越南嘲劇嚄劇與中國宋元戲劇的關係》,《戲曲研究》第 74 輯。

63. 潘英海《熱鬧:一個中國人的社會心理現象的提出》,載楊國樞主編《本土心理學研究(第一期):本土心理學的開展》,臺北:桂冠圖書股份有限公司,1993 年版。

64. 邵振奇《徐州地區漢樂舞百戲畫像石考略》,《中華戲曲》第 40 輯。

65. 石興邦《解讀〈舞陽賈湖〉》,《文博》2001 年第 2 期。

66. 孫煥斌《談「群戲」》,《中國京劇》1994 年第 5 期。

67. 孫惠柱《主動 VS 客動:社會表演學的哲學探索》,《戲劇》2011 年第 2 期。

68. 譚美玲《淨腳小考》,《華南師範大學學報》社會科學版,2003 年第 2 期。

69. 陶立璠《河北武安固義村「三爺聖會」的儺文化意義》,載麻國鈞等主編《祭禮‧儺俗與民間戲劇》,北京:中國戲劇出版社,1999 年版。

70. 田同旭《論古代戲曲的自覺》,《文學評論》2004 年第 5 期。

71. 汪曉雲《重構戲劇史:從戲劇發生開始》,《文藝研究》2006 年第 9 期。

72. 王德慶《江蘇發現的一批漢代畫像石》,《文物》1958 年第 4 期。

73. 王國維《古劇腳色考》，載《王國維戲曲論文集》，北京：中國戲劇出版社，1984 年版。

74. 王國維《戲曲考原》，載《王國維戲曲論文集》，北京：中國戲劇出版社，1957 年版。

75. 王寧《明清習俗對折子戲之影響》，《民族藝術》2010 年第 1 期。

76. 王廷信《戲曲傳播的兩個層次——論戲曲的本位傳播和延伸傳播》，《藝術百家》2006 年第 4 期。

77. 王文光、翟國強《銅鼓及銅鼓裝飾藝術》，《民族藝術研究》2004 年第 4 期。

78. 王小盾《敦煌論議考》，載《中國古籍研究》第一卷，上海：上海古籍出版社，1996 年版。

79. 王奕禎《山西繁峙岩山寺戲曲文物考》，《中華戲曲》第 38 輯。

80. 王永健《何謂「鬧熱〈牡丹亭〉」——與黃天驥、徐燕琳先生商榷》，《中國古代小說戲劇研究叢刊》2008 年第 2 期。

81. 王兆乾《儀式性戲劇與觀賞性戲劇》，載《戲史辯》第二輯，北京：中國戲劇出版社，2001 年版。

82. 翁敏華《〈秋胡戲妻〉雜劇與「桑林淫奔」古俗》，《中華戲曲》第 25 輯。

83. 翁敏華《〈新猿樂記〉與十一世紀前後的中日戲劇》，《上海師大學報》（哲學社會科學版）1990 年第 4 期。

84. 翁敏華《〈紫釵記〉的季節感與生命意識》，《上海戲劇》2009 年第 3 期。

85. 翁敏華《東亞「笑劇」的題材、風格和意義》，《中華戲曲》第 42 輯。

86. 翁敏華《端午節與端午戲》，《中華戲曲》第 38 輯。

87. 翁敏華《節日罵俗與「罵曲」、「罵戲」》，《戲劇藝術》2011 年第 4 期。

88. 翁敏華《論兩宋的飲食習俗與戲劇演進》，《戲劇藝術》1988 年第 1 期，第 114 頁。

89. 翁敏華《門神信仰及戲曲舞臺上的門神形象》，《中華戲曲》第 35 輯。

90. 翁敏華《試論〈西廂記〉笑謔性狂歡化的民間文化品格》，《戲劇藝術》2008 年第 6 期。

91. 翁敏華《灘簧小戲與東亞滑稽笑劇傳統》,《中國比較文學》2009 年第 4 期。

92. 翁敏華《由幾部水滸劇看李逵「狂歡節小丑」形象》,《戲曲研究》第 81 輯。

93. 翁敏華《元宵節俗及其戲曲舞臺表述》,《上海師範大學學報》(哲學社會科學版),2008 年第 5 期。

94. 翁敏華《中國雜技及其對戲曲的影響滲透》,《文化藝術研究》2009 年第 1 期。

95. 翁敏華《中日古代滑稽短劇比較淺論》,《藝術百家》1990 年第 4 期。

96. 吳德盛、申紅娥《越南民間信仰中的生殖崇拜》,《民族藝術》1997 年第 4 期。

97. 吳戈《「書會才人」考辨》,《上海師範大學學報》,1988 年第 4 期。

98. 夏露《十九世紀越南嘥劇中的三國戲》,《戲劇藝術》2010 年第 2 期。

99. 徐扶明《折子戲簡論》,《戲曲藝術》1989 年第 2 期。

100. 薛衛榮《山西運城鹽池神廟三連臺及演劇活動考》,《中華戲曲》第 40 輯。

101. 延保全《〈捉黃鬼〉：中原古儺的遺存與衍化》,載麻國鈞等主編《祭禮‧儺俗與民間戲劇》,北京：中國戲劇出版社,1999 年版。

102. 延保全《從戲曲文物看宋金元雜劇的腳色行當》,《中華戲曲》第 34 輯。

103. 延保全《副淨色及其文物圖像小考》,《中華戲曲》第 42 輯。

104. 延保全《宋雜劇演出的文物新證——陝西韓城北宋墓雜劇壁畫考論》,《文藝研究》2009 年第 11 期。

105. 延保全《戲養神：金代北方民間的戲曲觀——山西稷山金代段氏「戲養神」磚銘論》,《文藝研究》2005 年第 12 期。

106. 顏保《越南文學與中國文化》,載盧蔚秋編《東方比較文學論文集》,長沙：湖南人民出版社。

107. 楊飛《乾嘉時期揚州文人雅集與戲曲繁盛》,《南京師大學報》(社會科學版),2006 年第 1 期。

108. 姚小鷗《韓城宋墓壁畫雜劇圖與宋金雜劇》,《文藝研究》2009 年第 11 期。

109. 葉長海《中國傳統戲劇的藝術特徵》，《戲劇藝術》1998 年第 4 期。

110. 元鵬飛《「腳色」與「雜劇色」辨析》，《戲劇藝術》2009 年第 4 期。

111. 張大新《金政權南遷與北雜劇的成熟》，《文藝研究》2005 年第 5 期。

112. 張啓超《元雜劇的「插曲」研究》，載清華大學（臺北）中國語文學系主編《小說戲曲研究》第 1 集，臺北：聯經出版事業公司，1988 年版。

113. 張人和《〈西廂記〉的版本系統概觀》，《社會科學戰線》1997 年第 3 期。

114. 張少康《論文學的獨立和自覺非自魏晉始》，《北京大學學報》（哲學社會科學版）1996 年第 2 期。

115. 張守中《試論蒲劇的形成》，載《梆子聲腔劇種學術討論會文集》，太原：山西人民出版社，1984 年版。

116. 張思聰、王萬萬《金斗山澗藏古花——孝義皮影概述》，載《山西劇種概說》，太原：山西人民出版社，1984 年版。

117. 張燕瑾《戲曲形成於唐說》，載《中國戲曲史論集》，北京：燕山出版社，1995 年版。

118. 張勇鳳《「花雅之爭」新論——以禁戲爲切入點》，《戲曲研究》第 72 輯。

119. 張振南、暴海燕《上黨民間的「迎神賽社」再探》，《中華戲曲》第 18 輯。

120. 趙敏俐《「魏晉文學自覺說」反思》，《中國社會科學》2005 年第 2 期。

121. 趙山林《宋雜劇金院本劇目新探》，《南京師大學報》（社會科學版）2001 年第 1 期。

122. 趙乙、張峰、潘堯黃、王庚吉《元雜劇與梆子腔亂彈興起》，載《梆子聲腔劇種學術討論會文集》，太原：山西人民出版社。

123. 鄭傳寅《節日民俗與古代戲曲文化的傳播》，《東南大學學報》（哲學社會科學版），2004 年第 1 期。

124. 鄭莉、鄧衛新《明宮廷雜劇的科諢藝術》，《湖北民族學院學報》（哲學社會科學版），2008 年第 2 期。

125. 鍾敬文《略談巴赫金的文學狂歡化思想》，載《建立中國民俗學派》，哈爾濱：黑龍江教育出版社，1999 年版。

126. 周安華記錄整理《論中國戲劇之起源——中國戲劇起源研討會紀實》，《戲劇藝術》1988 年第 4 期。

127. 周華斌《原生態戲劇與視覺符號》，載《中國戲劇史新論》，北京：北京廣播學院出版社，2003 年版。

128. 周華斌《中國戲曲的腳色行當制》，載周華斌、李興國主編《大戲劇論壇》第三輯，北京：中國傳媒大學出版社，2007 年版。

129. 周秦《折子戲與崑曲遺產的保護傳承——〈崑戲集存・甲編〉前言》，《戲曲藝術》2011 年第 1 期。

130. 鄒元江《關於與戲曲丑角美學特徵生成相關的幾個問題》，《戲曲藝術》1996 年第 4 期。

131. 鄒元江《論戲曲丑角的美學特徵》，《文藝研究》1996 年第 6 期。

學位論文

1. 陳勁松《「鬧熱」及其背後的「冷清」——〈長生殿〉研究》，上海師範大學 2011 年博士學位論文。

2. 韓英姬《韓國假面劇研究》，延邊大學 2010 年博士學位論文。

3. 李慧《折子戲研究》，廈門大學 2008 年博士學位論文。

4. 張曼華《中國畫論中的雅俗觀研究》，南京藝術學院 2005 年博士學位論文。

5. 程奮只《中國古代戲劇「哭戲」研究》，上海師範大學 2008 年碩士學位論文。

6. 高昂《現代視聽媒介中的戲曲觀演傳播》，山西師範大學 2009 年碩士學位論文。

7. 葛麗英《中國戲曲藝術的最早自覺——論李漁的戲曲理論的戲曲藝術本體論》，內蒙古大學 2006 年碩士學位論文。

8. 何光濤《論元雜劇中插科打諢的「雅」和「俗」》，寧夏大學 2005 年碩士學位論文。

9. 李穎《端午節文化精神研究》，上海師範大學 2011 年碩士學位論文。

10. 劉芬芬《「三月三」節日文化研究》，上海師範大學 2011 年碩士學位論文。

11. 寧登國《先秦諸子散文對話研究》，西南師範大學 2003 年碩士學位論文。

12. 彭世團《中越傳統戲劇比較研究》，中國藝術研究院 2007 年碩士論文。

13. 王奕禎《蔚縣秧歌調查與研究》，山西師範大學 2009 年碩士學位論文。

14. 薛衛榮《山西運城鹽池神廟祀神演劇活動研究》，山西師範大學 2009 年碩士學位論文。

15. 張娜《社會文化語境變遷的古典戲曲丑角研究》，廣西師範大學 2010 年碩士學位論文。

報刊文章

1. 王季思《關於「西廂記」作者問題的進一步探討》，《光明日報》1961 年 7 月 9 日。

2. 王劍虹《省略「起解」遭觀眾起哄——京劇《玉堂春》昨晚演出出現意外事件》，《新民晚報》2011 年 3 月 28 日 A11 版。

3. 李潔非《弘光紀事系列：桃色・黨爭》，載《中華讀書報》2012 年 02 月 15 日第 13 版。

音像、網絡文獻

1. 青春版《牡丹亭》第 100 場實況錄像，江蘇省蘇州崑劇院演出，迪志（香港）文化出版。

2. 〔日〕藤原明衡《新猿樂記》，見
http://miko.org/~uraki/kuon/furu/text/kanbun/n_sarugo.htm

3. 《中國藝術報》網站：
http://www.cflac.org.cn/ysb/2010-05/21/content_19848929.htm

4. 崑劇《天下樂・嫁妹》視頻：
http://www.tudou.com/programs/view/Gf0rNL0v77I/

5. 百度百科「虹橋贈珠」條：http://baike.baidu.com/view/736755.htm

6. 百度百科「罵社火」條：http://baike.baidu.com/view/1426850.htm

7. 百度百科「五毒」條：http://baike.baidu.com/view/40730.htm

8. 漢典「鬧」字條：http://www.zdic.net/zd/zi/ZdicE9Zdic97ZdicB9.htm

9. 崑劇《班昭》網絡視頻：
http://v.youku.com/v_show/id_XNDQyNDcyMjA=.html

10. 郭寶昌《大宅門》，第二十八章，參見
http://book.yunduan.cn/reader/1869182/1869210

11. 甌劇《鬧親》網址如下：

甌劇《鬧親》1 http://v.youku.com/v_show/id_XNTM0NDAxMjg=.html

甌劇《鬧親》2 http://v.youku.com/v_show/id_XMTEzNDQyODQw.html

甌劇《鬧親》3 http://v.youku.com/v_show/id_XNTM0NTQyMzY=.html

甌劇《鬧親》4 http://v.youku.com/v_show/id_XNTM0NjE2MTI=.html

12. 〔日〕中山太郎《日本巫女史》，見 https://miko.org/~uraki/kuon/furu/explain/column/miko/book/hujyosi/hujyosi.htm